异国他乡梦

孙燕君 著

中国经济出版社
CHINA ECONOMIC PUBLISHING HOUSE
北 京

图书在版编目（CIP）数据

异国他乡梦／孙燕君著．

北京：中国经济出版社，2014.4

ISBN 978 - 7 - 5136 - 3138 - 9

Ⅰ．①异… Ⅱ．①孙… Ⅲ．①长篇小说—中国—当代 Ⅳ．①I247.5

中国版本图书馆 CIP 数据核字（2014）第 044684 号

责任编辑　彭彩霞
责任审读　贺　静
责任印制　马小宾

出版发行　中国经济出版社
印 刷 者　北京科信印刷有限公司
经 销 者　各地新华书店
开　　本　710mm×1000mm　1/16
印　　张　24.25
字　　数　360 千字
版　　次　2014 年 4 月第 1 版
印　　次　2014 年 4 月第 1 次
书　　号　ISBN 978 - 7 - 5136 - 3138 - 9
定　　价　42.00 元

中国经济出版社 网址 www.economyph.com 社址 北京市西城区百万庄北街 3 号 邮编 100037
本版图书如存在印装质量问题，请与本社发行中心联系调换（联系电话:010 - 68319116）

作为出版社编辑，我有必要在此做一个说明。

关澜是我多年的老朋友，也是我的老作者。他身为资深媒体人士，著作颇丰。仅在我社出版的书籍就有四五本，人物传记、散文、小说都有。他的女儿关小霏，我也很熟，小时候我还抱过她。小霏在美国研究生毕业，关澜前去参加女儿的毕业典礼，顺便看望了他在美国的几个老朋友，并借机周游美国。回来他写了一部相当长的游记寄给我。我看完后问他："你这是游记还是小说？"

他回答："你要是觉得能出，就当小说出吧。赤裸裸的真实不也是小说的一个路数吗？我的同学老鬼的《血色黄昏》和《血与铁》两部长篇都是这个路数的代表作。"

我只好悉听尊便，把他这部作品当长篇小说出版了。我以为，这部《异国他乡梦》是游记是纪实文学还是小说都不重要，重要的是它传达了老三届和80后两代留美学生的信息，写出了他们的境遇情感。书中关于中国改革的辩论尤为精妙。

不知读者以为如何。

2013 年 10 月 1 日

目录

一、毕业典礼 ………………………………………… 1

二、房东 ………………………………………… 25

三、纽约梦寻 ………………………………………… 59

四、凯蒂（上）………………………………………… 75

五、凯蒂（下）………………………………………… 117

六、丹尼 ………………………………………… 153

七、H1B ………………………………………… 177

八、陶远尘 ………………………………………… 203

九、盐湖城（上）………………………………………… 233

十、盐湖城（下）………………………………………… 273

十一、拉斯维加斯 ………………………………………… 315

十二、还乡 ………………………………………… 341

异国他乡梦

一、毕业典礼

CHAPTER 1

1

我坐在 AA188 航班的舷窗旁。窗外云海苍茫舒卷翻腾变幻莫测。

这是美国航空公司从北京直飞洛杉矶的航班,全程十五个小时。以往长途飞行,我总是选 aisle 不选 window,为的是活动方便。这回执意坐在窗边,是为了看云海吗？云海已经看过许多次;是为了俯瞰那片久违了的国土吗？那片国土又是我多年来刻意规避的地方。

二十六年转瞬即逝。

航班依然天天不断,云海依然日日翻卷,没听说有飞机掉下来,然而航班上的面孔已经陌生难辨。当年的满头黑发已经犹如霜染,当年的奔流泪水已经彻底干涸,当年的凌云壮志已经落地成烟,当年那剪不断理还乱的缠绵已经踪迹难觅。

美利坚是我的伤心地吗？人生会有二十六年不愈的伤口吗？为何避之唯恐不远？其实已经相隔万里,心理的距离还要迢遥又迢遥吗？

二十六年来我至少推让了三次赴美访问的机会。报社的朋友都觉得莫名其妙:"关澜,你干吗只去欧洲不去美国？你又不是基地组织成员,干吗这么仇视美国？"我无言以对。

原本这次我也不想去。女儿所在的 USC(南加州大学)的毕业典礼定于 5 月 12 日举行,邀请函两个月之前就寄到了,我就是迟迟不行动。4 月 12 日视频时,女儿急了:

"爸,你怎么还不办呀？到美国使馆签证至少要排一个月,再不办就来不及了。妈妈带高考班来不了,你不是办好退休了吗？为什么不能来？"

三天之后视频时,女儿的声调已是哭腔:

"爸,我们同学的家长都已经订好机票了,你是不是不想来呀？难道你真的忍心让我孤零零地在台上流泪吗？"

说完女儿的眼泪真的下来了。我最受不了女儿流泪,急忙说:

"小霏,别哭,我明天就去办。"

其实我一直拖到5月1日才行动。

5月7日使馆面签时,那滋味真叫活受罪。先是在使馆外干晒了半个小时,进去之后,又在阴暗狭小令人窒息的过道里排了半个小时,又是验表又是留指模,好不容易挨到大厅,还是望不到头的长蛇阵;面对眼前黑压压的人群,我小声嘀咕起来:

"美国刚刚干掉本拉登,基地组织肯定要报复,这时候还敢往美国跑,难道你们都不怕死吗?"

我倒是不怕死。临来的路上,甚至构想过一部在美国上空巧遇劫机制服劫匪的惊险小说,前提当然是主人公逢凶化吉死里逃生。

煎熬了三个小时,终于排到窗口了,看看身边的小组成员,个个面色凝重神色紧张,我知道他们此刻最担心拒签,望眼欲穿地期待那张取护照的"小黄纸";只有我坦然淡然无所谓,我甚至内心深处隐隐希望着拒签,如果因拒签不能成行,女儿就不会怪罪我了。

当引导员把我们小组引向九号窗口时,排在前面那位举牌的小伙子却一动不动了,他回头对大家说:

"上次我就是在九号拒签的,九号那位号称铁面杀手,是大厅里拒签率最高的签证官。"

"那你也得服从安排呀。"

引导员一脸怒容。

"我只剩一次机会了,我还是等等吧。"

说完钉子般定在那里。我见状立刻站出来解围:"我去吧。"

随即大义凛然视死如归地走向九号窗口。窗口里那位签证官的确是个冷面孔,语调也冰冷。没想到这个"铁面杀手"只问了我三句话,费时半分钟,就给我撕了张小黄纸。我捏着这张黄纸条,既不兴奋也不飘飘然,反而有点怅然若失。能失去什么呢?就要旧地重游了,就要见到日日牵挂的女儿了,就要看见女儿穿硕士袍了。签证官给我的最后一句话是"Congratulation",在美国佬眼里,参加女儿毕业典礼是最快乐最值得祝贺的一件事;其实我也快乐,只是悲喜交加;只有我自己知道将要失去的是什么,那是一份固执一份坚守一个心结一个誓言。

离开使馆时,望着身后不见缩短的长队,不禁心生感慨:美国还是香饽饽呀,中国人还是这么贱。据说到北京美国使馆来签证的中国人每天有一千八百人,就算 30% 拒签,拿到签证的幸运儿也有上千人;还有广州、上海、沈阳领事馆呢?一天放走几千人,一年呢?十年呢?三十年呢?都说中国已经取代美国成为遍地黄金的地方,都说金融危机后的美国已经衰微破败,都说独撑危厦的中国已经崛起,可你们这些中国人怎么还往美国跑啊?我为什么也来凑热闹啊?

我百思不得其解。

带着满脸困惑满肚狐疑满心期待满腔伤感,我登上了 5 月 11 日的班机。北京和洛杉矶的时差是十五个小时,我知道我能赶上女儿的毕业典礼。

当女儿知道我 5 月 1 日才去办签证时惊叫:

"你要是能赶上典礼那真是个奇迹!"

美国是创造奇迹的地方,中国也是创造奇迹的地方,日日夜夜来往于两地的匆匆过客中有多少奇迹的创造者!除非 AA188 掉下去,否则我创造的这个奇迹就要变为现实。

这个小小的奇迹将给女儿带来一份惊喜,将给此行带来一点神秘。它仿佛是一个预示一个信号:我这个草民的美国之行不会平淡。

2

洛杉矶当地时间 5 月 11 日下午 6 点,AA188 航班整点到达。飞机着陆的刹那,我意识到脚下的土地已经不姓"中"而姓"美"了。二十六年前,我曾发誓此生永远不再踏上这片土地,如今我食言了。

耳边突然响起德沃夏克《新大陆》的旋律,其实这块大陆已经不新,至少在我的眼中心里已经不新;但在大多数世人的眼中心里,它还是一块新奇神奇充满诱惑的土地。

中国大陆的出国潮已经汹涌了三十年,至今不见潮落;多少中国学子十年寒窗死磕托福,就是为了有朝一日能踏上这片土地。虽然土地上的黄金已经不那么多了,但美国梦还没有过时,因为美国梦不仅仅是金钱梦。两年前女儿踏上这片土地时不也是怀揣美国梦吗？"别梦依稀咒逝川"，如今花甲之年的我是早无一丝一毫美国梦了，有的只是无以名状若隐若现的一怀愁绪。

我是为数不多几个没有托运行李的旅客，几乎是第一个走出大门，抬头一望，一眼就看见稀疏的人群中那张翘首以待的脸；女儿也几乎是在第一时间发现了我，飞奔而来扑到我的怀中。我仔细端详这张幸福洋溢泪花闪烁既熟悉又陌生的脸：两年不见女儿变得成熟了，好像也变得漂亮了，漂亮得近似美女。以前女儿老是说自己长得不漂亮，我总是说女儿长得很好看，也许是老爸眼里出西施吧。

我和女儿的拥抱长达一分钟。和女儿同来的两个室友按捺不住了，一起走过来叫："叔叔好。"

"若然、李悦，你们也来了。"

我不仅早闻她俩的大名，而且在视频中相见过多次。若然接过我手中的小箱子，李悦抢走了我的小背包。

"叔叔，我们刚刚拜读了您的长篇小说《时代英雄》。"

"没想到我的小说你们80后也能读得进去。"

"您的小说挺好看的。"

"对，挺给力的。"

我们一行四人边走边聊，很快到了地下车库。接我的车是女儿花了6000美元买的二手科罗拉，才开了半年就已经伤痕累累惨不忍睹。

"小霏，你这车是怎么开的呀？"

"新手手潮，刮蹭多了点，可我没出过大事故。"

"你妈要是知道你这么开车，一定血压升高。"

"你可别跟我妈说。"

车一上高速，两旁的景色渐渐熟悉起来。高大的棕榈树，黯淡的老房子。车过DOWNTOWN，还是那十几座孤零零的摩天楼。

"爸，你以前不是来过洛杉矶吗？"

"来过，是来看朋友，只住了两礼拜。"

"洛杉矶还是老样子吧？破破烂烂。"

"还是老样子。洛杉矶二十年依然如故，北京城二十年面目几新，这就是中美的区别。"

"爸,我们都知道你是改革派,你不是到美国来对我们进行爱国主义教育来了吧?"

"用不着我教育,美国从来都是中国免费的爱国主义教育基地。"

半个小时后,车停在韩国城里的一座公寓前。女儿和江若然、李悦三人share公寓里一套两室一厅。女儿和江若然一人一间,李悦住客厅。客厅不小,足有二十多平方米。安顿好行李,我开始视察她们的美国居所。

"不错,房间宽敞,设施齐全;只是让李悦住在厅里,连个隔断都没有,这不公平。你们的房租也是平摊的吗?"

"当然,我们是战时共产主义,房租、水电、伙食,一切费用全部均摊,不分你我。"女儿说。

"Share是美国文化,和共产主义不沾边。我睡哪呀?"

"你只能在我房间里打地铺了,要不你睡我的床,我睡地下。"

"还是我睡地下吧。当年我在美国时,曾经是五个留学生在一间屋里打地铺,让美国佬惊叹不已。今非昔比,两人一间已经不错了。"

"叔叔,旁边就是Hilton,网上能bid到二百美元的房间。"

李悦说。

"二百人民币我也不住。叔叔不是大款也不是贪官,只是一介穷书生。"

"听小霏说,您的小说电视剧改编权已经卖给电视台了,您刚发了一笔财还哭穷。"

江若然也来凑热闹。

"那点收入刚刚够我重游美国的,而且是穷游。"

我的话音刚落,女儿就大喊肚子饿,要到楼下给我接风。于是大家来到楼下一家韩国餐馆。餐馆很怪,老板是韩国人但说中文,餐馆挂韩国招牌却主打中国菜。女儿她们打着为我接风的名号,点了一桌子平时她们喜爱的中国菜,宫保鸡丁、铁板牛柳、水煮鱼……我在飞机上吃过晚餐,一点不饿,但也只能舍命陪君子。她们三个倒是大快朵颐风卷残云。最后当然是我埋单。我没忘了身份,她们是花钱的,我是挣钱的。只是我这个挣钱的长辈远没有她们这些花钱的晚辈气粗和潇洒。

账单递过来一看,七十二美元,我忍痛掏出一张百元大钞,假装潇洒地拍在桌上。

"爸,你到这来花钱可别老乘6.5。"

女儿笑着说。

"你爸是云游列国之人,不是刘姥姥进大观园。如今是人民币坚挺美元疲软。用不了十年,中国GDP就会超过美国,那会儿美元对人民币就会一比一。"

"真的呀?"

若然惊叹。

"当然是真的,叔叔是非著名经济学家。你们将来在这挣美元也牛不了多久,若有远见还是学成回国挣人民币吧!"

"爸,你怎么一来就煽动我们回国呀?我和李悦都已经找到工作了,若然准备读博。"

"刚毕业就找到工作了,看来美国的金融危机过去了?"

"我们怎么会干等毕业,早在两月前就行动了。三天前我找到一家洛杉矶的中文报纸东方报,还没来得及告诉你;李悦是在一家华人公司做marketing。"

"怎么都是华人企业?"

"金融危机的影响还没有完全消散,美国企业进不去,只好在华人企业过渡一下,华人企业也给办工作签证。"

女儿到底还是干了新闻。

她国内大学本科读的是中文,到美读研,她非要读新闻。

"你爸干了半辈子新闻,没多大劲。你读新闻将来很难就业,美国不少报刊都倒闭了,纽约时报也在大裁员,你还是读金融吧。"

"金融危机之后华尔街一片萧条,我们学校的一位学姐,金融博士毕业半年了,现在还没有找到工作呢。我读新闻也是子承父业啊,我就是喜欢干新闻。"

我们的争论草草收场。我早就知道要想干预80后比登天还难。他们是自我自立随心所欲跟着感觉走的一代,至于老爸老妈的金玉良言,他们姑且听之,然后任其随风而去。

3

在美国的第一个夜晚睡得不太好。地铺倒是很舒适，只是时差还没倒过来。

第二天一大早女儿就起来了。毕业典礼是她的兴奋点。早饭后，女儿就换上了黑袍黑帽，然后精心化妆，然后对镜顾影自怜。女儿已经二十四岁了，追求美是她的权利。穿上硕士袍子的女儿神采奕奕，好像换了一个人。然而我对这身黑袍子素来反感，不就是欧洲人过去的教士袍吗，中国人为什么也要跟风？现代化真的等同于西方化吗？

八点我们出发。女儿开车围着学校转了三圈愣是没找到车位。无奈只好把车停在远离学校的收费停车场。停好车我俩急匆匆向学校赶去。女儿穿着高跟鞋，根本走不快，我安慰她：

"毕业典礼晚一会儿没关系。我当年不但黑袍没穿，毕业典礼都没参加。"

"谁能比得了你？你在哪都反潮流，不愧是红卫兵出身。"

"我是任他西风浩荡，逆风飞扬。"

"你逆风飞扬了半天，不也是跑来美国混了个金融硕士吗？回国后奔走呼号二十年，复制华尔街，呼唤市场经济，还不是人在东方劲吹西风吗？"

"我吹西风也吹东风呀，如今已是东风西渐之时，大势已然，无人能挡。"

我和女儿边走边侃。只见街上到处都是匆匆而行的黑袍学生，金发褐发美女接踵而至。

"到底是 USC 呀，美女如云。"

"那当然，我们也不能白挨着好莱坞。USC 的电影学院可是全美第一。"

"你们新闻学院呢？"

"USC 的新闻专业全美排名第四，要不我干吗选它。"

"你们 USC 的收费也是名列前茅啊。"

"爸，你又心疼那点积蓄了。我不是说过了吗，你这是投资啊，我可是绩优股，将来的回报会很可观的。"

"可怜天下父母心，我可从未想到过回报，只知道肉包子打狗一去不回。"

我们赶到学校时，还是晚了二十分钟。USC 主楼前的广场上人山人海。各个学院的本科生、硕士生、博士生分开列队。都是一样的黑袍黑帽,只是带子不同。PHD 是红的,MASTER 是黄的,UNDERGRATUATE 是白的。

女儿急忙寻找新闻学院的队伍,我跟着她在人群中穿梭了好几回才找到新闻学院的大旗,旗子上是一个斗大的"J"。女儿赶紧溜进队中,把我抛在一边。

不久队伍开始进场,然后排成方阵入座。很快不知哪儿冒出来的大批警察把广场封上了,我们这些家长观众只能在广场四周翘首张望。今天穿黑袍的人是主角,他们可以凭借一袭黑袍自由进出。

我选了一处相隔 50 多米能看见女儿的台阶站定,然后两眼盯住目标。女儿在她们同学中如鱼得水谈笑风生,但说的是什么听不见。每隔几分钟,女儿都会站起来向我招招手。

主席台坐满了显赫的嘉宾,最显赫的当然是奥巴马。USC 的毕业典礼居然能搬来总统,可见其牛气冲天。典礼开始了。先是军乐队奏国歌,然后是升国旗,然后是校长讲话。这位白发老校长讲得慷慨激昂热血沸腾,几乎每个段落都能得到下面毕业生们的欢呼。然后是教授代表讲话,然后是博士生代表讲话,上来的居然是电影学院的一个金发美女,我心里纳闷:这个大美女为啥要读博士,为啥不直接到好莱坞当影星?主持人宣布 master 代表名字时,我简直不敢相信自己的耳朵,那个名字居然是 Xiao Fei Guan!伴随着新闻学院震天的欢呼声,女儿健步上台,没有讲稿,没有拘谨,而是镇定自若面带微笑。她的讲话声音激越而甜美,地道的美国腔儿,连一丝中国音都没有。女儿是三年前从英音改美音的,没想到能改得如此彻底。出国前,她老是踩乎我的英语:"爸,你说的是哪国英语啊,整个一个 Chinglish。"

女儿的发言,几乎每句话都能得到新闻学院方阵的齐声回应。她只讲了几分钟,但内容新颖情感充沛。她的结尾还挺煽情:

"是 USC,给了我们诚实的品格;是 USC,给了我们学术的真谛;是 USC,给了我们追求真理和正义的勇气;母校不在乎 WHAT TO DO,母校在乎的是 WHO YOU ARE。USC 校园里那些朴实、直率、挺拔的棕榈树,就是我们 USC 毕业生未来的形象。"

讲完,全场轰鸣,女儿热泪盈眶。我一边为女儿骄傲自豪,一边沮丧凄然。怎么短短两年女儿就被美国化了?美国大学真的那么神奇吗?别忘了你的小学中学大学都是在中国上的,清华大学的四年教育难道不抵 USC 的两年吗?祖国对你16年的培育难道可以一笔勾销吗?我搞不懂了,到底是中国为美国培养人才,还是美国为中国培养人才?

全校的典礼持续了一个多小时。然后是各个学院的典礼。我从广场转移到草地上临时搭建的大帐篷里,坐在头排等候。上午11点,新闻学院的毕业典礼开始了。热情洋溢的女院长讲话之后,开始发授证书。每当院长念到本土毕业生的名字时,坐在我身旁的学生家长就站起一大片一齐欢呼;显然来的不仅是父母,还有七大姑八大姨。当我再次听到 Xiao Fei Guan 的名字时,单枪匹马竭尽全力大吼了一嗓子:关小霏!站在台上手端证书的女儿听见了,幸福满足地一笑,向我招了招手。此时我忽然想到,如果我不来如果我没赶上,女儿会怎样?她真的会在台上哭吗?

毕业典礼结束时,已经十二点半了。我和女儿都饿了。在学校大厅里吃免费自助餐时,我问女儿:"小霏,怎么会轮上你代表全校硕士毕业生发言?"

"那有什么新鲜?今天的美国没人歧视华人学生。我可是新闻学院品学兼优的好学生,而且我的毕业论文得了一等奖。"

"就是那篇'中美非政府组织比较'吗?"

"对呀。"

三个月前,女儿定下论文题目后向我征求意见。我当时坚决反对:"这个题目太敏感了。中国的非政府组织不但数量很少,而且处境艰难,不遭政府待见也不受民间欢迎。"但我的表态无足轻重,女儿还是我行我素。

论文完成之后,我对她说:

"你的那篇论文写得不错,有些深度,但不能在国内发表。"

"我干吗非要在国内发表?"

我无话可说。

饭后,我们一起参观学校照相留念。USC 的建筑确实很漂亮。我们参观了新闻学院、学校图书馆和学生活动中心。女儿是幸运的,能在这么优美的环境中完成学业是一种幸福,可这幸福是用几十万人民币换来的,那是我们老两口一生的积蓄啊。我从不后悔送女儿出国留学,不管将来是走是留,女儿的留学经历终身受用。毕竟国内的大学太滥了,教育市场化的结果是老师争相外出挣钱,鲜有认真教书人,实在是误人子弟。中美大学之间的明显差距是无法回避的事实。

自助餐快要结束时,女儿的手机响了。那是个悠长而神秘的电话,打了足足二十分钟。我猜想来电话的肯定是她的男友。

4

当天晚上,在女儿的公寓里举行了一个堪称盛大的 party。他们苦学苦熬了两年,终于毕业了,解放了,该是放松潇洒的时候了,该是放浪形骸吃喝玩乐的时候了。

两年前从中国大陆来到 USC 读研的学生总共十二人,五女七男,分别来自北京、上海、天津和沈阳。现在除了两个男生回国度假,其余十人都凑齐了。这就是他们 USC 的中国大陆小圈子。圈子里的人我都耳熟能详,那是两年来女儿在我耳边狂轰滥炸的结果。

女儿刚到美国时,我就告诫她:"你们的英语都没问题,不要泡在华人圈里,要主动融入美国的主流社会。"

在美国的前半年,同来的大陆学生并没有都住在一起。女儿和若然就是和几个美国学生住在一个大房子里。然而融合是艰难的。语言不是障碍,文化和风俗是障碍。这些美国学生几乎每个周末都搞 party,来人川流不息,音响震天震地,不玩到半夜三更决不罢休。

开始女儿他们也参加他们的 party,和他们一起唱一起跳。渐渐地中国学生撑不住了。他们没有那么多时间玩,他们要学习,要把 B 变成 A,要拿学位。可是你不参加,他们照样玩,玩得你无法睡觉。

作息时间的差异只是小障碍,文化和风俗的差异才是大障碍。首先是吸大麻,party 中的美国学生 80% 都吸大麻。在美国大麻很便宜,似乎算不上真正的毒品。他们吸,也让你吸;你一次拒绝二次拒绝还能永远拒绝吗?记得女儿和我们视频时讨论大麻问题,可把我和她妈吓坏了。我们苦口婆心千叮咛万嘱咐:"你可不能沾大麻,那就是毒品!"

其次是性生活。美国的中学生一多半都有过性经验,遑论大学生研究生。party 之后,美国学生无拘无束自由同居,他们视同居为家常便饭;他们主动邀请你,没有恶意没有耍流氓,而且情真意切,你一次拒绝二次拒绝还能永远拒绝吗?女儿又在电话里和我们讨论性生活,她妈妈同样紧张:"你已经是成人了,如何处理性生活是你的权利。可是这些美国同学的生活方式对你并不合适。"

结果是女儿既没有吸大麻也没有随便同居,同去的大陆学生也都如此。尽管大陆开放三十多年,尽管世风日下道德沦丧,尽管野鸡遍地二奶盛行,但中国留学生毕竟是中国留学生!

不能融合怎么办?只好搬出来,只好中国人扎堆,于是 USC 的大陆小圈子自然而然形成了。当然,他们不像 Chinatown 的多数中国人,离开中国圈就活不了;他们都有自己的外国同学和朋友,有的还挺铁;但圈子还是华人圈,这是个无意无奈违背初衷的结果,女儿他们欣然接受了。

其实洛杉矶不仅有中国城,还有韩国城、墨西哥城、印度城;这些城也是圈。美国是世界上独一无二的大熔炉,但熔炉里装的不是金属而是人,金银铜铁在炉子里一加温,就会变成一股金属水;而这些泥捏的人,这些各民族的人,打不烂烧不化,彻底融合谈何容易? 即便将来地球真的成了一个村,这村里也不会是一族一性,而是各色人等。

下午,为了迎接 party,三个主人到沃尔玛疯狂采购,光是啤酒就买了好几打。晚餐是中西结合,以中餐为主。作为 party 中唯一的长辈,我也不能袖手旁观。主动下厨为他们做了一个拿手的扁豆焖面。

晚上,女儿的"姐们儿哥们儿"陆续而至。先到的是两个女生,肖菡和蒋晓岚。肖菡是北京人,高挑靓丽,是 USC 的华人美女,也是大陆学生中唯一的读电影学院的;蒋晓岚是上海人,娇小白净,也是新闻学院的。两人都没空手,大包小包拎来一大堆。随后进来的是曹杰,拎来两瓶洋酒,我们三周前刚在北京见过面。女儿对我说:"爸,你不知道吧,曹杰开的可是崭新的保时捷,中国留学生的车属他的最牛。"

曹杰腼腆一笑,过来和我握手。

"曹杰,你怎么这么快就回来了?"

"我在中国就待了十多天,博导找我有事,我就回来了。"

正说着又进来三个小伙子:方磊、余东和田海波,他们都是学计算机的。最后来的是马岩,天津人,在 USC 的马歇尔商学院读 MBA,父亲是中移动的副总。

女儿又凑过来说:"马岩开的是奥迪,也够牛的。"

"你怎么尽关心车呀?"

"在美国,车也是身份的象征呀。我是穷人,所以我开小日本的二手科罗拉。"

"你们的身份都是学生,买什么车也是用家里的钱。"

"所以车是学生家长的身份象征。"

我转向马岩:

"我的小说《时代英雄》写了一个国企老总两个民企老总,你爸看了也许感兴趣。"

"叔叔,我爸看了,看完后巨激动。他说从来没人写过国企老总。"

"中国现在可是国企比民企牛,国企几乎都是垄断行业的巨无霸。中移动至今仍然是双向收费,敞开敛钱没脾气。"

"国内的话费是太贵了,比美国贵了快一倍。"

"爸,你不知道吧,所有美国的留学生都巨怀念中国移动,美国电信公司都信号巨差,服务也特不好,每次打电话给客服都得斗争至少一个小时,还办不了事儿。AT&T 的信号顶多跟联通一样,T－mobil 和 verizon 基本就是小灵通,虽然便宜是便宜,可是没信号啊。"

"看来中国的垄断国企也有优越性,不能一骂了之。"

人齐之后,party 开始了。我和这帮快乐轻松的年轻人一起喝酒一起侃大山。有我在场,他们并不拘束。一个个玩命喝酒高谈阔论。我发现,几个女生酒量都不小,女儿的海量也不知何时练出来的。

他们谈天说地,神吹海聊,谈美国也谈中国,谈友谊也谈婚恋,当然免不了要谈工作和前程;因为毕业之后大家都面临抉择:走还是留? 读博还是工作?

5

我和他们在餐桌上即兴聊了一会儿后,悄悄退席,拿着一瓶喜力,端坐在角落里,听他们围在一起侃,听他们三两一群说;不插话也不打断,我知道今天不是两代人对话和交流的时候,而是 80 后表现和宣泄的时候。品尝他们的话语盛宴,像是读一本 80 后的宣言。

"小霏,今天你可露脸了。上台讲演的感觉是不是巨爽?"

"不就是个几分钟的发言吗,谁上去都一样。"

"小霏,我们只听说你爸是诗人,没听说你会写诗啊,怎么讲演稿写得跟诗似的,是你老爸的手笔吧?"

"我爸压根不知道我上台,要不你们问他。"

"USC 没你说的那么玄。你们没听说吗? 钱多人精上哈佛,钱多人傻上 USC。"

"你怎么过河拆桥挤兑母校啊? 我看 USC 的教学质量还是挺好的,不愧全美排名 21,和国内的大学不可同日而语。"

"USC 就是有钱,一年五万美金学费,真他妈的黑。"

"一个愿打一个愿挨,你是心甘情愿挨宰。再说你爸有的是钱,五万美金何足挂齿。"

"肖菡,你们电影学院够牛的,居然派一个大美女上台发言。"

"那有什么办法,我们学院遍地美女。"

"你这个中国美女好不容易挤进电影学院,干吗不学表演非学电影剪辑呀?"

"你土了吧,现在电影剪辑才是世界潮流。所谓剪辑就是制作。你没看我的毕业作品吧?"

来人多数没看过,肖菡抄起女儿的笔记本,当众表演。我也放下啤酒凑过去看。

肖菡的作品就是一个网站。打开之后有几张静态照片,有商品广告,有酒吧内景,有各种人物。但是你用鼠标点进去,静态照片立刻变成动态电影,主角都是大明星,而且可以任意组合切换。

大家看后大开眼界。

"有你这样的多媒体新玩意,人们将来可以不上电影院了。"

"那是两回事。"

"你这个东西在网上收费不收费?"

"现在是免费,将来成熟了肯定会收费。我们不能喝西北风呀。马云说,免费的东西是最贵的。叔叔,这句话是我从你的《马云传》里看到的。"

肖菡冲着我说

"对,这是马云的名言。现在淘宝还是免费,但它将来一定是阿里巴巴最赚钱的网站。"

我接过话茬。

"肖菡,你是不是还要在电影学院读博呀?"

"当然。博士毕业后我就要杀进好莱坞,把这个资本主义的梦工厂变成社会主义的影视基地。"

"肖菡,你发烧了吧? 怎么痴人说梦啊?"

"USC 要不是沾好莱坞的光,哪来这么多钱?"

"好莱坞也沾了 USC 的光啊,那里的人才大多是我们学院培养的。"

"施瓦辛格也混了一个 USC 的荣誉博士,他把加州搞得都快破产了。"

"曹杰,你何时子继父业成大款呀? 到那时我从你那融点资,咱也收购一个电影公司玩玩。米高梅破产时我就动心了,可惜兜里没钱。"

"肖菡,现在好莱坞的老大是不是还是华纳兄弟?"

"当然啦,不过我看近来国内的华谊兄弟挺火,说不定将来有一天,美国的华纳兄弟真的被中国的华谊兄弟收购了。"

"又是痴人说梦。你到纽约时代广场看看,那儿一家中国公司的广告都没有。"

"别着急呀,很快就会有。"

大伙边说边看,看完作品后,又分散成几堆,继续侃。我有意凑到三个学计算机的男生那边,听他们侃前程。

"方磊,你真的决定回国了吗?"

"对,机票我都订好了,下星期走。"

"咱们 USC 大陆学生回国的好像就你一个?"

"可能吧。虾有虾路,蟹有蟹路,我不管你们如何打算,反正我是要回国创业。"

"你回国是要投奔金海吧?"

"对,李雷重组金海后,给我留了一点原始股,我是和他们一起重新创业,目标是打造中国的软件巨人,叫板微软。"

"哥们够狂的。"

"几年前,李彦宏不也就是在美国读了个研究生吗?回国创办百度,现在身价百亿。奇迹都是人创造的。十几年前,李雷他们开发的 WPS 也曾经占据了80%的中国市场,后来被盗版搞垮了,这才成了 windows 的一统天下。现在国内形势变了,政府国企都用正版,金海的机会来了。你俩是学硬件的,当然应该留下读博;我是学软件开发的,一个硕士够了,程序员的黄金期也就十年,我要是不回去就赶不上金海创业了。我认为创业还是中国比美国的机会多。"

"方磊,你应该回去,成败也得过把瘾。"

"对,我也支持你回去。"

"海波,你读博的事搞定了吧?"

"搞定了。"

"余东,你好像有点麻烦。"

"哥们有点背。读博的事导师让我等,结果他今年不招了,又让我等到明年。"

"那你怎么办?"

"我只能先工作一年,明年再说。"

"有目标了吗?"

"我联系了硅谷的一家公司,下个月就去旧金山。"

"塞翁失马焉知非福,也许你在硅谷还能遇到新机会,博士晚读一年没关系,美国人看重的是 experience。"

工科男谈的是创业和工作经验,文科女呢?我又悄悄转到几个新闻硕士旁。反正他们没人提防我。

"小霏,你那家东方报怎么样?"

"是一家总部在香港的中文报纸,在洛杉矶才发行两万多份,不如台湾的世界日报。"

"你真的要子继父业干新闻呀?"

"不干新闻上什么新闻学院?现在可是信息时代媒体时代。"

"那怎么 pay 呀?"

"华人企业就是抠,一月才两千。"

"什么时候上班呀?"

"两个礼拜后,可惜我不能陪老爸了。"女儿说完瞟了我一眼。

"你爸不用你陪,人家二十六年前就来过美国。"

"李悦,你那家华人公司怎么样?"

"不怎么样。我在那做网上销售,工资也特低,比小霏好不了多少。我准备干几个月就跳槽。不是为了工作签证我才不去那呢。晓岚,你还没找到工作吗?"

"还没有,光简历都递了五十份了。我现在瞄准的是一家医疗器械公司,下周面谈。"

"你实习不就是在医疗公司吗?为啥总瞄着医疗器械呀?"

"我叔叔在上海和一个台湾人合开了一家医疗设备公司,生产 CT 机,他们希望我回去帮他们做销售。"

"那你最终还是要回国?"

"我打算在美国的大公司干两年,然后回上海。"

"上海人就是上海人,老谋深算,精明至极。"

"你们是不是又要拿上海人开涮?"

"哪里,上海人是中国大地上素质最高智商最高的人群,在他们身上寄托着中华民族复兴的希望。一个浦东傲然于世天下瞠目,北京人玩得出来吗?广东人玩得出来吗?任何对于上海人的偏见都是无稽之谈,攻击上海就是攻击中国,我们坚决不答应。何况,蒋晓岚同学还是上海人中的优良品种,绝对不抠,十分大方。你们知道她今晚带来的是什么酒吗?XO!腰缠万贯的曹杰不过带来两瓶黑方。"

"小霏,你这张嘴蛮厉害,咱们新闻学院选你上台发言真是选对了人,你就应该去做记者,而且将来一定能超过陈鲁豫。"

"陈鲁豫不过是我要超越的第一个目标。敢情咱们新闻学院的 marketing 课都是为你们开的呀,你们都是明修栈道暗度陈仓,学了半天新闻结果都去做销售挣大钱,将来 USC 的大陆人里不就剩我一个穷人啦。"

"你老攻击人家做 marketing 的干吗？两千美元只是助理记者的薪水，用不了两年，你就能当上编辑部主任了。你的目标不是纽约时报吗，那儿的工资可不低。怎么你爸一来就哭穷，你也跟着哭穷。"

若然居然把我也捎上了。

"若然，咱们可是一个战壕里的战友。现在新闻学院里的大陆帮就咱俩还在坚守阵地，你怎么能为这些叛徒说话？"

小霏高声叫嚷。

"我这是仗义执言。"

"你真要读博呀？新闻主要靠实践，读博有什么用？你将来打算教书吗？"

"我喜欢在大学教书。毕业后我想到清华新闻学院教书。小霏，你们清华新闻学院的老师是不是都是海龟？"

"80% 吧。不过十年前海龟还值钱，现在国内海龟早变海带了。若然，你就是拿了 USC 的博士也未见得进得了清华，恐怕到时候还得走后门。"

"真的呀，国内大学怎么也牛起来了？"

"你要是想在 USC 混个副教授，恐怕至少要十年。"

"在哪儿教新闻都行，回去还是留下我还没想好，那是几年以后的事。小霏，这么说你这个爱国分子真的要在美国扎下去了？"

"先在美国新闻界混几年再说。将来是走是留我也没想好。"

6

我到厨房加酒时，曹杰和马岩两人拎着酒瓶过来了。看来今晚的节目还少不了两代人对话这一幕。

"曹杰、马岩，两位企业巨子之子，如今毕业了有何打算？"

"叔叔，我们是来向您请教的。您写的《马云传》和小说《时代英雄》我都看了，收获很大。我们想向你咨询一下国内的经济形势，因为我俩也面临着去留问题。"

曹杰说。

"咨询可是要付费的哟，一小时两千美元，我这个价码可只是巴菲特午餐的一个零头。”

“付费没问题。到时我们把钱打到小霏的信用卡上。”

马岩一本正经。

“国内的经济形势喜忧参半。通货膨胀起来了，股市还是不死不活，内需还是没有完全刺激起来，就业的压力还很大，深层结构问题，产能过剩问题，都没有彻底解决，今年经济增长放缓已成定局；但通胀还是可控，最高也就是6吧；企业的活力还在，增长的动力还在。”

“会出现像美国70年代的那种滞涨吗？”

马岩问。

“可能性不大。国内的经济增速不会有大的起伏。放缓也会到8%，调控部门希望速度能降下来，希望能保持7%左右的稳定增长，我看降不了那么多，今年不会低于9%，纵观全球，这已经是很高的速度了，何来滞？通胀超过7%的可能性也不大，而且高点已过已经进入下降通道，何来胀？我对中国经济还是乐观的，中国的高增长再延续二十年还是有希望的。”

“叔叔，国内的形势现在是不是有点乱呀？”

曹杰问。

“准确地说是有点复杂。矛盾激化问题多发，利益集团做大，贫富差距过大，二元结构没有解决，腐败长期困扰，维稳成本增高，政治体制改革滞后，将来的走向还有许多变数。我看中国崛起是任何人阻挡不了的大趋势，中国总会走出一条自己的道路，出现天下大乱暴民四起的可能性不大。如果那样，你爸早把资产转移到美国了。”

“我爸可能还是看好中国，他的主业虽然是房地产，但六年前他就开始涉足软件业，杭州最大的软件园就是他投资的，上个月，他又向软件园追加了投资。”

“他是不是希望你尽快回去帮他？”

“他当然希望我回去帮他搞软件园。我们家就我一个男孩。我现在还在犹豫，我已经申博了，博士毕业后还想像余东那样到硅谷干两年再回去，可我爸说他年纪大了，等不了那么多年，他希望我博士也不要读现在就回去。”

“我在北京见过你爸爸，他没有跟你提起吗？”

“没有啊。”

"你爸也有道理。国内富二代正在接班,也有青出于蓝而胜于蓝的,但也有一代不如一代的。曹杰,你要知道财商和创业才能都是后天获得性,是不遗传的;没人知道自己是不是做老板的料,社会也不知道,只有实践知道。你回去接班对你可是一个挑战呀。"

"这我知道。所以我想多学点再积累点美国大公司的工作经验再回去。"

"你好好跟你父亲商量,他会理解你的。"

"叔叔,您在小说里塑造了一个国企老总的正面形象;可是国内现在大家都在骂国企,到底如何看国企呀?"

"马岩,你这可是个大问题。前两年我们出了一本论文集,叫作《中国改革三十年》,其中国企改革部分是我写的,差不多有六万字。我到中山大学给他们EMBA 班讲国企改革,用了两个半天还没讲完。"

"那你简单给我说说吧!"

"简单说就是中国经济改革最大的特色之一就是做大做强了国企。改革开放的头二十年,国企一直亏损,直到 2001 年才扭亏为盈。国企做大做强不过是最近十年的事。你学商业管理的,应该知道,除了新加坡全世界的国企都搞不好,所以才会有撒切尔夫人的私有化浪潮。世界 500 强几乎都是民企。中国国企目前已经崛起,其中进入 500 强前五十名的就有好几家。国企现在支撑着半壁江山,现在的国企老总已经不再是官员而转化成企业家了,他们也不都是贪污犯,国企有今天,他们功不可没。当然国企的问题也很严重,一个是垄断,垄断的结果就是高价低质和低效率;一个是腐败,腐败的结果就是造就了一个空前庞大的利益集团。这些问题不解决,将严重危害中国经济,而且影响中国社会的稳定。你知道,中移动的一个普通职工一年都拿十几万,各级老总就更不用说了。现在中移动、中石油、中石化这些巨无霸都成了中国最大的利益集团板块,他们唇齿相依紧密团结,死死抱住既得利益不放,长此以往,国何以堪?"

"叔叔,我 MBA 毕业以后打算到 GE 就职,现在正在联系。以后就是回国我也不进国企,更不会进中移动。"

"好,有志气! 其实你进国企易如反掌。现在国企进人大多是靠裙带靠关系,以至不少毕业生说:现在不是毕业生在找工作,而是老爹在找工作。进大型国企比登天还难。这不正常。"

"我也觉得不正常。"

"我看中国现阶段还离不开国企。和跨国公司竞争主要靠国企。没有国企,中国的贫富差距会更大。"

"中国的基尼系数都快到六了,贫富差距超过了美国。"

"对。如果没有国企,基尼系数会更恐怖。如果没有国企这半壁江山,中国就会遍布家族寡头。中国人,包括东南亚,宗法观念根深蒂固,不管企业做多大,总要传给儿子女儿。最近娃哈哈的老板不是把企业传给女儿了吗?企业所有权和经营权分离的结果,造就了IBM和GE。中国没有IBM和GE,所以中国必须有大国企,但是告别垄断的大国企。中国经济要靠两个引擎:国企和民企,所谓双峰对峙比翼齐飞。国企衰亡,中国经济前景黯淡,同样反不掉国企垄断,民企不振,中国经济同样没戏。什么时候世界500强中的中国企业国企民企平分秋色,中国的经济改革就算有眉目了。"

"这种观点我以前还没听说过。"

Party一直持续到半夜三点。我的感觉是就像看了一本80后的小说,获益匪浅。

7

第二天,女儿她们蒙头大睡。早上八点,我就起来了,给女儿留了张字条,翻出她的车钥匙,然后开着那辆伤疤累累的科罗拉上路了。

上哪去呢?

我对洛杉矶并不陌生。二十六年前我曾在这游逛过两礼拜。

位于西海岸的洛杉矶虽是美国第二大城市,但除了downdown那十几座高楼,全城都是低矮建筑。洛城有一点跟北京相似,那就是北富南穷。北边有好莱坞,南边是黑人区,中部是墨西哥人扎堆的韩国城。城北皆山,山都不高,山不在高,有仙则灵,大名鼎鼎的好莱坞就盘踞在山脚下。山下有一条横贯东西的大道叫HOLLYWOOD BL。大道北侧都是花园洋房,越往山上去,房子越大越漂亮。真正的豪宅都在山上,叫Beverly Hills(比弗利山庄),这是洛城的城中城,号称全世界最尊贵的住宅区,好莱坞的大明星NBA的大明星都住在那儿,最上面一般人还上不去。

山庄上有一幢价值三千万美元面积为四千二百平方米的豪宅最惹眼,那曾是歌星杰克逊的住宅,但如今它的主人是华人画家丁绍光。山上也有成龙和周杰伦的豪宅。如今的美国风光之一就是甭管什么地方都有华人的身影。

从女儿他们住的韩国城开车到好莱坞不过半小时的路,我把车停在山脚下,然后信步漫游。眼前的好莱坞与二十六年前没啥两样。依然清幽静谧,道路空荡,几乎不见行人,间或驶过一二辆豪车;依然草地碧绿,棕榈挺拔,房屋耸立,几乎看不见一所新宅;依然山路平缓,景色变幻,宅树巍然,相对无语,物是人非,想必宅中的主人大多易主。

旧地重游,心海无澜。好莱坞对于我从来没有多大吸引力。虽然我的《时代英雄》很快将被搬上电视荧幕,但我一生都是个报人,与影视圈不沾边,更和好莱坞无缘。女儿虽然上的是 USC,但学的是新闻不是电影,也没听说她有征服好莱坞的野心。

我漫无目的地在山脚下徘徊了一个小时,回去时居然迷路了,毕竟多年不来了。我立在道旁,环顾四周,许久才看见迎面走来一个牵狗的中年女人。渐行渐近,眼前的身影似曾相识,她身材窈窕,灰发飘逸,步履从容,容貌端庄。

"Excuse me ,where is Hollywood bl?"

"Straight hight, turn left 。"

当我与她对视时,大惊失色:"这不是凯蒂吗?"女士也长久凝视我,面露一丝惊奇和疑惑。然后我们很快就恢复了常态。我侧身匆匆走过,连"Thank you!"都忘了说。她也没再回头,只是明显加快了脚步。

这个在好莱坞与我擦肩而过的女人真的是凯蒂吗?世界真的这么小吗?我当年认识的凯蒂是一个二十几岁的美丽混血姑娘。一别二十六年,我们天各一方,不仅没见过面,连照片也没见过。二十六年是多么漫长的岁月,一个女人会发生多大的变化,自己不是已经老态龙钟了吗?五十岁的凯蒂会是什么样?纵有相逢应不识。那位女士也许就是一个酷似凯蒂的人,她的年纪看上去也比凯蒂年轻;而且凯蒂一直住在纽约,她怎么会在好莱坞?想到这我不禁苦笑起来。

中午,我在好莱坞的快餐店胡乱吃了一口,然后驱车驶向海边。其实洛城之美全在海滨,它有好几处很美的海滨,最美的是 Malibu(马里布)。我从来没做过比弗利山庄梦,二十六年前没做过,如今更不做了。但我做过洛城海景房的梦。我要是发了财,绝不住比弗利山庄,而是一定要在 Malibu 买一座海景房。推门见海听涛而眠。如今岁月流逝大梦消散,我已知道此生发不了财,也住不上海景房了。

PEPERDINE(湃波丹)商学院就坐落在马里布,它是凯蒂的母校。那年暑假我和陶远尘为何跑到洛杉矶来?一是来看 USC 的楚平,二是来看凯蒂的母校。在纽约,凯蒂就对我俩吹:湃波丹商学院是全美国最美的大学。当时我俩将信将疑。来了一看,真是惊艳,美得让我俩倒吸一口凉气,始信凯蒂从不吹牛。

学校建在半山腰上,清一色的红顶黄砖建筑,古朴高雅;山坡上是绵延数里的草坪,一直延伸到海边;草色连天苍翠欲滴,奇树散落虬龙华盖,大海湛蓝,蓝天高远,海天相连,草海相接,天地间只有兰和绿的泼墨。中国的厦大也依山傍海,然而它没有这么广阔的绿地。

湃波丹商学院不仅是西海岸最美的学校,恐怕也是全美国最美的学校。但同时它也是全美最贵的学校之一,学费之贵直追哈佛。

在这人间仙境上学读书的确是一种福分。但只有像凯蒂这样的富家子弟才有这样的福分。

我独自一人在草地上枯坐了许久。眼前大海横陈碧波万顷,身后小山如黛校舍清幽;二十多年前的往事渐渐浮上心头。

异国他乡梦

二、房东

CHAPTER 2

1

女儿又要搬家了。

她在洛杉矶的两年中搬过两回家,这是第三回。搬家是最令她头疼的事。搬家的原因是她所就职的报社位于中国城附近,离她现在住的韩国城太远,为了上班还得搬。

别看穷学生,收拾出来也是大小十个纸箱子。一个人搬不了,还得动员哥们姐们;几个同学为你卖了一天力,你还得请人家吃饭,还得还人家人情;这就意味着,下次人家搬家,你得召之即来来之能战。来自孔孟之乡的留学生,都知道来而不往非礼也。当然要是请搬家公司,事情会简单得多,但你得破费一大笔。USC 的中国留学生搬家,请过搬家公司的只有曹杰、马岩二人。

如今在搬家公司卖苦力的大多是墨西哥人,他们在这一个小时挣的钱相当于在墨西哥两天所得。所以墨西哥人潮水般涌入美国,最多一年就涌入三十万;所以美国的墨西哥人口总数已经超过三千万(美国的华人不过七百万),已经超过黑人。如果长此以往,用不了多少年,墨西哥就得上演"空城计",而美国人的好日子就一去不复返了。面对此情此景,美国政府急了,急忙在美墨边境上建起了"柏林墙"。

美国和墨西哥接壤的地方就是加州。因而在加州,墨西哥人随处可见,在洛杉矶,几乎"满城皆墨"。这些来到美国的墨西哥人大都处在社会底层,干的都是苦力活。他们聚集在一起,自成社区,不说英语说西班牙语。洛杉矶的公交车几乎就是墨西哥和黑人专车,你在车上几乎看不见白人。

施瓦辛格怎么当上州长的?女儿告诉我,就是因为他竞选时打出了严厉打击墨西哥非法移民这张牌。都说美国已经告别了种族歧视,其实不然,美国白人对于黑人对墨西哥人对有色人种的歧视暗流依然在默默流淌,只是没以前那么明目张胆罢了。

女儿所住的韩国城是洛杉矶最大的墨西哥聚集区。我来了没几天,就隐约

发现女儿他们这些中国留学生对墨西哥人似乎有点歧视。为此,我曾向女儿郑重指出,但女儿若无其事地说:

"没有啊。我们怎么可能歧视老墨?"

"其实你们叫人家老墨就是一种歧视。别忘了,墨西哥人的今天就是华人的昨天。三十年前,穷疯了的中国内地人不也是潮水般地往香港跑吗? 二十多年前,在美国搬家公司卖苦力的不少是华人,我的留美同学就有好几个练过这活。现在美国的华人混好了,出了大老板大律师,出了州长部长,看到奥巴马访华,带去的商务部长能源部长都是华裔,你们一定觉得扬眉吐气;但这只是华人的一面,另一面是在美的华人并非都混出了人样,也并非都是像你们这样的硕士博士;看看纽约唐人街上那些餐馆打工者就知道了,还有成千上万的华人仍然在社会底层;还有潮水般偷渡来的福建广东农民,他们的素质不比墨西哥人高,他们的工作也不比墨西哥人体面。现在美国各州纷纷立法打击非法移民,目标不仅是针对墨西哥人,也针对华人;最近十年,美国的中国移民就增长了60%。别忘了,墨西哥人就是全跑过来了也不过一个亿,要是中国人跑来一半,那就是小七亿,美国佬受得了吗? 到那时美国就真将国将不国了。所幸,中国改革开放初见成效;否则,施瓦辛格的矛头所向就不是'老墨'而是'老华'了。"

"爸,你说的这些都对。我们真的没有歧视老墨。这三年,我们和白人同学老师朝夕相处,还是多少能感觉到他们骨子里深藏的歧视,虽然这种歧视表面上几乎看不出来。在洛杉矶,甚至台湾华人也歧视大陆华人,原因还不是他们嫌大陆人素质低。"

"我怎么在洛杉矶的中国城看不见墨西哥人和黑人老墨和老黑呀?"

"这是洛杉矶的新中国城(San Gabriel Valley),这儿的房价被炒得太高了,他们在这个中国城找不到工作。墨西哥人为啥都扎在洛杉矶的韩国城,因为在这他们能生存。我们雇不起墨西哥人搬家,但我们也得用墨西哥人的清洁工呀,何况,我们还时不时光顾墨西哥餐馆,虽然那儿的饭不怎么好吃。"

搬家是美国文化的重要组成部分。我估摸,美国人一生平均搬家次数不会少于5次。从一个城市到另一个城市,从一个州到另一个州……搬家多少意味着人口流动性的大小,也意味着就业机会的多寡;频繁搬家还意味着,地区差异的缩小和就业机会的均等,还意味着搬家成本的低廉。虽然墨西哥人的搬家公司并不便宜。

美国是一个崇尚自由的国度,他们把迁徙自由发挥到了极致。其实倒推几十年上百年,他们的祖先不都是从世界各地迁徙来的吗?何谓美国?掠各国之美的众国之国。

美国是一个没根的国家。如果说代代相传的百年老宅是欧洲传统,那么喜新厌旧频繁搬家就是美国传统。从某种意义上说,正是美国人的不安分精神孕育了美国人的创新精神。

但是搬家不是中国文化。虽然中国谚语里也有"树挪死人挪活",但安土重迁故土难离故乡月明衣锦还乡落叶归根,才是中国人的传统。故乡再穷再苦,不是迫不得已,人们还是要代代留守。你见过宁夏的西海固吗?你见过甘肃的陇西吗?中国有多少无水无草根本不适于人类生存的不毛之地,那里的人民厮守了多少代就是不愿搬家。

在中国搬家依然是一种奢侈。仅仅三十年前,中国人还没有迁徙自由;即便是今天,二元结构下的中国农民还受制于户口。改革开放以来,民工潮汹涌而来,千百万农民工涌向大城市;出国潮汹涌而来,成千上万学子涌向美国。二十年过去了,大多数在美国的中国人有了花园洋房,进而有了搬家的兴致和习惯;然而,那些拥挤在中国大城市的劳苦功高的农民工又有多少人有了自己真正的家,有了一套属于自己的房子?连房子都没有连家都谈不上,还奢谈什么搬家?就是那些幸运的大城市人,乔迁一次已是大喜,又有多少人能够随意搬家频繁搬家?

在美国搬家是家常便饭。在中国搬家还是一种奢侈。因而在美国的中国留学生还不习惯搬家。

2

搬家之前得先找房子。于是女儿拉着我和她一起"扫街"。

启动之前我问女儿:"美国早就进入网络时代了,租房干吗还要扫街?"

"网上的出租信息我都荡在手机上了,只是没有合适的。洛杉矶有些好房源不上网,我们班上就有两个人的住房是扫街扫出来的。你跟我开车转转挺好,一来帮我找房,二来也顺便视察一下洛杉矶的中国城。我们这也好久不见北京大员的影了。"

"你老爸可不是什么大员,无业游民一个。"

"我知道你现在下野了,没准什么时候又出山了。"

"垂垂老矣出不了山了,在山水清出山水浊啊。"

"爸,你刚六十,至少还能再干十年。"

"我的晚年大业就是含饴弄孙,只不过我的外孙至今还不知在何方。"

一说起这个话题,女儿立刻沉默了。

我和女儿开车在中国城里兜了三圈,也没扫到合适的房子。我们扫的是洛杉矶的新中国城,街道整洁幽静,清一色的美式花园洋房错落有致,棕榈挺拔,草地碧绿,难得见人,偶尔见一老者,悠闲自得,在自家庭院侍弄花草。

"洛杉矶的中国城比起纽约的唐人街有天渊之别呀。"

"那当然,去年假期我把东部跑遍了,纽约的唐人街那叫脏乱差,波士顿的好一些,华盛顿的又好一些,但都比不了洛杉矶的中国城。"

"那是为什么?"

"可能是因为台湾高素质的移民都跑洛杉矶来了。"

兜了一天,近乎绝望,刚要打道回府,突然路边一个白色小院映入我们的眼帘,院门前有一块不大明显的房屋出租牌子。

我和女儿停车按铃,出来的是一位鹤发童颜的老者,身材瘦小,筋骨强健,面色慈祥。

"你们要租房吗?"

居然是地道的京腔京韵。

"是啊。"

"进来看看吧。"

进去一看,小院其实不小,里面有三座二层小白楼,庭院树木繁茂花草鲜艳,有不少果树,有好几棵还挂着黄澄澄的橘子。出租的是一套两居室,客厅不小,厨房也不小,只是房间小点,也就十平方米。这正是小霏要找的户型,因为她是要同李悦合住的。

看过院落和房间，我们被让进一间典雅的大客厅。坐定之后，房东问：

"房子还满意吗？"

"还行吧，只是卧室小了点，离我工作的报馆稍远了点。你这的月租是多少呀？"

"一千一。"

"能不能少点？"

"你们是北京人吧？"

"是啊。"

"那咱们是老乡，我家住西四，你们呢？"

"我们是海淀的。"

"看在老乡的分上，我给你们一个底价，一千。"

"能不能再降点？"

女儿的 marketing 没白学。

房东想了一会儿说：

"这样吧，我降到九百五，不能再低了。这个价还不能让别的房客知道，我这院里住着十几位呢。"

女儿听完问我的意见，我说你自己拿主意。并小声说：

"找个好房东不容易。"

没想到房东的耳朵真灵。

"找个好房客也不容易啊。我这哪的人都有，天津的、上海的、沈阳的、武汉的，我还真不喜欢上海人，斤斤计较；也不喜欢沈阳人，有点粗野，我就是喜欢咱北京人。"

听完这话，女儿当场拍板，签了合同，付了一月的房租。女儿写支票的样子很潇洒。我心想，我一辈子都没用过个人支票，世界上最潇洒最快乐的事就是花别人的钱。

临走，房东问我：

"您是和女儿一起住吗？"

"不是，她和同学一起住。我是来探亲的，待几个月就走。"

"您是老三届吧？"

"对,老初二的。"

"我是老初三的。"

"那我该叫您大哥了。"

"您在哪插队?"

"陕西延安,您呢?"

"我在内蒙古昭盟。"

同是天涯沦落人,相逢何必曾相识。

"您住我这得了,我给你腾间房,不要钱,想住多久住多久。我就是想找一个说话的人。"

"我过些日子就要到东部去看同学,您的好意我领了。"

临走握别时,房东似乎有些遗憾,我也有点感伤。美国之大华人之多,难道他就遇不到一个北京老三届的说话人吗?

女儿的新房东姓詹,是开中医诊所的。

女儿要半月之后才能搬家。那半个月里,她一连接到詹先生好几个电话,内容都是邀请我到他府上做客的。看来这个詹先生真是有一肚子话要说。

3

一周之后,盛情难却,我还是来到了詹先生的家。

还是在那间典雅宽敞的大客厅里。这回我才发现,客厅里原来摆满了中国古董字画,光是青花瓷瓶就有好几个,不知是真是假。詹先生见我如见故人,热情之至。他沏了一壶上等龙井,摆了一桌新鲜水果。

"关老弟,您到这别见外。这些水果都是在我院子里摘的。您的女儿住这好处不少,我不但不收水电费还免费提供水果。"

"那就太感谢你了。"

落座之后,我发现客厅里多了一位四十多岁的女士。相貌平平,气质很好。

"这位是台湾的郭女士,在我这帮助管理房子。"

詹先生这样介绍,我感到他们俩关系微妙。

詹先生虽是悬壶济世之人,但口才甚佳,想当年他在京城也算得上一位侃爷。

"我是一个遗腹子,没见过我爸,只见过他的照片。看照片我爸长得比我帅多了。我爸是学西医的,我姥爷是当时京城小有名气的中医。上世纪四十年代,我爸在协和医学院上学,毕业那年,他有感于西医对好些病束手无策,就拜在我姥爷门下做了学生,他那会儿是想当个中西医都能拿得起来的大夫,照时下说法,他可是中西医结合的先锋。我爸做中医学生不到一年,就把我妈搞到了手。他俩是四六年结婚的,结婚不久,我爸就参军了,当然参加的是国军,成了一个军医;我妈呢,就成了随军家属。他俩结婚两年愣是没孩子,检查的结果是我爸有问题。西医对不孕症没什么招数,还是靠了我姥爷的祖传秘方治好了我爸的病。四九年,我妈怀上了我,可这会蒋家王朝的气数也快尽了。北平和平解放前夕,我爸居然抛下怀孕的老婆一人跟着蒋介石跑到台湾去了,这下可害苦了我妈。我爸一走,我妈就搬回娘家住了,从此和我姥爷相依为命。我生在 1950 年元旦那天,生在这日子是福是祸,我至今没弄明白。"

"詹先生刚好大我一年。"

"解放后,我妈成了反革命家属,那日子能好过吗?她苦撑苦熬了五年,最后还是改嫁了,这回嫁了一个工农干部,比她大八岁。"

"那是时代潮流。"

"从 7 岁起我就跟着姥爷过。后来,我妈又给我生了个同母异父的弟弟,我就更不愿回我妈家了。住在姥爷那能学什么?当然是中医了。从初一开始,我就跟着姥爷背'汤头歌',到了初三,我已经背下上百副药方了。'文革'开始,我成了狗崽子。什么红卫兵,什么破四旧,我压根就没沾边。后来学校又出来好些造反派组织,我也一个没参加。自打'文革'一开始,我就成了逍遥派。停课闹革命那三年,我就憋在家里跟着姥爷学中医,先学开方抓药,后来又学推拿针灸;那会儿可真打算将来靠它吃饭。"

"这么说那几年你的学业没荒废,只是改学中医了。"

"1968 年上山下乡,我是真不想去。可不去不成啊。我算不上独子,也找不出其他留京的理由,加上工宣队整天上门腻歪,我只好卷着铺盖卷上了内蒙古牧区插队。开始两年放牧,后来三年就在当地卫生所给牧民看病;并且一边行医一边学蒙医。"

"社会上可是管巫医庸医叫'蒙古大夫'。"

"那是糟改蒙医。其实蒙医也是中医的分支,有些蒙药还是真管用。1972年,我姥爷病重。我就玩了一个假病退回到了北京。我用的手法很简单,就是吞下一种中药,然后拍片子,假装胃溃疡。"

"我也是病退回来的,我得的是克山病。"

"那可是地方病。姥爷卧床不起的那三年,我一直守在旁边。那三年姥爷恨不得把他肚子里的所有秘方都倒给我。姥爷辞世时,我大哭了三天。

"转眼就到了七七年,那年底恢复了高考。我做梦都想上北京中医学院,结果还是没考上。你想,我就是初三的底子,高中的数理化压根没学过。我就纳闷,学中医考什么数理化?我姥爷不懂数理化,不照样当名医吗?"

"当年钱钟书考清华,数学只得了几分,清华还是照收不误。"

"中医学院上不成,我就弄不着行医执照。其实我那会儿的中医造诣不低,随便塞在哪个中医院,起码也是个中流医生。可没辙呀,没执照会看病也白搭,我又不敢非法行医,只好另找出路,人总得吃饭呀。那会儿,北京的返城知青没着落的多了去了。第二年,北京前门大碗茶开业了,个体户也出现了;我就和一个发小一起在西四练摊卖衣服,后来又搞装修;到了第三个年头,有了点本,我就在西四胡同里开起了饭馆。我可是最早开老北京风味餐馆的人,不光卖炸酱面,什么爆肚、红烧水萝卜、麻豆腐、芥末墩、豆汁儿……一齐招呼。餐馆开了没多久就火起来了,这个小餐馆我经营了整整三年,钱没少赚。不过钱赚得也不容易,那会儿的工商、税务、公安、街道,都跟土匪似的;哪家打点不周,你都干不下去。"

"那会儿的创业环境就那样,现在也只是略有改善。"

"到了80年代末,北京个体餐馆遍地开花,光是打老北京风味招牌的就有十几家;我那会儿也不懂什么连锁经营,就是觉得门店太小发展不起来。后来,我在小西天租了八一厂一个小二层,营业面积有六百多平方米;我投资这个餐馆用了十年经商的血本,光是装修费就花了二十多万。餐馆装完了那叫气派,古色古香,雕梁画栋;餐馆主打还是北京菜,但也增添了川菜和鲁菜。餐馆开业时,我给它起了吉利的名字:吉兆老北京饭庄。可惜这个饭庄并没给我带来吉兆,反而带来凶兆。"

"怎么回事儿?"

"饭庄开业不到一年,我连装修费还没挣回来,就出事了。八一厂三产换了头,新头上来居然不认旧头签的合同。他愣说我和旧头签订的那个租用十年的合同不合法,借口八一厂另有安排非要收回小楼。这不是坑人吗?我急了,赶紧托人找关系,烧香拜佛,上贡送礼,可没想到这主儿六亲不认软硬不吃,愣是不买账。后来没辙我只好托人跟他们打官司,结果官司打了三年,反倒是我输。餐馆停业了三年,弄得我鸡飞蛋打血本无归,我当时真的气蒙了。后来一个街坊点拨我:人家八一厂是军级单位,你一个平头百姓和人家打官司不是找死吗?那场官司让我倾家荡产家破人散,老婆也跟我离了婚。那阵子我伤心透顶,连死的心都有。"

"八一厂还真是军级。军队可以经商那会儿,他们也什么都干。"

"九三年,我通过一个在洛杉矶开餐馆的小学同学帮忙,只身一人来到美国。当时兜里只有三千美金。原打算在洛杉矶重操旧业开餐馆,可是本钱不够,根本开不起来。干什么呢?我不会说英语,一把年纪也干不动体力活,正在我走投无路之时,一桩奇遇改变了我的命运。"

詹先生说到这停了下来,泯了一口茶,抬眼看着郭女士。我立刻明白了,这段奇遇一定是与郭女士有关。果然,这段奇遇史是郭女士讲出来的。

4

詹先生大名叫詹斌。文武为斌,这位詹先生真还称得上文武双全。要说文,詹先生口上功夫真是不浅。俗话说,"京油子卫嘴子",说的就是京津两地人的嘴上功夫。我说过,詹先生算得上一位京城侃爷,那是刚认识那会儿。现在我得说,詹先生至少可名列京城十大侃爷之列。他那张嘴,可真称得上三寸不烂之舌,口若悬河,舌如巧簧,口吐莲花,舌卷彩云。詹先生写功如何?我没见识过,但你能说这嘴上功夫不是文吗?现在时兴口述文学,找一女秘,拿录音机把詹先生精彩片段录下来,然后整理发表,就是一篇上等文学之作。

再说詹先生的武功。先生的口才是不遮不掩的,武功却是深藏不露。所谓不显山不露水,所谓胸藏锦绣腹隐玑珠。詹先生只告人七岁学医,但他不告人七岁习武。詹先生的姥爷是暗藏武功的行医之人,他是武功医术一起传的。传时告诫詹斌，所传武功，只可防身不可攻人；你将来是悬壶济世之人，万不可以武功伤人。

詹先生是从小学医十年习武十年。学医在明处，街坊四邻看在眼里；习武是在暗处，只有一二发小知道。詹先生的姥爷传的是技击太极，此功天机暗藏，绵里藏针，慢时行云流水，快时迅如闪电。刚才说詹斌胸藏锦绣腹隐玑珠，指的不是文采而是武功。詹斌胸藏的是气功，腹隐的是吸功。我和詹先生熟了之后，曾向讨他教武功秘诀，他让我摸他的腹部，我一摸，其腹时而坚硬如铁时而柔软如棉。他让用拳击打，我铆足了劲，三拳打过，拳头生疼，先生纹丝不动；随后先生从地上拾起一块砖头递给我，我抡起砖头砸过去，砖头碎为粉齑，先生还是岿然不动。然后，先生微笑，用手轻推，我立刻踉跄倒地。先生告我，他只用了二分劲。从此我知道了技击太极的神奇厉害。

金庸先生大名远播，他的武侠小说征服不知多少海内外华人。我有幸在西湖论剑时与他有过一面之交。年轻时我也是金庸迷，不过知天命后方知金庸武侠小说乃文学之大幸，武术之大灾。金庸先生用如椽之笔神奇幻化中华武功，结果为其罩上一层云雾，使世人尤其是老外反而看不清中国武术真相。武侠小说和武侠电影中的中华武功都不是真正的武功，而是神功幻功特技功。

我不识少林拳，也没见过武当剑；但我见识过詹斌先生的技击太极，从此知道中国武术是怎么一回事。

詹斌虽然暗藏一身功夫，但在国内四十余年，居然没有露过，就是内蒙古插队时与人打架都没露。

正是詹先生在洛杉矶穷困潦倒走投无路之时。一天他傍晚回家路过郊外，听见有人呼喊："Help！Help！"他上前一看，只见两个高大的黑人把一个瘦弱的亚裔女子推倒在地。原来这是两个刚从监狱里跑出来的家伙，开始是抢钱，后来性饥渴上来，又要抢人。

詹先生大叫一声："Stop！"挺身而出。两个家伙一看，过来一个爱管闲事的瘦小亚裔，不禁冷笑起来。其中一个壮汉，朝詹斌来了一个右勾拳；他以为这一拳就能把眼前这个人打倒在地，没想到，拳到半空，就被一掌接住，自己反倒来了个倒栽葱。两个黑人恼羞成怒，一起抡起拳头向詹斌扑过来；不想，他们根本无法碰到詹斌。詹斌闪躲腾挪后，只一掌，就把那个最壮的黑人大汉再次打倒在地,这回这个壮汉在地上嗷嗷乱叫却怎么也爬不起来了。另外一个黑人见状,从腰里拔出一把匕首,凶狠地向詹斌扎来;詹斌抬手轻拨,匕首顷刻飞出;紧接着朝黑人当胸一掌,这下出手重了,黑人哐当一声倒地,顿时头破血流。

两个黑人逃犯被莫名其妙地打倒之后,谁也没有再爬起来。事后詹先生告我,他第一掌用了五分力,第二掌用了七分力。技击太极是借力打力,柔中带刚,掌过如风,饱含内力。如果他用九分力,这两个黑人就会内脏损伤,躺在地上三天都爬不起来。

推倒两个歹徒之后,詹斌过去再看地上的女子,但见她脸色铁青,人已窒息,命悬一线。他赶紧过去,掐住人中穴;然后推拿面部颈部几个穴位。稍后,女子苏醒。

原来这个三十来岁的女子是到美投亲的台湾人,常年身患严重哮喘病。被歹徒推倒之后,兜里的喷雾剂不知滚到何处。

从此两人相识。詹斌改变了郭女士的命运,郭女士也改变了詹斌的命运。

詹斌用针灸加推拿,居然根治了郭女士多年的哮喘病。郭女士则筹钱帮助詹斌在洛杉矶中国城开了一家中医诊所。

从此两个天涯沦落人,相依为命,生活在一起,共同打理这家小诊所。没想到诊所开业不久就声名鹊起,洛杉矶和旧金山的华人纷纷慕名而来;甚至加州的西医医院里的美国医生也来看病。詹先生看病,一小时收费八十美元,这个价格高出了当地几家中医诊所的一倍,但前来就诊之人仍然络绎不绝。原因是詹先生医术高明,他是中药、针灸、推拿并用,专治疑难病。

詹斌怎么也没想到,美国的钱这么好挣。他和郭女士开业十几年,就挣下了这一院三楼的家产。房子多了,两人只住一座楼,其余的两座楼总共二十多间房都用来出租。其实光是房租已经够两个人生活,但詹先生不愿关了诊所。"再干十年吧。"詹先生对我说,"洛杉矶的许多华人还指望我为他们解除老病根呢。"

詹先生的小院也成了当地的一景。这里居住着来自台湾、香港和大陆的各色人等。有官员、商人、留学生。詹先生和郭女士是开门迎客热情服务。但有两种人他们不接待,一是法轮功,二是攻击中国的人。先生对我说:"我就纳闷,美国人几乎个个都爱国。现在美国烧国旗都合法,可你见得到烧的吗?可跑到美国来有些大陆人,一天到晚骂中国,这我不能接受。中国现在不是没问题,你可以批评;我也时常批评中国;可你不能没完没了地大骂呀?而且尽捡最难听最恶毒的话骂,好像中国欠了他八百吊。我对这号人说,你骂中国有瘾是不是?哪爱听你骂你就住哪去吧。我这儿不行,我听着耳根子烦。"

没想到詹先生还是个爱国主义者。

5

詹先生的奇遇记有点像电影,可你看郭女士讲述时的严肃神情,又不得不信其真。他们的中医诊所就在不远处的中国城里,他们的白色小院就在你眼皮底下,而这一切都是两人奇遇之后的产物,你能不信吗?

闲聊之间已是饭点。詹先生说:

"关先生,今儿我请你吃海鲜。"

说完就站起身来。客随主便,我也没推辞。

走出大门不久,郭女士就把车开了过来。我一看,是辆八成新的丰田皇冠。上车之后,郭女士开车,我和詹先生坐在后座继续聊。

"关老弟,你信缘分吗?"

"有点。"

"我不信佛也不信基督教,但我信缘分。我这辈子跟台湾有缘。我爹当年跑台湾去了,把我们娘俩害得好苦。几十年过去,台湾都是我心中的魔障。没想到,十几年前我只身跑到美国,举目无亲走投无路时,上天又给我派来一个台湾天使,帮我在洛杉矶二次创业打下一片天地。我琢磨着,台湾前半生欠我的,后半生派郭女士还债来了。这后来的十几年,台湾又变成我心中的福音了。我的诊所全靠台湾人照顾,我的朋友也多一半是台湾人。后来我没加入北京同乡会,愣是入了台湾同乡会,弄得我自己都不知道我是哪的人了。"

"我是得还债呀,詹先生是我的救命恩人。这救命之恩我下辈子也还不清啊。"

郭女士大声说。

"不用老提那件事,这么多年你在我身边帮我照顾我,咱俩早扯平了。"

看这对患难情侣一唱一和,我心中不无感慨。我估计两人没有正式结婚,但是十几年患难与共同舟共济同床共枕,应该也是事实上的夫妻了。海峡两岸中国人对峙几十年,说解冻就解冻了。如今的台湾商人恨不得把上海当成家,两岸三通也变成了现实。在美国,大陆人和台湾人的界限也日渐模糊。女儿供职的那家报社,同人中的台湾人和大陆人谁能分得清?天地沧桑人间冷暖,时间可以改变一切。

车开了二十分钟,来到一家古色古香的大餐厅。詹先生告我,这原来是洛杉矶最大的一家意大利餐厅,后来被福建人盘了过来,如今变成当地最火的餐馆。

进去之后我发现,原来这是一家中西合璧的自助餐厅,里面有海鲜、牛排、中式炒菜,凉菜、炒饭、面点……总有上百种,琳琅满目目不暇接。

我们三人坐下来后,各自选了一盘菜。我捡了一块牛排、一块三文鱼和几只大虾,再看他们两人,盘子里大半是青菜。人家毕竟是中医之家,懂养生之道。

我们边吃边聊,这回詹先生开始纵论国事天下事了。原来他请我来做听客,不仅要听他的身世和奇遇,还要听他的政见和高见。

"前几年,美国天下无敌,浑身上下都是霸气。这几年让金融危机弄得霸气没见少,底气不足了。我就是一医生,不懂政治也不懂经济,可我总觉得美国已经开始走下坡路了。这国家也跟人似的,人要是肾虚血亏,这身体也就一日不如一日;国家要是没了经济支柱,也就没了底气,也就一年不如一年。光有高科技不成,光有飞机军舰也不成。美国现在是背了一身债,自己还什么都不造。你到超市瞅瞅,从家电到服装,哪样是美国生产的?我看美国人现在是让中国人养着,国债也靠中国给他背着,这么下去,美国人的好日子有点悬了。"

"你说的这是产业空心化。美国的制造业竞争力是不行了,但它现在还有军事工业和高科技产业,其中主要是 IT 产业和生物工程,这两大产业可是世界未来的发展方向,这两大制高点如今还在美国人手里。"

"对了,我忘了关先生是财经记者,你肯定懂经济。你说说美国经济什么时候能缓过来。"

"恐怕还得几年。现在是复苏无力前景堪忧。美国经济不景气对你的诊所有影响吗?"

"影响是有,不是很大。美国人花钱没以前那么冲了,但看病的钱还是不能省不是。经济不景气,工作不好找,对大陆来的留学生影响很大。看着他们为工作犯愁,我心里也着急。我这个小诊所,最多能顾两人。一时半会真还帮不上他们。"

"詹先生不愧祖传中医,菩萨心肠,治病救人,还操心人家的工作。"

"都是中国人,能不互相帮助吗?我刚来那阵,人家怎么帮我来着。你说这些年咱中国是不是发展得挺快?我出来那阵,中国在世界上的动静还不大,这几年动静越来越大。金融危机之后,美国不灵了,我看这世界经济大半是靠中国撑着。现在甭管是铁矿还是棉花,只要中国一买,那价格就嗖嗖地往上蹿。什么东西一沾中国制造,那价格准是最便宜的。"

"对,全世界都沾了中国制造的光,其实中国制造的背后是中国几亿农民工的血汗,是山河污染资源耗尽。"

6

聊到这时,詹先生忽然想到忘了要酒。美国的自助餐厅也不管酒水。

"关先生,你喝什么酒?"

"喝点啤的吧。"

詹先生随即要了两瓶百威啤酒。

"你说,中国发展得这么好,可为啥尽招骂呢?美国人骂咱能理解,说实在的,美国人还真不骂,他们无非是恐惧中国崛起。在美国的台湾人香港人都很少骂,天天骂的都是大陆来的。原来我这小院里住着这么一位,好像还是什么交流人才,这主儿一边骂中国一边想着法赖在美国,结果没弄好回去了,不知他回去还骂不骂。"

"国内现在宽松多了,这主儿回去想骂还可以照样骂。我估摸这些人骂的也不是中国,他们是对现行体制和现状不满。"

"我也知道国内现在有点乱。去年我回国探亲,感觉也不好。大伙日子好像是越过越富,但怨言也越来越多。国内的亲友除了钱什么都不认,什么亲情啦,什么道德啦,全不认。我那个同母异父的弟弟见到我就是要钱,弄得我实在不愿意回去。"

"经济上去了,道德下来了。"

"这次回去见到两位以前做生意的朋友。有一位原来做化工的,做了二十几年了,生意做得挺大,工厂规模也不小。这次见他,他不练了,把厂子也卖了。我问他为啥,他说,生意做得太累,钱挣得太累,关键是心里不平衡;自己拼死拼活辛辛苦苦一年挣不了多少钱,身边那些当官的,轻轻松松,捞到的钱比我多得多,世道不公,我他妈不干了。另一位原来是做建材的,也算得上这个行业里老资格。这次见到他,这位老兄退出建材行业干起石化管道工程来了。我问他怎么回事,他告我自己商场打拼这么多年才悟出来,在中国,不能挣市场的钱,得挣共产党的钱。挣市场钱,又辛苦又有风险;挣共产党的钱,又舒服又安全。前三年他托亲友同某央企管工程发包的官员拉上了关系,从此走上康庄大道。他说,我现在一年打点这位官员几十万,每年从他那拿到的安装工程的利润就是几百万,有了这活,傻冒才上市场打拼去呢!他后悔自己开窍太晚,要不早赚足了。关先生,你看国内的腐败还有治吗?"

"我看要想根治很难,能控制住就不错了。"

"这些年,我差不多隔几年就回去一趟。有时感觉,国内变化真大,发展势头真猛;有时又感觉,国内越来越乱,担心什么时候闹出大乱子来。不管怎么说,我对那种绝口不提中国成就,一味攻击谩骂中国的人不能容忍。你他妈还算不算中国人呢?有时,我琢磨着,是不是中国当权的宣传不够,中国取得了那么多成就没宣传出来?中国现在不是富了么?为什么不在宣传上花点钱呀?你看美国人多会宣传呀,屁大点的事一定让全世界都知道。有时,我也气愤那些使馆的小官僚,一天到晚不干实事,就知道找我们捐钱,你捐了钱,他们也把钱都打水漂了。不管什么活动都搞得乱七八糟,国庆节演的节目水平都很差劲。关先生,你的见识高,你给我分析分析,这到底是怎么回事?"

"中国的事太复杂,我也说不好。经济奇迹举世瞩目,社会矛盾空前尖锐,眼下中国就是这个样子。邓大人设想到本世纪中叶,也就是 2050 年,中国达到中等发展水平,人均 GDP4000 美元;结果中国 2010 年就达到了,整整提前了四十年啊。经济发展超常,当权者没有准备,社会也没有准备。结果两极分化,分配不公,官员腐败都出来了。一部分既得利益者获取了体制和资本的巨大额外收益,大多数人没能分享到应得的改革成果。蛋糕倒是造得又快又大,但分得不合理也不行啊。按照现在的财富积累规模,中国城市的平均工资怎么也得在五千块钱以上,可现在还是两千多;社会福利怎么也不能低于印度,可现在就是不如印度,印度百姓看病上学都不要钱,中国的 GDP 可是印度的三倍多,你说老百姓能不骂街吗?中国要想把社会改革和政治改革搞好,恐怕还得二十年。到那会儿,还会有人骂,但会比现在少。"

"中国政府不能向美国的霸气低头,这会可不是八国联军时代了,中国已经强大了。你手里也有牌呀,朝鲜就是一张牌,制造业全球工厂也是一张牌呀,美国人再牛不能不吃不穿吧。你不能老是看着人家给你抹黑,无动于衷,你得反击是不是?"

"詹先生,我看你是个爱国主义者呀。不光为国操心,而且还为国出谋划策。真是人在美国心在中国呀。"

"爱国谈不上,到美国光忙乎着为自己赚钱了,为国家什么也没干,怎么能叫爱国?我和那些为国家捐钱捐物的老华侨没法比,人家那才叫爱国呢。我不过是个正直的中国人,还有点自尊和廉耻。现在国内的爱国主义臭大街了吗?"

"那倒不是。国内的新爱国主义方兴未艾。不过,像你这样身在美国心里还惦记着中国的人难能可贵呀。"

"不能这么说,洛杉矶华人里像我这样的人为数不少,我们自称中国帮,时常和那些专门骂中国的人辩论。至于刚才我为国家支的招,也就是跟你老弟说说,过个嘴瘾。一个搞推拿的,懂什么政治,还敢为国家支招?我那些话,别说领事馆的官员,就是一般工作人员,都没工夫听我白胡。憋在心里难受,这才硬拽着老弟来,我一见面,就知道咱俩能聊到一块,都是老三届呀。"

"那倒是。经历相同,思想也差不多。"

那顿饭,我们足足吃了两个多小时。詹先生侃的时候,郭女士从不插话,只是坐在一旁静静地听。我不知詹先生这一肚子话以前和他的枕边人说过没有;看样子没说过,要不她怎么会听得那么专注?难道詹先生这番肺腑之言就是专门留给我的吗?

詹先生高谈阔论时,我也尽量少插话。即便他主动问我,我也尽量简单回答。我知道今儿的主讲是詹先生,我不能喧宾夺主啊。

想来詹先生请我吃饭请我听讲,并非功利之举,只是宣泄过瘾而已。我乃退休之人山间野老，无官无职，无关无系；詹先生纵有金玉良言锦囊妙计救国之策，和我说管什么用？我既不能为他上达天庭，也不能为他诉诸媒体，不过一个陪吃陪喝陪听之人而已。但就这么一个人，洛杉矶之大好像还不好找。

詹先生这几年的房东也不好当，房客中什么人都有，不愉快的事也时常发生。所以詹先生感慨道：找到一个好房客不易。我的女儿真的是好房客吗？但愿如此。

好房客不好找，好听客也不易寻。茫茫人海，高山流水，谁是知音？

詹先生遇我可谓三生有幸，我与詹先生相识，可谓不虚此行。听君一席话，胜读十年书。先生四小时神侃，让我获益匪浅。

7

到詹先生府上做客之后不久，我就只身前往东部，到纽约寻梦去了。

6月初，女儿搬进了白色小院，很快成了好房客。女儿告之，她在詹先生那受到特殊照顾，不但比其他房客多吃了好多免费水果，而且脚踝扭伤，詹先生为她推拿三天妙手回春，竟然分文不取。女儿说，这都是老爸的面子。我听了不禁一笑，萍水相逢，两面之交，哪来的面子？看来詹先生真拿我当知己了。

东部寻梦走了一大圈，等我再次回到洛杉矶时，已经是八月了。

与女儿重逢，当然也与詹先生重会了。詹先生知道我还要在洛杉矶滞留两月，喜上眉梢，立刻为我腾出一间房来。我说我住女儿的客厅就足够了，他说，那哪成啊，我不能慢待了您啊。我说，我要单独住也成，我得付房钱。詹先生一听就急了：

"关老弟，你见外了吧？我怎么能收你这点钱呢？初次见面，是我邀你来住的，如今你能赏光，已经给我面子了。咱哥俩今后不谈钱成吗？"

我拗不过他只好从命，在女儿隔壁的一间挺大的房间里住了下来。

詹先生根本不知我的财政底细，我执意要付钱时似乎也财大气粗。他要是知道我为了省下几个房钱，在纽约唐人街徘徊了大半夜，不知该作何感想？

但女儿知道我们的家底。

"爸，你这下赚了，一分不花白住，房间还比我的大一倍。我在 USC 学了两年新闻公关,本事还是赶不上你啊。你是无师自通呀。"

"你爸不用搞什么公关。我什么也没做,就是老老实实做了四个小时听客。关键不是公关手段,而是人格魅力。我和詹先生刚见面,还没给他做听客呢,他就邀我来白住。这叫一见如故相见恨晚,万里觅知音,知音自北京来。"

"爸,你也太神了。以后你有时间给我开公关课吧。"

"行啊,老新闻讲公关还不是小菜一碟。不过得按小时收费,詹先生医界高人,一小时收八十美元,我乃媒体高人,一小时怎么也得收 60 吧。"

"成,你随便收,反正羊毛出在羊身上。"

女儿一语中的。

在詹先生小院住下之后,我俩聊天的时间多了。每逢闲暇,我们老哥俩就坐在客厅里,沏上一壶好茶,品茗开聊。时间充裕了,詹先生谈话的广度和深度都和以前不同了。他谈过去也谈现在,谈政见也谈情感;北京奋斗史,洛杉矶奋斗史,前妻恩怨,现"妻"情缘……娓娓道来,由衷倾诉,时而激愤,时而伤感,时而拍桌大骂,时而潸然泪下。从他的讲述中,我看见一个阅历丰富并不古怪的老三届的人生轨迹。

我仍然充当好听众的角色,但不能长期沉默了,于是,也谈我的过去和现在,观点和追求,事业和情感。但我说得少他说得多,人家可是北京侃爷啊。

日复一日,周复一周。盛末秋初,在美国西海岸的洛杉矶,在棕榈树旁,在葡萄藤下,两个花甲之年的中国人,两个中国的老三届,话语滔滔,汩汩流淌。话语之河中,有逝去的时代,也有正在经历的时代,有一代人的苦难,也有一代人的情感,而所有这些,都是我们的儿女们那些 80 后 90 后们所陌生、所隔膜的。因而,詹先生只能和我谈,不会去找女儿谈;所以詹先生揪住我不放,所以我们之间的话,三天三夜七天七夜谈不完。

可惜,没有人记录我们的谈话;可惜,女儿他们这些新生代的记者们,还没有想到挖掘他们父辈的精神财富。

8

我在詹先生的小院里白吃白住。日子久了,心有不安。来而不往非礼也,我总应该帮助詹先生做点什么。没过几天,机会来了。詹先生和一位年轻的房客发生了冲突,请我来调解。

这位房客是个 80 后。南方人,面容清秀,眼睛明亮,话语不多。他来美国三年半了。一年半前获得了 USC 的经济学硕士学位。他在詹先生这住了一年多了。詹先生实在是他的恩人,过去两人关系还不错,没想到他居然翻脸了。

年轻房客,我这里不得不隐去他的姓名,一年前搬来时,刚毕业,没工作,囊中羞涩,住了三月后就交不出房钱了。古道热肠的詹先生不但没撵他,反而让他到诊所上班去了。詹先生的诊所是个小诊所,原来已经雇了两个人,并不缺人手。让年轻房客来上班,纯粹是为了帮他。

年轻房客在诊所干了七个月。最后一个月出事故了。他没有经过医学训练,所以詹先生嘱咐他在诊所只干杂活,别动医疗器械。诊所里的医疗器械中有中医用的针灸火罐之类,也有西医用的手术刀,那是詹先生用来对付囊肿的。

年轻房客没有听话,他私自动用手术刀时割伤了自己的手腕。这算医疗事故吗?很难说。出事之后,詹先生一边为他疗伤,一边给了他一千美元的赔偿。该不该赔还是一回事。本来这桩小事已经了结。然而两周前,年轻房客找到了新工作和新住处,他来和詹先生结账时,突然翻脸了。他拒付所欠的半年房租,原因是房间里发现了蟑螂;最过分的是,他要求詹先生为其所谓医疗事故赔偿五千美元,否则要将詹先生告上法庭。这简直就是敲诈勒索,就是无理取闹,就是恩将仇报。

詹先生愤怒了也心凉了。他没想到这一代年轻人是这样行事对人,也没想到他们奉行如此道德准则。他不在乎区区五千美元,也不怕和他对簿公堂,他是不能咽下这口气。

我出面后很快了解到,年轻房客的背后有一个新交的女友。女友是学法律的,所有的馊主意都是她出的。

我邀请年轻房客和她的女友面谈了两个小时,最后和他们达成协议:房租按80% 交纳,赔偿费从过去的一千美元提高到两千美元。

詹先生接受了我的调解和这个协议,此事彻底了结了,我也算给詹先生帮了个小忙。

我自认这活干得还算漂亮。大功告成之后我对女儿说起,女儿睁大了眼

睛问:

"天哪,还有这样的80后吗?"

"瓜子里都能嗑出个臭虫来,啥仁都有。我不认为他俩就代表80后,但我得承认他俩不是个别现象。"

"爸,詹先生就够能侃的了,他都没搞定,你怎么一出马两小时就搞定了呢?你到底跟他们怎么谈的呀?"

"协议细节是最后谈的,十分钟就谈定了。大部分时间里我只跟他们谈道德底线,去意识形态的道德底线。我对他们说,你们是80后,我女儿也是80后。我和詹先生这代人已经或者正在退出历史舞台,中国的希望,中国社会改革和政治改革的完成都靠你们80后了,我们这一代没戏了。但你们两人的行为让我为你们这代人忧心忡忡,因为你们失去了道德底线。这个道德底线并非中国独有,而是人类文明的核心,那就是诚实诚信,就是利己利人,就是不能唯利是图。用中国老话说,就是礼义廉耻,就是知恩图报,就是良心。失去这个道德底线,社会不能维系,人类不能生存。我承认,你们都很聪明很有才华,你们成长于网络时代市场经济时代,视野开阔,知识丰富;你们懂经济懂法律,你们有市场头脑,有维权意识,有个人意识,这些都是我们这代人望尘莫及的。但是如果你们不能恪守这条道德底线,恩将仇报,敲诈自己的恩人,那么你们所有的优势都将化为乌有,你们不但不能成为社会的栋梁,而且会成为社会的蛀虫,成为你们所厌恶的蟑螂。就算你们今天得逞了,赖掉了房租又敲诈了五千美元,你们拿到的是金钱,丢掉的是道德良心。这几千美元奈何不了詹先生这么大的家业,但它会弄碎一个善良老人的心。何去何从,你们自己选择吧。"

"太精彩了! 爸,你不愧为老记者老作家,姜还是老的辣,女儿我的口才要是练到你这份上,还得好多年啊。"

"你别贫,这不是口才问题,我也不是合纵连横的苏秦张仪,这是道德问题是灵魂问题。关键是你们80后将拥有什么样的道德和灵魂,它将决定中国和美国的未来。才能都是次要的,你们这代人在才能知识上超越我们这一代那还用说吗? 不用等到将来,现在已经超越了。"

"爸,我有自知之明,就是在才能知识上超越你也不是件容易的事。起码,现在还没有超越。至于思想境界,那就差得更远了。"

"不必妄自菲薄也不能无边狂妄。人贵有自知之明。"

9

客居詹先生小院不久，我就时常看见豪车出入。詹先生雅致温馨的白色小院，其实相当大。三座白楼只占了一半的院落，另一半是果树林和停车场。住在这还有一个好处，就是停车方便，不用"街趴"（street parking）。

住在院里的八九个年轻人都有车，有新有旧，其中最寒酸的是女儿的科罗拉。我时常见到的豪车，一辆是崭新的保时捷 SUV，一辆是崭新的宝马 730。开这两辆车的人格外年轻，看上去也就十几岁。

一天饭后，我和詹先生在院里散步。这两辆豪车先后脚开进来。先后下来的年轻人都客气地同詹先生打招呼。我问他：

"这两个开豪车的房客怎么看起来年纪都很小啊。"

"是很小，一个十七，一个十六，还有一个女孩，也是十六岁。他们都是中学生。其中那个开保时捷的他爸是我的朋友。我这地方大房子多，身边又没孩子，于是国内朋友就把他们送到美国上中学的小孩寄住在我这，最多时住了 5 个，现在一个上大学了，一个回国休假了，还剩下三个。他们每人每月交六百美元，我管吃管住。"

"原来如此。他们这么小就开这么好的车呀。"

"你别看他们年纪小，可都比我有钱。他们的父母不是当官的就是经商的大款，要不怎么能把孩子送到美国上中学。那个开保时捷的叫李俊，他爸就是那天我跟你说起的那位做管道工程的老板。我也不知道他爸给了他多少钱，刚到美国一个月，就花十八万美金买了这辆保时捷。那个开宝马的叫韩东岳，他爸是国企老总，也是来了没两月就买了辆宝马开着。弄得他们学校的美国同学都搞不清中国人究竟有多少钱。那个女孩叫姜静，父亲是个官员。我这纯粹是学雷锋做好事，自找麻烦。那个韩东岳现在和姜静谈起了恋爱，弄得我管也不是不管也不是。"

"原来都是富二代和官二代。两极分化，这是我们最不愿意看见的改革结果，但它还是出现了。他们都是 90 后吧？"

"是啊。住在我这的 90 后都比 80 后有钱,一代胜过一代呀。"

"他们在美国上完中学还得读大学,没个十年八年的回不去,这费用可不少啊。"

"当然。我看他们将来可能都会留在美国。"

"那可不一定。他们中的富二代还要回去接班呢。美国再好也没有回中国当老板好呀。前不久,娃哈哈掌门人的女儿不是回国接班了吗?这位富爸爸的千金也是在美国上的中学。"

"这倒是。你说得在理。"

没过几天,我就和这三个 90 后混熟了。因为我们在一起吃饭,天天见面。我原本是要和女儿一起吃的,可她经常上夜班在报社吃;不得已只能在詹先生这开伙。白住我已经不落忍,怎么能再白吃?于是我提出要交饭钱,这回詹先生的脸又沉下来了:

"我俩相识一回,我能收你这点饭钱吗?再说本来就做着好几个人的饭,不就多添一双筷子吗?"

没辙,只好白住又白吃,两头蹭。

詹先生家里吃饭很热闹,加上我,三个大人三个孩子,六个人围坐一桌,其乐融融,真有大家庭的气氛。饭都是郭女士烧的。她祖籍福建,福建菜广东菜都会烧。我因为是蹭饭的,所以经常来帮厨,有时饭后也帮助洗洗碗。开始詹先生也来阻挡,我急了:

"饭钱房钱你都不让交,干点活帮把手你还不让?"

詹先生一听连忙说:

"好好,你干吧。咱这岁数的人活动活动筋骨也好。"

慢慢地我发现,三个中学生什么活都不干,真正的是饭来张口。我问詹先生这是怎么回事,詹先生回答,当初签订合同时就没有包括做家务。我又急了:

"詹先生,恕我直言,您这不是腐蚀下一代吗?这样会把这些祖国的花朵惯坏的。我看这个合同一定要修改。这不是钱的问题,你们双方都不缺钱,这是事关教育下一代的大问题。"

"关先生,您开始上纲上线了。他们住这的一年多里,我也感觉到这么着有点不对劲。可是改合同容易,让他们干家务可就难了。关键是他们在家时都是四体不勤五谷不分的千金万斤,什么都没干过什么都不会干呀。"

"不会干让他们学呀。这么着吧,我这个蹭吃蹭喝的主儿也做点贡献,你把教育下一代的任务暂时交给我吧。我不怕得罪他们的父母,左右我一个都不认识;而且他们远在万里之外,看不见也够不着。"

"那好啊。我也不付你教育费,拿房费饭费顶了,这样咱俩就两清了,省得你老是不落忍。"

说定之后,我还真给自己找了个闲差。我真实不露的目的是要解剖90后。

第二天,我这个教育总长兼学监就正式上任了。我先给三个90后留美中学生开了个会,会上向他们宣讲了参加家务劳动的重要性必要性紧迫性,然后请他们表态。韩东岳和姜静都欣然同意,李俊虽然最后也同意了,但有点不情愿。最后我向他们布置了任务:每天负责打扫各自的房间,轮流负责洗碗。我没敢让他们帮厨,我琢磨着郭女士一定会认为让他们下厨房还不够添乱的呢。

家务劳动教育实施的第一周,效果还说得过去。房间每天都打扫了,姜静和韩东岳比较认真,李俊纯粹是瞎对付,最多一天用两分钟。我视察时对他进行了批评,他狡辩说作业多没时间,实际上他每天都玩游戏玩到半夜。

轮到李俊洗碗时,第一天就打了两个郭女士最喜爱的金边碗。没办法,大少爷洗碗赶上大姑娘上轿了,都是头一回。

有一天,天气闷热。饭后詹先生从冰箱里拿出一个大西瓜,拿起刀刚要切,我大叫一声:

"慢!"

然后我把水果刀交给韩东岳:

"东岳,你来切。"

东岳接过刀走到西瓜面前,给西瓜相了半天面,不知如何下手。

"吃过西瓜吗?"

"吃过。"

"你吃的瓜是谁切的?"

"保姆。"

"没吃过猪肉还没见过猪跑吗? 没看见过人家怎么切瓜吗?"

"没注意看。"

"那你自己琢磨着切吧,我们大伙儿可都等着呢。"

韩东岳围着西瓜转了三圈,还是不知如何下手。看看大家等急了,这才挥刀向西瓜杀去,西瓜倒是切开了,一半三分之一,一半三分之二。

我指着西瓜说:

"十六岁的人了,连西瓜都不会切! 你们真是废了的一代,中华民族的伟大复兴还能指望你们吗?"

三个90后面面相觑不说话。

在我的严格监督下,詹先生小院里的90后家务劳动计划还真坚持下来了。慢慢地他们三个也就适应了。不就是每天抽出十分钟整理一下房间吗? 不就是三天轮上一回洗十分钟碗吗? 割不下他们身上一块肉。

渐渐地我感觉到,光让他们做点家务还不行,得让他们出去打工。不是为了钱,而是为了得到宝贵的社会实践,是为了让他们知道钱是怎么挣的。我把这个想法和詹先生一说,他一拍大腿说:

"好哇,就应该这样。美国部长的孩子大老板的孩子,都打工。美国青少年,一过十六岁,就自立了,觉得再花家里的钱是耻辱,中国的90后可没一个这么想,他们总觉得花家里的钱天经地义。"

"单是为了转变观念,也得让他们出去打工。咱俩先说动他们,然后偷偷为他们安排好,每天两小时就成,不会耽误他们学习的,也就是让他们少玩会游戏。"

我们说干就干。詹先生人缘好路子宽,很快就给两个男孩找到了工作,一个在中餐馆洗碗,一个在墨西哥餐馆配菜。剩下这个女孩詹先生把她安排在诊所干杂活。

一个月后,三个打过工挣过钱的90后变化不小。我和詹先生给他们开总结会,会上他们说得还挺好。

"我和诊所里两个打工的80后成了朋友,他们一边打工一边上学,真挺不容易的;相比之下,我们90后太轻松了。"

姜静第一个发言。

"在中餐馆洗碗是挺苦的。我每天只干两小时都有点撑不住,可那些打工的福建人一天要干十小时,一月工资才两千元,我每月的零花钱就花掉三千多;

都是中国人,差距太大了,这是为什么?我现在每天都在想这些问题,还没有想明白。"

李俊的态度很认真。

"老墨餐馆的活也很累。餐馆里的生意不好,他们生活得挺艰难。但墨西哥人很抱团,他们都在互相帮助。他们中好多都是非法移民,整天提心吊胆的。我在那干了一个月,总共才挣了六十美元。我第一次知道了钱是很难挣的。昨天我把这六十美元都给了一个老来餐馆捡剩菜的墨西哥老太太,我看她挺可怜的。"

韩东岳最后说。

听了他们的发言,我和詹先生都很有感触。我们都没有再讲大道理,而只是鼓励他们坚持下去。我最后说:

"如果你们能坚持一年,你们就会变得让你们的父母大吃一惊的。"

会后詹先生郑重其事地对我说:

"我真为中国的下一代担忧,他们养尊处优好逸恶劳,花钱如流水,没有独立生活能力,关键是没有自立精神没有吃苦精神;比起美国的90后来,他们可差远了。我也为中国的未来担忧,照这么下去,美国的下一代一准能打败中国的下一代。"

"詹先生,您过虑了。中国的大款和大官子弟能有多少?中国几亿90后农家子弟能这样吗?再说这三个孩子打工之后变化不小,这说明这些富二代和官二代的90后也不是不可造就的。"

"变化是有的,但造就成才可没那么容易。"

"那当然。不过他们才十六七岁,可塑性还很强。咱们十六岁时候在哪?"

"在农村插队呀。"

"那不结了。知青中有高干子弟也有社会名流子女。当年邓小平、陈云的孩子都在我们延安插队。他们不都是在保姆怀里长大的吗?到了农村不是什么都会干了吗?"

"对呀,应该把这些90后都打发到农村去锻炼几年。"

"那不是二次上山下乡吗?我看也不必。等他们走向社会就会改变。一代人有一代人的风流,今天的周杰伦就是咱们那会儿的红卫兵小将骆小海彭小蒙啊。今天的 90 后不会切西瓜,可他们会开汽车,咱们十六岁时摸过汽车吗?"

"您说的都在理,可我还是担心。我观察他们一年多了,越看越不放心。您别看我能说,但我的笔头子不行。我要是能写,就写一本'中美下一代的对比与竞争'。"

"这本书要是写出来肯定畅销。中美的 90 后都在您的眼皮底下,您要是写一定能写好。您可以口述然后找人整理呀。"

"我琢磨着您要是在我这再多住半年就好了,我跟您一唠叨,您大笔一挥,书就写出来了。"

"那可不行,我过了十一就得走。国内还有好多事呢。哎,詹先生,你可以让郭女士帮忙呀,我看她中文英文都不错。"

"回头可以试试。"

"你对中国的未来也不必太悲观,中国的下一代和美国的下一代谁赢谁输还是个未知数,您还是抓紧写你的书吧。我还等着看呢。"

晚上我躺在床上,三个 90 后的身影老是在我眼前晃荡。我想起了梁启超那段名言:"少年智则国智,少年富则国富,少年强则国强,少年独立则国独立,少年自由则国自由,少年进步则国进步,少年胜于欧洲,则国胜于欧洲,少年雄于地球,则国雄于地球。"

如果梁启超能活到今天(当然可能性非常小,因为地球上至今还没有发现 140 岁以上的人),他一定会把这句名言改为:少年胜于美国,则国胜于美国。老迈的欧洲如今已不是中国的参照系了,只有美国才是中国的参照系。只有美国少年才是中国少年的竞争对手。

10

八月中旬,我到加拿大去看合作出书的朋友。两人一起改了好些天书稿,再回到洛杉矶已是九月下旬了。

回来正赶上中秋节。这是我在美国度过的第四个中秋节,时间跨度二十多年。我和女儿商议:

"小霏,中秋节咱们怎么过呀?"

"你说呢？报社不放假，我还得上班，回来也大半夜了，不知道还能不能看见月亮。"

"那我就和詹先生他们一起过吧，月饼我们会给你留着。"

"好吧。"

中秋那天晚上，天公作美，皓月当空，飞云乱渡，一幅云追月的美景。詹先生把宴摆在了小院的葡萄藤下，清一色的中餐，两道粤菜两道闽菜一道北京菜。粤菜和闽菜当然还是郭女士烧的，但那道爆肚可是詹先生亲自下厨做的。他告诉我，他这道爆肚可是得了北京爆肚冯的真传。

那天晚上，三个90后的表现超乎寻常。谁也没安排，他们竟然主动下厨房帮厨了。炒菜他们当然帮不上手，洗菜配菜还是能帮上忙的。老少爷们儿全都上阵了，我也不能一边看着呀。于是我来了个壁虎子掀门帘——露一小手，做了个锅塌豆腐。

晚宴摆齐了，还真像那么一回事。六道热菜，四个冷盘，中间是一大盘月饼。红酒啤酒若干。开筵时，詹先生又叫上了三个房客，都是留学生，两个台湾人一个香港人。九个人围坐在一起，气氛欢快温馨。詹先生问："关先生，小霏什么时候下班呀？"

"她得十点多了，不用等她，咱们先吃。"

"那好吧。"

说着詹先生率先举起了酒杯。

"今儿是中秋节，中国人讲究中秋团聚，在座各位远离故乡，和家人团聚不行了，咱们就朋友相聚吧。在家靠父母，出门靠朋友，来，大家干杯，中秋快乐！"

众人应声举杯，随后筷子飞舞，杯盘有声。三个90后一点不客气，个个如狼似虎。

喝了两杯葡萄酒后，詹先生起身回屋，拎出一瓶二锅头来。他给自己满上一杯，又给我满上一杯：

"喝葡萄酒没劲，来，咱老哥俩喝点家乡酒，这瓶二锅头有年头了。"

我已经许久不沾白酒了，这日子口只好破戒，端起酒杯和詹先生走了一个。

"詹伯伯，我能尝一口吗？我还没喝过白酒呢。"

李俊馋了。

"你一个小孩喝什么白酒？喝红酒都不应该。美国法律规定二十一岁才能喝酒，我知道你们经常偷着喝啤酒，那都是违法的。"

"詹伯伯，今天不是中秋节吗？我就喝一口。"

"一口也不行。回头你在我这变成小酒鬼，我和你爸爸怎么交代？中秋节让你们喝点红的已经是破例了，别不知足。"

李俊知道再纠缠也没用，就一杯接一杯地喝起啤酒来，看样子这小子酒量早就练出来了。

宴会才过一半，小霏居然匆匆赶回来了。

"小霏，你不说十点才下班吗？"

"提前放了，总编也是中国人呀，他还惦记着回家吃月饼呢。还有我的酒吗？"

"酒有的是，你要不要来杯白的？"

詹先生已经知道小霏酒量可以。

"白的我还是免了吧，我喝点红的吧。"说完抓起一瓶法国红酒就给自己倒了一大杯。

酒过三巡，詹先生说：

"关先生是小霏他爸，也是我的贵客。他可是个大记者大作家，让他给咱们说几句。"

大家居然鼓起掌来，我只好端着酒杯站起来：

"各位同胞，欣逢佳节，同桌举杯赏月，这是一种缘分。白居易诗曰，同是天涯沦落人，相逢何必曾相识。如今我们同在美国，但已谈不上沦落了，中国人天涯沦落的时代一去不复返了。各位在这里求学求职，挣钱发财，住洋房开豪车，都活得很滋润。沦落之感不会有，但思乡之情不会无。毕竟我们乡关万里，远隔重洋，明月可见，父老亲人不可见。每逢佳节倍思亲，在座的90后望月思爹娘，说不定还会掉眼泪。苏子曰，明月几时有，把酒问青天。大家抬头看，今天的月亮别样圆，还有彩云追月。各位在美国的时间都比我长，最长的恐怕是詹先生，已经小二十年了。今天我把酒不问明月也不问青天，我想问问各位同胞，美国的月亮真的比中国的月亮圆吗？"

我的话音刚落，众人各抒己见。

"同是一天月,天下一样圆。大陆台湾,隔着台湾海峡,看到的还是一个月亮。几十年不能往来,如今不也可以坐在一起赏月了吗? 中国美国,隔着太平洋,看到的也还是一个月亮。现在美国的中国人越来越多,连商务部长能源部长都是美籍华人,没准哪一天,美国还会出来一个华人总统,到那会儿谁还会再说美国月亮比中国圆?"

台湾学子如是说。他是加州大学的物理学博士。

"邱博士说得对,一轮明月普照地球村,村里月光处处明。月球对于地球人来说,已经不再神秘。美国六九年就登月了,阿姆斯特朗不仅代表美国,也代表全人类。中国不也正在积极准备登月吗? 中国的嫦娥也是属于全人类的。我看国别的概念人种的概念逐渐淡化是大趋势。"

香港学子如是说,他是 USC 的医学硕士。我早听女儿说,USC 的医学院在美名列前茅。

"两位博士硕士的高论我不能完全赞同。我不是文化人,但我睁眼看现实。地球村还只是个梦想和趋势,要实现早着哪。今天,地球人看月亮都圆,可咱们在这喝酒吃月饼,非洲那的饥民连饭都没得吃,他们还有闲情看月亮吗? 按说都是地球村里人了,应该在一起好好过日子;可现实呢,恐怖主义者还是要撞美国的世贸大厦,美国人还是要到处打,打完伊拉克打阿富汗。就说中美吧,美国还是美国,中国还是中国。两国的摩擦竞争哪有个停。两位美籍华人部长跟着奥巴马访问中国,你别看他两跟咱们皮肤一样黄头发一样黑,血管的血也来自一个祖宗,但他们可跟咱们不是一个心思。他俩的屁股得坐在美国的板凳上,长的是中国人的样,骨子里是地道的美国人,要不,人家美国能让他们当部长? 门儿都没有。"

詹先生酒不离手振振有词。

"我说美国的月亮还没有中国的圆呢? 你看洛杉矶的机场那个破烂,比起北京机场差远了。都说美国遍地黄金,可我们觉得在中国挣钱比在美国挣钱还容易。你看张朝阳李彦宏,在美国哪挣着钱了,回国就成了大款。"

李俊不甘寂寞。

"你既然认为中国比美国好,那你还跑美国来干吗?"

姜静反驳道。

"不是我要来，是我爸逼着我来的。"

"我看你们90后最幸运，这么多人跑到美国来上中学。我们80后中可没几个这样的幸运儿。你们90后就是有点太自我，中国美国哪都看不惯。我们的父辈是随遇而安，你们可倒好，是随遇而怒而怨，我看将来地球都容不下你们。不过看着你们咄咄逼人的架势，我们80后都感觉老了。真是时不我待呀。"

小霏见到90后总不忘要开导人家。

"你才二十四岁，就感觉老了，那我和你爸这些六十岁的人还敢活吗？我们是不是都大半截入土了呀？"

"詹伯伯，我是跟90后比。你们这一代六十岁正当年啊。现在的世界各国领袖不都是你们这代人吗？中国七十岁那代人还没下去呢，轮上你们这代人接班还得两年，怎么能说老呢？我看你和我爸都是老骥伏枥志在千里。你的诊所不是还打算再开十年吗？我爸还打算十年磨一剑，拿诺贝尔文学奖呢，你们谁也没老啊。"

中秋宴会持续到半夜。杯盘狼藉，酒光月饼光。待到月上中天时，真正在院里赏月的只有我一人。

对月思乡又思人。妻子要是能跟我一起来那该多好。想起过去了的几十个中秋夜，想起纽约的最后一个中秋夜，想起了那夜的孤独冷清和凄凉。举杯邀明月，对影成三人。没有月也是三人。两个女人就是我一生永远相照的明月。爱妻用不了几天就能相见，凯蒂呢，难道此生真的无缘相见了吗？

中秋过后，没有几天就是十一了。国庆那天，洛杉矶的华人在公园里举行了盛大庆典。他们还特意租用了一架小飞机在公园上空盘旋，飞机拖着一面鲜艳的五星红旗，在天空中自由飘荡。

上午十点，身穿美国预备役军服的护旗手护送中美两国国旗进入会场。现场数千名民众全体肃立，在《义勇军进行曲》的乐曲和歌声中，两名侨界代表将五星红旗缓缓升起。当五星红旗升至杆顶，现场礼花绽放，彩球腾空而起，和平鸽展翅高飞，全场一片欢腾。

中国驻洛杉矶总领事在庆典仪式上致辞说：

"迎风飘扬的五星红旗就像高山流水的琴弦，拨动着我们每一个人的心扉，让我们思绪万千；六十多年来，全国人民创造了举世瞩目的中国奇迹！中国人民从来没有像今天这样扬眉吐气！"

他的话是所有与会者的共同心声吗？我在拥挤的人群中，看见小霏的一大帮 USC 的同学，看见他们报馆里的一大堆同人，看见了詹先生和郭女士，看见了詹家小院里的所有房客，看见了他们的笑脸、喜悦、自豪和兴奋。

曾几何时，华人在这块土地上还不能抬头更甭提扬眉了；曾几何时，来自海峡两岸的华人还势不两立；曾几何时，来自香岛的华人熟悉的还是米字旗；曾几何时，这面国旗下的国家还无足轻重；曾几何时，这面国旗下的人民还水深火热；曾几何时，两岸三地的人世界各国的人，面对这面国旗还是情感各异眼光各异……

今天，这天空中广场上高高飘扬的五星红旗究竟代表着什么意味着什么？它真的已经成为到场数千华人心中的旗帜了吗？

异国他乡梦

三、纽约梦寻

CHAPTER 3

1

西部是女儿的落脚地,洛杉矶是女儿的圆梦地;而东部才是我的伤心地,纽约才是我的寻梦处。不管那个曾经的梦是圆了还是破了,是玫瑰色还是猪肝色,也不管梦醒何处,是杨柳岸晓风残月,还是哈德逊河边凄风冷月,寻梦是我此次美国行的重要内容。

二十六年前的梦真的了无痕迹了吗? 二十六年前的脚印真的无处寻觅了吗?

在洛杉矶待了一个多月,实习记者关小霏也渐渐进入了角色,我开始筹划我的东部行了。

为了省钱,订了一张中途转机的票。飞机盘旋在纽约上空时已是半夜。又见灿若星河的人间灯火,又见高耸云天的摩天大楼,初见时的兴奋与激动荡然无存,心如止水目不斜视,纽约是天堂是地狱我早已领教。耳边又响起刘欢那首唱遍神州的歌:

> 千万里我追寻着你
>
> 可是你却并不在意
>
> 你不象是在我梦里
>
> 在梦里你是我的唯一
>
> Time and time again you ask me
>
> 问我到底爱不爱你
>
> Time and time again I ask myself
>
> 问自己是否离得开你……

飞机着陆已是半夜十二点。孤零零一人拎着行李踯躅街头四顾茫然。二十六年前我的双脚踏上这块土地时,怀揣三百美元;今天故地重游,囊中依然羞涩,人生之失败晚境之潦倒无过于此。按说混得再不行,都这把年岁了,出国旅游怎么也得揣一张一万美元的信用卡吧；可我真没揣来这样一张卡，带来的美元也只有七千，而且还要靠它在美国混半年。

出国游最贵的就是住宿，要想省钱就得上唐人街。于是我拎包上地铁，直奔FLUSHING（法拉盛），这是纽约三个唐人街中最偏远的一个。

纽约的地铁依然陈旧皮实，彻夜运营。车厢里冷冷清清，乘客不过三五个。坐在我对面的是一位年轻的亚裔姑娘，看样子是刚下夜班，手里拿着一本书，从容淡定。看来纽约的治安并没有恶化。

到唐人街时已经是凌晨一点了。多年不见，法拉盛依然如故。依然是肮脏坑洼的街道，依然是低矮陈旧的铺面，放眼望去，看不见一座像样的现代建筑，整个街区还不如中国的一个县城。这是美国吗？这是纽约吗？我没有搞错，这就是世界上最富有的美利坚，这就是世界上最繁华的纽约，在全世界最多最高的摩天楼旁边就是唐人街，纽约的黑人贫民窟还不如唐人街呢。

我信步来到街口一家依然灯火通明的温州饭馆。进去一看，里面还有不少喝酒的顾客，温州老板满脸笑容迎上来。

"请问附近有家庭旅店吗？"

老板见我不点菜只问路，脸上的笑容不见了。

"出门往右走，走一百米就是。"

老板的南方普通话很好听，我谢过之后马上向右搜去。估摸走了百米左右，仔细观看路边建筑，根本没有旅店、旅馆、旅社的字样，也没有 HOTEL、INN、ROADHOUSE 之类的痕迹。继续往前搜，至少搜了两百米，依然一无所获。难道是我错过了吗？只好回头继续搜，一直搜到温州饭馆门口，还是没找到。不得已我又走进饭馆，再次询问老板，老板已经不耐烦了：

"不是告诉你了，往右一百米，停车场对面，旅店叫四海一家。"

我再次谢过，转身出门再找。牢记老板这次给出的新信息：停车场对面，四海一家。结果走了将近百米的样子，果然看见了那个停车场，不禁心中暗喜；我把停车场对面的所有店铺都蓖了三遍，还是不见四海一家的踪影。店铺大多熄了灯火。我走进一家还亮灯的网吧，询问店主：

"这附近有四海一家家庭旅店吗？"

"我在这开网吧都三年了，从来没听说过这条街上有家庭旅店。"

年轻店主的回答给我泼了一瓢冷水。

无奈我又走回温州饭馆,但这次没好意思进去。在门口徘徊了一会儿,里面出来两个喝多了的壮汉。我急忙迎上去问路,其中一人操着浓重的东北口音大声回答:

"四海一家呀,往前走两百米,修车厂旁边就是。"

我听完将信将疑。一百米变成了两百米,停车场变成了修车厂,到底谁说的对呀?

"多谢了。"

我谢完继续向前搜索,这次搜的不是两百米,而是三百米,根本不见修车厂的影子,也不见四海一家的影子,难道唐人街上的华人都是骗子吗?

再次路过停车场对面时,看见一家建筑的霓虹灯上写着:泰妹按摩,免费留宿。虽然没有旅馆的字样,但有留宿呀,莫非这就是他们所说的四海一家吗?我下意识地走了进去,服务台的一个大胖子立刻为我叫出来一位泰妹,年纪不过十几岁,黝黑瘦小,姿色平平。

"先生,这位小姐满意吗?"

"你这里有不带按摩的住宿吗?"

"没有。按摩之后住宿免费的啦。"

"按摩一次多少钱?"

"很便宜啦,只要三十块啦。"

我是曾经沧海的人,知道一旦沾上这种事,三百块都出不来,于是摇了摇头推门而出。

看看手表,已经夜里三点了。我在法拉盛街头已经转了两个多小时了。

2

我虽然有过在唐人街打工的经历,但没有在唐人街住店的经历。那个时代的中国留学生,谁有钱住旅店?离开洛城时,女儿叮嘱我:

"听说纽约唐人街上的华人家庭旅店最便宜,但半夜三更不好找,你就住正规旅馆吧,唐人街上希尔顿、喜来登都有。你一人在纽约小心被抢,我的同学就被黑人抢过钱。唐人街的华人倒是不抢钱,但他们骗人,而且专骗同胞,你可要小心!"

"放心吧,你老爸是走南闯北的人,什么没见过?"

我如此回答女儿。要不是听了女儿的话,我还真想不起来大半夜跑到法拉盛来找什么家庭旅店。

此时我饥肠辘辘步履沉重。已经一天没吃东西了,美国飞机上是不给饭的。这是何苦呢?不就是为了省200块钱吗?我兜里还揣着两千美元,别说三星,就是四星也住得起。可是旧习难改,当过陕北农民住过窑洞的人,经历过土插队和洋插队的人,就是这么贱。

想起女儿他们暑假周游东部,能找到同学就住同学宿舍,找不到同学就住三星宾馆,从不为住宿发愁。又想到这两年来,女儿一缺钱,来个电话,第二天我就立马把钱寄去,可怜天下父母心啊!女儿在他们留学生中算是节俭的,但在我眼里,还是大手大脚。记得最后一次寄钱时,我附上了一封电子邮件:"小霏:款项如数寄出及时查收。节俭是天地间最宝贵的美德。即便有一天你取得了财务自由,即便有一天你腰缠万贯,也不能忘掉节俭。节俭就是悲天悯人,就是绿色低碳,就是同情弱者,就是造福人间。即便你一生碌碌无为,但只要你一生节俭,也算对得起这个世界了。"女儿对我的邮件没有任何反应。其实我也知道,说了也白说,老调重弹,人家都听腻了。女儿人在美国,美国是什么地方?美国是全世界人均耗油耗电耗水最多的国家,是全世界最奢靡最浪费的国家,是开大排量车住大房子的国家;美国文明的真谛和繁荣的诀窍就是浪费经济,就是过度消费,就是今天花明天的钱,就是没钱就开动印钞机,就是全美国人花全世界人的钱。女儿在这样的国家里上学,你还想教会她节俭,那不是痴心妄想吗?

我继续在街头徘徊。后悔自己轻易离开机场。如果不离开,在机场的椅子上是很容易过夜的。忽然对面来了几个年轻人,其中有一半是黑人。我不禁下意识地捂了捂衣袋。如果被抢,还不如一下飞机就住希尔顿呢。几个拎着酒瓶子的年轻人说笑着与我擦肩而过,根本没人看我一眼。想起昔日在纽约的那三年,无数次夜行街头,也曾担心被抢,可从未被抢。纽约的黑人并非都是强盗。

夜空浑浊,天气闷热,街灯暗淡,绝大多数店面都关门了,空荡荡的街道上只剩下几个流浪汉。我漫无目的地游荡着,像一叶无桨扁舟漂荡在茫茫大海,像一只迷路羔羊彷徨在无边原野,像天涯浪子,更像孤魂野鬼。

　　四周的夜色愈发浓重。这夜色是如此陌生又是如此熟悉。猛然间,我似乎看见了二十六年前的脚印。

3

　　遥远的 1986 年,我和陶远尘风尘仆仆兴致勃勃空降到纽约。囊中羞涩,举目无亲,四顾茫然。这时我兜里揣着三百美元,远尘兜里也不过八百。

　　陶公子怎么也如此寒酸?原来曾经显赫一时的陶家彻底败落了。"文革"后期,三进院的陶家大院呼啦啦搬进了 9 家,成了地道的大杂院。"文革"之后落实政策,只搬出去六家,还剩下三家,有关部门告曰:这三家人家实在无处安身,你不能让人家睡在马路上吧?归还抄家物品时,只还回了一些书籍家具,值钱物件都不见了踪影。有关部门告曰:无处查找。陶家最值钱的古董字画托我之福并未被抄,然而却被陶老爷子来了个彻底捐献。待到陶家大公子要洋插队时,陶家居然只能拿出八百美元。

　　陶家老辈还犯了一个大错。当年陶家与荣家同为江浙巨商大贾。面对国内连年战乱不已,荣家将家族和财产分散到世界各地,重点布局欧美;结果改革建设时代来临,荣家如鱼得水左右逢源,单是欧美荣氏家族聚在一起就俨然成势。别说赞助亲族后代留学了,就是赞助国家改革也是最大手笔。陶家呢,政权更迭之际,将家族财产全部留在了大陆,欧美竟无一棋一子;待到国家重建之时,既不能为国出力,又不能荫及后代;苦了陶大公子,也苦了哥们儿。倘若远尘能揣上个万八千的美元,我不也能沾点光吗?

　　我和远尘的留学岁月不堪回首。

　　一月过去,弹尽粮绝。学费要交,房租要交,肚子要填。我和远尘先是告别了两人合住的小屋,搬进五人合挤的大通铺。房租倒是省了一半,学费呢?饭费呢?无奈两人赶紧跑到唐人街找工。然而中餐馆的工并不好找,那些老板非要你说广东鸟语。美国就是美国,陶远尘,堂堂国家体改委副司长;关澜,堂堂部级大报记者,可到这一分不值根本没人认。谁让你们跑美国来的?到这,只认钱。

　　一周过后,陶远尘实在坚持不住了,跑去见他老爹的同学。远尘到人家里当然不敢要钱,借钱也不敢,只敢说请叔叔能否帮忙找份工作。远尘知道,不给钱,连亲儿子大了都不给,更不能给你这个八杆子打不着的同学之子,这就是美国文化。

没想到这位陶老爷子的老同学还真仗义。没过多久就为远尘找到一份中文家教的差事。那会儿美国还没有中文热,远尘教的正是父亲同学的亲戚。一个堂堂北大高才生,天天拿出三小时教一个八岁男孩说:"我爱北京天安门。"在美国,这不是滑稽而是幸运。想当年老舍先生在英国不是也整整教了五年乌合之众的入门汉语吗?那可是中国头号语言大师,不也得天天教人家"人之初,性本善"吗?人在屋檐下怎敢不低头。

远尘安顿下来后,老是惦记着我。我对他说:

"你安心教你的娃娃吧,大丈夫能屈能伸。别为我操心,车到山前必有路,哥们儿总会找到工作的。"

从此,我开始了一个人的纽约奋斗。开始领略中国老三届美国洋插队的滋味。

白茫茫的纽约,多年罕见的大雪,多年罕见的奇寒,仿佛是特意送给中国游子的礼物。但我无暇赏雪,我踏雪而行,不是去寻梅,而是去找工;为了面包,为了住房,为了学费。我敲一家又一家餐馆的大门,情愿接受最苛刻的条件,最冷酷的盘剥,洗碗,打杂,扫地,什么都行,只要是工作。因为我无权选择。我钱包已空,房租未付,我已两月不知肉味;我有家归不得,因为我买不起机票,也还不起亲友们的债。饥饿可以使斯文扫地,多年来的矜持一夜间荡然无存,剩下的只有求生的本能。

路旁大群失业的美国佬对我怒目,我得忍受,因为我在同他们争饭碗;商店里的小姐对我白眼,我得忍受,因为我的衣冠暴露了我贫穷的国籍;一个又一个老板把我推出大门,我还得忍受,因为我没有退路。

一连数日的雪中奔波,双腿如铅,但我不能停也不敢停,于是我想起了爬雪山过草地的红军;饥肠辘辘,但我不敢走近身旁的餐馆,于是我想起了卖火柴的小女孩……我来自遥远的东方,来自一个截然不同的世界。当铁鸟振翅飞越大西洋时,也飞越了两种制度。生存竞争是"新世界"给我上的第一课,于是我领教了什么叫"资本主义"。

初来的兴奋和潇洒已不复存在。我大梦初醒,梦醒何处?哈德逊河畔,晓风残月。如林的高楼,如潮的汽车,如画的绿地,不属于我;华尔街的财富,百老汇的舞蹈,曼哈顿的美食,不属于我;高高在上的自由女神也不属于我。

在纽约,我是个"外乡人"。潮水般的人流与我擦肩而过,没人关注我,也没人认识我。我的头衔,我的著作,我肚子里的唐诗宋词,在这里一文不值。

在纽约,我是个流浪汉。一个没有绿卡,没有工作签证的流浪汉,我甚至无权要饭。倘若有一天,我倒在街头,哈德逊河不会泛起一丝涟漪。

这就是漂泊纽约的滋味。

4

为何非要背井离乡去漂泊?云游四海行走地球是我的少年梦也是我多年夙愿。陶远尘不来游说我,我也会出来;即便不到美国,我也会到欧洲。漂泊是我的宿命。

在我的内心深处,漂泊是一种情趣。

孤身一人,漂泊在陌生的国度,漫步于陌生的街道;用奇异的目光抚摸每一张面孔,拥抱每一座建筑;随心所欲浸泡于异国情调中,有如一条鱼漫游于新水域。累了,在街头酒吧寻一个座,饮一杯当地酿的啤酒,品尝一次异味的人生。

或许还有一次迥然不同的艳遇。

或许还有一次惊心动魄的历险。

在新奇的氛围中,呼吸新奇之美。为了一次审美,为了一种情趣,不在乎付出的代价。

漂泊的种子何时埋下的?少年时看过一部俄国电影,名字已不记得,讲述的是一位俄罗斯的旅行家到印度探险的故事。那是没有汽车的年代。旅行与探险是同义词。漂洋过海,横穿沙漠,要与海盗厮杀,要与自然搏斗,到达目的地者都是九死一生的幸运儿。这位俄罗斯旅行家生活的年代与中国旅行家徐霞客相近,他没有徐霞客潇洒,但却同其一样狂热。一个醉心于祖国山川,一个迷恋于异域风情。俄国旅行家总共到印度去了两次,两次就消磨了他的一生。第一次出发时,他还是个英俊青年,含泪告别父母和新婚的妻子,毅然上路,归来已人近中年;妻儿的泪水拴不住一颗漂泊的心,一年后他又出发了。同行的人都死了,只有他一人到了印度。这一待就是十几年。其间有凄婉的恋情,有曲折的遭遇,待到白发生时,他又想起了故乡的白桦树。于是,热情如火的印度舞没能留住他,决然而别,为俄罗斯带回一卷古国文明。

许多年来我都在想,这位俄罗斯旅行家冒死出游的动机是什么?是冰雪西伯利亚与赤热恒河平原的巨大反差?是热烈迷人的印度姑娘的诱惑?还是来自遥远岁月的遗传基因的作用?我至今没能找到答案。但自从看完那部电影后,一颗漂泊的种子从此深埋在心田。

待到这颗种子萌发时,我已到了可以出游的青年时期,但我跨不出紧锁的国门。等待我的命运只有一个:从京城古都到黄土高原。那不是一般的出游,那是壮士一去不复返式的别离。

其后,我也曾做过半个徐霞客。孤身一人,身背军用书包,手拿中国地图,啃凉馒头,睡大车店,攀华山,渡黄河,游西湖,浴东海……当我陶醉于神州的名山大川时,仍忘不了那个俄国旅行家,忘不了周游世界的梦,漂泊的青苗依然在生长。困在围城里的我不时地自问:周游世界是不是每一个人的权利?

待到沉重的国门轰然开启的时候,我已过而立之年。漂泊的青苗终于抽穗。于是,我泪别家人,决然上路。所乘的不是玄奘的白马,也不是俄国旅行家的帆船,而是一只银色铁鸟,扶摇翻飞一昼夜便到了梦中的美利坚。

现代人的漂泊竟是如此简单!

5

一个奇冷的下午,我踏着纽约少见的大雪,沿着哈德逊河苦苦地寻觅,几个小时过去了,仍无结果。夜已深了,独自一人站在尺深的雪地里,望着静静流淌的哈德逊河,望着幽暗寒冷的纽约城,我的思绪冻结了。忽然间,想起了十七年前陕北高原的一个夜晚,同样的大雪,同样的寒风,我和陶远尘还有田塬的几个知青到邻村做客,大嚼一通之后(所谓大嚼,并无肉,只有一盘久违了的炒鸡蛋),对着昏暗的油灯,开始"精神会餐",开始海阔天空,仿佛又回到了学校。然而,陶醉是暂时的,第二天还要上工。于是。我们不得不踏雪而归。那是十几里的山路,我们七人一字排开,扯开嗓门合唱长征组歌:雪皑皑,野茫茫,高原寒,炊断粮……那是我们这一代人的歌,那是世界上最美妙的歌!歌声在辽阔的高原夜空久久荡漾,也不知吵醒了多少早已入梦的老乡。那时,我们虽然苦闷,但并不孤独,虽然迷茫,但并不颓废;理想的破灭,现实的冷酷,都挡不住我们青春的脚步。

"雪皑皑,野茫茫……"站在哈德逊河旁的雪地里,我又唱起这支歌。忘记了寒冷,忘记了饥饿;数日来的幻灭感随风消散,一种孤身搏斗的快感浸透全身,一种与当年相似的英雄主义油然而生。"高原寒,炊断粮……"我越唱声越大,越唱调越高,一任风雪扑面,无视路人奇异的目光……

第二天,我终于敲开了唐人街附近一家美国人的餐馆,并把喜讯告诉了远尘。

我的工作是在餐馆的地下室里剔羊肉。每天要干十多个小时。一天下来,手脚麻木,连洗澡的力气都没有。劳动强度之大,绝不亚于在村里干农活。然而,当年我是不到二十岁的小伙子,如今是人近中年。每天除了干活,还要上四个小时的课,剩下的睡眠时间只有五个多小时。最难受的时刻是每天凌晨。不咬牙是爬不出被窝的。每当我披着晨星,睡眼惺忪地奔向餐馆时,就不由得想起当年在村里早起套牛的情景。节地是要起大早的。队里的十几条耕牛差别很大,若能套着一条快牛,节地时能剩不少劲。但要套快牛就得起得比别人早。那会儿的觉总是不够睡,村里的劳动时间拉得特别长,就像老乡说的:把太阳从东山背到西山。农忙时更是如此。一天下来又困又乏,晚上还想在油灯下看点书,经常是一页未完,人已入梦。早上,鸡是叫不醒的,非得靠闹钟。那种呵气连天,提鞭踏月奔牛棚的滋味并没有多少诗意。当时真想知道"晨兴理荒秽,带月荷锄归"的陶潜一天干几个小时的活。

同是披星戴月,一是为理想,一是为生存,心境并不一样。

剔羊肉的苦活整整干了半年多。我竟奇迹般地挺过来了。但我心里明白,没有当年黄土地上的磨炼,奇迹不会发生。

最凄惨的是我在纽约过的第一个中秋节。贫病交加,举目无亲,夜深人静,推窗望月,不禁潸然泪下。想起黄土高原上的第一个中秋。我们七个知青围坐在窑洞前,抬头望月,思念远方的亲人。但我们没有流泪,而是拉起手风琴,轻轻地唱起歌,唱山楂树,唱莫斯科郊外的晚上……其实,当时我们离家不过千里,实在想家了,买张火车票就可以回去。而今我独自一人,漂泊纽约,离家万里,归期遥遥,有谁看我拍遍栏杆? 有谁听我对月独吟?

同是异乡为异客,相思人同月不同。凄苦之夜,想借一壶浊酒浇胸中块垒,但我敢独饮中秋吗?

独饮中秋

饮偏向别时圆的圆月

饮渐浓渐稠的苍凉

饮又凄又美的肖邦

饮如泣如诉的阿炳

饮孤独的四壁

饮四壁的孤独

从哪渗出一股淡淡的温柔

独饮中秋

饮比故乡月圆的异乡月

饮比异乡月明的故乡月

饮月下独吟的华兹华斯

饮举杯邀月的李白苏轼

饮地球的情人

饮宇宙的孤儿

如何乘风去溯岁月源头

独饮中秋

饮流质的月亮

饮微凉的月球

饮月心地心人心我心

饮父亲的目光母亲的脸

唯一不能饮的是那一行清泪

黄河的泥太平洋的盐

几分怅惘几分乡愁

谁敢独饮中秋

6

陶远尘的轻松教书日子仅仅持续了两个月。两个月后,那个美籍华人小男孩不想学中文了。远尘离开父亲同学的亲戚家后,在唐人街一家肉类加工厂打工。他的活是在流水线剁牛肉。那活一要看准部位,二要手疾眼快,三要持续不间断,其劳动强度比我剔羊肉还大。

记得到美国第五个月的一个周日。我和远尘下工之后来到唐人街一家广东餐馆喝酒。酒菜上来之后,我们每人举起一瓶啤酒,来了个响亮的碰撞,险些把酒瓶撞碎;仰脖一饮而尽,抹抹嘴,相视傻笑。

"远尘,你还记得欧亨利的小说'爱的牺牲'吗?"

"当然记得。你看的亨利小说选还是我家的藏书。"

"两个相爱的青年男女,跑到纽约来做艺术家的梦,结果女的做了熨衣工,男的做了锅炉工,相瞒数日,含泪诉真情。欧亨利的小说都是构思巧妙结尾让你意想不到。咱俩不是情侣是哥们儿,来到纽约做经济学家的梦,结果一个剔羊肉,一个剁牛肉,不需相瞒,杯酒诉衷情。若干年后,咱们也可以写一篇'漂泊纽约'的小说了。"

"舞文弄墨是你的特长,我不灵。咱们受的这点苦,比起前辈来算不了什么。而且这都是暂时的,等到我们学位拿下来,一切都会改变的。我们是为中国改革受苦。唐僧到西天取经还历经九九八十一难,我们到美国取西方经济学的真经哪能不吃点苦?有黄土高原插队这碗酒垫底,什么酒咱们不能对付?"

"你倒是会自我解嘲啊。巨大落差没有了?心理失衡没有了?我看你是不是有点阿Q啊。"

"阿Q精神也不能一点没有。当年小平同志在法国工厂当钳工,也是在底层挣扎,他身边的那些法国佬谁会想到这个矮小的川娃子几十年后会成为中国改革的总设计师?云龙潜底,虎卧平川,终有冲天呼啸时。"

"你没准是条龙,我不是,我就是一闲云野鹤。我出来漂泊就是为了一种情趣一种感受。至于西方经济学的真经取来更好,将来对我的财经记者工作肯定有用,取不来也无所谓。我不是当官的料也不是做学问的料,我可从来没做过摘取诺贝尔经济学奖的大梦。自费留学如此艰苦我没料到,但我的心里没有你那么失衡,因为我的落差没有你大。远尘,你还打算读个博士回去吗?"

"既然千辛万苦出来了,付出的代价这么大,机会成本这么大,就应该拿个博士回去。"

"我可坚持不了那么多年。经济学博士金融博士对我真的不重要。"

那天晚上,我俩喝到大半夜。地上的百威啤酒瓶散落了十几个。

在纽约最艰难的岁月里,我和远尘相濡以沫患难与共。我们在一个教室上课,在一个地铺爬滚,在一条街上打工,按理说我们之间难有什么秘密了,但是还是有。我在哈德逊河上的艳遇很长时间没有告诉远尘,远尘呢,在他丢掉家教之后,有一个月时间没有找到工作。他没有闲着,因为闲着就意味着无法生存。那一个月,远尘干的是背死尸的活。那是纽约最难以启齿的活,他干了,但他没有告诉我。我可以想象他干这种活时的心理落差有多大。我和远尘的故事真的很像欧亨利的小说。

7

如今我再次深夜徘徊在纽约唐人街上。往事并不如烟,但二十多年前的脚印早已尘埋在无情的岁月里,连一丝一毫的痕迹都没有了,我看到的脚印都是幻觉。我努力寻找当年我们打工的餐馆,居然没有找到。

那天夜里,我最后还是睡在了唐人街地铁站旁的希尔顿,为了几个小时的觉花了二百二十美元。那夜我睡在席梦思床上的感觉真不如当年睡在窑洞的炕席上。

第二天早上,我在街上一家福建餐馆吃米粉,同桌一位容貌端庄风度高雅的中年女性主动问我:

"你是从大陆来的吧?"

"对,从北京来的。你怎么看出来的?"

"一看你的装束就知道,唐人街上的人哪有大热天穿西服的? 你是旅游还是探亲?"

"我来看女儿。"

我们边吃边攀谈。我说了女儿求学的情况,她说了十年在美当教师的经历。当她听说了我半夜满街找家庭旅店的故事,不禁笑了起来。

"半夜怎么能找到,它们都是不挂旅店牌的。你还要找我来帮你。"

"那太感谢了。"

吃完饭,女教师带我来到唐人街的图书馆,查看中文报纸上的广告。这儿的中文报纸还不少,星岛日报、世界日报、文汇报、美洲华侨日报,居然还有女儿就职的东方报。女教师认真翻看每份报纸的小广告,我想帮忙找,她说:

"你找不到,家庭旅店广告的店名都是假的,只有地址和电话是真的。"

大约翻了二十分钟,女教师终于找到了。她抄下了地址和电话。出了图书馆,她带我按图索骥,居然又来到了昨夜我苦苦寻觅的那条街上,又看见了那家温州饭馆。往北不到一百米,就是那个很大的停车场,停车场的正对面真有一个很小的修车厂,紧挨着它有一座三层小楼,门上挂着一块美容院的牌子,上面的门牌号就是广告上印着的 250 号。女教师拿出手机拨打广告上的电话:

"你这里是家庭旅店吗?"

"对,是四海一家,你是要住店吗?"又是东北口音。

"我一个朋友要住店。"

"那你们在楼下等着吧。"

电话挂了。不久从里面出来一个神秘兮兮的中年妇女,看见我们举着纸条便走过来:

"你们后面没有人跟着吧?"

"没有。"

"那跟我进来吧。"

进去之后我全明白了。原来所谓唐人街上的家庭旅店,都是华人偷开的"黑店",没有营业执照,目的是逃税。开店的都是大陆来的。来自无法无天之地的人,到了哪里也不会守法。

这家我寻觅了大半夜的四海一家客房还不少,上下三层都是,老板是二十年前来自东北的一对夫妇。他们为我打开的房间,设施齐全,卫生间、空调都有,价格只有六十元。我总要在纽约待几天的,于是就住下了。

这真是踏破铁鞋无觅处,得来全不费工夫。纽约唐人街上的华人并不都是骗子。

女教师见我安顿好了，就悄悄地走了。没有留下姓名和电话，只留下一个中国式的微笑。望着她远去的背影，我心头一热。从此，那个难以忘怀的微笑长久驻留在我的心里。

午觉之后，我又漫步在唐人街。两旁的店铺渐渐地熟悉起来。走了十分钟，我过去打工的那家餐馆，远尘打工的那家肉店，都出现了。怎么夜里我就没找见呢？

餐馆依旧肉店依旧，牌子都没换，只是物是人非了。

二十多年过去，唐人街似乎什么也没有改变。餐馆里依然嘈杂拥挤，超市里依然人头攒动，里面打工的人依然是每天干十二个小时，挣美国的最低工资（餐馆工两千超市收银员只有一千八百）。他们已经是我们的后辈了，大多来自广东福建；不会说英语，没有学历，没有时间学习，没有时间旅游，没有事业，也没有前途。他们无疑是真实的存在，他们的名字也是美国华人。但他们和关小霏这些硕士博士留学生不是一族，他们是修路工洗衣工的后代，是中国农民的后代，是偷渡客，是劳动力；他们人数众多，几十万，上百万，他们和上千万的墨西哥人和黑人一样，构建了美国的底层社会。

不是说改革后的中国富了吗？他们为什么还要背井离乡跑到美国来？原因很简单，他们为美元而来。他们在唐人街挣到的钱是家乡的六到十倍。

美国的华人，从来就有两类人两个圈子两个阶层。

到纽约的第三天，我来到纽约大学。这里是我求学三年的地方。一年学英语，两年学金融。

我漫步校园，寻访过去的足迹。纽约大学和唐人街一样风光依旧，建筑依旧，只是校园里的人我一个都不认识了。

我信步走出校园，走到哈德逊河边。大河景色熟悉而陌生。我久久地伫立在河边树下，凝视着这条岁月之河命运之河；忽然我看见河面上飞来一只小船，船上坐着一个美丽的姑娘，那不是凯蒂吗？我差点叫出声来。

异国他乡梦

四、凯蒂（上）

CHAPTER 4

1

凯蒂的中文名字叫杜鹃。她的父亲杜家铭是美籍华人，祖籍江阴，1946年考入清华，1949年赴美留学，五十年代获加州大学的化学博士。那会儿，杜家铭身边的许多莘莘学子都选择了报效新中国，杜家铭不是没有动过回国的念头，由于爱情的羁绊，他最终还是留下了。毕业后他进入可口可乐公司，二十年后，成为可口可乐的高工，是公司掌握秘密配方的五人之一。

凯蒂的母亲多丽丝是杜家铭的同校同学，褐发碧眼，美丽优雅，纯情如水，纯种盎格鲁撒克逊人。

杜家铭无疑是当年中国留学生中的幸运儿。不仅赢得了美国姑娘的芳心，而且最终将其收为如花美眷。

中西之间的跨国恋历史并不长。从1847年容闳三人赴美掀开中国人的留学历史，至今不过一百六十多年。前半个世纪，跨国恋基本上是无稽之谈。高大美艳的金发碧眼们视华人为劣等生物，不要说恋，连正眼夹你都不可能。你能想象十九世纪中叶，那些被美国资本家招到加州修东西大动脉铁路的十万华工，那些第一波跑到旧金山来淘金开洗衣房的数万华人，他们会做娶一个美国老婆的梦吗？那种梦是他们想都不敢想的。就是到了二十世纪的二三十年代，跨国恋依然是中国留学生遥不可及的梦。

弱国子民，劣等民族，黄脸烟鬼，东亚病夫。洋人如此观之，华人亦自轻自贱自卑。在老舍的笔下，英国人眼中的华人，都是吸鸦片吃老鼠给人下毒药的未开化人种；写过再别康桥的徐志摩这样写道："中国是一个由体质上的弱者、理智上的残废，道德上的懦夫以及精神上的乞丐组成的国家。""我自横刀向天笑"的谭嗣同如此说："现中国人的体貌，亦有劫象焉。试以拟之西人，则见其萎靡，见其猥鄙，见其野悍，或瘠而黄，或肥而驰，或萎而佝偻，其光明秀伟有威仪者，千万不得一二。"建党之人陈独秀这样说："中国人从来不重视全身训练教育……那班书酸子……痴痴呆呆的歪着头，弓着背，勾着腰，斜着肩膀，面孔又黄又瘦，耳目手脚,无一件灵动中用。西洋教育,全身皆有训练,所以他们无论男女老少,做起事来,走起路来,莫不精神夺人,仪表堂堂。教他们眼里如何看得起我们可厌的中国人呢?"

老舍和徐志摩是留英的,谭嗣同和陈独秀都是留日的,留法的傅雷这么说:"在他们,原没有什么童年老年的分别的。暮气沉沉的我们,真怯弱得可耻了!"这里的他们当然是法国人。留美的梁实秋怎么说:"珂泉大学毕业典礼时,照例是毕业生一男一女的排成一双一双的纵队走向讲台领取毕业文凭,这一年,我们中国学生毕业的有六个,美国女生没有一个愿意和我们成双作对的排在一起,结果是学校当局苦心安排让我们六个黑发黄脸的中国人自行排成三对走在行列的前端。我们心里的滋味当然不好受,但是暗中愤慨的是一多……"这个"一多"就是后来拍案而起饮弹而死的诗人闻一多。闻一多当时的激愤之状可以想见,但是他那时绝不会拍案,因为他私下里也承认:"白种人的脸像是原版初刻,脸上的五官清清楚楚,条理分明,我们黄种人的脸像是翻版的次数太多,失之于漫漶。"闻一多和梁实秋,这都是国人精华,尚且遭受如此待遇,遑论一般华人。

时隔九十年,梁闻毕业典礼的尴尬与女儿毕业典礼的风光,真是不可同日而语。想当年几分钟的排队尚且不愿与之为伍,你还指望她能嫁给你吗?所以留法的李劼人说:"法国人何以壮美到这步?优生学是很可留心的。法国男子之对于女子也有着眼在轻盈上的,但是矫健的轻盈,不是病态的衰弱,其实大部分喜欢的都是充实强壮的美;至于女子对于男子的标准更是注重在雄武、厚重、魁伟各种优壮的美质上。把中国那般翩翩欲倒的裙屐少年放在法国待配地方听女子的选择,我敢断言有一百个,一百个都是落第的。"作家李劼人给出的中西跨国恋成功概率是百分之零。坦言之,上世纪三十年代以前,中西跨国恋的成功概率真是接近零。胡适失败了,傅雷也失败了,成功把安娜带回中国的是郭沫若,然而安娜是东洋女。

现实中不可能发生的事,小说里可以好梦成真。曾经当过党中央总书记的张闻天,是留日、留美又留苏。他在美国虽然只待了一年多,但创作了一部长篇小说《旅途》。这可能是中国第一部反映跨国恋的小说。书中的主人公中国学子一下子就得到两位美国姑娘的爱,其中一个还为他投了河。就这样在革命家的手中,弱国子民的自卑瞬间转化为精神上的超越。

三十年代之后，百年阴云密布的天空露出一线光亮。虽然跨国恋成功者依然是凤毛麟角，但毕竟是渐渐多起来了。1936年英国姑娘戴乃迭爱上留英的中国小伙杨宪益。戴乃迭是传教士的女儿，而杨宪益是大银行家的公子。四年之后，这对中西伉俪终于来到中国，传为一时佳话。

中国老三届开始世界大串联时，已经是80年代。此时的跨国婚姻已不算稀奇。但如果仔细观察，你会发现，所谓跨国婚姻，几乎都是西方男娶东方女；西方糟老头娶中国小姑娘的事比比皆是。眼睛瞄着绿卡和移民的人，心中有多少爱情鬼知道。

我和陶远尘漂泊纽约时，我们做过跨国恋的梦吗？我们奢望过异国他乡的桃花运吗？

2

凯蒂的母亲多丽丝是大家闺秀，多才多艺。当年是加州大学艺术系的研究生。化学系杜家铭与艺术系多丽丝的相识不是在舞会而是在音乐会上。那是加州大学一年一度的音乐节，多丽丝的小提琴把杜家铭带进了西方的梦幻世界。那时多丽丝还不是小提琴大师，但她富有个性情感深沉的演奏还是打动了杜家铭。杜家铭来自中国的江南世家，是琴棋书画俱佳的翩翩公子。他少年抚弄的不是提琴而是古筝。远渡重洋，古筝没法带，他随身带来一支祖传的箫。而正是这箫声把多丽丝带进了东方的梦幻世界。

"你的箫声怎么比铜笛还低哑？东方的音乐都是幽怨的吗？"

"最动人的中国音乐大多幽怨。"

他俩相识后不久就经常在一起演奏。小提琴和箫的搭配竟然别具神韵。当琴声与箫声浑然一体时，杜家铭与多丽丝也结成了连理。

在凯蒂的记忆里，父母不但真心相爱而且心灵默契，真是东西方水乳交融的杰作。一个是谦谦君子，一个是楚楚佳人，化学与艺术，提琴与竹箫，刚柔相济酸碱中和。她从来没看见过父母吵架，老是看见两人没完没了的亲昵。一个男人和一个女人真的可以这么好吗？在这种家庭氛围长大的凯蒂始终认为，东方和西方，黄人和白人，都跟婚姻障碍无关；在她眼里，爸爸的皮肤比妈妈的还白呢。

凯蒂是杜家铭和多丽丝的独生女,集万千宠爱于一身,虽是娇生惯养但教养有方。凯蒂的美丽是父母的骄傲。她的美貌远远超过了妈妈,杂交的优势实在惊人。从远处看,她像个西方美女;从近处看,她又像个东方美人。她的头发是褐色的,接近妈妈的颜色;海水般的大眼睛,高翘的鼻子,都来自妈妈;但樱桃嘴和细腻的皮肤显然来自爸爸。身上是西方的健美,脸上是东方的神韵,混血的美只可意会不可言传。

凯蒂在东西文化的乳汁中长大。牙牙学语时,爸爸教中文妈妈教英文,双语教学的结果是她很快就掌握了两门语言。六岁学钢琴,八岁学绘画,学油画也学中国画。都说女儿是爸爸的,但凯蒂身上妈妈的影响还是略大于爸爸的影响。爸爸中学时代就是数学天才,但凯蒂中学时的数学成绩老是下游,她怎么也培养不起来对理工的兴趣,只好选择了艺术放弃了科学。妈妈扬扬得意时爸爸老是纳闷,我的数学基因遗传到哪去啦?遗传的奥妙至今还是没有完全揭开。

在纽约大学读研时,我和凯蒂也不在一个系。我是金融系的,她是艺术系的。我们的相识既不在舞会也不在音乐会,而是在一条神秘的命运之河上。

那是我到美国半年之后一个春光明媚的周日。我独自来到哈德逊河边,租了一只单人划艇。上船之后,环顾左右,逆水而上还是顺水而下?我必须抉择。边打工边上课的我,并无多少气力划船,顺水而下是理智的抉择,而且随波逐流任其漂荡,把一腔忧郁倾泻河中正是我追求的意境。

然而那天不知哪根神经搭错了,我毅然决然地选择了逆水而上。半生中从无反潮流的壮举,今天非要逆水行舟,进退不管,只在反抗一次命运,权把哈德逊河当作我的命运之河。

抉择之后,我拨正船头,奋力划桨,逆水而上。好在水流不急,余力尚存,小船前进的速度不算太慢。

正当我低头划桨暗中较劲时,咣当一声,我的小船撞上了一只顺流飞下的小船。抬头一看,那只小船竟然被撞翻,船上的人也落入水中。我急忙站起,一个猛子扎入水中,把落水人拖到我的船上。哈德逊河的水是很深的。

两个落汤鸡相对而坐,这时我才看见眼前是一个美人鱼。落水姑娘湿衣裹身,线条浮凸,修长的腿,纤细的腰,浑圆的乳房,连粉红的乳头也清晰可见;头发湿成绺,脸上都是水珠,犹如雕刻的维纳斯,更像有腿的美人鱼。她的美丽令人窒息让人不敢逼视,我急忙低下了头。

"谢谢你救我上来。"

声音甜美。

"是我撞翻了你的船。我不下水你也能游到船上,你的泳姿很漂亮。"

"你是日本人还是中国人?"

"中国人,大陆来的留学生。"

"你好,很高兴认识你。你是纽约大学的吗?"

姑娘居然说起了流利的中文。

"你怎么会说中文?"

"这有什么新鲜,我爸是中国人呀。"

我和凯蒂就这样相识了。是命运之河把我们冲到了一起。那天我如果选择了顺水而下,我和她一生都不会相遇。纽约之大,人海茫茫,我和凯蒂虽在一校,但相遇的概率不过万分之一。当我梦想四海漂泊时,我真还梦想过一次浪漫的艳遇,如今奇迹出现,简直令人不敢相信。冥冥之中真有一只命运大手把我们拨来拨去吗? 人生漫漫真有所谓的缘分吗?

凯蒂认识了我也就认识了陶远尘。

3

凯蒂热爱西方艺术,也喜欢中国艺术,而且酷爱中国文学。虽然她自幼习中文,能说能看也能写,但老实说她的中国文学水平还是不算高。她爸爸是大公司的高工,天天上班哪有那么多时间教女儿文学,而且她爸是科学家不是文学家。

奇遇是一回事,相交相恋是另一回事。为什么我们还会来往? 为什么我们会成为朋友? 为什么一个美丽富有的美国姑娘会看上一个相貌平平的穷酸中国大龄青年? 我和凯蒂都知道是什么让我们相互吸引,血液是有磁性的,而文学是可以做桥梁的。

当凯蒂发现这个河上偶遇的学金融的中国学生居然是个文学家,不但会写诗写散文,而且还会写小说,她大喜过望:

"我大学时就想到中国的北大去读中文系,现在遇见你,我可以就近入学了。关澜,你的水平到得了北大中文教授的水平吗?"

"我的水平超过北大教授。"

"中国人不都是很谦虚吗?"

"我没吹牛。"

"那你为什么不到北大当教授?"

"文学当不了饭吃。文学不必当主业也不必当职业。当今世界是商业社会,中国现在搞的是经济改革,我当然要学经济了。"

"那你还愿意教我吗?"

"当然愿意。"

相识半月后,我成了凯蒂的中文老师,确切地说是中国文学老师。教学以古典文学为主,也教现代文学;凯蒂特别喜欢诗,我就主讲诗,那正是我的拿手好戏。

凯蒂怎么知道我是文学家? 那是我们成了朋友之后,我知道她喜欢中国文学,就把从国内带来的一本诗集、一本散文集和一本长篇小说送给了她。当初并没有刁买人心引诱少女的意思。

凯蒂接过书,惊讶不已:

"这些都是你写的呀?"

"只是我全部作品的一部分。"

我那三本书,凯蒂还真读了好几遍。后来这些书都变成了上课的教材。

三本书的作用很大,一下子拉近了我们之间的距离。从此凯蒂对我刮目相看。在国内,80年代后期,文学虽然还没完全边缘化,但用几首歪诗换取姑娘芳心这招已经不灵了;在美国这招还灵。但要有两个条件,一是对象要是美籍华人或中美混血姑娘,大陆或台湾来的女性一概没戏;二是无论诗歌散文,要是上乘之作,不能滥竽充数。所幸这两个条件我都具备。

我无意中使出的这招,让陶远尘嫉妒不已。这就叫有心栽花花不发,无心插柳柳成荫。再说一遍,送书之初我并无叵测之心。

凯蒂认识我和远尘后相当长一段时间内,并不知道我们的真实年龄。她只知道我们都比她大,不知道大多少。后来她知道了,又是惊讶不已:"MY GOD,33 岁,太可怕了。怎么看着不像呢?"

"中国男人少性,不像西方男的,刚过三十就谢顶出皱纹。上帝还是公平的,他让西方人皮肤白个头高,也要让他们多毛多皱早衰;他让东方人皮肤黄个子矮,也要让他们皮细少毛抗衰老。"

我笑着说。

"怎么中国人这么大年纪才出国留学呀?"

"十八岁我就想出国,出得来吗? 我们十八岁还在农村种地呢!"

又是我抢着说。

"中国有'文革'十年,所以我们这代人的年纪都应该减去 10 岁。那样我们的年纪不就和你一样了吗?"

远尘在凯蒂面前总是彬彬有礼。

"谁给你们减呀,是政府吗?"

"是自己。"

这一年,凯蒂二十三岁。金色年华,含苞欲放。她实在应该做我们的小妹妹,而我们这两个饱经风霜居心叵测的大哥哥都不愿意把她当妹妹。

我和凯蒂成为朋友后,也偶尔一起出去划船、郊游、看电影。但这样的机会很少,因为我要打工。

我们的文学课渐渐地固定下来。每周三次,每次两小时。地点不固定,有时在校园,有时在河边,有时在咖啡厅。但从未在我们的宿舍里。她知道我们那里不是人待的地儿。

第一周的课程结束时,凯蒂悄悄把一张一百美元的票子夹在了《唐诗三百首》里。她和我见过三面之后,就知道了我的经济状况。第二天,我退还时,她认真地说:

"关澜,你不是学金融的吗? 美国可是一个商业社会,你不能白白给我上课呀。这是你的讲课费,你必须收下。"

说完两只美丽的大眼睛紧紧地盯着我,我实在抵挡不住这摄人魂魄的眼波,只好收下了。

以后每周课后都是如此。凯蒂也不再偷偷往书里夹了，而是把一张簇新的百元大钞当面郑重地放在我面前，动作轻盈，面露微笑，让你察觉不到一丝施舍的味道。

开始几周，我还是心有不安。君子不受嗟来之食，这是嗟来之食吗？

自信还是个合格的文学教授，而且是有理论有实践，胜过那些校园里徒有其名玩虚空高蹈的教授，为凯蒂师当之无愧；凯蒂也是个好学生，她的水平相当于国内大学中文系二年级，而且情感丰沛，不乏灵性，心有灵犀一点通，时常还有创见；她纯粹为爱好而学，不涉功名饭碗；而且她身上还流淌着一条浩荡的西方文艺江流，那源头不仅可溯到妈妈，而且可溯到古希腊；当她这条奔腾而来的江流与我身上源远流长的东方文学大河相遇时，激荡出来的浪花格外绚丽。因而我们的上课是双向互动的，时时刻刻都在交流；她不仅提问，而且还发议论，有时也会反驳。

诚然我给予凯蒂的东西不少，因为我热情如火罄其所有，但她给我的启发和灵感也不少。况且有时她还帮我改作业，当然是改英语语法，她对金融一窍不通。想到这些，我并没有理由每周拿人家一百块。然而每周给凯蒂上课占去了这么多时间，餐馆的工作根本无法维持；不拿她的钱，我的生活就没了着落，真是人穷志短马瘦毛长啊。思来想去，最后还是选择了收下。孔子还收学生送的腊肉呢！

4

到了第一年的年末，我辞去了餐馆里的苦活，另外找了一份每周六小时的parttime cleaner，就是清洁工。有了讲课费和清洁工这两份收入，我在美利坚的生存状况顿时改观。我不仅告别了贫穷而且告别了疲惫。不就是平均每天一小时的讲课一小时的扫地吗？比起过去每天五个小时暗无天日的剔羊肉，真是天渊之别。

命运之神几乎同时向我们露出了久违的笑脸。就在我告别剔羊肉两周后，陶远尘也告别了剁牛肉。他父亲的老同学还没忘了他，人家毕竟是资深终身教授，人脉关系岂是我辈新来乍到人所能比。老先生这次出手相助可是给远尘帮了大忙,他居然为远尘找了一个大学分校(加大有十所分校)的兼职讲师的职位,每周四节课,报酬颇丰,讲课的内容是中国经济改革。对于曾经的改革风云人物和体改委重要官员的陶远尘来说,讲中国改革是小菜一碟。那些改革过程和故事,成功和失败,实际操作和理论探索,早已烂熟于胸。他早就能讲,刚来就能讲,只是那时没人听也没有伯乐。陶远尘岂是等闲之辈?美国再大再冷漠,也不能永远埋没人才啊。美利坚不就是靠收罗全世界人才发家的吗?

远尘的课着实精彩。我去听过一两次,也获益匪浅。他讲的这些东西,不但丰富生动,而且加上了他的反思总结。那是一个伟大民族破天荒的八年改革实践呀,能不出东西吗?我敢说这些东西,那些大学里的经济学教授讲不出来。唯一的遗憾是远尘的英语还差点意思。他的英语有家传,老爷子就是他的英语老师。中学时代,他的英语是全校最棒的;插队十年,他也没放下,靠着身边一个十管半导体,靠着美国之音,他的英语不但没丢而且还有长进。黄土高原日子虽苦但有一个好处,天高皇帝远,听敌台没人管。记得我们在田塬过的第一个春节,饭后打开远尘的半导体,竟然从里面传来"恭喜发财"的声音,那是台湾的"自由之声"。当时这句话,不但振聋发聩,而且能让人惊出一身冷汗。没想到十年后,恭喜发财之声响遍神州。

远尘的英语比我好很多。我说他英语差点事,是指他的英语用来讲课还差点。发音中有中国腔不说,关键是词汇量还不够,所以我俩到美的第一年不得不补习英语。

听早来的留学生讲,前几年身为社科院副院长的钱钟书赴美演讲,让所有听众醍醐灌顶痛快淋漓。钱先生的英语那叫一个绝,妙语连珠,幽默诙谐,富含哲理,暗带机锋,炉火纯青。英语只不过是钱先生熟练掌握的六七种外语中的一种。其实钱先生只在英国留学两年,读了个硕士就回国了。其语言成就岂是博士教授能比?我和远尘来美也一年多了,我们的英语不要说望其项背,就连先生拖长的后影都望不见。人和人不能比,大师就是大师,天才就是天才,只可惜像钱钟书这样的文化泰斗,在我辈是绝迹了。

远尘荣升讲师,我当然要去祝贺,顺便在中餐馆宰了他一顿。这回喝酒,一扫上次喝酒时的沮丧和潦倒,两人容光焕发精神抖擞,酒也从百威啤酒换成了威士忌。酒过三巡，两人开侃，侃的当然是鸟枪换炮之事。谁说纽约是地狱？短短一年多光景，剎肉工摇身一变成了大学讲师，剔肉工摇身一变成了美女私人教师。酒还是喝到半夜，但只是微醺没有醉。

刚来远尘教小孩时，我还真羡慕过他，因为那时我还满大街找工呢。这回远尘当了讲师，我还真没羡慕更没嫉妒。内心深处，自认我的私人家教更惬意更幸福，远胜他的大学讲师，倘若他想换我还不换呢。远尘是学校讲大课，我是一对一单练；远尘面对的是素不相识的学生，我面对的是情意绵绵的美女；两种感受两种滋味岂可同日而语？

给凯蒂上课真是巨大的享受，就是她一分不给，我也愿意教；就是她要改成天天上，我也欣然接受；哪怕一天上八小时，我也甘之如饴。

能与凯蒂天天相对，真不知是几世修来的福分。别说讲师，就是教授我也不换。

5

我给凯蒂设计的文学课，前半程以古典文学为主，主讲古典诗词。

第一节课讲的是李商隐的"锦瑟"：

> 锦瑟无端五十弦，一弦一柱思华年。
>
> 庄生晓梦迷蝴蝶，望帝春心托杜鹃。
>
> 沧海月明珠有泪，蓝田日暖玉生烟。
>
> 此情可待成追忆，只是当时已惘然。

我摇头晃脑地给凯蒂吟了一遍后，又把诗中的四个典故细心讲解了一遍；然后说："诗中的杜鹃也许和你有关。"

"怎么会？"

"你爸爸肯定读过这首诗。不过诗中杜鹃啼血的意象很苦，但那是中国杜鹃。你这只美国杜鹃不会有这种命运的。"

凯蒂沉默了一会儿问：

"如果诗中的玉是如烟而逝的紫玉，那这首诗就是一首悼亡诗了？"

"诗家大多这么看，但我认为不是。"

"那诗里的此情是什么情？"

"是爱情，朦胧如泪如烟的爱情，所爱之人未必是亡人。"

"原来是这样。"

这次凯蒂全盘接受了我的观点。

我给凯蒂讲了整整三个月的唐诗宋词。结束时给她讲了一首现代人的古体诗，杨宪益的诗：

> 母老妻衰畏远行，劫灰飞尽古今平。
>
> 莫言天意怜幽草，幸喜人间重晚晴。
>
> 有烟有酒吾愿足，无官无党一身轻。
>
> 是非论定他年事，臣脑如何早似冰。

念完之后我说：

"有人说好诗都被唐朝人做完了。这话太绝对。虽然诗体也有生命周期，律诗峰巅在唐朝，以后是下坡路，到了宋就是词的时代。但宋诗也有很多好诗。现代人写古诗，只是借用一个成熟了千年的形式，而里面思想内容都是现代的。其实新诗只有几十年的历史，远未成熟，所以鲁迅只写旧诗不写新诗。优秀的现代古体诗，是唐朝人写不出来的。比如杨宪益的这首。"

"这首诗我看不大懂，劫灰飞尽是指什么？"

"你不了解杨宪益和戴乃迭的经历很难读懂。你知道我为什么要给你讲这首诗吗？因为你的父母是中西结合的典型，杨宪益和戴乃迭是更早的中西伉俪。他们的结合是 30 年代的事。"

"戴乃迭是美国人吗？"

"不，她是英国人。"

于是我开始给凯蒂讲杨戴凄婉动人的故事。英伦热恋，双双回国，携手翻译，双双入狱，独子自焚……最后又给她念了一首黄苗子写给杨宪益的诗：

> 十年浩劫风流甚，半步桥边卧醉囚。
>
> 卅载辛勤真译匠，半生漂泊假洋人。

凯蒂听完很感动。

"《红楼梦》和《儒林外史》都是他们翻译的啊，真了不起。"

"那是他们夫妻俩的天和之作，屈原的'离骚'也是他们译的，毛泽东知道后大吃一惊,他认为离骚是不能翻译的。"

"他们的贡献这么大,为什么还要把他们关进监狱?"

"这个故事太长,以后再给你讲吧。对了有一个情节我忘了说,戴乃迭很漂亮,她生在中国,他的父亲是传教士,还在燕京教过书。戴乃迭很小就回到了英国。当她决定跟随爱人杨宪益回中国时,她母亲对她说:'你跟他到中国去会后悔的。'"

"戴乃迭后悔了吗?"

"有人说戴乃迭终身不悔。悔不悔,只有天知道。"

"戴乃迭在中国又坐牢又失去了儿子,我想她会后悔的。"

凯蒂说得很肯定。

我没有想到,杨宪益和戴乃迭的故事在凯蒂心中留下了长长的阴影。阴影一直没有消散,直到她面临是否嫁到中国去的抉择时,这条长长的阴影依然笼罩着她。早知如此,我就不给她讲杨宪益的诗了。

6

我们的文学课,以古典诗词为主,也讲新诗现代诗。我给凯蒂讲的第一首新诗是林徽因的"深夜里听到乐声":

这一定又是你的手指,

轻弹着,

在这深夜,稠密的悲思。

我不禁颊边泛上了红,

静听着,

这深夜里弦子的走动。

一声听从我心底穿过,

忒凄凉

我懂得,但我怎能应和?

生命早描定它的样式，

太薄弱

是人们的美丽的想象。

除非在梦里有这么一天，

你和我

同来攀动那根希望的弦。

我念完，凯蒂又拿过去细细地看了一遍。

"她的诗很美也很伤感。"

"林徽因是个才女，小说、散文、诗歌俱佳，其中诗最好。她是三十年代重要的新月派诗人。情感丰富细腻，风格婉约。"

"诗人的第一要素是情感吗？"

"情感是其一。古人说，诗言志，其实诗主要是言情。但即便是真情实感也不能无限宣泄，否则就是滥情。在现代派眼里浪漫主义诗歌大多滥情，但否认抒情是矫枉过正。有节制有沉淀的真情才能产生好诗。林徽因对感情的拿捏很好。"

"诗里的弦是什么乐器？"

"应该是古筝。"

"我爸爸也会弹古筝，还会吹箫，还会拉二胡。诗里的你又是谁呢？"

"也许是梁思成，也许是别人，但肯定是男性。"

"梁思成是谁？"

"梁启超的儿子。林徽因十四岁就和梁思成相恋了。你爸爸没和你讲过梁启超吗？"

"讲过，也讲过康有为。"

我没再多讲康梁，而是给她讲了许多林徽因的故事。凯蒂听完也很感动，她似乎和这位才女有心灵感应。

"你说过你中学写英文诗是模仿泰戈尔。1924 年泰戈尔到中国时，陪伴老诗人的就是徐志摩和林徽因。"

"真的呀?"

"真的。他来之前,美国的杜威,就是胡适的老师,英国的罗素,他是徐志摩崇拜的大师,都先后来到中国;两人访华都产生了轰动效应,但泰戈尔来华却遭冷遇。"

"为什么呀?"

"因为泰戈尔在中国演讲抨击西方文明和民族国家。老诗人演讲时说:即使全世界都认为物质结果是人生的最终目的,印度也不要接受。泰戈尔的观点在中国犯了众怒,大名鼎鼎的陈独秀、郭沫若和吴稚晖都批判他,只有梁启超把他引为同调。那时的林徽因还年轻,不会有成熟的政治观点。"

"你们这些留学生念念不忘的爱国不也是爱的民族国家吗?"

"是啊。可是民族国家的确是西方几百年前的发明创造,中国自古只有天下的概念。西方正是借助民族国家这个强大机器,整合了军队和资本,然后横行于天下。你是美国人,现在的美国人似乎比谁都爱国;你身上还流着中国血,也许你将来会同时爱着两个国家,而这两个国家都不是纯粹的单一民族国家,中国有 56 个民族,美国更是世界民族的大杂烩。我们扯远了,还是谈林徽因的诗吧。"

"林徽因是个女诗人,嫁给工科教授,会幸福吗?"

凯蒂的兴趣已经离开了诗。

"林徽因在美国也学的是建筑啊。至于他们是否幸福也只有天知道。"

"你再给我说说林徽因吧。"

那节课拖到三小时。其中一小时讲诗,两小时讲林徽因的故事。那个早已仙逝的才女为什么会拨动凯蒂的心弦呢?

长长的讲诗岁月中,我也讲过一首英诗,虽然我知道凯蒂的英文比我好得多。那是叶芝的诗"当你老了"。

When you are old

When you are old and grey and full of sleep,

And nodding by the fire, take down this book,

And slowly read, and dream of the soft look

Your eyes had once, and of their shadows deep;

How many loved your moments of glad grace,

And loved your beauty with love false or true,

But one man loved the pilgrim soul in you,

And loved the sorrow of your changing face;

And bending down beside the glowing bars,

Murmur, a little sadly, how love fled

And paced upon the mountains overhead

And hid his face amid a crowd stars.

这首诗凯蒂早就读过,她一直喜爱叶芝。我们一起朗读完后,我给她看我的汉译:

当你老了

当你老了,头白觉沉,

在炉边打盹,拿下这本书,

慢慢翻阅,梦回当初

有过的目光温柔而幽深。

多少人爱你欢乐时光的妩媚,

爱你的美丽,假意或真心,

只有一人爱你朝圣者的灵魂,

爱你红颜老去的伤悲。

俯身在闪烁的炉前,

喃喃而语,带着淡淡的感伤,

爱情飞逝转瞬越过山岗,

群星之中隐藏着他的脸。

凯蒂看了两遍说：

"我现在的中文水平还不能翻译，但我觉得你这首诗翻得不够理想。第一行里的头白觉沉就不好，不美，叶芝的原文多美呀。"

这不是凯蒂第一次批评她的老师了。

下课之前，我们说到了这首诗的意境时，凯蒂又发表了独立见解：

"叶芝的意境很好，但我不相信世界上有爱老女人的男人，即便是革命者也办不到。"

凯蒂的评论石破天惊。我不知道她为什么这样评论。

7

诗讲座整整持续了七个月。凯蒂可给了我施展才华的机会，我能轻易放过吗？让我讲诗如同让远尘讲改革，正中下怀，找对了人，我能不呕心沥血淋漓尽致吗？何况报酬不菲。报酬不仅仅是每周一百美元，也不仅仅是每周三次的秀色可餐大饱眼福，还有心灵的慰藉，那是难以估价的。济慈说，美是一种永恒的快乐。我付出了劳动，收获了快乐。每当我们相对而坐四目对视，楚楚动人的面容，深如潭水的眼睛，超凡脱俗的神韵，一举手一投足，一个微笑一个眼神，一串笑声一句话语，都是美的流淌美的辐射；湮没四周充盈天地，置身美的海洋，你能不快乐吗？理解、同情、关怀、启迪；心灵的交会激荡共振契合；美不仅在外表还在内心，是她心灵的甘露，滋润了我干涸的心田；这块板结干枯了十年的心田，曾经寸草不生一片荒芜；经历了七个月的春风化雨润物无声，终于渐渐湿润复苏而春苗欲出了。

"池塘生春草"，这是凯蒂给我的最大回报。

诗歌讲座的最后一课，我为凯蒂准备了闻一多的"死水"，同时打算借机讲讲新诗格律，这可是我钻研多年的成果。没想到我刚要开讲，凯蒂就说：

"关老师，闻一多的诗我读过，今天讲这首诗吧。"

说完把我送给她的诗集摊在桌上，打开的那页正是我十年前的旧作"等"：

等

月光下

徘徊了千年的脚步

湖岸上

凝视了万年的眼睛

腮边

一滴冰冷的泪

心中

一个朦胧的影

等

幽深的谷

等一声足音

荒凉的海

等一面帆影

平静的池水

等一粒石子

久置的干柴

等一颗火星

等一句话

等一封信

等一声轻唤

等一下敲门声

春去春来,月缺月盈

等

花落无声,水流无情

等

寂寞的刀,孤独的锉

一块意志的铁

命运的爪,岁月的风

一盏希望的灯

等

等一个梦中的人

等一个云中的梦

"你不是说你的三本书都可以做教材吗？你的诗集里我最喜欢的就是这首'等'，最后一课就讲它吧。"

凯蒂说得很认真。

"可是凯蒂，这首诗明白如水，有什么可讲的呀？"

"怎么没得讲？以前你说诗歌贵在含蓄，可你这首为什么不太含蓄？"

"并非每首诗都要特别含蓄。我的诗集中有好多非常含蓄的朦胧诗呀。"

"你那些朦胧诗不是含蓄而是晦涩，我根本看不懂。我还是喜欢你这首不含蓄的诗。"

"你说得有道理，含蓄不等于晦涩，而晦涩是诗歌的死胡同。但中西诗歌对含蓄的理解是不一样的。钱钟书说过，在中国诗里算是浪漫的，和西洋诗相形之下，仍是古典的；在中国诗里算是痛快的，比起西洋诗，仍然不失为含蓄的。在我的眼里，西方诗几乎没有真正空灵含蓄的，叶芝的那首'当你老了'也不算。"

"关老师，你诗里的等是不是有所指？你用了那么多比喻为的是什么？你等的是爱情吗？"

"看来我这首诗是不够含蓄，你已经看出了它的所指。"

"你以前恋爱过吗？"

"恋爱过。"

"陶远尘呢？"

"他结过婚，两年后又离了。"

"你以前的恋人是谁呀？"

凯蒂表现出前所未有的兴趣。

"她是我的小学和中学同学，算不上青梅竹马，但我们相恋了十年。后来在农村插队时分手了。"

"为什么分手？"

凯蒂的兴趣似乎更浓了。

"凯蒂，我不想谈这些。还是让我们讲诗吧。"

凯蒂见我表情严肃，没有坚持。

"好吧。你给我讲讲诗和比喻吧。"

"聂鲁达说，诗就是比喻，没有一个比喻不是偶然想起来的形象……"

我们的最后一课有些不自然。凯蒂时常走神，我不知道她在想什么。

我伤害她了吗？我不知道。但凯蒂触动了我的伤口。

我常想，人生若没有恋爱无疑是大缺憾，人生若没有失恋也是大缺憾。

十年前的往事已经淡化如烟。流血的伤口已经渐渐愈合，身心的重创已经渐渐平复。时间是最好的疗药，遗忘是最好的武器。我真的不愿向任何人提起那件伤心事，哪怕是对凯蒂。我怕旧伤复发，我怕伤口再流血。只有我自己知道那场失恋对我的伤害有多深。对于一个意志薄弱者，没有自杀没有垮掉没有一蹶不振永远消沉，已经是奇迹。

人不能没有隐私。我今后也要小心，不要触动凯蒂的隐私。

8

暑假来临了，这是我的第二个暑假。凯蒂跑来问我：

"假期回国吗？"

"不回。"

我问答得斩钉截铁。不是不想念家乡父老，而是囊中依旧羞涩。

"那咱们出去玩吧！除了纽约你哪都没去过吧？纽约可不等于美国。"

凯蒂早知我的窘迫，才敢如此推断。

"对，没离开过纽约半步。你打算去哪？"

"我们去波士顿吧！美国的几大名校都在那，城市也很美。"

"好吧。"

其实这哪用商议，跟她在一起，去哪儿都成。哪怕是天涯海角，哪怕是月球火星。

放假的第二天，我们就开车上路了。凯蒂上学时开的是一辆甲壳虫，这次她跟她爸换了车，开来一辆九成新的奥迪。

"你们家人怎么都喜欢德国车呀？"

"德国车的质量比美国车好很多。"

我不会开车，只好乖乖地坐在副驾上。时而欣赏身边的美女，时而欣赏窗外的美景。这个美女不怕看，而且愿意让你看。每当四目相交，她总会放电，随后是秋波明送。真不知哪世修来的艳福，如梦如幻，如云如雾，有时为了确认不是在梦中，我得狠命掐一下大腿。很高兴有点疼，这说明有点真。

80 年代以来，美利坚国土上，来自中国大陆的"外嫁女"渐渐地多起来。原因并非都是来自美国男人的魅力，更多还是来自那张美国绿卡的魅力。从一贫如洗的中国有幸来到自由富裕的美国，谁还愿意离开？为了留在美国，什么招不能使？什么代价不能承受？身体和爱情只是代价的一种。

在纽约，在洛杉矶，在旧金山，大街小巷，你常常可以看见出双入对的白男黄女。黄女只是泛称，是黄脸婆的中性词，实际上这些隶属蒙古黄种人的中国姑娘不少人皮肤很白。她们中有些人很漂亮，有些人很不漂亮；美国男人的眼光真不敢恭维，也许在他们眼里中国女人甚至亚洲女人长得都一个样；他们甚至能把中国男人不忍再看的丑女选为模特。

再看这些搂着中国姑娘的美国佬。年轻帅哥也有，难得一见；多数是四五十岁的中年人，还有不少是白发老者，他们搂着的可都是名副其实的中国年轻姑娘。与此同时，无论是在纽约还是在北京，你几乎看不见一个中国男子挽着一个白人姑娘，甚至看不见一个中国帅哥挽着一个美国丑女。偶尔，你也能看见一个相貌堂堂的中国美男子挽着一个两鬓斑白的美国女星，他另一只手同时挽着的还有女星的万贯家财。

这就是当今人们津津乐道的所谓跨国恋。

有平等吗？有情理吗？有真爱吗？我表示怀疑。

几个月前，我坐纽约的长途 BUS，美国人叫它灰狗。这车是对号入座，我有幸碰到一个靠窗的座位上；不久上来一位高高的白人美女。魔鬼身材，靓丽容貌，气质高傲。她坐在我身边之后，头不侧歪眼不斜视，似乎我并不存在。

车开之后很久，我很有礼貌地问：

"你是纽约人吗？"

"YES。"

她头也不转生硬地吐出这个单词,从此金口不再开。在以后的两个多小时的旅行中,她时而看看手机,时而看看化妆镜;百无聊赖时,她向窗外望去;但不是从我这一侧,而是舍近求远从她的右侧。冷漠高傲如此,我有什么脾气?我只好紧紧靠住窗户,尽量离她远点。正襟危坐目不斜视,坚持到下车。美女的身边是空位不是人。

下车时,美女提包就走依然头也不回,不过她走路的姿势非常优美。再麻木的人也能感受到这个美女的肢体语言:歧视、蔑视、轻视、无视。

于是我想起了半个世纪前上海跑马场上的牌子:华人与狗不得入内。想起半个世纪前梁实秋和闻一多的美国大学毕业典礼遭遇。半个世纪过去了,世界没变人间没换。

我在美国唯一一次的与美女同行,让我永生难忘让我受伤不轻。我还敢惹美国美女吗?

而今天的一切让我恍如隔世,让我不敢信其真。我故意碰了一下凯蒂的手,她歪头看了我一眼。是真的,这一切都是真的。身边真是美女,不是梦境不是幻觉,而且这个美国美女比先前那个还美丽。她就坐在我的身旁,一点不冷漠,一点不矜持;非但不无视我的存在,而且把我的存在视为当然必然,视为她快乐的源泉。人生如此,夫复何求?此时此刻,我不羡帝王不羡神仙,只求这一刻成为永恒。

一路上,我们轻松地聊着天。凯蒂的车技不错,驾驶时总是单手扶方向盘,闲置的右手并不停闲,一会儿播播音响,一会儿动动手机,一会儿递给我一块巧克力,一会儿塞给我一罐可乐。我说:

"凯蒂,你有多动症吧?我的两手都闲着,你要什么尽管吩咐。"

"我什么都不要,就要你看着我。"

"我这不是目不转睛吗?你可别看我要看路。"

"你不用紧张,我十五岁就会开车,从没出过事故。"

说完,凯蒂的右手停止了运动,乖乖地放在我的大腿上,似乎那就是她放手的地方。我死死地盯着这只纤细白嫩的手,然后把我的手轻轻压在上面。

一路上我都在想,我们是同学、师生、朋友,还是什么,我不知道。坐在她身旁,我自然、安然、轻松、惬意,我快乐、幸福、享受、陶醉,甚至忘乎所以,甚至飘飘然。没有一丝自卑和自惭,也没有一点紧张和尴尬。这是为什么?凯蒂是美国人,而且是美丽的美国姑娘;她为何看上了我?难道仅仅是因为她血管里流着一半中国血,就会对来自贫弱之国的华人另眼相看吗?血缘、种族、国籍,这一切真的很重要吗?也许千年之后,地球村的人们根本没有种族和国家的概念。可是在今天的世界上,种族和国家决定了人的命运。一个美国人,无论他是白是黑,走到哪里都趾高气扬;一个中国人,无论他来自香港、台湾还是大陆,走到哪里都不能挺直腰板。这就是当今世界的残酷现实。

凯蒂这个美国姑娘,为何不歧视我?不歧视中国人?为何对中国人情有独钟?为何会跟一个中国留学生谈恋爱?能够找到的理由有很多,但我还是百思不得其解。

凯蒂的车越开越疯,我赶紧提醒她减速。她来了一个嗔怪,然后真的减速了。

纽约到波士顿四百公里。以凯蒂的速度,四个小时就能到。沿途风光秀美,大片的树林连着大片的草地,中间夹杂着数不清的河流、湖泊和水塘。

“美国的东海岸怎么有这么多水?”

“这就是东海岸的特色呀,就像棕榈树是西海岸的特色一样。东海岸的几个大城市,纽约、波士顿、华盛顿,每个城市都有一条大河,它们都是河滨城市。城市之间,也是河流纵横,湖泊密布。但多数是小河和小湖泊。有好些湖就是水塘。你看边上的那个水塘,那里面有芦苇、野鸭和小船。你看见旁边的小房子了吗?这个水塘很可能就是房主人的。”

“住在这里可是美如仙境啊。”

“你看那边的林子,也有小房子,房子的主人就是林子的主人。”

凯蒂一边说着一边歪头往外看。

“你就别看了,看前面的路哇。”

我再次提醒她。

“怕死鬼。”

凯蒂说完咯咯笑起来。

“沿途怎么看不见农田?”

"农田也有,但很少。主要是林地河塘和工业用地。东海岸没什么农业。"

"美国的自然禀赋太好了。"

"你别老说经济学术语,我听不懂。"

在凯蒂身边时间过得就是快。下午一点多点,我们已经杀到波士顿了。全程凯蒂只用了三小时五十分钟,超速是肯定的,所幸没碰到警察。

9

波士顿真的很美,比纽约美得多。它没有纽约式的摩天楼,也没有纽约式的贫民窟。到处是低层红色建筑,典雅别致。大道宽阔,小巷幽长;一条大河穿城而过,河边绿树成荫,绿草连片,我说美国的名校为啥都扎在这呢。

凯蒂带我参观了哈佛。这所名震寰宇的大学是开放式的,没有围墙,也没有中国式的校园,任何人都可以随意出入。学校的建筑都有年头了,庄重淳朴,古意盎然。草地上的主楼并不高大,楼前有哈佛的全身雕像。凯蒂为我在雕像前留了个影。

"你回去可别说你是哈佛毕业的。"

"我没那么虚荣,我也没有名校崇拜症。我看咱们的纽约大学挺好。"

从哈佛出来,我们又走进了对面的麻省理工。参观完两所名校,我俩漫步到河边。学校与河边的距离不过百米。

我和凯蒂坐在河边的长椅上休息。

"这河边的景致比哈德逊河边美多了吧?"

"是美多了。"

但我心里还是感念哈德逊河,没有它我怎么能认识凯蒂?

我们眼前不远的大树下,几个大学生躺在草地上看书。忽然不知何故,他们扔下书本打闹起来。三个健壮的男生把三个女生紧紧压倒在地;一会儿女生又反过来奋力压在男生上面,像摔跤更像柔道,纵情的欢笑声回荡在河边。

"凯蒂,你在中国看不到这种场景。"

"中国男女学生不在一起玩吗?"

"也玩,但不敢这么放肆。"

"这很自然呀。"

"在美国这一切很自然,在孔孟之乡的中国,这一切就不自然。凯蒂,你要是在中国生活会很不习惯的。"

"那也不一定。"

暮色四合时,我们走进小广场旁边的一家小餐馆。凯蒂点了牛排和虾,点了两种沙拉,又要了一瓶红酒。

"喝点啤酒算了。"

"不嘛,我想喝红酒。这是法国波尔多酒,味道很纯正。"

我知道最后是凯蒂埋单,也就不坚持了。在美国,男女朋友出去吃饭,都是AA制。如果女方任由男方埋单,那就意味把自己交给了男方任其处置。可是自从我认识了凯蒂,每次吃饭看电影,都是凯蒂掏钱。在她面前,我男子汉的自尊心早已荡然无存,我早把自己交给了凯蒂任其处置。

我们游逛了一天有点饿,俩人吃得都不少。一瓶红酒很快见底了,换来了微醺。

走出饭馆,我俩来到一座位于河岸的小旅馆。旅馆人很少,环境幽雅。凯蒂来到前台:"Double room, please."说完向我神秘一笑,并无征求意见的意思。

当我打开房门一看,里面只有一张又宽又大的双人床。凯蒂鞋也不脱,一头扎在床上。

"累了吧?"

"有点。你呢?"

"我还可以,你开了那么长时间的车肯定累了。洗洗早点休息吧。"

"你先洗吧。"

我走进卫生间,随便冲了个澡就出来了。

"你倒是真快。"

凯蒂说完溜进了卫生间。我换上睡衣,坐在沙发上看电视。心里嘀咕着凯蒂要了一个双人间一会儿怎么睡呢?肯定是我睡沙发了。

凯蒂洗了有一刻钟,裹着浴巾浑身湿漉漉地出来了。然后以迅雷不及掩耳之势,蹦到床上,扔掉浴巾,钻进毯子里。

"关澜,你怎么还不过来?"

"我还是睡沙发吧。"

"为什么?"

"不为什么。"

"爸爸以前对我说,中国人都很封建。现在我相信了。"

我无言以对。突然,凯蒂猛地掀掉毛毯,翻身下床,全身赤裸地站在我的面前,一言不发,只是深情无限地看着我。

凯蒂的裸体真美!那天在河上在船里,湿衣裹身的凯蒂,线条浮凸,展现的是一种朦胧美。今天在旅馆在床边,全身赤裸的凯蒂,纤毫毕现,展现的是一种真实美。这种美,纯洁,热烈,触手可及,不可抵抗。

我忍无可忍了。跌跌撞撞扑过去,把裸体的凯蒂紧紧地抱在怀里抱到床上。

我疯狂地亲吻她的全身。尽情地吻细致地吻温柔地吻,不放过温柔乡的每一寸疆土每一个角落。一遍又一遍,满含热泪满含激情。吻完,我坐起来,打开床头灯,俯身观看凯蒂的裸体,从头到脚,从外到里,一遍又一遍。这是世间绝美的艺术品,但这不是一幅画一件雕塑,而是活生生的人。

凯蒂一直闭着眼睛静静地躺着,任我看任我吻。空气凝固了,时间停止了,仿佛地老天荒,仿佛世界末日。突然,凯蒂睁开双眼,甜蜜地看着我,然后扑到我身上,把我紧紧地压在她身下,抚摸我吻我。

我开始激烈地反应,翻身压在她的身上,紧紧攥住她浑圆的乳房,松开手,又把头埋在她的胸前。接下来的动作忙乱混乱,亢奋过度而又没有章法。终于伸进了无数次梦见的神秘洞穴里,剧烈的抽动后是剧烈的喷射。

当我终于瘫倒在凯蒂身旁时,她侧过身,抚摸我的脸颊:

"关澜,你是童男吗?"

"我有过很多次梦遗,不知道算不算童男。"

"你不是有过女朋友吗?"

"我告诉过你,我们相恋了十年。"

"十年相恋都没有性生活吗?"

"没有。我只拉过她一次手,还是在挤公共汽车时。"

"中国人都这样谈恋爱吗?"

"大多数都这样。"

"这太不人道了，难道你们没有感到性压抑吗？"

"我们是人，当然感到性压抑，但是没有办法。在那样的时代那样的氛围中，任何人都没办法。在这个世界上，像你一样做个美国人是幸运的，你们无拘无束自由开放，你们根本不必性压抑到三十岁，你们十几岁享受性快乐也合理合法。"

"关澜，你真的压抑到三十多岁吗？"

"对。很痛苦很残忍也很无奈。我可以坦白地告诉你，我能找到的发泄办法就是面对书中的性描写进行性幻想，就是手淫，之后就是自责就是悔恨，就是无法摆脱的负罪感；除此之外，我什么也不能做什么也不敢做。你知道中国流行最广的口头语吗？"

"不知道。"

"那就是'流氓'。一个中国土地上的男人只要和这两个字沾上边，那他就倒霉了，他就永世不得翻身。'文革'中有多少无辜的男人戴着这顶可怕的帽子被活活打死，我们中学的美术老师就是其中一个。'文革'中，一些当年回国参加建设的热血华侨青年，也被当成流氓受尽屈辱；'文革'一落幕，他们就一去不复返了，仅仅因为流氓这两个字，他们就再也不愿回到祖国了。"

"那在中国的外国人呢？"

"外籍人士当然好得多，他们是享有特权的。凯蒂，那天在哈德逊河上，我的行为已经够上改革前中国流氓的标准了。我紧盯着你看，看你美丽的胴体，看你湿衣服里面的乳头。"

"看也不行吗？"

"不行。非礼勿听非礼勿视。何况，我还把你从河里拉到船上。男女授受不亲啊。"

"你那是舍己救人哪。"

"我跳下水时是想救人，但我在水中明明看见你游得好好的，还非要拉你上船，这可就是别有用心了。"

"做一个中国人多累呀。"

"那是过去，中国现在正在改变。"

"中国会变得跟美国一样吗？"

"也许会吧。但中国男女要是变得和美国男女一样开放,也许还要好多年。中美两国的文化背景反差太大了。"

凯蒂不再问了。她轻轻地吻我的胸前,吻我的下巴,然后把我拉到她身上,死死地抱住不放。我第二次发动时,似乎不再忙乱不再无序。动作一旦入门,快感猛然增加,洞穴探险的时间延长了一倍;当我再次喷射时,凯蒂大声地喊叫,指甲抓破了我的后背。

快乐的事一学就会。性快乐是人的本能。

第二次活动结束时,凯蒂的脸上洋溢着幸福和满足。她趴在我的胸前,小声说:

"关澜,你怎么这么猛烈呀?"

"蓄之既久,其发必烈。那是压抑了三十多年的本能,那是蓄积了三十多年的能量,一旦火山喷发,能不山摇地动吗? 你就是我的大山,你就是我的幽谷,你就是我的江河。"

"可是,它们不是通过手淫和梦遗流出去了吗?"

"我指的不是精液,那是常泄常生一生不会枯竭的;我指的是热能,是激情,是爱情。"

"我爱你。"

凯蒂说完,把滚烫的泪水洒在了我的胸口。

这是我苦苦等待的一句话。我等了三十三年,等了一生一世,等了千年万年。这是我不需重复的话。我的那句话早已融入她的血液里骨髓中。

"还记得你那首'等'吗? 你现在等到了吗?"

"等到了!"

我高声大喊起来。凯蒂连忙捂住我的嘴:"小声点,已经半夜了。"

那一夜,我们一夜无眠。怎么可能有眠? 当初生的旭日高照在窗棂时,我们依然睡意全无四肢交缠耳鬓厮磨紧紧相拥。

那是怎样迷醉缠绵快乐幸福的夜啊! 那一夜已经凝固升华为永恒,永远镶嵌在我们生命的年轮里。

10

从波士顿回来之后不久，凯蒂回家了。暑假的最后一周，很久没露面的凯蒂突然杀到我的住所。

"明天是周六，到我家去吧。我已经和爸妈都说好了，他们都欢迎你。"

"要住吗？"我没什么思想准备。

"就住两天，LONG ISLAND（长岛）很美的。"

"好吧。"

看着凯蒂一脸诚恳和期待，我只好这样回答。这个邀请是我意料之中的事，同她父母见面是早晚的事，就像明年的毕业考试一样，躲是躲不过去的。但愿这只是一次单纯的做客而不是考试。

去见凯蒂父母不能空手，带什么礼物呢？我翻箱倒柜找出一打陕北剪纸，从国内带来的礼品只剩它了。这可是一份薄礼，放在手上几乎感觉不到重量。中国的谚语是：礼轻情意重。礼倒是轻了，情意如何谁知道。虽然有了波士顿的难忘之夜，但我心里清楚，爱情和婚姻不是一回事，一夜情离结婚登记也还遥远；一切都还是未知数，一切都还是进行时，我的眼前还是拨不开的迷雾看不清的前途。

第二天，凯蒂把我拉到长岛的一座大房子前。房子很别致，有三层，一望就知道里面的房间很多。开放式的草坪很大，花园中间是一个椭圆形的游泳池。池水碧蓝，不远处就是更为碧兰的大海。

我跟随凯蒂走进花园，那感觉就像刘姥姥进大观园。这种花园洋房在长岛在美国遍地都是，这是美国人的基本居住方式，就像北京人住四合院和六层单元楼。我这个来自中国首都的土老帽，到美国两年却从未走进任何一座这样的典型住宅；我身边只有学校的几十层的教学楼，合租的高层公寓，唐人街上的破旧店铺；纽约数不尽的摩天楼与我无涉，美国人遍布城乡的花园洋房与我无涉。

凯蒂的父母已经站在楼前迎候了。她父亲个子不高，清瘦白皙，文质彬彬，两鬓略有斑白，脸上还看不出皱纹；她母亲身材修长，远看依然年轻美貌，气质非凡，近看，可以看见眼角上细细的鱼尾纹。

两位长辈都在向我微笑,她父亲的微笑含着亲热,她母亲的微笑含着可以察觉的冷峻。

问候之后,凯蒂带我参观她家的领地。上下三层,前后花园,还有她的兔子窝,她的百草园,她小时候种下的苹果树。如今这棵苹果树已经长大了,树上挂满了苹果。花园的每一个角落都有她童年的脚印和笑声。无疑凯蒂的童年充满了欢乐和幸福。我也曾号称拥有过金色的童年,我的童年里有红领巾和鼓乐声,有北海的双桨;但也有拥挤和饥饿,有挖野菜和割野草的岁月,而这些都是凯蒂没有的。

天气有些闷热,离午餐还有一段时间,凯蒂拉我去游泳。因为事先不知道有此节目,我没带泳裤。凯蒂翻出一条他爸的泳裤扔给我,有点瘦,我勉强穿上了。当凯蒂穿着泳衣从她房间跑出来时,我惊呆了,确切的词应该是惊艳。凯蒂穿的是一件淡粉色的三点式泳衣,洁白的皮肤,模特般的三围,粉红的面容,在泳衣的点缀下,分外艳丽,比她的裸体还艳丽。我不由得想起了美国的老电影《出水芙蓉》,虽然眼前的芙蓉还未沾水。恰巧她妈妈从旁经过:

"太艳了。"

声音里似乎含有责备。

"这就是我最爱穿的泳衣呀,你不是也喜欢粉色吗?"

凯蒂说完,向妈妈做了个鬼脸,然后拉着我奔向泳池。

到了池边,她一个猛子扎下去,跳水的姿势有点像跳三米板。钻出水面后,她开始蝶泳,速度不很快,姿势极其优美,真像一只戏水的大彩蝶;到了岸边,她返身游自由式,这次速度很快,姿势标准。泳池不过二十米长,她不到十个动作就到池边了。

"你怎么还不下水?"

说着凯蒂使劲儿往我身上撩水。

我支吾着赶紧溜下泳池。不会跳水,不会自由式,更不会蝶泳,只会蛙泳。

"咱俩比赛吧!"

我不想比,但不比不行,只好拼尽全身之力向对面游去;凯蒂故意让我先启动半个身位,然后也游起蛙泳,游到对岸时她已经超了我一个身位。

"关澜,你知道你为什么游得这么慢吗? 姿势不对。你大腿分开的角度不够,而且没有翻脚掌。"

凯蒂一手扶着我的肩膀,一手抹去脸上的水花,大声说。

"我是野路子,没人教过。"

想起我和远尘在田塬涝池游泳时,恨不得半村的后生都跑来观看。村里的后生都不会水,连狗刨都不会;他们见我俩游蛙泳,别提多惊奇多羡慕了:"到底是北京娃,都会游水!"那回,我和远尘在后生们面前露了一回脸,可如今,我在凯蒂面前露了一回怯。我不由想到了各自身后的生活背景。我从小到大见过家庭泳池吗?我是在学校旁边的苇坑里扑腾会的。凯蒂两岁就被爸爸扔进泳池,五岁学会游泳,十岁上学校的游泳培训班,十八岁获得学校游泳比赛自由式第三名。

生活背景的后面就是反差,曾经存在过巨大的反差。

记得寒春阳早四十年代末到中国时,看见中国用了两千年的耧和犁还在用,惊奇不已。那时,中美的农业劳动生产率相差几十倍。寒春是核物理学家,费米的助手,也是中国绿卡第一人。我在国内采访过她。阳早就是一个美国农民,一个养牛专业户。两位美国人居然在中国养了一辈子牛并终老中国。他俩没有看见那巨大的反差吗?也许他们就是为了抹平这个反差才到中国去的。中国改革的原因和动力就埋在这反差里。

我和凯蒂在泳池里泡了一个多小时,其中一半时间在打闹。凯蒂老是挑衅,多次潜水把我掀翻在水里,我不得不应战。我们打闹时,凯蒂的爸爸从旁经过,视而不见。

在水中,低能和笨拙使我难堪和羞愧。堂堂男子汉游不过一个女的。但凯蒂似乎没有一点异样感觉,只是不停地笑不停地闹,也许她认为关澜不会蝶泳和自由式很正常呀,他是中国人;我还不会写诗和散文呢。

都说女的爱虚荣,有时男的更爱虚荣。

终于听见凯蒂妈妈召唤我们吃饭了,我早就饿了。

午餐是凯蒂妈妈亲手做的美式西餐,牛排、烤鱼、沙拉和面包。凯蒂爸爸打开了一瓶名贵的红酒,我很想喝但不好意思喝,连忙推说不会。凯蒂瞟了我一眼,抓起酒瓶就给我倒了一大杯。

"爸,他是个伪君子,他的酒量比你还大。"

凯蒂当场揭穿,一点面子也不给;我只好端起酒杯和她全家人干杯。

11

下午,凯蒂趴到我耳边说:

"我爸想和你谈谈。"

"还要单独考试呀?"

"别怕,我陪着你。"

我只好乖乖跟着凯蒂走进他爸的书房。书房很大,三面是书柜,里面都是化学专业书,有英文、德文、法文。这些书我一本也看不懂。

我坐在凯蒂爸爸的对面,凯蒂紧挨着父亲坐下,肩膀靠着父亲,有意宣示父女情深。

"听凯蒂说,你在国内是搞新闻的。"

凯蒂父亲的考试开始了。

"1981年我大学毕业就分到了刚刚组建的中国财经日报。这是中国第一份财经大报,以前国内的报纸都是政治类的。"

"听说你们的报纸是邓小平题名的,人民日报是毛泽东题名,现在中国是邓取代了毛,经济建设取代了阶级斗争,这是否意味着你们的报纸将会取代人民日报成为国内第一大报?"

"我看不会。人民日报是党报,在现存体制下永远是老大,我们报可能会排老二。现在报纸归中央财经小组主管,这个小组的组长是国务院总理。"

"级别蛮高嘛,国内的报纸都是官方的吗?"

"都是。现在还不可能有民间报纸。"

"我四十年代末就出来了,这么多年也没回去过。我的小道消息都是听国内的亲友讲的。最近一期TIME杂志的封面是邓小平,里面的文章说,邓是毛的掘墓人,还说邓已经带领中国人走上了市场经济的道路,而市场经济的本质是私有经济,因而邓最终将会领导中国走上资本主义。"

凯蒂爸爸说着把茶几下的杂志递给我。我一看,这期时代周刊的封面果真是邓小平的头像,用的还不是照片而是漫画。我随手翻开封面文章,匆匆地扫了几眼说：

"邓小平是中国改革开放的总设计师，也是四项基本原则的提出者。我看中国不会轻易放弃社会主义，也许会探索一条中国特色的社会主义。"

"这个中国特色怎么理解？"

"也许是社会主义加市场经济。现在国内还是提商品经济。"

"社会主义不是公有制吗？市场经济的前提可是私有制。没有私有产权，市场上怎么交易啊？这两者怎么能弄到一起呢？"

"我理解社会主义代表公平，市场经济代表效率，中国特色的社会主义市场经济就是公平加效率，这是我的解释，官方没有这种解释。"

"资本主义也讲公平和效率呀，美国也提倡公平呀。"

"爸，你是化学家，干吗老关心政治呀？你又不打算回国加入民主党派参政议政。"

凯蒂在一旁抗议了。她的话让我很震惊，她怎么也知道中国的民主党派呢？莫非凯蒂父亲的国内亲属中有民主党派？

"好好，不谈政治。关澜，凯蒂说你是个诗人，还出过散文集？"

"都是业余爱好。解冻之后，文学重生，诗歌最先热起来，我也跟着凑热闹。在国内我属于朦胧诗派。"

"你的诗集我读了，很不错。有些诗很有味道，就是有点感伤。还有一些诗有九叶集的风格。我在国内上大学时主要读的是九叶集派的诗。"

"没想到杜叔叔年轻时也读诗。"

"不光读还写过呢。"

"爸，你就别提你的诗了，那些诗真的很幼稚。"

凯蒂说得很诚恳。

"我那时要是写得好，就不去学理工了。关澜，听说九叶集的人后来的处境都很不好？"

"杜运燮和陈敬容解放后比较惨，袁可嘉还可以，一直在社科院文学所搞翻译。"

"你不知道吧，杜运燮还是我的远亲呢。"

"真的呀！我不认识杜运燮，袁可嘉是我的启蒙老师。陈敬容对我影响也很大,我出国前写过陈敬容传,题目是'中国的紫罗兰。'"

"你跟九叶集的渊源还很深嘛!"

"国内朦胧诗的渊源就是九叶集,其次才是西方现代派诗歌。"

"我没有去搞文学而去学理工,那是因为怀揣着科学报国梦。侯德榜学成回国搞出了侯氏制碱法在当时很轰动,我最终选择了化学专业就是受他的影响。后来到美国留学,也是想着学成回国搞实业的。不想四九年大陆易帜,我和钱学森他们不一样,我的父亲是国民党元老,大哥是国军军长,我是不敢回去的;加上认识了凯蒂的妈妈。当时她妈妈嫁给我的先决条件就是留在美国,她是不可能跟我回中国的,就是到台湾她也不去。要么留美留人,要么离美离人,我是别无选择呀。"

"妈妈的选择没有错呀! 你要是回去,还不跟你那些留在国内的亲友一样挨整呀。"

"听说,五十年代海外回国的人都很惨?"

"学文的比较惨,很难过'反右'和'文革'这两关。法国回去的傅雷和美国回去的老舍都在'文革'中自杀了。英国回去的杨宪益也被关了四年。学理工的科学家处境不一样,国家要用他们呀。"

"关澜,如果我五十年代回去会怎样? 会像凯蒂说的那样挨整吗?"

"我想不会。你会成为中科院化学所的一名研究员,生活水准国内一流。当然比不了你在美国,花园洋房不会有,但会分给你一套五室一厅的单元房;那会儿我们老百姓都是三代同堂住大杂院。'文革'中你会受到冲击,科研工作会停顿十年。改革开放后,你可能成为化学所所长,也可能成为化工部副部长,但不会当正的,因为你不是中共党员。"

"回去的科技人才,离开了科技前沿很难有大作为。杨振宁李政道要是回去,也得不了诺贝尔物理奖。"

"那是肯定的。但留美科学家回国后可以得到国家这个大舞台,许多人也能做出一番伟业。中国的两弹一星功勋都是海归科学家。"

"你说的有道理。转眼三十多年过去了,我在美国学成,也报效美国了。人也美国化了,但骨子里还有一些东西没有化,没化的东西也是凯蒂妈妈不能接受的东西。这几年中国搞改革开放,很想为国内做点事,尽绵薄之力,可是没有机会呀。"

"杜叔叔,你要是回去走走,可能机会就来了。"

"是该回去看看了,国内还有许多亲友呢,再不回去就见不到了。"

"爸,咱们什么时候回中国呀,我还没去过呢。"

一提回中国,凯蒂就兴奋,这是她梦寐以求的事。

"时间一时还定不下来。"

"杜叔叔,你要是回国,我可以给你当向导。"

"我在国内生活了二十年,哪里需要你做向导。我不是游客,中国是我的故乡,我是游子还乡啊。"

"杜叔叔说得对。改革开放以后,国家对科技人才的需求更殷切,现代化还得靠科技,文学最多是敲边鼓的。不过这轮出国潮中的人,无论是学工学文,回国的很少,好像大家不约而同踏上了不归路。我身边的同学就说,宁愿在纽约扫马路,也不愿在北京做干部。"

"关澜,你在美国学的是金融,毕业以后如何打算呀?"

"我想回国继续做我的财经记者。现在的改革可能是中国几千年未有的大变局,我不想错过这个历史机遇。"

"原来是这样。那凯蒂怎么打算呢?"

"爸,我们以前从未谈过这个话题。毕业还有一年呢,着什么急?"

凯蒂说的是实情,这是我们第一次接触这个敏感话题。

凯蒂爸爸的考试总算结束了。我也不知道是否及格。从书房出来时,凯蒂的心情似乎有些沉重,也许是因为那个敏感话题,但那是我们早晚要面对的抉择。

12

当天晚上,凯蒂全家举行了一个家庭音乐会。凯蒂弹钢琴,她妈妈拉小提琴,她爸爸拉二胡。音乐会第一个曲子是萨拉萨蒂的《流浪者之歌》,这本是小提琴独奏曲,没想到二胡也能拉出来;最后一支曲子是我熟悉的梁祝。凯蒂母亲的提琴拉得真好,如诉如泣,缠绵悱恻,余韵悠长,她虽然不懂中文,但对这首中国乐曲的理解似乎很到位，甚至不在俞丽拿之下。

整个音乐会只有我一个听众。可惜我是个五音不全的音盲。我不但不会任何乐器，而且中学的音乐课也没有及格过。我的童年，我的家庭，没有任何艺术熏陶。

但今天我必须不懂装懂。我聚精会神地听着，不时还鼓几下掌。也许我掌鼓的不是地方，也许是我的表情露出了破绽，凯蒂的妈妈很快就看出他们全家是在对牛弹琴。好在这个音乐会并非为我举行，全家一起演奏是人家的团聚方式，旨在自娱自乐，与客人无关。至少在凯蒂妈妈的眼里，我还不算贵客。

音乐会间歇时，凯蒂的妈妈用余光扫了我一眼，也许这只是无意的一瞥，但我却从中看出了讥讽和轻蔑，莫非是我神经过敏？这之后，我浑身不自在，一个音盲像根木桩似的戳在这浓郁温馨的音乐氛围中，一点都不协调。我开始巴望音乐会早点结束了。

音乐会最后一项是独唱。第一个起来唱的是凯蒂的妈妈，凯蒂钢琴伴奏。她妈妈演唱的是歌剧《卡门》里的咏叹调"爱情是一只自由的小鸟"，我虽是音盲，但卡门还是听过的，可惜我无法让她知道我这点可怜的音乐修养。她用法语演唱，花腔女高音，歌喉婉转动人，绝对的专业水准。我不知道艺术才华如此出众的她为何不去当演员。也许这就是典型的美国中产，艺术是他们的基本修养，音乐是他们生活的必备。

接下来是凯蒂独唱，她爸爸二胡伴奏。凯蒂站起来时，她妈妈走开了，不知道是否有意。凯蒂没受影响，她先给了我一个温柔的眼光抚摸，然后清喉扬眉，两手交叉，仿佛在舞台上。她唱的是《钗头凤》。"红酥手，黄縢酒，满城春色宫墙柳……"陆游的这首词我十岁就会背，但这曲调我怎么没听过，是古曲还是今人谱曲？

"东风恶，欢情薄，一怀愁绪，几年离索。错、错、错。"我忽然觉得这首歌有点不吉利。我知道凯蒂是为我唱的，曲调肯定是爸爸以前教的，可你唱什么不好非唱它？然而，凯蒂唱得很投入，感情充沛，声音优美；她爸爸拉得也很投入，琴声悠扬，悲悲切切，那种独特的凄美幽怨是小提琴拉不出来的。

音乐会结束时已经十一点了。就寝的时候我有点不知所措。

本来凯蒂把我安置在她的闺房，但被她妈妈给改成了隔壁的空房。这间空房原本是凯蒂的书房。因为房间多,凯蒂上小学时就拥有两间屋子,一间卧室,一间游戏室兼书房。两间屋子是连着的,中间有一个门,从来不锁。

我怀着忐忑的心情上了床。辗转反侧,难以成眠,脑海里老是翻滚着凯蒂妈妈犀利如刀的眼神。半夜,突然中间的房门发出声响,有人在转动把手,我知道这是凯蒂。

门把手响了很久,就是打不开。过了一会儿,一切重归沉寂。我翻身再睡,房间的正门开了,凯蒂穿着薄如蝉翼的睡衣,光着脚,跑到我的床前,一头扎进我的被窝,紧紧搂住我的脖子。

"妈妈真是可恶,她为什么要锁门? 我已经跟她讲过我们的关系。"

"你怎么说的?"

"我说你是我的男朋友啊,还告诉她我们已经上过床了。"

"你这是先斩后奏,妈妈肯定不高兴。"

"美国的年轻人都这样啊。我已经二十三岁了,我的私生活当然是我做主。"

"你妈妈可能不赞同我们交往。"

"你别瞎猜。她还不了解你,不会这么快表态的。别管她,这也是我的家。"

说完,凯蒂翻身爬到我身上,把火一样的嘴唇伸进我的嘴里。

"凯蒂,你回去吧。你妈妈就睡在楼下,我们要是弄出响声,她听见了不好。"

我轻轻把她抱下来,轻轻地说。

"你这人真扫兴。在宾馆里你都不怕,在我家里你怕什么呀?"

凯蒂嗔怒。

"我没有心情,你还是回去吧。"

凯蒂一把推开我,翻身下床:

"你这人真自私。"

说完凯蒂起身就走。不久我听见了隔壁的抽泣声,她哭了很久很久。

那一夜我失眠了。我不知做错了什么,但我知道我伤了凯蒂的心。这颗金子般的心是我最不愿伤害的呀。

第二天,凯蒂带我逛长岛。在车上,我看见她红肿的眼睛,就知道她也一夜没怎么睡。

长岛全长不到二百公里，宽只有二十公里。我们匆匆转了一下皇后广场，就把车停在海边。

"凯蒂，对不起，昨天是我不好。你缺觉，这样驾车太危险，我们在车上睡会吧。"

凯蒂一路都没有说话，现在也只是点点头。我们放倒了后座，相拥而卧，不一会儿就睡着了。

不知睡了几个小时，我醒了。歪头看见凯蒂满是泪痕的脸，我的心碎了。我紧紧地抱住她，疯狂地亲吻她的全身。不知拥抱了多久，我还是不想放开，生怕她从我的怀里永远消失。

我在长岛的最后一个晚上，晚餐特别丰盛，仿佛是为我饯行。晚餐后我在房间里看书，凯蒂被妈妈叫到了琴房。母女俩的密谈持续到半夜，凯蒂回到卧室时，我已进入梦乡。

我是很久以后才知晓了她们的谈话内容。

"凯蒂，你以前的男友班克斯呢，不来往了吗？"

"来往啊，我们还是好朋友。"

"你们从小一起长大，情投意合，为什么要分开，是因为关澜吗？"

"是。我认识关澜以后发现，他更能理解我体贴我，他身上有一种美国青年人缺少的理想主义，他很淳朴很高尚，也很浪漫，他的诗写得好极了。"

"凯蒂，你怎么还是这样幼稚？你并不真正了解关澜，他年纪太大了，比你大十岁；而且他在中国待了三十多年，人已经定型很难改变了。"

"干吗要改变？爸爸也在中国待了二十年啊，你不是照样爱他吗？"

"那不一样，你爸爸出身江南世家，家教上等。四十年代的中国虽然很乱，但还不是暴政时代。"

"爸爸说当时的蒋介石也是独裁。"

"那不一样。关澜一直生活在底层，缺少家教，身上没有丝毫艺术细胞；而且长期生活在毛泽东的专制社会里，灵魂肯定是扭曲的。他是红卫兵你知道吗？"

"知道，他还让我看过他穿军装戴袖章的照片，挺好玩的。"

"好玩？你的大伯父就是被红卫兵打死的,你知道吗？"

"爸爸告诉过我。可是关澜从未打过人。他们那代中学生都是红卫兵,打人的红卫兵是极少数。"

"谁说极少数？成千上万的红卫兵上街横冲直撞,他们就是毛泽东的党卫军和冲锋队！"

"妈妈,你误解关澜了,他真的是个非常好的人。你身上是不是还有麦卡锡的余毒啊。"

"我信仰美国的自由民主,跟那个疯子麦卡锡没关系。但我对斯大林毛泽东没有好感,他们都是历史上少有的草菅人命的暴君。我对红色中国很恐惧,这也是我坚持不让你爸爸回国探亲的原因。我不放心。"

"妈妈你做得有点过分。爸爸留在中国的亲戚还有好些呢。"

"先不说你爸。妈妈觉得你和关澜不合适。年纪相差太大,生活背景太悬殊。你要是真跟这样一个中国文学青年结婚是要挨饿的。你爸告我,关澜毕业之后要回中国,难道你真要嫁到中国去吗？"

"这我没想过。我和关澜以前没谈过回国的事。"

"为什么不谈？这是摆在你们面前最大的现实问题。你爸爸当年要是回中国就不会有你了。我要是跟你爸爸到中国去,'文革'中一定会被当成美国特务打死。"

"没有那么恐怖吧？"

"你和关澜在一起不会幸福,你会后悔的。你跟他回中国的下场一定很悲惨,我不会放你走的,我们就你这么一个女儿。"

凯蒂沉默了。她默默地流泪,思绪纷乱,头疼欲裂。妈妈后来说的话她一句也没听进去。她想起了杨宪益和戴乃迭,想起了几十年前戴乃迭母亲的叮嘱,她甚至想到了那个古老而陌生国度的监狱。

第二天上午离开凯蒂家时,她妈妈一早到长岛大学去了,没有送我们,她爸爸一直把我们送上车。临别,我依稀看见杜叔叔的眼神有些异样。

我最后看了一眼这所美丽的大房子,无意中又看见了那棵凯蒂种下的苹果树。

回去的路有很长一段海景路。车窗外的大海执着相伴,海面风平浪静,海天相连处挂着一轮血红的朝阳。

然而我们的心海已不复平静。

"凯蒂,你昨天睡得怎么样? 我看你的眼圈还是有点红。"

"我睡得还可以。"

"昨晚妈妈都跟你谈了些什么?"

"没谈什么,只是问了问你的情况。"

接着就是沉默,令人难堪的沉默。回程的车被凯蒂开得飞快,我下意识地用手紧攥着安全带。

一路上,我的眼前总是不时地闪现出那棵苹果树。那是高尔斯华绥笔下的苹果树吗? "The apple tree, the singing and gold."(那苹果树,那歌声和那金子。)凯蒂的苹果树虽然已经长高结果,但那是青苹果。

青苹果是酸的,不能吃。

异国他乡梦

五、凯蒂(下)

CHAPTER 5

1

最后一学年开学的时候,我给凯蒂上的文学课停止了,因为我们都要着手准备毕业论文了。

一切似乎都没有改变。纽约港的自由女神依然屹立,校园里的花木依然茂盛,咖啡馆里的气味依然芳香,中秋的圆月依然皎洁。

我和凯蒂几乎每周都会见面。有时出去看电影,有时到河上划船,有时一起议论中美文学,有时我俩就肩并肩坐在公园树荫下的长椅上,不看书,不聊天,只是静静地坐着,默默地坐着,看云卷云舒,看大河落日,看树上的松鼠,看脚下的蚂蚁。偶尔相视一笑,凯蒂的笑容依然灿烂,目光依然温柔,我们分别时的吻依然热烈而持久。

这期间,我知道,凯蒂去找过两次班克斯,班克斯也到校园找过凯蒂。这些我都没在意。他们是老朋友,在我无意有意走进凯蒂的生活中时,班克斯在她的生活中已经存在了很久,我无权干涉他们的友谊和交往。

我和凯蒂也有过几次长谈,古今中外,海阔天空,家长里短,但就是不谈回国的事。我们都在有意回避这个过于沉重的话题。但我们能回避多久呢? 我们的面前只有不到一年的时间。

昏昏然一个学期过去了。寒假前一天,凯蒂把我叫到校园西面的枫林里,两年多来那里一直是我们幽会的地方。

"关澜,你已经两年多没回国了吧? 你不想家吗?"

"当然想,不过还有半年……"

下面的话我不能提。

"寒假我们一起回中国好吗? 你给我当导游,路费我来出。"

"寒假就回去?"

"对。我已经征得了父母的同意。我爸一开始就同意,妈妈开始反对,后来也同意了。"

凯蒂的语调里有几分兴奋。

"为什么要寒假回去?"

"我们可以在中国过春节呀,我真想体验一回中国的春节。"

我知道,凯蒂心里还有许多不便说出的理由,最明显的理由就是考察中国为了应对半年后的毕业抉择:走还是留? 分还是合? 这可能也是她妈妈最终同意的理由。

我犹豫起来。想到父母要是见到我一定会大吃一惊:还有半年就毕业了,这会儿跑回来干吗? 当然我总能编出理由来对付,因为那时身边多了个凯蒂。我找不出理由反对凯蒂,尽管我不情愿花她的钱,但这是说不出来的理由。是啊,不让她亲眼看看中国,半年后让她如何决定?

"好吧。那我们得赶紧准备一下。"

"我这里列了一张给你父母的礼品单,你看看还需要增加什么。"

凯蒂是蓄谋已久。也许她已经筹划了半年。我理解凯蒂做出这个举动不容易,这个不寻常的举动后面是一往情深。

接着就是忙碌的一周,然后就是圣诞节。圣诞节我没有去长岛,凯蒂也没有邀请我。

平安夜,陶远尘应邀到未来的博导家过节去了,凯蒂回长岛团聚去了,只剩下我孤独一人守在凄凉的住所。没有圣诞树,没有圣诞礼物,没有烧鹅,没有火鸡,没有家人,没有欢歌笑语……只有漫天的飞雪和呼啸的寒风。

我甚至连泡碗方便面的兴致都没有,只是一人枯坐在窗前,凝视窗外的茫茫白雪,凝视两年半来恍惚的生命影像。

凯蒂在干什么? 我仿佛听见了他们全家的笑声,仿佛看见了那棵高大的圣诞树,圣诞树上的彩灯和礼品……

如果一切正常,我俩应该在长岛过圣诞,在北京过春节。然而半生经历告诉我,天下没有那么多美事,人生永远是残缺的,爱情也是残缺的,完美从来不存在。

元旦后的第三天,我和凯蒂登上了从纽约飞往北京的飞机。飞机起飞不久,凯蒂就靠在我的肩膀上睡着了。看着她脸上的一丝倦容,看着她楚楚动人的睡态,看着她娇嫩欲滴的面颊,我顿生怜香惜玉之情。我轻轻地吻着那一绺秀发,不敢惊动她。是的，无论如何我都不能伤害凯蒂。即便是独自扛起所有的苦难和屈辱，即便是喝干哈德逊河的水，我也不能伤害她。

坐在回乡航班的舷窗旁，再次俯瞰白云苍狗，心情难以言说。这算衣锦回乡吗？学位还没有拿到，事业还没有着落，囊空如洗，连机票钱都是人家给付的。这算比翼双飞携眷归来吗？插队回来失恋之后，妈妈为我难过了很多年。一过三十，妈妈急了，四处张罗给我介绍对象，我就是一个不见，三番五次伤妈妈的心。这回可好，给她带回一个准洋妞，还是美女，老人家一定会乐得合不上嘴。可我敢说凯蒂是未婚妻吗？这个熟睡在我肩膀上的美国姑娘真的会永远躺在我的怀抱里吗？花是美国之花，人间奇葩，艳丽芬芳，可花落谁家还是未知数。

再过几个小时，凯蒂就能见到朝思暮想的中国了。她会惊喜吗？她会失望吗？中美之间的差距依然巨大，从小在美国长大的她能够接受中国热爱中国吗？

凯蒂不是寒春阳早，不是沙博理和斯特朗，她只是个美丽纯真浪漫的美国姑娘。

上世纪三四十年代，老一辈美国人来到中国，他们接受了中国爱上了中国最后扎在了中国，那是因为中国有延安有毛泽东有吸引他们的革命理想。如今的中国，没有毛泽东没有革命，只有改革。中国的改革刚刚起步前途未卜，改革能够吸引凯蒂吗？如果不能，中国还有什么？中国还有源远流长的五千年文化。可这些文化一半糟粕一半精华，而那一半精华早被她的父亲传递给了她。

我不能不让她看中国，我又害怕她看见真实的中国。凯蒂不是游子不是游客也不是泊客，凯蒂就是凯蒂，一个中国留学生大河艳遇的现在进行时的混血美国女友。

凯蒂的美貌是会让几乎所有的男人一见倾心心旌摇动，她是几乎所有男人理想的梦中情人，但多数男人梦见的理想情人会是纯种，或白或黑或黄或红，很少人会梦见混血美人，虽然几乎所有都承认混血的美。

凯蒂的美是惊心动魄的，但她的美也不是完美。额头稍稍有点大，大腿稍稍有些长，眼睛也不是双眼皮。天下有完美的女人吗？从来没有，人间没有，天上也没有。就是你站在维纳斯的雕像前，也能找出她的缺陷；就是你站在西施贵妃面前，也能看出她们的遗憾。

我是个爱美好色之徒。天下有不爱美女的男人吗？假若一个男人在大街上看见一个美女而不回头不侧目,那么他不是同性恋就是阳痿之人;目不斜视授受不亲坐怀不乱的所谓正人君子是没有的。

我是个爱美崇拜美的神经质的诗人,是个见过美而无缘拥有美的大龄青年。我在哈德逊河上巧遇凯蒂,能不动心吗?能不一见钟情吗?但我知道这是爱欲不是爱情。我在船上欣赏的是她的肉体美外形美,还不了解她的灵魂,还没有走进她的内心。

按着常理,我和凯蒂的河上偶遇应该止于河上。我的艳遇的最大收获应该止于一饱眼福。接下来发生的事应该是下船握别,然后消失于茫茫人海,一生不再相见。当然不排除梦中相见,而做梦的肯定是我不会是凯蒂。

凯蒂没有任何理由和我交往。我们不在一个层面上。我这个一无所有一无所成的穷学生,我这个其貌不扬个头不高青春已逝人近中年的中国土老帽,不应该走进她的视线走进她的生活。

我从来不是一个谦卑的人,三分狂气两分傲骨相伴半生。但在凯蒂面前,在她的家人面前,在他们的音乐会上,甚至在他们的豪宅前泳池里,我都无法摆脱自卑自轻自贱的感觉,我甚至无法找到这种感觉产生的原因。

上帝对人的偶然眷顾是时有发生的。不知前世多少功德修来今生一回艳福。我至今猜不透凯蒂在河上奇遇之后与我继续交往的真正理由。谈吐吗?文采吗?理想吗?都很难成为理由。猎奇吗?我身上无奇可猎;血缘吗?纽约大街上的纯种中国青年遍地都是。实在猜不出就不猜,只当是老天爷走了一回神,美女凯蒂搭错了一次神经。只当是她突发奇想心血来潮玩一回恶作剧。

然而两年过去了,我早已相信这不是一次恶作剧。凯蒂从一开始就是认真而严肃的。她的眼里流露出来的都是真情,她的心里深藏深埋的都是真意。

欣赏她的美丽不难,读懂她的身体,读懂她每一寸皮肤每一根汗毛,也不难。难的是走进她的心灵。肉体相交相融只能成就爱欲,心灵的契合交融才能成就爱情。

我俩的心灵契合了吗?我不敢说,也许凯蒂也不敢说。当所有的幸福美妙陶醉的瞬间都流过去了,剩下来的就是无可回避的最实际的恋爱程式。包括拜见对方父母家人,包括了解对方的故乡山水,对方的文化基因,对方的童年和少年,对方过去的恋人和情人,对方的财产和房产,对方的生活和习惯。

作为关澜对方的凯蒂的一切,关澜在美国领教了。作为凯蒂对方的关澜的一切,凯蒂将在中国领教。丑媳妇也得见公婆,美媳妇更得见公婆。现在这样说还不行,那就改作美丽的女友也得见不美丽的男友之父母。我深信,凯蒂在中国,不管时间长短,没人考她也没人刁难她,她不会遇见任何冷峻讥讽的眼光;但人们会看她询问她琢磨她。她毕竟是我带回中国的一个谜。我想起了郑愁予的诗:

> 我达达的马蹄是美丽的错误
>
> 我不是归人,是个过客……
>
> 但愿我只带回了美丽,而没有带回错误。

我已经意识到我们的相恋已经变成了苦恋,而我俩的中国之行将是决定命运的旅行。那个冥冥中不可知的命运女神即将露出她的真容。

2

飞机在北京机场着陆时是下午 4 点多。飞机还在跑道上滑行时,凯蒂就急不可耐了,她几乎是第一个站起来走向舱门的:

"我终于到中国了!"

时值北京大雪初霁,天气干冷。我们刚下飞机,就被灌了一脖子西北风。

"北京比纽约冷吗?"

"当然比纽约冷。"

在机场接我们的是妹妹和妹夫。我们刚推着行李出来,妹妹就立刻跑了过来:

"哥,嫂子,一路辛苦。"

凯蒂的脸红了,我赶紧纠正:

"是朋友不是嫂子,你们就叫她凯蒂吧,她会说中文。"

妹夫也不知从哪弄来一辆崭新的红色拉达车,停在广场上挺显眼。凯蒂从未见过这种苏联车,一上车就问:

"现在中国人也有私家车了吗?"

"有是有,很少。有车的都是官倒。这车是我从一个朋友那借来的,他就是一个倒爷。我们可买不起车。"

妹夫回答。

"什么是官倒?"

"官倒就是利用双轨制的差价做买卖的人,这些人多少与官方有点关系,要不弄不来平价物资。"

我说。

"什么是双轨制?"

凯蒂的问题就是多。

"这可一言难尽。陶远尘参与了双轨制的出台,你回去让他给你解释吧,没有两个小时解释不清。"

"什么双轨制,就是官商结合,就是腐败。现在老百姓意见大了。改革改了半天,富了那些当官的和那些有门子的人,老百姓的工资没怎么涨,可物价天天涨。哥,你不知道吧,现在的人都疯了,见什么都抢,连肥皂火柴都抢购。"

妹妹很激愤。

"你的工资是多少啊?"

凯蒂还是兴趣不减。

"我是三级车工,一个月就八十多块。一块欧米加瑞士手表就八百多块,我一年不吃不喝就能买块表。"

"八十块人民币不到七美元,这个月工资还不到你父亲的百分之一。"

"中国不是改革了吗?"

"是啊,改革前我的工资只有三十二块,出国前是一百块。不到十年涨了三倍,这就是改革的成果。"

我说。

"哥,你怎么光说工资不说物价呀。十年前一斤猪肉多少钱?"

说话间,车已开到长安街。右边是天安门,左边是天安门广场。凯蒂左顾右盼看个不停。

"这就是天安门吗?我只在电影里见过。这个广场好大呀。"

"这是世界上最大的广场。中国人多广场小了游行时装不下。"

车过天安门向左拐,朝前门大街开去。这时,凯蒂看见了人民大会堂,也看见了人民英雄纪念碑。车在前门大街开了十几分钟，就到了永定门附近的一个四合院，这就是我的家。

下车进院，凯蒂对四合院也感到新鲜，美国没有四合院。

"四合院原来是这样的啊！"

"这是大杂院，不是真正的四合院，你要看四合院得上陶远尘家，那是一套三进大院，高墙红门，雕梁画栋，那才是真正的四合院。"

我说的没错。我家住的这个小院原来就是一位教授的私宅，现在挤进了六家。不算我，我上班后就住报社集体宿舍，我家五口人占了两小间北房，每间只有十平方米。爸爸妈妈和奶奶挤在一间，另外一间住着妹妹两口子。就是因为这间房，妹妹差点没结成婚。妹妹妹夫在一个厂上班，妹妹是车工，妹夫是司机，两人好了三年就是结不成婚。原因是妹夫家里三代同堂挤在一间半平房里。就因为房，爸爸死活不同意他们的婚事。耗了三年，爸爸心软了，他们这才把婚事办了。两人一结婚就占据了半壁江山。

爸爸自从接信知道我要带女朋友回来，就开始着急上火。七口人三对半，两间小房怎么住啊！爸爸开始打算把妹妹他们轰出去，可是寒冬腊月不能让两口子睡马路吧。万般无奈，他老人家开始打四合院的主意。本来院小人多，各家见缝插针乱搭乱建，小院早已拥挤不堪只剩过道了。我家也在房前搭了个小厨房。房前还剩一块五平方米的空地，那上面长着一棵碗口粗的槐树。那年月，房子是房管所的房，树是国家的树，谁也不敢动。我爸是京郊木材厂的七级木工，手艺好脑子灵。他叫上妹夫，俩人居然用了一个礼拜就地盖起了一间简易房，愣是把槐树圈在了房里。小房四周是砖砌的墙，房顶是木板加油毡，中间留了一个洞；屋里摆着一个大双人床，床中央也掏了个洞，正是这两个洞，让这棵公家的槐树依然直指蓝天。

房子盖好了，妹妹妹夫搬了进去。屋里地小，不能生火，就放了一个炭火盆。床上一人两床厚被。

"你俩就将就几天吧？"

"爸，您放心吧。这小屋挺好的，比睡火车站的椅子强多了。"

妹妹安慰爸爸。

妹妹把他们的房间让给了我们。爸爸还特意用白灰把房子刷了一遍。屋里的床是他亲手打的新双人大床,床头还雕着龙凤。床上是妈妈亲手缝制的里外三新的被褥。可怜天下父母心,爸爸妈妈已经为我们竭尽全力了;他们老人家要是看见凯蒂长岛家的豪宅,不知作何感想。中国就是中国,美国就是美国。

凯蒂进屋后,全家人都围过来嘘寒问暖。我妈拉着凯蒂的手不放,不停地上下打量:"这姑娘咋长得这么俊呢?"

"妈,人家是混血,能不漂亮吗?"

妹妹抢先说。

"啥叫混血?"

"就是她爸是中国人,她妈是美国人。"

"那她是哪国人?"

"她是美国人。"

我接过话茬。

"你怎么还领回一个美国媳妇呢?"

"不是媳妇,是朋友。"

我大声说。

吃晚饭的时候到了,妹妹妹夫在我们床边拼起个圆桌。一半人坐床上,另一半坐折叠椅。听说我们下午到,妈妈和妹妹一大早就在厨房忙活,又是炸又是炖。晚饭时,桌子上整整摆了十道菜,其中好几道都是妈妈的拿手菜。凯蒂从未吃过这么丰盛的中餐,她又惊又喜,真吃了不老少。妈妈做的干贝烧水萝卜和红闷鲫鱼是她的最爱。

吃完饭我问妹妹:

"把房间让给了我们,你们睡哪?"

"你进院没看见爸新盖的小房吗?"

"没有。"

"走,我带你们看看去。"

我和凯蒂跟着妹妹来到了他们的新居。

"怎么屋子中间还有一棵树哇!"

凯蒂惊叫起来。

"这棵树就是屋子里的盆景。"

我苦笑着说。

等凯蒂弄明白一切后,感叹道:

"你爸爸真聪明啊。"

"这就是中国穷人的生活艺术。人穷不堕青云之志,苦中取乐乐在其中。"

上床睡觉时,我们听见隔壁传来爸爸妈妈的说话声。

"他们还是朋友,睡一个床行吗?"

"人家美国人还管这一套,你这个老太婆就不用瞎操心了。"

"关澜也真是,找了一个美国人,也不和家里人商量商量。"

"孩子大了,翅膀硬了,人家是什么美国硕士,还会把咱们这没文化的人放在眼里?"

"找的还是个混血,将来的孩子也不是纯种,咱们家就这么一个儿子呀。"

"纯种有什么用? 全世界就属中国人多,货多货贱人多人贱,满大街都是纯种中国人,有什么稀罕? 人家美国姑娘又有钱又漂亮,能看上你这个中国傻小子就不错了,你还挑人家。我看他俩还不定成不成呢。"

爸妈在饭桌上听见凯蒂说了几句中文,以为那是我教的。他们二老不知道凯蒂什么都能听懂。

夜已深沉,万籁俱寂。我躺在熟悉的小屋里,看着小时候就看惯了的天花板,心潮起伏。这是凯蒂心里的中国吗? 爸妈已经开始责怪我了,我为何不在信中交代清楚?

凯蒂也没睡,也在凝视着天花板。她在想什么呢?

许久之后,我把凯蒂搂到怀里,温柔地亲吻她的面颊,吻她的乳房。凯蒂静静躺着,一动不动。当我把手伸向那个神秘的丛林时,凯蒂抓住了我的手。

"关澜,对不起,我今夜不想要。"

"为什么?"

"你的父母还没有接受我,你妈妈不能接受我们没有结婚就睡在一起。这是中国不是美国。"

我没有再说什么,最后吻了一下她的嘴唇,转身睡去。

我不是个迷信的人,我和凯蒂虽然有过波士顿的幸福甜蜜之夜,可是,在长岛凯蒂家那一夜,我们没能结合;在北京我家里的这一夜,我们也没能结合。一会儿是她妈,一会儿是我妈,似乎冥冥之中总有什么东西横在我们的爱情中间。这两夜是巧合,还是不祥的征兆?

3

第二天,我带着凯蒂来了个五日游。故宫、北海、天坛、颐和园、圆明园、十三陵和长城……北京的名胜古迹都转遍了。我俩还在天安门广场留了个合影。二十年前,我和远尘奔赴延安前,也在这里留过影。那张照片我给凯蒂看过,那是她唯一见过的一张我们穿军装戴袖章的照片。她就是从这张照片上认识了中国的红卫兵。

那天照相时,凯蒂穿着鲜红的羽绒服,脚下是一双红靴子,脖子上系着一条雪白的毛围巾,那是妹妹亲手给她钩的。红装素裹光彩照人的凯蒂站在广场十分惹眼,拍照时招来不少围观的人。80年代末的北京人,对老外已经司空见惯,但他们还是要围观美女老外。我猜想,围观人中一定有人忌妒我:这小子其貌不扬,怎么有这样的艳福?

逛完名胜古迹,我们逛了王府井、西单、前门大栅栏,也去看了看我们的报社,还到我的几个朋友和同学家里做了客。凯蒂见识了古老中国的昔日辉煌,也见识了今日中国的贫穷和落后。80年代末,经过十年改革开放的中国和北京已经变化很大。人们比以前富了许多,告别了票证,也基本告别了严重的短缺经济,餐桌上有了鸡鸭鱼肉,口袋也比以前鼓得多。但是改革成为全民共识的时代已经结束,腐败滋生,官倒横行,物价飞涨,秩序混乱,民怨沸腾,学生闹事,那是人们拿起碗来吃肉,放下筷子骂娘的时代。我依稀闻到了空气中弥漫着的淡淡的火药味。

我和凯蒂漫步长街。那会儿的长安街只有中信巧克力大厦一座现代化建筑,纽约建于几十年前的上百座摩天楼,北京一座也没有。

我告诉凯蒂,北京是全国最漂亮的城市,北京十年来的变化非常大,然而凯蒂没有感觉。如果十年前她来中国,看见经济崩溃民生凋敝贫困至极一片灰暗的中国,她会怎么想?那就是安东尼奥尼镜头下的中国,可惜她没有看过这部惹起中国官方愤怒的纪录片。

　　已经是腊月二十八了,一家人为春节忙活起来,我和凯蒂也加入了置办年货的行列。凯蒂带给我们家人的礼物,大家看了都倒吸一口凉气。这些礼物太贵重,贵重得连我爸妈都不敢接受。她送妹妹的是一块劳力士,比她结婚时朝思暮想的欧米加还贵。

　　凯蒂此行带来多少美元我不知道,但是我和她有约在先:我俩中国行的来往机票钱由她出,在中国的一切费用由我出。置办年货时,虽然凯蒂兜里装着好些换好的人民币,但我一分没让她花。我就剩下这点可怜的自尊了。

　　80年代末,中国人过春节的氛围已远不如前了,但风俗还在传统还在。三十那天,我给三间小房都贴上了我手写的春联,妈妈还特意给我们的窗玻璃上贴满了剪纸。凯蒂看了我写的对联,赞不绝口:

　　"关澜,没想到你的毛笔字写得这么好,这字能卖钱的呀?"

　　"当然。二十年后就一字千金了。"

　　"我爸坚持练书法已经好多年了,怎么也没练出你这种功力呀?"

　　"你爸是大科学家,我就是一个酸秀才。秀才连字都写不好,那就没人管饭了。"

　　凯蒂站在我们那间屋门前流连忘返,把我那副对联琢磨了半天。我那副对联的上联是:美利坚中国都是国,山水不连血脉相连。下联是:圣诞节春节都是节,风俗不同情意相同。横批是:节节快乐。

　　大年三十的年夜饭就更加丰盛了。要是细算有小二十道菜。凯蒂不能不感慨:

　　"在美国过圣诞,也就几个菜,而且年年都是烤火鸡。"

　　"火鸡没什么吃头。"

　　我补充道。

　　"前些年过节,东西都凭票,也整不出这么多样。这几年,敞开供应,想整出多少样都行。凯蒂,你喜欢就多吃点。"

　　妈妈说道。

　　"唉,伯母,我一直都在使劲吃呢。"

　　凯蒂还真没停闲,一双筷子东夹一口西夹一口,一会儿就吃饱了。席上,打开了一瓶我弄来的茅台。爸爸话不多,可酒没少喝;凯蒂也抿了一口茅台,惊呼:

"好香啊。"

夜里放炮时,凯蒂一直站在旁边看。我放了几个麻雷子,崩得她直捂耳朵。后来我把一挂小钢鞭挂在竹竿上,递给凯蒂,她不敢拿,我说:

"没关系,你看院里的小女孩都敢放。"

凯蒂战战兢兢地拿住了,我用香把它点着,一挂鞭噼里啪啦响了好几分钟。这是她平生第一次放鞭炮,兴奋快乐得像个孩子。

午夜包饺子时,凯蒂也包了十几个。饺子虽然包得不好看,但都没露馅。妈妈很惊讶:

"你怎么也会包饺子?"

"美国的华人很多,我常到华人家里做客,就学会了。但我包得不好。"

"挺好的,挺好的。关澜,你俩回屋去睡吧,我怕凯蒂熬不惯夜。"

夜里躺在床上,凯蒂由衷地说:

"还是中国的春节有意思。"

从初一到初五,是拜年的日子。亲戚来家拜,我们也得出去拜。凯蒂是重要的新人,主要的亲戚都得见。老北京人,亲戚多礼数多讲究多,没过两天凯蒂就烦了。她对我说:"你们家的亲戚怎么这么多? 中国人的人际关系太复杂了,我受不了。"

我知道,爸爸这两天已经开始挑礼,就对凯蒂说:

"这就是中国风俗传统的一部分,你能不能再坚持两天?"

"不能。"

凯蒂说得很坚决。

"那好吧,看你受罪的样子我也不好受,那咱们就提前出发,爸妈那边我去解释。"

我们原本计划初六出发,现在改成初四了。

"那太好了。"

凯蒂如释重负。

中美文化的差异很明显。差异的背后还有矛盾和冲突。一直向往迷恋中国文化的凯蒂终于开始受到中国文化的困扰。博大精深的中国文化里什么都有。孔孟之道是中国文化,天人合一是中国文化,京剧书法是中国文化,眼前的这些风俗礼数人情客套也是中国文化。幸好凯蒂没赶上三纲五常三寸金莲节妇烈女的时代。要是赶上了,她也许第二天就吓跑了。

我永远也忘不了凯蒂面对太和殿时的目光,永远也忘不了凯蒂面对络绎不绝的亲友时的目光,她在阅读一部五千年的文明史。中国文明太古老了,古老中散发着腐烂的气味;我不知道短短几天里,凯蒂是否闻到了这股气味。美国文明太新鲜了,新鲜中透着勃勃的生机,我不知道爸妈能否察觉到这股生机。凯蒂是个混血儿,但她归根结底还是个美国人。

正因为古老衰落腐烂,所以中国要改革,所以中国在改革。改革就是复兴就是新生,就是古木逢春老树发新芽。中国文明是世界上唯一残存的未中断的古老文明,它的复兴新生焕发和重振必将是震动世界的大事,我不知道凯蒂是否感受到中国改革的勃勃生机,这生机一点不比美国的逊色。

4

在北京待了七天之后,大年初四,我和凯蒂坐在了西去的列车上。

我们在中国的时间只剩下八天了,但凯蒂不去上海,不去桂林,非要去延安去黄土高原,她要亲眼看看我和陶远尘插队的地方。她读过《西行漫记》,对中国的圣地还有一点向往;当然这种向往更多的是好奇,和斯诺、史沫特莱他们当年的向往不可同日而语。

"你知道中国有一个革命诗人叫贺敬之吗?"

"不知道。"

"他是延安出来的诗人,后来当过文化部长。他写过一首诗就叫《西去列车的窗口》。"

"真的呀。三四十年代,中国的热血青年是不是都往延安跑啊?"

"是啊。不光是中国青年,还有美国青年,斯诺就是其中一个。六十年代末,北京的三万热血青年也往延安跑,我和陶远尘就是其中的两个。"

"你们是投奔革命还是被迫去当农民?"

"两者都是。时过境迁。解放以后,毛泽东这些靠延安小米打下天下的革命领袖谁也没有回过延安。改革开放之后,延安虽然还戴着一顶圣地的高帽,但已经成为贫穷落后蛮荒的同义词。邓小平去深圳考察,不会到延安考察。现在来延安的都是猎奇的外国人,其中就有一个叫凯蒂。"

"我主要是去看你和陶远尘插队的地方,延安是顺便瞧瞧。"

"毛泽东住过的窑洞,现在已经成了纪念馆。我和陶远尘住过的窑洞现在成了牲口棚,这就是草民与领袖的区别。不过今天竟然还有一个美国绝代美女要光顾我俩的寒窑,不胜荣幸之至。"

"你可真能说!"

"凯蒂,你的中文水平还得提高。这地方你要说,你可真够'拽'和'贫'的。"

"那你回美国继续教我吧!"

"愿意效劳。"

车到延安已经是中午了。午饭之后,我带凯蒂把延安转了个遍。杨家岭、枣园、延河水、宝塔山,值得去的地方都去了。

在毛泽东的旧居里,凯蒂看得很仔细。她见我一点也不认真,就说:

"关澜,面对领袖遗物,你一点也不虔诚。"

"我都朝拜过两次了。我们虔诚的时代已经过去了。凯蒂,你没有经历过'文革',你不能想象一代人信仰轰毁是什么样子。"

"像美国垮掉的一代吗?"

"不完全像。我们虽然是被利用被抛弃被荒废的一代,但没有自暴自弃,也没有垮掉。我们也是觉醒的一代赶超的一代不能忽视的一代。这代人失学十年,可你看陶远尘不是赶上来了吗?他拿下博士没有问题。"

"关澜,你为什么不读博士?"

"我没有他的天分。他爸就是美国博士,我爸是木匠,我俩的遗传基因不同。我没有子继父业玩刨子和锯而是玩起了笔杆子,就够可以的了。人要有自知之明。"

"关澜,我不相信你比陶远尘笨。你的文学比他好,他的数学比你好,你们是各有千秋。"

当晚,我们下榻在延安的地区招待所里。那是一排石窑,里面设施齐全。

第二天,我们坐汽车向宜川县进发,一路上是几百里山路。进入宜川县境,才看见真正的黄土高原,高原独有的壮阔和苍茫让凯蒂很激动。

到了村里，老乡见我又惊又喜。我向老乡介绍凯蒂时说：

"这是我和陶远尘的美国同学，她是特意到中国来看黄土高原的。"

又是十年没回来了，田塬的变化很大。地分了，单干了，老乡的日子比十年前好多了。温饱已经解决，就是还没有富起来。最大的变化是乡亲们有一多半搬上塬住上了砖瓦房。

下午我带凯蒂来到了二十年前的知青窑洞。两孔窑因为废弃多年已经惨不忍睹。女生窑还没塌，但门框已经脱落；男生窑已经塌了大半，塌下来的黄土堵住了窑口，人都难进去了。

"凯蒂，关澜与陶远尘纪念窑洞就在眼前。"

"你们当年真住这吗？"

凯蒂看这窑洞不像能住人的样。

"真住这。那会儿窑洞还是新的，也有人气，不是这个惨样。那个塌窑就是我和远尘还有一个男生的别墅，旁边的那个没塌的窑里住着四个女生。我们同吃同住同劳动，一切共产，亲如兄弟姐妹。日子虽苦，精神不苦。"

"听起来挺浪漫。"

"浪漫？你这个美国大小姐恐怕连一天都待不了。"

"为什么？"

"你生长的环境太优越，吃不了这的苦。没有水，不能洗澡，男生女生都长虱子；吃的水，要到几十里外的沟里去驮，驮上来的是布满小虫的混汤。没有柴，柴要到几十里外的山上去打，冬天柴少不够烧，寒窑如冰窖。没有油吃，只能吃有毒的蓖麻油；没有肉，三月不知肉味；没有面，天天都是难以下咽的黑糜子饼……"

"那你们怎么待下来了，你们不也是从北京来的吗？"

"北京不是纽约。北京和黄土高原的差距可比纽约与黄土高原的差距小得多。再说中国人都是受苦的命，你们美国人前几辈还吃了点苦，到了你们这一辈，住洋房开豪车，喝牛奶吃牛排，绿草如茵花团锦簇，哪知道什么是苦？我们田塬的老乡一辈子没喝过牛奶也没吃过鱼。"

"瞧你说的。美国人也有美国人的苦。不跟你辩了，你带我进去看看吧。"

"好吧。很遗憾男生窑不能进了，进去有危险。真把你埋在黄土高原，我怎么跟你父母交代呀？咱们进女生窑吧。"

我拉着凯蒂的手，小心翼翼走进窑洞。里面黑乎乎一片，仔细看，才看清炕上堆满了谷糠，地上堆满了玉米秆。

"你看，我们的窑洞虽然没成牲口棚但成了队里的牲口饲料库了。二十年前，这个土炕上可睡着四个如花似玉的北京女知青，陶远尘的前妻也在这炕上睡过。"

"他前妻漂亮吗？"

"挺秀气的，没你漂亮。"

从窑洞出来，我们来到土院中央的石碑前。

"这就是你说过的陶远尘碑吗？"

"对。就是这座碑。"

"中国人有为活人立碑的风俗吗？"

"没有，碑都是为死人立的。"

凯蒂走到碑前，仔细辨认碑上的字迹。

"老乡写的碑文很朴实很好玩，陶远尘当年是英雄吗？"

"他是陕北的焦裕禄。"

"焦裕禄是什么人？"

我简单地给她介绍了一下焦裕禄的事迹，凯蒂听得很认真。听完她说：

"很感人。"

"陶远尘的事迹也很感人。"

接着我又给她详细介绍了陶远尘十年黄土高原的事迹。听完她说：

"真的也很感人。陶远尘真的不简单，我在美国怎么没看出来。"

"那是虎落平阳被犬欺。陶远尘在陕北在北京可都是个人物。"

"那你呢？"

"我和远尘虽是铁哥们儿，但我是高攀了。他是人物我是凡人，他是尚未展翅的鹰，我是闲云野鹤。"

"那我是找错了人啦？"

"很可能。"

"去你的吧。你一会儿狂妄自大一会儿妄自菲薄，让人家都摸不清你。"

"你还没有摸清吗?"

"我也不知道。"

5

离开知青窑,我们走访了几家老乡。乡亲们还是一如既往地一腔热情,家家都要留我们吃饭,最后还是落在梁全家。

那顿饭比十年前我回来时丰盛多了。还是地道的陕北农家饭,炖小鸡、炒鸡蛋、大白肉、大白馍,还有我很久没有吃到的米黄。农村的春节要过到正月十五,我们来时,还在节日中,家家的年货都还有不少。联产承包十年后,田塬乡亲们的粮囤真的满了,兜里也有了几个零钱,县里集市也搞活了,卖什么的都有。

晚上睡觉时,凯蒂非要睡窑洞。

"我还从来没睡过窑洞呢?"

梁全家刚搬到塬上砖房里,崖畔的两孔旧窑东西还没搬完,还能住人。梁全婆姨赶紧下去收拾。

两个多小时后,窑洞就收拾出来了。我和凯蒂告别梁全家人下去睡觉去了。梁全婆姨当然不知道我们可以睡在一起,她把两孔窑都收拾出来了,而且两边的炕也都烧热了。

"凯蒂,你知道吗? 这是很大的奢侈啊。这里的柴很珍贵。我们那会儿,一个炕上挤三四个人,炕还不敢多烧。你摸摸这炕,滚烫,梁全婆姨至少给烧了一个多小时。这就是陕北的农民,贫穷纯朴善良。"

"那你为什么不跟他们说,我们可以睡一孔窑。"

"没法说,我俩微妙的关系,跟北京人都说不清,跟陕北老乡就更说不清了。"

"没那么微妙吧。我们在村里举行一个中国式婚礼,你也让我坐坐中国的花轿,然后,我就成了你的婆姨,咱们不就可以住在一个窑洞里了吗?"

"然后,咱们就扎在这黄土高原不走了,就像当年的马海德和沙博理。然后,男耕女织,然后,生一堆娃。"

"好哇。"

"凯蒂,这种玩笑不能开。爱情和婚姻都是严肃的事。扎根农村,二十年前,除了陶远尘几个人,三万北京知青都没做到,你这个来自纽约的美女可以想象吗?别说扎根黄土高原,就是让你离开纽约和美国,定居在北京,也是一道至今无解的难题。"

凯蒂听完沉默了,脸上的笑容也烟消云散。

"凯蒂,我们不说这些。天晚了,你去睡觉吧。我带你过去。"

凯蒂默默地点了点头。

我带凯蒂来到隔壁窑洞,帮她封好灶火,铺好被褥。看她宽衣解带,看她钻进被窝。然后过去,亲吻她的脸颊。

"Good night。"

凯蒂甜甜地一笑:

"再吻我一下吧。"

吻完,我为她关上窑门,回到自己的窑洞。自我感觉很好,我的行为多像一个温柔的好丈夫,这会是我今生今世的角色吗?

躺在温暖的土坑上,环视四周的土墙,十年前二十年前的往事纷至沓来,埋在这厚厚黄土下的青春又破土而出。这可能是我此生最后一次住窑洞了。星级宾馆和黄土窑洞的反差真的很大吗?我们这些北京知青命里注定不属于这里,匆匆而来,又匆匆离去,一去不回头。即便是在这里坚持了十年的陶远尘,最后不还是离开了吗?我们是这里的过客,凯蒂是这里的游客。凯蒂属于北京吗?属于中国吗?她会不会也是北京和中国的匆匆过客?

思绪纷乱遐思翩翩。突然,窑门开了,凯蒂穿着睡衣披着大被子,站在我的炕前。

"怎么了凯蒂?"

"我睡不着。你看我身上。"

说着她撩起睡衣,白嫩的皮肤上有一大片红,我一看就明白了,是跳蚤。

"快别站那了,赶快上炕,别冻着。"

凯蒂赶紧钻进了我的被窝。我一摸身上,也是一片包,刚才胡思乱想时居然没有察觉。

"你这里也有啊?"

"都有，这两孔窑靠近羊圈，跳蚤特别多。"

"当年你们是怎么睡的呀？"

"村里窑洞都有跳蚤，老乡们被咬惯了，神经麻痹了，我们知青不行，就把褥子上涂满敌百虫，否则也睡不着。"

"那现在怎么办？"

"塬上的砖房会好些。都是你要体验窑洞，土窑洞生活本来就包括挨跳蚤咬。我们也没带敌百虫，这大半夜的也没法搬家。"

"那我们只能挨咬了？"

"这样吧，你睡在我身上，跳蚤虽然跳得很高，但它们应该先咬底下的。让我先用一腔热血喂饱了这些小动物，你就不会挨咬了。我这十几斤鲜血估计够它们喝的。"

凯蒂听完乖乖地趴到了我身上，眼里满含热泪。我用舌尖舔干她的泪水：

"怎么，感动了。不就是献一点血吗？"

"关澜，为了我，你真的什么都愿意做吗？"

"愿意。上刀山下火海，赴汤蹈火，两肋插刀，肝脑涂地，在所不辞。"

"别贫，我说真的呢。"

"会用贫字了？我说的也是真的。无论什么我都愿意做。千百年来，人们为爱而痴而狂，为爱而生而死，这说明爱情的动力是无限的。浮躁的现代人正在淡化萎缩轻视爱情，我却要反其道而行之。"

凯蒂没有再说话，而是把头紧紧靠在我的肩膀上，默默地流泪。那一夜，我们居然把这种姿势保持了一夜。始终不停地女上男下的做爱，一遍又一遍，陶醉沉迷疯狂忘乎所以。忘掉了时间，忘掉了世界，也忘掉了跳蚤。

第二天，天气虽冷，阳光明媚。我带着凯蒂来了个塬上行。冬日的高原，天高云淡。放眼望去，蓝天下一大块黄色。黄土地平整开阔，绵延数里，没有庄稼没有草也难得见树。只有黄，无边的黄，纯净的黄。

凯蒂被眼前这世界独有的风光吸引住了。黄土高原，如果不是居住生存，而是观光游览，那真是个好地方。她突然想要画画，可惜没带画具。

下午，我们来到村里唯一的场院。村里的十几个青年人正在场上玩耍。后生骑马，女子媳妇骑驴，那是村里人一年一回的独特过节方式。

乡亲们见我俩过来,都热情地招呼我们。黑娃把一匹黑马牵到我跟前;

"关澜哥,还敢骑吗?"

"当然敢。"

我说完翻身上马,两腿一夹,纵马扬鞭,向塬上奔去。插队时,我们都骑过马,十年没骑了,我没敢骑得太快,跑了二三里后就掉头回来了。

我刚下马,张奎老汉家的媳妇就把一头小毛驴牵到凯蒂面前:

"骑骑吧,好着呢。"

凯蒂接过驴缰绳不知所措,我走过去对她说:

"骑一会儿吧,驴跑不快很安全。你不是在美国骑过马吗?"

"好吧,我试试。"

说完凯蒂飞身上驴,两腿一夹,向远处跑去。场院里立刻暴发出一阵笑声。凯蒂回来之后,乡亲们还是大笑不止。她一脸迷惑地看着我。我笑着说:

"陕北的风俗是女子骑驴要两腿并在一边,只有男子才能像你那样把驴当马骑。"

凯蒂恍然大悟,也咯咯地笑起来。

我们一共在村里住了三天。一天窑洞两天砖房。分别时,乡亲都来相送。依依惜别,情意绵绵,一送就是好几里。乡亲都知道我们再也不会回来了。我俩也相信这是我们的最后一次黄土高原行。谁能想到二十多年后我和凯蒂还会重返高原。

在回北京的列车上,我偶然想起凯蒂在场院骑驴的一幕,开始觉得好笑,后来觉得不妙。凯蒂两腿分开骑驴是否意味着她无缘做一个中国媳妇呢?

我已经变得越来越神经质了。

6

我和凯蒂回到北京,只待了一天,第二天下午就启程回美国了。在北京的最后一晚,妈妈哭了,她拉着凯蒂的手,想说点什么,可又说不出来。爸爸只对我说了一句话:自己掂量着吧。到机场送我们的还是妹妹妹夫,爸爸妈妈都没来。

在北京飞往纽约的飞机上,我睡得多凯蒂睡得少。我老是看见她睁着大眼睛俯瞰窗外，窗外景色单调，永远是翻滚变化的白云。她在读云还是在回味咀嚼她的中国之行？

在十几个小时的航程中，大半时间我们都没有交谈。我睡觉、看书，她睡觉、看云。在其他旅客眼中，我们形同陌路。航程剩下三小时，我开口了：

"凯蒂，这是你心中的中国吗？"

"是也不是。中国太大了，历史那么悠久，人又那么多，读懂中国不是一件容易的事。"

"是啊。而且中国正在改革转轨变化，看懂一个变化中运动中的中国更不容易。"

"中国的变化你能感觉到，我感觉不到。这是我生平第一次到中国，我没有参照物啊。"

"那倒是。不过，再过十年，你来中国，就有了参照系，就能看出变化；再过二十年，你来中国，就会认不出它。我相信今后的二十年，中国会天翻地覆。能够经历这个变化的人会很幸运。"

凯蒂没有说话。

"半个世纪前，中国也是天翻地覆。不过那是一场革命。那场革命吸引了许多美国人来中国。现在的改革会比那场革命更壮阔更深远，一定还会吸引更多的美国人到中国来。"

凯蒂还是沉默。我想她已经听出我的潜台词了。

过了好一会儿，凯蒂突然问：

"关澜，美国两百多年也一直在变，读懂美国也不容易。你在美国两年多了，你读懂美国了吗？"

"还没有完全读懂。"

"现在的美国难道不是世界上最有活力的国家吗？美国真的对你没有吸引力吗？"

"不，吸引力很大。如果我是二十多岁到美国来，一定会多待些年，也会考虑攻读博士。但对于已过而立之年的我，留学美国恐怕只能是个短暂的深造过程。美国对我的吸引力目前还没有中国改革对我的吸引力大。"

凯蒂再次沉默。我们的谈话已经继续不下去了。凯蒂听出了我的潜台词，我也听出了她的潜台词。再谈就必然触及那个敏感问题,再谈就等于摊牌了。

在剩下的两个多小时里,我们一句话没说。

飞机准点在纽约机场降落。凯蒂似乎有了回家的感觉,她稳稳地坐在座位上,直到旅客差不多走光了,才从容地站起来。是啊,回家着什么急。

到机场来接我们的竟然是班克斯和陶远尘。他们在一起谈笑风生。我以前不知道,他俩一年前就在桥牌比赛上相识了。班克斯是纽约大学的数学博士生。近二十年,美国大学的数学系几乎看不到美国白人的身影,原因是他们的数学普遍都很差,数学系几乎成了亚裔华人纵横驰骋的天地。但如果你在数学系发现一个白人,那这个人一定是数学天才,班克斯就是这样一个少见的数学天才。他大学只读了两年,还在读硕士时就向费马大定理发起了冲击,那可是许多大数学家都不敢碰的世界性数学难题。陶远尘中学时代也是个数学天才,黄土高原十年,他的数学天才被黄土掩埋了。

机场相见时,他俩不约而同冲向凯蒂,争抢她手里的行李。其实凯蒂手里只有一个小箱子,两个大箱子都在我手里。我一眼就看出,他俩都是来接美女的。

远尘没抢到凯蒂的箱子,这才假惺惺转到我这儿,顺手接过一个箱子。这小子也是个重色轻友之徒。美女尚在我手中,他已经如此;如果有一天,美女真的到了他手中,他还会搭理哥们儿吗?

班克斯见到凯蒂时更是亲切异常,他送给她的吻竟然弄出声响,仿佛凯蒂现在还是他的女友。我恍然大悟,陶远尘看在哥们儿的情面上,现在还不敢打凯蒂的主意,眼前这个班克斯才是我真正的竞争对手和情敌。但现在我还可以傲视这两个小子,美女凯蒂现在还是我的女友!

7

寒假过后一开学,我和凯蒂就都紧张起来。如果说上学期还是为毕业论文准备资料,那么这学期就是正式开练了。一篇硕士论文,四个多月的时间并不算充裕。

我们很少见面,我更没有时间教凯蒂中国文学了。我们一起看电影一起郊游的次数少得我都不记得了。

最后一个学期能让我记起的大事就一件，那就是我重访凯蒂长岛的家，那已是离毕业只剩下两个月的时候了。

凯蒂再次把我拉到她家时，我才发现，家里只有杜叔叔一人，她妈妈去法国了。邀请我第二次登门拜访并不是凯蒂的主意，而是她爸爸要召见我。

杜叔叔一见我，还像上次一样亲切和热情，他的神情和举止让我有了一种回家的感觉。

杜叔叔早已听过了女儿的中国见闻，他现在要听我讲中国改革的最新进展。我们的谈话仍然在书房里进行，凯蒂仍然紧紧地挨在爸爸身边。

"最近中国的改革好像出了点问题，美国媒体上有一些相关报道，但都有点捕风捉影。关澜，我知道你是热心改革的人，你能告诉我真实情况吗？"

"改革的确出了点问题。前几年改革很稳健很顺利，那几年有全民共识有举国热情，改革成了整个民族的激情喷发和活力释放，但这两年情况不太好。"

"这么快就急转直下了？"

"也不能说是急转直下，应该说是遇到障碍和麻烦了。你知道计划经济下的价格是扭曲的，八四年出台了一个双轨制。我的同学陶远尘，凯蒂也认识，是这个双轨制的建议者之一。双轨制下的国家调拨价和市场价两者差价很大，结果，官倒横行，腐败猖獗，经济秩序混乱；随之而来是经济过热和通货膨胀，政坛也发生了震动，党的总书记下台了。于是，老百姓开始发泄不满，大学生开始走上街头。"

"原来是这样，那么当局是如何应对的呢？"

"我和凯蒂这次回去，看望了几个在中央经济部门工作的同学，也从他们那了解到一些情况。开始中央有两种意见，一种是不为通胀所阻，继续以价格改革为突破口；另一种主张搞整顿治理，抑制通胀。第一次北戴河会议上两种意见争执不下，没有结果。第二次北戴河开会时，社会上出现了挤兑和抢购，最后整顿治理成了中央对策。可是矛盾已经引发，腐败和官倒也不是一下子就能整顿下去的。我离开中国的时候感觉不太好，我对凯蒂说过，我甚至闻到了空气中有一丝火药味，也许是我神经过敏。"

"你的感觉还是非常敏锐的，你看中国改革会夭折吗？中国的前途和命运会怎样？"

"我看不会。改革总不会一帆风顺。眼前只不过是个坎,我看能过去。改革已经成为中国的大趋势大潮流,谁也阻挡不了。"

"你说得有道理。"

"爸爸,你的政治情结怎么浓得化不开呀。又是改革,又是中国的前途和命运,操心这些干吗?"

"中国还是我的故乡啊,我能不关心吗?"

我知道凯蒂一向对政治对改革没有兴趣,对一个美女你不能要求太多。

女儿的干涉立竿见影,杜叔叔很快把话题转向家长里短,开始询问我家人的情况。我想这些凯蒂肯定跟老爸汇报过,所以就简要答之。

这时,凯蒂到客厅里接电话去了,杜叔叔赶紧坐到我身边小声问:

"关澜,还有两个月就毕业了,你怎么打算?"

"上次您问过我了,我已经答复您了。"

"没有变化吗? 你知道凯蒂跟你回中国定居的可能性很小。"

"这我能感觉到。"

"你要是坚持回国,你们的婚事怎么办? 总不能劳燕分飞牛郎织女吧? 凯蒂是真爱你的,我也喜欢你这个有思想有才华的中国青年。"

"杜叔叔,这些日子我的心里一直很乱很矛盾,我也是真心爱凯蒂,但我又实在放不下国内的改革事业,尽管我只是一个无足轻重的小记者。"

"这我能理解,记者的工作也不能说无足轻重,事关舆论导向啊。"

这时,凯蒂进来了。

"好哇,你俩在说悄悄话。"

"我们在谈足球,你又不感兴趣。"

杜叔叔掩饰得很巧妙。

从长岛回来后,毕业临近了,我的毕业论文也基本完成了,我和凯蒂摊牌的时间也近在眼前了。两年多来,我们一直回避这个敏感问题。在回美国的飞机上我们相互做了试探,差一点就捅破了这层窗户纸。然而,我俩都知道,躲是躲不过去的,早晚也得谈:走还是留? 结合还是分手?

四月初的一天,凯蒂来找我。我们又一起坐在校园的小树林里。春光明媚,柳绿花红,但我们谁都没有赏春的心情。

"关澜,昨天班克斯向我求婚了。"

凯蒂的语气很平静。我听完一惊。

"你答应了吗?"

"我拒绝了。"

"为什么?"

"班克斯从小和我一起长大。用中国的成语说,就是青梅竹马。我们一直都是好朋友。我更喜欢小时候的班克斯,那会儿他聪明伶俐,一肚子坏主意,老是搞恶作剧。他总是像个大哥哥一样关照我呵护我。有班克斯在,没人敢欺负我。上中学时,班上有许多男生追求我,但他们都向班克斯强健的肌肉和威严的目光屈服了。可是上了大学以后,班克斯没有以前可爱了。他沉迷在数学的天地里,常常忘了人间的事,甚至忘了人间最快乐的事。他可以一天十几个小时一动不动趴在桌子上演算数学题,这时的班克斯变得很乏味很枯燥,甚至没人性。"

"数学家可能都这样。中国那个把歌德巴赫猜想算到一加二的陈景润也是这样。"

"我在和你上床以前,只跟一个男生上过床,那就是班克斯。我俩是在高三时一起做爱的,到了大学,做爱的次数减少了许多。等到他读博士时,做爱的次数就更少了。他不是对性不感兴趣,而是没有时间,他的时间都给了费马大定理了。"

"班克斯将来一定能成为一个大数学家。"

"可我不需要数学家,我只需要一个爱我的普通人。昨天他跑来对我说,他的费马大定理攻关战已经告一段落,他已经暂时从数学中解脱出来,他有时间了,他爱我,所以要来和我结婚。"

"他知道我们的关系吗?"

"当然知道。他对我说,你后来又喜欢上了关澜,这是你的自由。你现在可以认真考虑一下,在我们两人之间做一个选择,选择也是你的自由,无论结果怎样我都接受。"

"你怎么回答?"

"我说,班克斯,我一直喜欢你,但我们在一起不合适。你生来就是为了数

143

学的,而数学对我太枯燥了,我不能忍受,我们在一起不会幸福。他说,我可以为你放弃纯数学而改行去搞程序开发。"

"他真能放弃数学吗?"

"我说,你是个难得的数学天才,那样做太可惜了,我没那么重要。你还是去找一个既喜欢你又能忍受数学的女孩吧。他听完哭了,哭得很伤心。后来他抹干眼泪,最后吻了我一下,说,祝你和关澜幸福。说完头也不回就走了。"

"没想到数学也会扼杀爱情。"

"你以为我真是因为数学拒绝班克斯的吗?"

"你是这么说的。"

"我是不喜欢数学,但也没到无法忍受的地步。而且班克斯为我可以放弃纯数学。我是为了你拒绝班克斯的!"

说完凯蒂大哭,我还没来得及安慰她,她站起来就跑掉了。

8

我终于毕业了,并顺利拿到了金融硕士学位。

我知道我和凯蒂摊牌的时间到了。

第二天,凯蒂就来找我。

"关澜,你现在毕业了,也解放了,我们该谈正事了吧?"

"你说吧。"

"关澜,我想知道,你在中国的事业到底是什么。"

"我以前跟你说过,就是参与改革见证改革书写改革。如果中国没有改革,如果中国还像十年前那样,我肯定会留在美国。十年前,二十年前,我朝思暮想的就是如何走出国门。我早已厌倦了国内沉闷空虚苍白的生活。然而,那时的我不能跨出国门一步,因为那会儿的国门是又厚又重的铁门,连条门缝都没有。"

"陶远尘在国内的改革事业比你辉煌,他都当了体改委的司长了,可他为什么可以留下来读博士?你也知道这个金融博士读下来至少也得五年。"

"我并不能完全理解陶远尘的博士情结。也许他爸是哈佛的博士,他也得拿一个博士。在我眼里,博士就是个头衔,没那么重要。我要是陶远尘,我就不会选择读博而会选择回国。他回国以后会有一番大事业,这个大事业是他在美国找不到的。"

"在美国做一个出色的金融家,这不算事业吗?"

"当然算,但这个事业还是跟他国内的事业没法比。"

"中国的改革真有那么重要吗?"

"真有。这是中国三千年未有的巨变。中国改革的成败不但关乎十几亿中国人的命运,而且会影响世界的命运。"

"可你是个普通记者呀,你也不是邓小平,你的角色有那么重要吗?你带我参观你们报社时,我看见一个报社就好几百人,少一人有什么关系?"

"是没关系。我的角色的确无足轻重。可中国的改革不能靠一个人,而是要靠千百万无足轻重的普通人,没有普通人的参与,改革不能进行。我个人对改革不重要,但改革对我很重要,那是我后半生的事业。人的一生能做成一件事非常不易,能有一个事业也非常不易。过去三十年,我不停地挣扎求索徘徊,可以说一事无成。今后三十年,我不能再虚度,人生能有几个三十年?我想把余生的心血和精力投到改革事业中去,也可能还是一事无成,也可能有所成;我关注的是过程不是结果,能够倾其心力书写三十年改革,此生大愿足矣。"

"你满脑子都是改革都是中国,那我在你心目中还有位置吗?"

"凯蒂,你在我心中的位置很重要,没人比你重要。"

"可还是没有你的改革事业重要啊!"

"一个是爱情,一个是事业,它们不是一回事。"

"在黄土高原窑洞里,你说的那些话,什么赴汤蹈火,什么肝脑涂地,看来都不是真的,都是哄我的。"

"那天的话也是真的。凯蒂,我真的愿意为你做任何事,愿意为你作任何牺牲。"

"那好吧,我不需要你为我赴汤蹈火,也不需要你为我死,我只要你为我留在美国,做我的丈夫,这个要求不算苛刻不算过分吧?"

我一时语塞,无言以对。

凯蒂啊凯蒂,我知道你早晚要提出这个要求,我最怕你提出这个要求。除此之外,你让我做什么都成。

我渴望事业也渴望爱情,我渴望你能跟我一起到中国去,一起生活,一起工作,一起参与改革。你可以在北京搞你的艺术,哪怕是现代艺术。这个渴望已经埋在我心里很久了,但我不敢说出来,我不敢像你今天这样当面提出要求:凯蒂,跟我回中国吧。因为这个要求太苛刻太残忍太过分。这个要求意味着让你离开亲爱的父母,让你放弃美国和美国生活方式,放弃洋房汽车,放弃艺术事业;意味着让你接受中国和中国的生活方式,接受大杂院小平房,接受公交车自行车,接受我家的七大姑八大姨。我没有权力提出这样的要求,除非你自己说,我跟你到中国去!否则我永远也不会说出这句话。我已经看出经过中国之行的你没有勇气也没有意愿说出这句话。你虽然真心爱我,但你不能承受这爱的代价。因为你是凯蒂,你不是戴乃迭,你也做不了戴乃迭。我怀疑戴乃迭的阴影至今还笼罩在你的心里。

可是凯蒂,你不知道,你提出的要求,让我留在美国的要求,对于我,真的是太苛刻太过分也太残忍了。也许在正常人眼中,留在美国留在你身边,是天大的好事美事,是多少人梦寐以求的事。成千上万的赴美中国留学生,几乎是同时踏上了不归路。归?为什么要归?好不容易从发展中国家来到发达国家,从地狱来到天堂,除非被拒签被押解出境,否则谁愿意离开美国回中国呢?"宁愿纽约扫马路,不愿北京当干部。"难道这不是所有留学生的共同心声吗?

何况我留下来不会去扫马路,我有学位有专业,我身边有你还有你的父母,我在美国的奋斗不会太艰难,我在美国的前途不会太黯淡。金钱美女、洋房汽车、工作前程、美国天堂,所有这些是可以舍弃的吗?

凯蒂,也许你现在才知道,我不是个正常人,我是个偏执狂,是个神经病。我爱美人更爱江山。我没有帝王思想,我的江山就是我的微不足道的事业。对我来说博士不重要,美国也不是天堂。对我来说,爱情很重要美人很珍贵,但没有事业重要没有故乡珍贵。也许我真的是个怪人,一个傻冒,一个不可思议不可理喻的人。凯蒂,你也是命苦,你怎么遇到我这么一块料?我这块料在中国留学生中可谓万里挑不出一来。

我的心里翻江倒海撕心裂肺肝肠寸断。我怎么回答凯蒂?拒绝凯蒂,对她太残忍;答应凯蒂,对我太残忍。

沉默，死一般的沉默。空气凝固而窒息。

"关澜，告诉我，你真的不爱我吗？你真的不能答应我吗？"

凯蒂终于忍不住了。

"凯蒂，我爱你，永远都爱你，可是我不能答应你。我不能留在美国，我必须回中国。"

凯蒂的泪水夺眶而出。

"关澜，我今天才知道，你是个多么自私的人！我此生再也不会爱一个中国人了！"

说完凯蒂号啕大哭夺门而出。

我一个人呆呆地傻坐着。大脑空白，眼泪横流。

"我是不是做出了一个世界上最愚蠢的抉择？将来有一天我会后悔吗？"

我的耳边老是轰响着凯蒂的哭诉："你是一个多么自私的人！"也许我真的很自私，真的老是以自我为中心。为了自己所谓的虚荣和事业，不肯为爱情做出牺牲，不肯为凯蒂做出牺牲，而这种牺牲并不是如我所说的那么巨大。到现在我才清醒，凯蒂是用全身心爱我的，她奉献给我的纯真的爱是无私的心，而我给予凯蒂却是难以愈合的创伤。我开始怀疑，我真的爱凯蒂吗？我真的懂得爱情吗？

9

我以为我再也看不见凯蒂了，没想到三天之后，凯蒂居然又站在我的门前。

"关澜，上车吧，我们再去一趟波士顿。"

我迟疑了一下，还是跟她上了车。

一路上，凯蒂闷头开车一言不发。我也没说话。也许我俩今生今世的话都已经说完。车厢里弥漫着浓浓的法国香水味，以前，凯蒂和我在一起时从来不抹这么多香水。没有话语，没有笑声，音响里永远是那首"钗头凤"，"一怀愁绪，几年离索，错！错！错！"一遍又一遍，循环往复。播放了十几遍后，磁带出了问题，其他的歌词没有了，只剩下最后一句："错！错！错！"。一遍又一遍，循环往复，就像老唱机卡住了针头。但凯蒂不去管它，一任车厢里永远回荡着"错！错！错！"。声音凄凉，比当年凯蒂演唱时凄凉多了。

我慢慢地转过头凝视凯蒂,她的神情从未有过的严峻,脸上还有淡淡的泪痕。

她脚下不断地踩油门,车速已经悠到100迈了。

"开慢点吧。"

我小声提醒,凯蒂置若罔闻。我不再说了。我俩的命现在都拴在她手里的方向盘上。此时此刻,我没有一丝恐惧,我甚至盼望着车毁人亡。那样,我的愧疚感和负罪感就会烟消云散;那样,我俩那个解不开的死结就不复存在;再也不用为去与留分与合而纠缠折磨痛苦了。那样,我们将永远在一起永不分离,我们的肉体将永远交缠融化在火中,我们的灵魂将并肩携手奔赴天堂。

凯蒂竟然只用了三个小时就把车开到了波士顿。我们又来到了一年前那个小旅馆,又来到了一年前那个房间,又躺在一年前的那张双人床上。

凯蒂一上床就飞快脱衣服,然后一丝不挂地静静躺在床上,两眼凝视着天花板。

我刚刚脱衣躺在她身边,她就来了个鲤鱼打挺,一翻身把我压在她身下,姿势和我们在窑洞里时一模一样。然后,她主动把我那刚刚硬了一半的物件亲手塞进她的身体,她那神秘之处还没有全湿。

没有发动,没有润滑,没有柔情;只有艰难,只有干涩,只有疼痛。当凯蒂在我身上拼命地上下抖动时,我那件东西在里面却总也不能完全勃起。

凯蒂依然不说话,依然上下剧烈抖动。她大大的眼睛朝下死死地盯着我,仿佛盯着一个陌生的怪物。她的眼神从未有过的古怪神秘而陌生。

随着愈来愈激烈的颤动,我的物件终于硬了起来。突然,凯蒂泪水奔流,泪水伴着颤抖无歇无停无休无止。世纪一般长久的颤抖撞击着我的身体,河水一般的泪水,冲刷着我的胸膛。

我的眼泪也像江河决堤一样汹涌,我的泪水和她的泪水交会交融流淌在一起。

泪水相伴始终的做爱,灵肉相击始终的交合,是云与雨的宣泄,是天与地的交响。

当我终于激烈异常地喷射时,凯蒂破涕为笑了。那是永远神秘永远无法破解的笑,没有任何声音,没有任何常态,它让我联想到死。

沉默而激烈的永恒之夜。那一夜,我们流的是泪也是血。那一夜,我们流干了今生今世的眼泪,也流干了今生今世的热血。

从那以后,我再也没有见过凯蒂。

5月10日,我启程回国。提前两天我就把行期告诉了凯蒂。启程那天,我独自在候机楼里徘徊,眼巴巴地看着窗外。我苦苦地等待着,等待那个我熟悉的美丽身影忽然间再现,我要吻别我的凯蒂,我要给她一个最后的长长的吻。

我望眼欲穿,凯蒂的身影始终没有出现。直到登机前,我也没能等来凯蒂,我等来的是陶远尘。

我明白此生再也见不到凯蒂了。

飞机拉上天空时,我最后回望了一眼脚下的大地。

永别了,纽约! 永别了,凯蒂!

10

我久久伫立在哈德逊河边。时光在静静地流淌,河水在静静地流淌。举目遥望时,一只小船顺流而下,悠然漂到眼前。船上坐着的正是凯蒂。衣衫依旧,美丽依旧,风采依旧。小船轻柔地停在我脚下,船上的凯蒂微笑如桃花初绽,轻轻地向我招手:

"关澜,上船吧。"

我轻揉双眼,腾云驾雾般上了小船。凯蒂随即掉转船头,轻拨兰桨,逆流而上。

"离别多日,别来无恙。"

"我还好。你呢?"

"我也还好。关澜,你认出来了吗? 这就是当年你撞翻的小船,这也是你故意拉我上船的地方。"

"那你也是故意让我拉的吧?"

"也许吧。一切都是缘分。你我美国相遇的概率是百万分之一,河上相遇的概率是十万分之一,小船相撞的概率是万分之一。万里挑一,不是缘分是

149

什么？"

"这个概率是班克斯算出来的吧？"

"你还记得他？他也记得你。你走后他说你是个愚不可及的伪君子，是中国愚民文化的牺牲品，是陶远尘的铺路石子。"

"你也这样看吗？"

"我们有些共识。你的那些责任、使命、事业都是虚幻的，你不敢正视真实的爱情和人生。你是个怯懦和自私的好人。"

"我真的很自私吗？"

"也许对于你的国家，你的改革，你并不自私，甚至是有点傻有点公而忘私。但对于我，你很自私。你为了自己所谓的事业，抛弃了爱情抛弃了我，你给我的创伤终生不能愈合。"

"我心里的创伤也没有痊愈。你不敢跟我回中国，是不是也有点怯懦和自私？"

"关澜，二十多年前，你为你的事业绝情而去。我想知道，你在中国找到你的事业了吗？中国的改革是成功了还是失败了？你是一事无成还是大功告成了？"

"凯蒂，我在中国找到了属于我的事业。中国的改革，既没成功也没失败，因为它还在进行中。我的事业很简单很平凡，就是记录书写改革，其实就是书写自己的一生。我承认我是吃改革饭的，但我不是瓜分改革果实的饕餮之徒，甚至也不是分一杯羹的帮闲者。我不是弄潮儿，不是风云人物，我只是个观潮者，边缘人，闲云野鹤，山村野老。我是拿改革当原料当配菜，炒一盘关氏私房菜。这道菜就是我的小说。我不能说是一事无成，但也没有大功告成，因为我的小说才写了一半。我的确是个自私的人，面对你，我很自私；面对中国改革，我也很自私。"

"因为自私，你毁了一个爱你的人一生的幸福。"

"你和远尘不幸福吗？"

"我们只幸福了几年，以后就是无休止的痛苦折磨。我要的是一生的幸福，这个世界上只有你能给我一生的幸福。"

"幸福是虚幻的。幸福不过是一种感觉，转瞬即逝，不可持久。良辰美景奈何天,人世间从来不存在永久的幸福凝固的幸福。"

"我不懂哲学。"

"你还记得波士顿的夜晚吗?"

"我怎么会忘记?"

凯蒂拿起我的手,把它放在她的心口。

"你摸,它们就在这里。你能看见我当年的裸体吗?你能听见我当年的喊叫吗?"

"我能看见也能听见。但是,你可以想象我们波士顿的幸福之夜变成今后几十年的日日夜夜吗?人是会变的,爱情也会衰减和淡化。海誓山盟也好,生死相托也好,都不能缔造永恒不变的幸福。"

"但它从来没有消失过,它在我这里变成了永恒。"

"一瞬即是永恒。感觉即是存在。"

"你总是爱讲哲学。"

"这不是哲学,这是真理。"

"关澜,你真没有后悔吗?"

"也悔也不悔。对于回国对于事业,我不后悔。我如果当年不回国,不会写出这几本书。对于你,我悔之莫及,我不应该离开你。当年我们如果能够冷静些耐心些灵活些,说不定最终总能找到解决的办法,我们可以两地奔波两国往返呀,为何非此即彼非留即分啊!"

"我们当年太冲动太情绪化,也许爱情冲昏了我们的头脑。关澜,你除了那本没有完成的小说,总共写了几本书?"

"七八本吧。"

"那我差不多都看了。"

"你从哪里得到的?"

"这是个秘密。关澜,你不是发誓永远不到美国来了吗?怎么食言了?"

"你不是也发誓此生不找中国人了吗?怎么还是跟远尘结了婚?"

"我俩都不是信守誓言的人。"

"我来美国看女儿,也想看看远尘,我们二十多年没见了。再不见,此生就见不到了。"

"你的女儿我见过,长得很像你。"

"你怎么会见到她?"

"这也是个秘密。你到美国来只想见女儿和陶远尘吗?"

"当然也想见你。但我知道我见不到你,因为你不想见我。你到中国去过几次都没有见我。"

"我这不是来见你了吗?"

"你怎么知道我在这里?"

"这还是一个秘密。"

说完,凯蒂神秘一笑,飘然离船而去。去时,衣袖飘飞,彩云遮面,有如洛神。我急忙站起来大叫:"凯蒂! 凯蒂!"声音缥缈,似有似无。我伸手奋力抓住她的衣袖,衣袖如纸,纷然飘落,落在船上,碎为一船落红。

小船孤独,载我逆水漂流,消失在水天相连之处。

异国他乡梦

六、丹尼

CHAPTER 6

1

我从东部回到洛杉矶时,女儿独自开车到机场接我。短短两个多月时间,她已经完成了从学生到新闻从业人员的角色转换。

"当记者的感觉如何?"

"挺好的呀。你忘了,国内上大四时,我在北青报实习过,半年前我还在洛杉矶时报实习了两个月,记者的活哪都一样,到处采访呗。"

"你在北青报实习时写过的东西我看过,其中有两篇人物专访写得还不错,就是打磨得不够,文字有点糙。"

"爸,写篇稿改好几遍的时代已经过去了,现在是快节奏媒体时代,你知道我那两篇稿的写作时间吗?每篇连采访带写稿总共就两个多小时,我哪有时间打磨啊?"

"萝卜快了不洗泥,这不好。时间紧至少也要打磨一遍。你的优点是笔头快,你的缺点是活儿糙。"

"遵旨,以后慢慢改吧。"

"你在洛杉矶时报上写的东西我怎么没看到啊?"

"那几篇英文稿我没发给你,我怕你看不懂。"

"你踩乎老爸?别忘了连英文诗我都翻译过。"

"英文你这么多年不用,我怕你忘了。"

"会话的反应是慢了,但英文词汇忘不了。这些年我一直在看英文报刊和小说,你写的那点入门级英文文章还能难得倒我吗?"

"回去我发给你吧。老实交代,不是怕你看不懂,而是怕你挤兑我的英文。英文写作还是我的弱项。但本人口语没得说,比美国 NBC 的主持人还溜。"

"又吹牛,你到了东方报可要低调。实习记者就得谦虚勤勉,要向老报人学习。"

"这我懂,我不还指望东方报给我办 H1B(工作签证)呢吗!我的 OPT 身份一年就过期,现在都过了两月了。我能不夹着尾巴做人,玩命跑玩命干吗?"

"工作签证有希望吗?"

"希望是有,进来时他们有过承诺,要不我干吗到中文报纸来?但是没有打保票。现在美国就业形式这么严峻,以后的事很难预料。"

"有心里准备就好。你分工跑什么呀?"

"我们是按地区分工,downtown 分给我了,政治新闻、财经新闻,社会新闻一锅烩。爸,我没给你这个新闻大腕丢脸,上个月全报社发稿最多见报最多的就是我,我都快累趴下了。"

"别太玩命,悠着点。你已经表现过了,以后把见报率保持在中上游就行。文武之道,一张一弛,不能老绷着。关键不是追求数量,而是要追求质量。"

"质量也在迅速提高啊。第一个月,头版上了一篇稿,第二个月,就上了三篇,其中有一篇,美国和中国各大媒体都转载了。"

"你的能力老爸心里有数。毕竟是关澜的女儿,岂是等闲之辈?"

"爸,现在是你开始吹了吧。"

到了白色小院的房间后,我没见到李悦。

"你的室友呢?"

"我忘了告你,李悦搬走了。她后天结婚,还邀请你参加呢!"

"刚毕业就结婚,闪电战呀?"

"她找了一个老外,认识也有半年多了,算不上闪电战。那个人比她大8岁,离过婚。前两月,李悦还有点犹豫,这个月,她跳槽失败,两个星期找不到工作;她担心 OPT 过期,想留在美国,一咬牙就结了。那个老外叫皮特,人挺好的,还很帅。爸,后天咱俩一起去参加婚礼吧,李悦可是我的闺密啊。"

"再说吧。"

到了后天,我还是被女儿拉去了。婚礼在洛杉矶最大的教堂里举行,来宾很多,场面气派热烈,看得出这个皮特很有钱。李悦这边的朋友中除了 USC 的男女同学,还有四个学姐。她们都带来了自己的小孩,居然三个是混血。中美混血的小孩真是漂亮,一个个像小天使似的,让旁边唯一的纯种中国小孩黯然失色。

此情此景使我黯然神伤。中美不平等条约都废除几十年了,中美之间的不平等婚姻还在延续。二十多年前,我和陶远尘在美国留学时,遍地都是白男黄女

式的婚姻,遍地都是这种混血小天使。以至于当我骄傲地挽着凯蒂的胳膊,昂首
阔步走进 party 大厅时,每每招来无数羡慕的目光。人们终于看见一个中国男征
服了一个美国女,凯蒂让我做了一回英雄,时间虽短但光芒四射。

闹了半天还是婚姻出国婚姻绿卡那一套。这一套并非中国大陆独有,在东
南亚叫"过埠新娘",在台湾叫"嫁老外",都是一回事。可悲的是二十多年过去
了,都已经是新世纪了,中国已经崛起了,然而不平等婚姻依然如故。只不过中
国女人越来越会嫁了,邓文迪嫁了默多克,普莉希拉·陈嫁了扎克伯格,男方都
是亿万富翁。

婚礼结束后,小霏的朋友们都对那几个混血小天使恋恋不舍,只有我远远地
站在一旁,一遍又一遍地催促小霏回家。女儿一看就知道我情绪不对,知父莫如
女,她老爸从来都是喜怒形于色,什么表情都在脸上单摆浮搁着。

"爸,你又怎么了?混血小孩多漂亮啊。"

"你要是愿意也可以有啊。"

"爸,你干吗拿我出气呀,我又没招你。"

"中国女生嫁老外并不是什么光彩事。此风不可长,这种渗透着功利和其
他目的的爱情并不纯洁,更不值得羡慕。"

"你太绝对了吧?你是一竹竿扫倒一船人,跨国恋中也有纯洁爱情啊。"

"我指的不是双向跨国恋,而是单向婚姻出国,那是国人的耻辱。"

正在这时,若然跑过来问小霏:

"名记,你和曹大款什么时候办呀?"

"没影的事。你的博士读得有劲没劲啊?"

看得出女儿是顾左右而言他。旁边不远处的曹杰听了似乎也有点不自然,
借故赶紧离开了。

他们之间到底发生了什么?

2

到美半年之后,女儿和若然就搬出了和美国同学共同 share 的大房子,到韩
国城租了一间公寓。那会儿,和她俩住在一起的是曹杰。她俩一人一屋,曹杰住

在厅里。三个人朝夕相处了一年多。直到半年前，曹杰才搬出去，李悦住进来。曹杰为何非要和两个女生挤在一起，这是一个谜。搬进来的当天若然就质问他：

"曹大公子，你为啥放着单间不住非要来和我们挤，是不是居心叵测啊？"

"咱们仨不是好朋友吗？住在一起可以相互关照。韩国城黑人老墨太多，我就是你们的免费保镖啊。"

"那你把房租也替我们付了吧。"

"那不成，share 可是时代潮流。"

"到底是老板的公子，血管里流淌的都是商人的血。"

"商人血怎么啦？商人血液也是时代潮流。企业家才是中国奇迹的创造者，轻商贬商的时代已经一去不复返了。"

据女儿说，他俩的争论持续了二十分钟。

在那一年多里，我和妻子在视频中频频见到曹杰，也和他对过几次话，甚至听他告过状，当然告的是小霏。

这是女儿的初恋吗？

小霏的性格很奇怪，既不像我这样暴躁冲动天马行空，也不像她妈妈那样温柔娴静含蓄内敛，女儿独自发展出一种与我们迥异的独特性格，豪放，率直，天真，单纯。走起路来风风火火，说起话来音高八度，做起事来干脆利索；胸无城府，心无芥蒂，好意看世界，好心对世人。她和班里的女生男生都称兄道弟，不是哥们儿就是姐们儿；她的口头语里有"靠"，还有我们那个时代的国骂"他妈的"；周围朋友送给她的外号是：假小子，女大侠。在她身上，你几乎看不到女性的温柔和贤惠，也看不到淑女的任何特征，整个一个野蛮女友。

我们怎么会生出这么一个女儿？我和妻子一直纳闷小霏的性格是如何形成的。难道这是我们的充分民主和充分的爱孕育的果实吗？难道社会的影响真的大于家庭影响和双亲遗传吗？再说她从小到大成长的社会不是江湖而是名校啊。

女儿性格定型之后，她妈妈不但不担心而且还挺喜欢的；我却忧心忡忡惶惶不可终日。我担心女儿嫁不出去，天下有几个男士会弃淑女而娶野蛮女友呢？

我的担心很快就被证实了。高中三年，女儿一个男朋友都没有。她和班上的好几个男生都是莫逆之交，关系又亲密又铁，可都是哥们儿关系，没人把她当女友。

大学四年,女儿还是有许多男哥们儿,没有一个男朋友。她上大学那会儿,校园恋爱成风,到处都是出双入对的男女学生。她身边的几个姐们儿,个个都有男朋友,有的都换了好几个了。

小霏真的没有,一个都不曾有过。她的大学生活是有缺憾的,没有情感生活,没有爱情体验,连失恋都不曾有过。

表面上,女儿一天到晚快快乐乐忙忙叨叨,很充实也很满足;但我猜测她的内心也许很寂寞很失落很痛苦。

我知道她的性格是改不了的。江山易改本性难移,她永远也变不成淑女了。同时,她也不会轻易降低自己的择偶标准,女儿的眼界是很高的。她只能静静地等待,等待一个既能欣赏她性格又能触动她情感的人;可惜,高中三年,大学四年,整整七年过去了,这样的白马王子始终没出现。

我也曾试图探索女儿的情感世界,但那个世界的大门始终紧闭着。她根本不愿和我谈这些事。

女儿身边不止一个好友这样说:"小霏,在阴盛阳衰的中国,男人没人敢娶你这样的女大侠,你还是找老外吧。"

也许女儿并不相信这样的说法。大学毕业之后,女儿到美国留学去了。不是为了找老外,而是为了学业。无心插柳柳成荫,没想到她到美国才半年就遇到了曹杰。

曹杰也许就是小霏的宿命。他们是同学,先成哥们儿后成朋友。

曹杰应该是真心真意喜欢小霏的第一人,否则,他就不会费尽心机地挤进小霏的公寓。他喜欢她的性格,也喜欢她的人品和学识,心肠和才华。也许曹杰将来也会子继父业成为成功企业家,也许他一代不如一代成为一事无成的败家子,但他就是喜欢小霏这样的女大侠女丈夫,不喜欢那些婆婆妈妈的小女子,也不喜欢那些温柔多情的淑女。他并不格外待见美女,况且小霏在他眼里也是别具风格的准美女。

曹杰住进来之后,虽然口口声声说他是小霏和若然的哥们儿和保镖,但他暗中对小霏是另眼相看的。这双"另眼"总是遮遮掩掩朦朦胧胧。也许,他还不能确信自己的感情是否是爱情,不能断定喜欢能不能发展成爱;也许,他还不能判断对方是否有意,不能判断这个少见的女大侠能否看得上自己。他早知道小霏不是平庸之辈,在她眼里,他的家世和家产如同无物。

小霏呢?她开始只把曹杰当哥们儿当一般朋友,后来发现这家伙跟自己很投脾气。两人都是直率人,想说就说想骂就骂,不搞虚头八脑。再后来,她发现两人志趣爱好有许多相同的地方,共同语言还不少。他这个工科生竟然喜欢文学,大学时代还偷偷写过诗。而且曹杰这个富二代人品很好,他在生活上精打细算,好像有点抠;但大节不亏,上学期同学出车祸,他立刻捐出了两千美元。最让小霏动心的是曹杰似乎喜欢自己的性格,这可是破天荒的事。

曹杰和小霏,两个住在一起的室友,虽然都有了情感萌动,但又不能确认。两人的关系似乎正在悄悄地发生变化,但笼罩在他们头上的迷雾还没有消散。

暧昧一直是他们之间关系的真实写照。他俩长达一年的暧昧把双方的父母都抛进了云里雾中。曹杰他爸总觉得他俩有点意思,要不他也不会进京专门宴请我们。我和妻子更是觉得他俩八成能成,要不一男一女怎么能合住那么长时间。

3

但曹杰和小霏是缘分也是冤家。这对朦胧暧昧的朋友,好时真好,一起开车出游,一起开火做饭。曹杰有车,小霏没车,在长达一年的时间里,接送小霏就成了曹杰的责任。多少次风雨中的等待,多少次车里的倾心长谈。坏时真坏,三天两头吵架。可以说在合住的一年中,他们之间的战争就没有中断过。一周一小仗,一月一大仗,有时还会爆发世界大战。硝烟弥漫,枪炮轰鸣,直打得血流漂杵,尸横遍野。但战争过后,就是和平时期,两人还摽在一块。而且每次重修旧好的时间总比战争的时间长。

所来为何?战争的导火索都是些鸡毛蒜皮无足挂齿的生活琐事。

每当战事一起,小霏就要通过 skype 的视频向她妈妈倾诉,有时是哭诉;她妈妈就开始做耐心细致的思想工作。有时,我碰巧在电脑旁,就挖苦妻子:

"你都成了超级陪读了,该向女儿收费了。"

妻子根本不理我,照样我行我素。

有时,曹杰也来告状:

"阿姨,小霏又欺负我了。她已经十天不理我了,而且不许我使用卫生间。"

每到这时,妻子又得给曹杰做思想工作。

两个二十多岁的人,就像两个长不大的孩子。不能自立不能省心让人操心让人费神,令人堪忧的80后啊。

女儿几乎不向我诉说,因为她知道我没工夫听也不爱听。有一次,妻子出差了,小霏刚和曹杰打了一场中级战争,心里郁闷,无处宣泄,只好在视频里对我说:

"我和曹杰又大吵了一次。这家伙怎么这么抠?明明自己用的东西也拿来和我们share,真是为富不仁。"

"小霏你打住吧。爸爸不爱听你们的陈糠烂谷子。林彪二十三岁都当军团长了,你们怎么还一天到晚纠缠这些生活小事,真是胸无大志鼠目寸光难负重托。我还指望着你们二十年后竞选美国总统呢?还指望你们有朝一日步入中国核心层,救民于水火,解民于倒悬呢。"

"你是我的亲爹吗?"

小霏说完,啪的一声关掉了视频。我知道这丫头又生气了。

这就是小霏和曹杰的暧昧史。两人在一起住了一年多,打了一年多,也告状告了一年多。

不打不成交,妻子一直这么看。

"小霏的个性太强,无论碰上谁,磨合起来都不容易。打了一年多没散,这说明他俩还是有缘。"

妻子说。

"打的次数太多,磨合的时间太长,人也会烦,也会心灰意冷。老打也可能就打散了。"

"女儿没有男友时,你担心她嫁不出去;现在有了,你又担心打散了。你也是操心的命,还老说我。你有时间关心一下女儿,别老当甩手掌柜,她可是你的心肝宝贝。"

"曹杰是不是她的男友,还是个未知数。再说有你一个陪读还不够吗?难道到美国读一个文科硕士,还要老爸老妈双双陪读?她要是再读博士,咱们还活不活了？你这个当妈的就是不放手，她将来如何自立，如何应对这个越来越凶险的世界？"

"这种感情和婚姻的大事，她不跟我说跟谁说？跟你说你也不听。上次她刚跟你说了一半，就被你撅了回去，气得孩子哭了好半天，有你这样当父亲的吗？"

我不再辩解。

4

曹杰搬进小霏公寓一年后，曹杰之父曹老板到北京办事，特意在谭家菜馆宴请了我们。由头也说不清，就说是民营企业家咨询资深财经记者。曹老板五十开外，中等身材，两鬓微白，满面红光，目光如炬。毕竟是大老板，举止潇洒，风度高雅，一副踌躇满志中流砥柱的气势。见其人，知其企业，知其地位，知其责任与担当；不愧中国舞台上的两大主角之一，数风流人物，还看今朝。

席上，谈经济谈生意也谈儿女。曹老板很健谈。谈起他发家的主业房地产，他一语带过；而谈起他的软件园，如数家珍，如获至宝。

"下半辈子，我的主业就是软件开发了。我要把杭州变成印度的软件之都班加罗尔。我看金砖四国之间的竞争主要就是中印之争，中印之争的焦点在软件业，其他产业印度还不是中国的对手。关先生您怎么看？"

"曹总目光高远一言中的。龙象之争决战在软件。表面上，中印的软件业产值旗鼓相当，但印度软件业的质量和竞争力都在中国之上。中国软件业前些年为盗版所累发展缓慢，这几年有加速之势。如果曹总的雄图大愿实现，北京、杭州、大连将成为中国的软件金三角。中国的生物工程产业已经把印度远远地抛在后面，中国软件业超越印度也指日可待了。"

"英雄所见略同。愿听关先生关于杭州软件园发展的高见。"

"我哪有什么高见，做媒体的都是万金油，即兴陪侃可以，玩真的不行。曹公子在美国学的是软件，是不是曹总的精心计划？"

"那是当然。房子软件是我的产品，我最大的产品是儿子呀，能不精心设计吗？曹杰老是跟我说关小霏，还是关先生田女士厉害，你们的千金厉害。"

"儿女自有儿女福,80后的事我们做不了主。曹总设计公子硕士毕业回国帮父创业,可是我听说他对你的指示置若罔闻,已经报考博士了。"

"是啊,儿子远在大洋彼岸,我也鞭长莫及啊。"

"曹总可以断其资金流,逼他就范呀。"

"不能那样做。还是关先生说得对,80后的事让他们自己做主吧。他们这一代跟我们这一代大不相同啊。"

那顿饭气氛温馨亲热,两家人都朦胧地预感到不久的将来还会有一次亲家的聚餐。其实此时小霏和曹杰的暧昧史已经到头了,可我们都蒙在鼓里。

混迹财经媒体三十年,认识熟识的老板少说也有几十个。我是看着他们创业、成长,危难和发迹的,我是媒体中最早呼吁社会正确看待企业家的人。但我心里并不想有一个大老板的亲家。我们夫妻虽然没有发财,但衣食无忧,对老板的万贯家财不感兴趣。我一直庆幸女儿没有生长在一个富豪之家,否则她不知会变成什么样。

然而,命运让小霏遇见了曹杰,而这个曹杰恰恰是个富二代。老板创业有功致富无罪,我们有什么理由歧视人家的儿子? 仇富不可取,攀富不可为,歧富不合理。

我启程赴美的前两周,曹杰回国探亲路过北京,特意登门拜访。我和妻子见到小伙子都很高兴。其实我们在视频上已经见过他很多面了,但见真人还是不一样。

曹杰的个子比父亲稍高,清秀文雅,说话有点腼腆,有时还会脸红,想象不出他跟小霏吵架的样子。这个腼腆的小伙子会对小霏横眉立目凶神恶煞吗? 女儿发怒时的样子我们都不陌生,我可以想见小霏面对曹杰大吵大闹发飙发威的样子,毕竟是巾帼英雄女大侠呀。

中午,我们在附近最好的饭馆宴请曹杰。即便不是女婿是朋友,我们也得盛情款待呀。

吃饭前,我接电话时,妻子已经和曹杰谈了一会儿了;看他俩谈话的样子,还真有点像丈母娘跟女婿密谈。吃饭时,小伙子的情绪似乎有些好转。

"你和小霏为何老干仗啊?"

该我询问了。

"关叔叔,我和小霏吵架,责任主要在我。我的脾气不好,涵养太差。"

"我看不尽然。你俩的个性都太强,又总是较真。两人住在一起,就得相互谦让相互容忍,不能针尖对麦芒。"

妻子总是不偏不倚。

"仔细研究你俩的战争史,起因都是生活小事啊。难道你们在一起就不谈大事吗?"

我又问。

"我俩也经常一起谈理想谈事业,也谈去留和读博;说起这些我俩几乎惊人地一致。我打算博士毕业后在硅谷工作一两年就回国创业,她想在中文媒体干两年,然后再到英文媒体干两三年,然后回国。我们都不打算长留美国,而且计划回国的时间也差不多。小霏一直支持我读博,她对我说,别听你老爹的,你一个工科生不读博不就废了吗? 我最后还是听了小霏的。"

"这不挺好吗? 大事都不糊涂,而且是英雄所见略同。为何小事上磨合不好呢?"

"我也不知道。我俩住在一起,一起开火,而且共用一个卫生间,每天在一块的时间不少,但老是发生摩擦;小霏开始很温柔,可是温柔不过两礼拜,以后就动不动发火,我脾气也不好,可能也有点小肚鸡肠,她吵我就跟她吵。"

"曹杰呀,谁让你非搬进一个女大侠的领地,小霏从来不是淑女呀。"

"你们两可真奇怪,人家男女朋友住在一起都挺好的,你们却天天打架。"

妻子说。

"叔叔,阿姨,也许我和小霏真的不适合住在一起。"

"是吗?"

"毕业前的几个月,小霏突然不和我吵了,但对我越来越冷淡,我也不知道为什么。还不如以前呢,以前虽然老吵,可吵完以后还能和好;现在不吵了,两人反而越来越疏远了。我心里很不是滋味,就从他们公寓搬出来了。搬出来以后,又感到很孤独很痛苦。"

小伙子说完眼圈红了。

"曹杰,别太伤感。人海茫茫,能遇到一个有缘的人不容易,了解一个人也不容易。丈夫有泪不轻弹,你得学会承受。你爸爸创业肯定也是九死一生过来的,没有抗击打能力的企业家挺不到今天。你得向老爹学习。"

"叔叔,我会记住你的话。"

那顿饭吃到后来大家都有点伤感。

送走曹杰之后,我和妻子面面相觑。

"我看这事有点悬。也不知小霏这丫头怎么想的。"

"我的感觉也不好。最近好长时间,小霏和我视频时,都不提曹杰。我问起她才敷衍几句。他俩打架那会儿,女儿视频时总把曹杰挂在嘴边。"

"曹杰这孩子还是不错的,小霏应该懂得珍惜。"

"我也挺喜欢这孩子的。忠厚实在,心眼也好,不像那些大老板家的纨绔子弟。"

"我们中意有什么用? 我早说过,80 后的婚姻管不了。"

第二天,妻子和小霏视频时,向她介绍了我们与曹杰的谈话内容,最后问她:"你和曹杰怎么啦?"

"妈,我们挺好的,你和爸爸就别瞎操心了。"

听了这话,我知道,女儿又要向我们关闭心灵窗口了。

5

直到我来到洛杉矶,才知道女儿的情感世界已经发生了变化。这个后来闯进女儿内心世界的人还是个中美混血,名叫丹尼,是 USC 生物系硕士。

这一切都发生在三个多月前,女儿对自己的行为实行了严格保密,不但瞒着曹杰,而且瞒着天天挂念她的老爸老妈。

小霏在毕业典礼那天接到的那个长长的手机电话,就是丹尼打来的。

毕业典礼后的一周,女儿对我说:"爸,我们去海边吧,你还没有给我补过生日呢!"

"好,今天给你过。"

我们驱车到了海边。海滨有一家女儿最喜欢的美国餐厅,餐厅很火,吃饭要拿号等座位。好不容易轮到了我们,恰好等到了一个靠窗的座位,可以凭窗眺望大海。

"想吃什么,随便点,今天是你的生日宴会。"

我又装出大款样。

女儿点了几个最喜欢的菜,桶虾、多拿鱼、美式沙拉。可惜开车不能喝酒,于是我们用可乐当酒,碰了一次杯。

"祝你生日快乐!"

"谢谢爸爸。"

"这是你爸爸妈妈不在身边的第二个生日,你是怎么过的呢?"

"爸,我人缘好,给我过生日的人一大堆,光是生日宴就吃了三回,生日蛋糕收到好几个,至于生日礼物,那就更多了。"

"豪华生日,没有我们你一样快乐。"

"那不一样,谁也不能替代你俩。"

生日宴后,我俩来到海边。五月的沙滩上人很少,海水还凉,海里游泳的人一个也没有。海风习习,涛声依旧,我们父女俩拎着鞋光着脚,沿着长长的沙滩漫步。

"小霏,你和曹杰到底发生了什么? 视频时你怎么不告诉妈妈呢?"

"事情很复杂,一言难尽,所以没说。"

"现在可以对爸爸说了吗?"

"可以。"

女儿的故事的确有点复杂。

小霏和曹杰的暧昧史和战争史持续了一年多。

她不想吵架,一次都不想。多少次,她告诫自己:宽容容忍,理解万岁,设身处地,换位思考。可是,事到临头,她还是压不住火。曹杰怎么能这样做事? 真让人忍无可忍! 于是,战争一场接一场,从接触战变成了持久战。莫非这仗真要打八年吗?

持续的摩擦长久的战争,让小霏心力交瘁心灰意冷。我们干吗非要在一起玩暧昧? 老也磨合不好说明了什么? 别人怎么不像我们? 都说不打不相识,可暧昧时就打个没完,以后怎么办?

有时,小霏想,眼前的这个曹杰可能就是这种人,倔强,狭隘,刚愎自用,小肚鸡肠,不可思议,不可理喻;他根本不适合自己,根本不是自己的另一半。这种富二代根本不能交往。

有时,小霏又想,会不会是自己的缘故。也许我的性格太古怪太不近情理,也许我太强势太咄咄逼人,太求全责备太追求完美,也许我这种性格的人根本没人能接受,我跟谁在一起都得打,曹杰不过碰巧做了一个倒霉蛋;也许我根本不适合和人恋爱,甚至不适合和人搞暧昧,更不适合为人妻,只能独身一人和老妈老爸相伴终生。

每每想到这,小霏就潸然泪下,一哭就是一夜。

多少次,小霏想和曹杰结束暧昧。可看到他忐忑不安的神情,看到他楚楚动人的悲伤,话到嘴边就是说不出来。又想起他的种种可爱之处,他毕竟是这个世界第一个欣赏我接受我性格的人,他毕竟是个心肠极好志向极高的好人哪。

不能绝交又不想再打,小霏一度试图改造自己的性格。她努力想除掉女大侠的形象,说话细语轻声,走路袅袅婷婷,一举手一投足,都模仿身边典型淑女的样子;可是并不见效,战争并不能避免,因为曹杰并不欣赏淑女,他喜欢的就是女大侠。

一切努力都失败之后,黔驴技穷的小霏开始故意冷淡曹杰。她的直觉告诉她,现在该是降温退烧冷处理的时候了。

就在这微妙的时候,另一个人悄悄地走进她的内心。一切都没有征兆,一切都无从预料,一切都是偶然又自然。

事情的起源在一次 party 上。

那是一次洛杉矶华人的 party,发起者是洛杉矶华人联谊会的主席潘先生。那个联谊会的副主席正是小霏未来的房东詹先生,那会儿,两人还不认识。

party 是每月的例行活动,目的在于促进华人之间的联谊交流和相互帮助。

女儿是第一次参加,party 上的人多一半都不认识。来宾除了华人之外也有好几个混血。有的混血身上的中国血统已经被稀释了好几代,以至于不知底细的人根本看不出来了。

表演节目时,上来一个高个混血年青人,身高至少在一米八以上,帅气活泼,举止很像费翔。巧合的是他唱的歌正是费翔的"故乡的云"。

年轻人边唱边舞,舞蹈的动作也像费翔。一曲歌后,大家的掌声很热烈。他唱的第二首是费翔的"一把火",这次的舞蹈更热烈更像费翔。

女儿从小就不是追星族,她喜欢的歌星不多,其中就有费翔。

年轻混血唱罢,女儿的几个同学开始起哄:

"让我们 USC 新闻系的歌星来一个。"

小霏无奈只好上台,她从来不怵任何当众表演。

小霏先唱了一首英文歌,电影泰坦尼克号的插曲"我心依旧",音色优美,英文发音纯正;众人鼓掌欢呼后,她又唱了一首中文歌,费翔的"吻别":

> 还有谁 像你一样
>
> 那么让我难忘记
>
> 海依旧 浪也依旧
>
> 但是我已失去你
>
> ……
>
> My darling, kiss me goodbye!

两首歌都很舒缓缠绵凄美。

散伙时,那个假费翔走到小霏面前,真诚地伸出了手:

"认识一下吧,我叫丹尼,中文名字是陶华。很喜欢你的歌声,你比我唱得好。"

"我叫关小霏,咱们是校友。你唱得也很好,神似费翔,但声音不太像,你的嗓子没有费翔好。你为啥那么喜欢费翔的歌呢?"

小霏也伸出了手。

"我也说不清,那首故乡的云我爸老唱。你也喜欢费翔吗?"

"他在我喜欢的歌星之列,但他的歌我只会几首。"

他们就这样相识了。

6

丹尼和小霏的关系进展神速。也许是因为小霏当时心里空虚,趁虚而入总是容易的。

　　以前，尽管朋友老是在她耳边吵吵找老外，但小霏自己从来没想过找个老外，更没想到会有个混血男友。她不需要婚姻出国，她不稀罕那张绿卡。

　　命运就是这样捉弄人。

　　丹尼吸引小霏的地方，不是他的身高不是他的长相，更不是他的混血他的国籍，而是他金子般的心，火一般的热忱，赤裸裸的真诚和对中国的一往情深。

　　在两颗陌生的心灵之间架设桥梁的是"中国"。中国是他们谈论最多的话题。小霏没有想到，这个从来没有去过中国的混血青年，竟然对中国这么熟悉这么向往，难道中美混血都这样吗？他身上那四分之一的中国血真有这样神奇的力量吗？

　　侃中国历史，小霏居然没有侃过丹尼；侃中国文学，小霏也只是稍占上风；侃中国音乐，两人打了个平手。

　　"你这么热爱中国，为什么不到中国去？"

　　"以前没机会，明年暑假我就去中国旅游。而且等我拿下生物博士，在美国公司实践两年，我就到中国去工作。现在中国的生物工程发展很快，干细胞工程世界领先。"

　　"你现在硕士才读了一年，读完博士再工作两年，那要好多年才能去中国呢。"

　　"也就五六年吧。"

　　"你为什么那么喜欢中国现代诗呢？要知道现在中国都没人读了。"

　　"不知道。可能受妈妈影响。我上中学时，妈妈就给我看过一本诗集，那是她过去的中国留学生恋人写的。我慢慢就喜欢上中国现代诗，上大学时，我还写过呢，不过很幼稚，不能拿来示人。"

　　"我可是清华中文系的高才生，连我都没写过诗。"

　　"是啊，这很奇怪，我还以为你写过呢！"

　　"真没有，诗和小说我都没写过。我爸老说我没文采。"

　　"我听你说话挺有文采的，到底是文科生，中国成语一串串的，你掌握的成语有一半我都不会。以后你教教我行吗？"

　　"那你教我英文写作吧。互换教学，谁也不用付费。"

　　"好啊。"

丹尼给小霏带来了一种新鲜刺激的感觉,一种完全不同于曹杰的感觉。他俩在一起很自然很默契很和谐,仿佛有心灵感应,心有灵犀一点通。小霏想出游,丹尼的车已经停在门外了;丹尼想洗澡,小霏已经把澡盆放满了水;今天小霏想吃中餐,丹尼正在中国城等她吃午饭;晚上看电影,丹尼想看加勒比海盗,小霏买的正是那场的票。

他俩交往几个月,从来不吵架,连一次口角一次争执都没有。小霏大喜过望,原来我也可以成为淑女的呀!

丹尼那样高大威武的一个大男人,竟然可以温柔如水细微如风。他对小霏的照顾关爱是那样无微不至滴水不漏温暖如春。在丹尼面前,小霏就是一个公主,一个女皇,一个上帝。这种感觉太爽了!在曹杰面前怎么从来没有这种感觉?

小霏生日前一周,他俩一起去了圣迭戈,美国阳光最明媚的城市。参观航空母舰时,丹尼给小霏的住址寄了一张明信片,他已经计算好了,这张明信片到洛杉矶的那天正好是小霏的生日。

然而这次丹尼失算了,糟糕的美国邮政服务竟然寄丢了这张明信片。

生日那天一大早,丹尼就推门而入:

"Happy birthday!"

说完把一个巨大的生日蛋糕放在桌子上。小霏一看蛋糕,眼泪就下来,她扑过去紧紧地拥抱丹尼,狂吻他的脸。

原来昨天上午,丹尼问小霏:

"明天就是你的生日了,你喜欢什么样的蛋糕?"

"我就喜欢咱们在圣迭戈吃的那种巧克力蛋糕。"

小霏随口一说,没想到当天下午,丹尼悄悄一人驱车杀到圣迭戈,为小霏买下这个巧克力生日蛋糕。来回开车七小时,丹尼回到洛杉矶已是半夜。一个蛋糕只有二十美元,来回汽油费是多少钱?蛋糕有价情无价呀。

"你收到我的明信片了吗?"

"没有啊,你究竟在上面写了什么啊?"

"我不能告你。可能邮局又出问题了,一会儿我去查询一下。"

那是小霏一生中度过的最快乐最幸福的生日。

第二天,小霏开始接受其他同学朋友的祝贺。她的生日至少要持续三天。

第二天,丹尼确定邮局寄丢了明信片后,再次驱车开往圣迭戈,重上航母,补寄明信片。前天,驱车三百英里,为了一个蛋糕;今天再次驱车三百英里,为了一张明信片。天下还有这样沉重的生日礼物吗?

一天之后,小霏终于收到那张明信片。手捧泰山一样沉重的明信片,小霏再次泪如雨下,再次紧紧拥抱丹尼,再次狂吻他。

这张明信片上只有一句话:"I LOVE YOU FOREVER!"

小霏心里的天平开始向一边倾斜了。

生日这天,小霏也收到了曹杰寄来的礼物。一个可爱的瓷兔子。上面也只有一句话:"女大侠生日快乐!"

小霏心乱如麻思如乱絮,翻江倒海乱云飞渡。她再也不能平静地入睡了。

7

女儿深陷在抉择的痛苦中不能自拔。抉择既痛苦又艰难,不抉择又不行。

周末的晚上,女儿推开我的房门。神情迷茫,眼睛红肿,像一只迷途的小猫,悄悄坐在我的对面,一言不发,用茫然哀怨的眼睛久久地凝视着我。

"又哭了?"

她点点头,仍然不说话。

我走过去坐在她身旁,递给她一张湿纸巾。

"抉择很难吗?和爸爸说说吧,也许我能给你一点参考意见。"

女儿还是沉默。不知过了多久,她哇的一声哭了起来,一头扎在我的怀里。我抱着这个长不大的女儿,轻轻地为她擦拭汹涌的泪水。

又不知过了多久,女儿停止了哭泣,抬起头来,茫然地看着我:

"爸,命运为什么总要捉弄人?过去那么多年,我的情感世界一片荒漠。我并非没有渴望没有焦虑,只是尽量深藏不露,也不愿意让你们知道。我在寂寞和孤独中等待,等待那个梦中人,等待我的另一半。那么多年过去了,他就是不出现,连一点影子都没有。后来,曹杰出现了,我们俩玩了一年的暧昧。你和妈妈都觉得我俩是情侣,其实不是,从来都不是,我们就是发展不成情侣。再后来,丹尼出现了，他才是我一生中第一个情人。可他偏偏是个混血是个美国人。我知道您不喜欢我嫁老外，可我真心爱丹尼啊，我该怎么办？"

"小霏，命运并非只捉弄你一个人。丹尼走进你的内心世界也是一件好事，这说明你还是有魅力的，你这种假小子性格还是有人欣赏的，你过去的自卑是没有道理的。"

"过去朋友都说我这种性格只能找老外，我一直将信将疑。没想到真正欣赏我性格的真是一个老外。"

"性格独特自有魅力。你也有温柔的时候，不过被表面的强势和冲劲遮盖了。你内心深处的情感也许比别人更细腻更强烈，不过总是深藏不露。我一方面担心你的女大侠性格难以被人接受，一方面又担心你内心深处埋藏着的多愁善感，那是我的遗传，这种多愁善感一旦被唤醒被释放，它会给你带来更多的痛苦。感情是很微妙的事，不能太冷漠太麻木，也不能太敏感太丰富，否则都会痛苦。这是一个过来人的领悟。"

"你一生中有过爱情抉择吗？"

"有过。而且也是面对一个混血。我插队失恋后，对感情的事心灰意冷。上大学遇到你妈妈。那时我是班上的老大哥，她是应届生，我们相差十岁。是我的几首歪诗和几篇散文把她吸引到我身边。但我们之间的感情一直很朦胧。我是一遭被蛇咬十年怕井绳，对她朦胧的情感不敢多想不敢奢望。于是两人就这样朦胧了四年，直到毕业都没有挑明。毕业了，我分到了报社，她去了中学教书，两人没有断了往来，但关系一直没有实质性进展。"

"你跟妈妈这段恋情我怎么不知道呀？"

"你也没问过呀，我以为妈妈早就告你了。"

"根本没有。你们对我既不进行性教育，也不进行现身说法教育，我说我怎么成了假小子呢，都是你们的责任。"

"爸爸太忙，我把教育子女的重任交给你妈妈了。"

"子不教父之过呀，三字经上这句话还是真理。"

8

"后来爸爸出国了,遇见了一个叫凯蒂的美国姑娘,我们之间有过一段凄婉的恋情,持续了两年多,最后还是分手了。"

"爸,没想到你也有过跨国恋啊!怎么我全不知道啊?"

"妈妈知道,她没告诉你。你一直不向我敞开心扉,我怎么向你披露过去的秘密呢?"

"我从小到大,什么事没告诉了你们啊?就是谈恋爱的事,以前不和你说,那是因为我根本没有男朋友;你老是问老想知道我内心的感受,我也不愿说,因为那是我心里的伤口。你想还想不出来吗?别人都有了,就我单着,我又不是长得最丑条件最差的,人家心里能好受吗?后来到美国,我遇到了曹杰,从此我把内心世界的窗户和门都拆了,我和曹杰的交往经过,每次打架吵架,事无巨细都向你们汇报了,结果呢,妈妈每次都认真听,帮我分析给我出主意;你可倒好,根本不听。我也就跟你说过一次,刚开了头,就被你噎回去了。你根本就是叶公好龙,根本就不关心我。"

"别这么说。我不愿听你老是说那些鸡毛蒜皮的琐事,我想听大事。男的不会像女的那么细碎。"

"交朋友哪来那么多大事呀?"

"好好,是爸爸不对。现在我不是不远万里跑到你身边来听了吗?现在我是大事小事都想听。"

"爸,你是个诗人,你的跨国恋一定很浪漫吧?"

"浪漫不能当饭吃,爱情需要浪漫也需要理智。我的跨国恋跟李悦她们的性质不一样。我是一个中国男子用美好的心灵和出众的才华征服了一个美丽纯真的美国姑娘,我们的恋情纯洁高尚,没有任何功利和企图,跟绿卡无关,跟国籍无关;当然跟去留有关,爸爸恰恰是因为不愿留下才和凯蒂分手的。"

"爸,现在我知道了,在你的心里,跨国恋是分成档次的。中国男娶美国女,就是值得赞扬值得炫耀的;反之中国女嫁美国男,就是要鄙视和批判的。可你的小霏是女的呀,我要是个男孩,一定给你娶回一个美国妞。"

"别说气话。我和凯蒂分手不全是因为去留,也因为你妈妈。临近毕业时,我接到了你妈妈的信。那封信很简短,最后一段话是:'我一直在等你。在学校等你开口,在北京等你挑明。今天,我还在等你,等你回来,等你娶我。我不知道今生今世能不能等到你?'见信如见人,我的泪水打湿了信纸。这时我不得不面临抉择:是留还是回?是田晶还是凯蒂?"

"那你抉择时,到底是去留的分量重还是妈妈的分量重?"

"我也说不清,也许都一样重。我的事业在中国,我是一定要回去的,而凯蒂当时没有勇气跟我去中国,我们注定要分手。你妈妈我也没忘记。过去一直朦胧,明朗后,旧情重萌。妈妈的事我一直没有告诉凯蒂。当我抉择时,妈妈这颗砝码也是很重。虽然凯蒂很美丽,我和她的恋情很纯真很热烈,但婚姻是很严肃的事,没有感情的婚姻是不道德的,只有感情的婚姻是不牢固的。婚姻,除了感情之外,还有许多其他要素,例如事业、信仰、文化、性格、家境,等等。临走那几天,我也很痛苦,左思右想,辗转反侧,不思茶饭。最后我还是觉得国内的事业不能舍弃,田晶比凯蒂更适合我。人不能永远美丽也不能永远浪漫,凯蒂近乎完美,而你妈妈身上那些品质更难得更宝贵。"

"妈妈的品质岂止难得和宝贵,那是天下最难得最宝贵的东西。妈妈可是世上打着灯笼都找不着的完美女性。爸,过去我一直没机会对你说,你娶了妈妈可是占了大便宜,你是三生有幸啊。我至今不知道,妈妈怎么会看上你。我问过几次,妈妈自己也说不清。也许天下的爱情都是盲目的。"

"在你眼里,爸爸就一钱不值了?"

"那倒不是。爸爸很优秀,是个大才子,但你跟妈妈比,还有很大的距离。"

"我知道你的心永远和妈妈在一起。但你说得对。我这一生做过许多错事蠢事,但选择你妈妈是我做对了的最重要的事。实践证明,这是一个无比英明的抉择。有了你妈妈,即便我此生一事无成,也心满意足了。"

"爸,每到关键时刻,你的抉择都很高明。"

"爸爸的抉择对你有启示吗?"

"应该有吧,可我面临的抉择跟你的不一样。"

"当然不一样。我是男选女,你是女选男。但也有一样的,都是面对一个混血。"

"我的脑子里从来就没有人种和血统的概念,爱情和婚姻和这些不沾边。"

"还是有关系,但不是决定性因素。爱情抉择别人也帮不了忙。小霏,爸爸的抉择对你只是一个参考,大主意还得你自己拿。抉择很痛苦,但长痛不如短痛,你还是要早做抉择。早抉择早解脱,这样对别人的伤害也会轻一些。"

"爸,我会尽快抉择的。定下来我就告诉你。"

"好吧。我等着你的消息。"

女儿再次投入我的怀抱,我紧紧地抱住她,生怕她飞了。

女儿是爸爸的,也是妈妈的,归根结底,女儿是未来女婿的,虽然这个未来的女婿还不知是谁。她将要抉择的那个混血美国青年,是我的假想敌,如果得逞,他将从我的怀中把我含辛茹苦养大的女儿生生夺走。这是无论如何也无法改变的规律。

记得女儿上大学时,曾经这样回答我们的追问:"爸,妈,你们别问了。我这辈子不嫁人了,就守在你们身边。"听了这话,我和妻子都无言以对。我们都知道这不是誓言而是气话。

女儿终究是要嫁出去的。我们都希望她幸福,幸福来源于找到一个如意郎君。

我的倾向性是很明显的。我希望女儿放弃丹尼,实在跟人种和血统没有一点关系。真正有关的是情感、人品、文化和追求。我当然希望女儿也像当年我一样放弃跨国恋,但女儿的心思我还没有琢磨透。爱情的事谁能说得清?当事者迷,旁观者也不清。

刚才的谈话中,我确信已经把我的倾向暗示给女儿了,我能做的仅此而已。不能为80后做主,这是我的信条。身边那些同学老友干涉儿女婚姻的悲惨下场历历在目,我不会让这种悲剧在我身上重演。

夜深人静,我听见80后洪钟大吕般的宣言:我的青春我做主!我的婚姻我做主!

异国他乡梦

七、H1B

CHAPTER 7

1

一周之后,女儿再次推开我的房门。神情严肃语调庄严:

"爸,我终于抉择了。我决定嫁给丹尼。我也把我的决定告诉了曹杰,他挺伤心的。其实他从来也不是我心中的男友,但我在他心里是什么我就不知道了。"

"小霏,你的抉择是不是太仓促? 你这样抉择的理由是什么?"

"爸,我知道你不会赞成我抉择丹尼的,可情感的事我自己都不能做主啊?"

"我说过让情感操控一切是危险的,你一定要嫁老外吗? 这很庸俗,你干吗要赶这个时髦?"

"我知道你反感嫁老外,可我是碰巧碰见了一个混血老外,并不是成心要找的呀。我也巴望着丹尼是一个纯种中国人,可他不是;我恨不得让他脱胎换骨,换掉身上的白人血,可这能做到吗? 杰克逊可以换皮肤,丹尼不能换血呀,难道应该歧视混血美国人吗?"

"爸爸从不歧视混血,不然当年怎么会和凯蒂谈恋爱? 爸爸不喜欢的是他的国籍,自立独行的中国女性为何非要嫁老外?"

"难道你不知道你的女儿既不稀罕绿卡也不稀罕美国国籍吗? 我已经跟你说过好几遍了,我稀罕的是美国大学的学历和美国媒体的工作经验,我只想在美国待五六年,到时就回国。我坚信凭自己的能力完全可以得到 H1B(工作签证),不需要靠嫁老外。就是五六年后,我想留下来了,凭自己的能力,也可以得到绿卡甚至国籍。你也说过,爱情是盲目的。我和丹尼谈恋爱时,心里从来没有人种血统国籍的概念。就因为他对我好,世界上没有任何人能像他那样对我,所以我对他打开了情感的闸门。"

"你身边的中国留学生那么多,你们又朝夕相处;曹杰不行,还有别人,难道就没有一个比丹尼出色的吗?"

"爸,你对丹尼有成见。你又没见过他,怎么知道他不出色? 你女儿又不是公主,可以在所有杰出青年中为你任意挑选乘龙快婿。人海茫茫,我碰巧遇到了丹尼,这是缘分也是命运。你要是真的不喜欢关家有个混血后代,我们可以不要孩子,这还不成吗?"

"你爸不是老保守,我对混血没成见。你的婚姻你做主,既然你已经抉择了那就好自为之吧。"

"爸,你又生气了?我这不是来征求你的意见来了吗?"

"你已经抉择完了,还来跟我说什么?我从来也没打算干涉你的婚姻。你一生中所有的大事都是自作主张的,那就继续做主吧。我这个老朽哪惹得起你们80后!"

女儿沉默半晌说:

"我就知道会是这个结果,你还说不干涉,可你干涉的手段更残酷。我好不容易抉择的恋人,老爸都不能接受,让我怎么办呢?"

小霏说完,摔门而去。

这不是我们父女之间的第一场战争,这是我们的第四场战争。

2

都说女儿是爸爸的,但我这个爸爸是通过战争得到女儿的。都说女儿是妈妈的小棉袄,但她妈妈却是通过和平得到这个小棉袄的。天下事哪有公平?

妻子怀孕时,最高兴的是我。那种中年得子的喜悦无法言说。做B超时,医生迟迟不肯告诉我们结果。我反复追问,医生反问:

"你喜欢男孩还是喜欢女孩?"

"我喜欢女孩。"

"那你如愿以偿了。"

小霏的降临,大大地改变了我们的生活。我们为她付出了许多,但远远赶不上她带给我们的欢乐。她三岁生日时,我为她写了一首诗:

当乐声飘起的时候

绽放之花光华四溅

宇宙在你清澈的瞳仁里

　　塌缩成一块生日蛋糕

　　蛋糕上的三根蜡烛

　　是你的快乐之树

　　而你红红的小脸

　　早已是我们的快乐之源

　　……

　　从两岁到六岁,是她最好玩的时候。她真像一个小天使,天使的魅力不可阻挡。小霏五岁的时候,我为她写过一首散文诗:

　　泛过五湖沧海的一叶扁舟,迷恋于小河的清幽。何处飞来的笑声?震碎了一河寂静。你看河面上的倒影,何处飞来的小天使?来时才盈尺,倏忽已齐腰。是谁让她挤进我们的小舟?舟再小,也得有她的位置。天使带来了劳顿,也带来了欢乐。那脸上鱼尾纹角白发莫非也是她的礼物吗?否则为何没有一丝怨言?为了留住她的笑声,用心良苦,但笑声有如流水。别走神,小心击碎这一湖绿萍。

　　也许我是幸福得忘乎所以,忘记了这个小天使是迟早要长大的,忘记了女儿来到世上并不是来充当我们的玩物的。

　　上小学之后,女儿开始有了主意。到了中学,她的青春逆反就开始了。

　　我们父女之间的战争起于何时?在我的记忆里,第一场战争开始于小霏初中三年级时。在我眼里,初三很关键,它将决定你高中是否能上市重点。小霏班上的同学,一开学就开始冲击中考了,可是她却特立独行,还是照样玩。过去我和妻子不忍给她一个繁累沉重的童年,所以,没逼她学钢琴也没给她报奥班;从小学一年级到初中三年级,她就这样一路快快乐乐地玩过来了。

　　我对小霏说:

　　"初三该用功了吧?不能再玩了。"

　　可她怎么说:

　　"我可不想有一个苦难的青春。"

　　恰在这时,小霏又迷上了港台剧。不管白天黑夜,一部接一部地看录像,而且还起劲地学起了粤语。

我忍无可忍,把她叫过来训了一顿:

"这些港台剧都是垃圾,你不好好准备中考,把宝贵的时间都扔给这些垃圾,你还考不考高中了? 一天到晚沉迷垃圾电视剧不说,居然还学起了鸟语,放着英语你不学,你学它干吗?"

女儿并不服气:

"爸爸,港台剧你一部也没看过,你怎么知道它们都是垃圾? 我昨天看的那部香港描写消防队员的电视剧,就是经典,我是哭着看完的。还有粤语也是大语种,广东、香港和海外华侨都在说,我为什么不能学? 而且我学粤语也没影响学英语呀。"

我当时气得七窍生烟大发雷霆,当场把女儿骂哭了。那场战争之后,女儿两个月没跟我说话。战火点燃后,没想到妻子居然站在了女儿一边,我一腔正义满怀情意,却落了个孤家寡人。

结果呢,女儿的中考成绩可以上北京任何一所重点中学,而她也成了同学中唯一一个会说粤语的人。谁对谁错? 我茫然了。

第二场战争发生在高考时。报志愿时女儿主动跑来征求我的意见。

"你是文科班,既然要学中文,首选当然是北大,第二志愿可以报人大。"

"第一志愿我想报清华文学院,它的录取分比北大低一点,这样保险。第二志愿我想报北师大。人大这种培养共产党干部的学校,太左,我不喜欢。"

"你一个高中生懂什么? 清华文学院的院长我认识。清华几十年都是工科大学,突然改成综合大学,它的文学院教育质量能保证吗? 这么短的时间它上哪划拉好教师? 人大的文科肯定比北师大好,这是毋庸置疑的。普天之下莫非王土,如今中国大地上哪所大学不是共产党的? 要左都一样左。"

"那我再想想吧。我再去问问妈妈的意见。"

女儿自有主意。没听我的也没听妈妈的,还是按照自己的选择报了志愿。事后我又勃然大怒,又和女儿大吵一顿,再次把她骂哭了。我动怒并非都是为了自己的面子和当爸爸的权威,而是认为女儿固执己见报错了志愿。

结果呢? 高考分数出来了,因为强项作文跑题,女儿的分数上北大真差一点点,上清华正好。事后证明清华的文科后发制人急起直追,水准还真的高于人大。吃了那么多咸盐堪称老谋深算的我居然不如一个黄毛丫头? 我再次茫然。

第三场战争发生在女儿大一时。那场战争是所有战争中最激烈最惊心动魄的一场。起因是聘我做杂志的老板突然破产，堂堂财经媒体大腕居然失业了。打击来得太突然太猛烈，落差太大刺激太强，我心态失衡脾气乱发，矛头直指妻子。妻子是涵养极好境界极高心地极善的人，她默默忍受着，把所有的委屈和泪水都悄悄咽到肚子里。

有一次，我无名火起，对着妻子大吵大闹出言不逊恶语伤人。妻子忍无可忍了，她打电话叫回了女儿。母女俩见面抱头痛哭。

"小霏，我不知道你爸怎么会变成这样！"

"妈，我要是找对象绝不找他这样的人！我们干吗非得结婚？"

母女俩哭够了。小霏推门出来，站到我面前，这次是她宣战了：

"爸爸，你是不是太过分了？你失业也不是妈妈和我造成的，是你自己上当受骗，我们一点责任没有，你为什么对我们发火拿我们撒气呢？你是有才，即便你才高八斗也没有权力欺负我们母女啊。你好为人师，到处著书立说，可你在家里的形象也太丑陋了吧，你有什么资格去教训别人？"

接下来是一场世界大战。我已经记不得吵架时自己说了些什么了，只记得我的底气没有女儿足，嗓门也没有女儿大，似乎并没有占上风。

那场战争的结果当然是我幡然醒悟后的忏悔和道歉。妻子很快就原谅了我，女儿可没有那么好对付，她整整晾了我三个月。

3

当然，在我们朝夕相处的二十年里，我和女儿是交战国，也是同盟国。处于战争状态的时间毕竟很少，大多数时间里，我们父女算得上亲密无间情深似海。怎么说女儿也是父亲的。

女儿十八岁成人礼时，我写给她一封信：

昨天，你还是一个孩子，今天，你已长大成人。

从发芽、含苞到绽放只是一夜间。

还记得你的第一声啼哭吗？那是我们苦等的人间仙乐；还记得你印在相册上的小脚丫吗？那是我们珍藏的当代名画；趴在奶奶身上含泪挥别时，你只有两岁；掉到北海公园湖里大声喊叫时，你还不到五岁。

多少回半夜高烧抱你奔医院，多少次月朗星稀送你到学校。

还记得西三环的新房吗？你的长舞还没跳完；还记得那些家庭演唱会吗？你的歌声至今绕梁；昆明湖的白雪上，有我们长长的脚印；开发区的绿地上，有我们放飞的风筝。

当第一次背起书包时，你留下了兴奋；当第一天升入中学时，你留下了激动；然而，当你上高一呢？当你升高三呢？

往事如烟，岁月如水。

为了留住你的笑声和歌声，为了留住你的幼年和童年，我们用录音机、照相机、摄像机，用日记、相册、回忆，然而一切都无济于事。

生命是不可逆转的过程，谁也阻挡不了你成长的脚步。

昨天，你还盘绕膝头，让人感慨"膝下有女慰三生"；今天，你忽而与母并肩，让人惊叹"关家有女初长成"。

你长得太快了，快得令人难以接受。

留恋稚气的小脸，陶醉清脆的童声，但又不得不面对你的长大，面对同你的身体一起长大的个性、思想和脾气。田园牧歌其乐融融的日子一去不复返了，随之而来的是两代人无休止的战争。这就是成长的烦恼！

有烦恼也有快乐。终于可以一起谈文学议时政了，终于可以一起听音乐看足球了！我们少了一个玩偶多了一个知音，你少了两个保姆多了两个朋友。

养育的辛苦伴随着成长的艰辛。是我们的眼角鱼纹两鬓飞雪换来了你的婷婷玉立烁烁春华，是你的笑语欢歌童心稚趣带给我们人间真情天伦之乐。

我们从未后悔漫漫十八年的操劳和付出，因为那是可怜天下父母心。

我们没能给你金钱和享受，但给了你正直和善良，那是够你受用一生的。

当然我们也遗传给你了多愁善感和意志薄弱。

当你走进成人的门槛时，我们满心欢喜也忧心忡忡。你过于单纯，过于脆弱，过于晚熟了；而你眼前的社会又是如此复杂、如此险恶、如此变幻。是我们塑造了你的性格，当然塑造你的还有你的老师和同学，还有躲不开的社会和逃不脱的时代。

要记住性格即命运!

你的性格还会变,你早晚会成熟的,成熟于挫折、坎坷和苦难之后,那是你无法规避的人生。其实困境生存也是一种美,搏击风雨也有一种快感。

可以望见的高考是你的第一个关口。

潇洒地迎接属于你的风雨和彩虹吧,扎实地拥抱属于你的人生和岁月吧,我们永远站在你的身后,直到淡出你的视野。

鲜血在流淌,生命在延续,在你的身上寄托着我们朴实的希望!

女儿二十岁时,我又给她写了一封信:

迄今,你两张了!

人生的储值卡中最多不过百元,兑成现金不过十张十元钞票。如今你已花掉了两张,所余七八张还能买来多少日夜?

人生苦短,短如春梦一场,短如白驹过隙。

那个天真未凿满脸稚气的小霏不见了,那个活泼可爱身背大书包出入实验二小的小霏不见了,那个时而快乐时而郁闷的中学生小霏不见了。金色的童年已成过去时,十八岁的花季也已成定格。

你迈进了二十岁的人生门槛,带着几分迷茫几分不情愿。

二十岁,一个可以谈功业的年龄。

二十岁的贾谊,已写出了《过秦论》。

二十岁的王勃,已吟出了"落霞与孤鹜齐飞,秋水共长天一色"。

二十岁的高斯,已解出了高次方程。

二十岁的聂耳,已谱出了《义勇军进行曲》。

……

二十岁的小霏,学业无所成,书没读几本,英语未过关,法语刚起步……

流年容易把人抛,红了樱桃,绿了芭蕉。

你还能挥霍春光吗? 还能一觉睡到日夕斜吗? 还能数小时数小时地扔给港台片吗?

二十岁,一个可以做任何事的年龄。

可以发奋,可以奋起;可以从头学起,可以从头来过;可以充电,可以恶补;可以读万卷书走万里路,可以读研考博留学……

但不可以做梦,不可以迟疑,不可以迷茫,更不可以浑浑噩噩,否则,机遇稍纵即逝,眨眼就是十年,转眼就是百年,待到白了少年头,空悲切。

二十岁的你无疑拥有明天,你可以用青春赌明天,但这只能是用奋发和勤苦装点的青春,用积累和递进充实的青春,用汗水和泪水浇灌的青春。

况且,明日并非无穷,那是可以数得出来的。

老生待明日,万事成蹉跎。

二十岁,一个可以成为里程碑的年龄。

人生百里,关键处只有几步。

此时不起,更待何时。

不期望你成为政治精英、商业精英,甚至文化精英,只盼你人生丰富精彩。为了这丰富精彩,二十岁的你会若有所思,思后有所为吗?

女儿对我苦心经营的这封励志信似乎不怎么待见。

4

女儿大二时,给我发来一个生日贺卡:

老爸:其实我还是没忘父亲节的,先祝你节日快乐吧!再祝不只节日快乐!

俺二十大寿的时候你给俺写了一封不怎么招我待见的励志信,我想不招我待见的原因你大概也能想象出来,无非就是说到我痛处了。最致命的缺点全被人揭出来还是很不爽的,不过信的一针见血,以及透露出你的恨其不争,我都懂。

其实就这么浑浑噩噩地活到二十岁,我也是很没底气的,知道对不起群众,对不起爸妈,也对不起自己,但是很多时候真的觉得理想与现实差距太大了,大到我压根就没有去缩短它们的勇气,然后就很沮丧继而丧失斗志,年纪越大越频繁,倍儿没辙。

其实一直很崇拜你,因为你跟我不一样,想到什么就会去做,比如那么大了突然跑去美国,又比如辞了财经报所托非人,结果变得更糟;但起码你可以像说如果我带伞就不会淋雨了,如果我没睡着就不会坐过站一样的轻描淡写地追忆往昔:如果我没回来就成美国人了,如果我没辞财经报就不会损失上百万。虽然这就是我们家的故事,我给同学讲的时候却跟讲和我毫无瓜葛的别人传奇一样,是的,在我看来它们就是传奇一样的只可远观不可亵玩。

我就一直很纳闷,我继承了你的矮个子,继承了你的青春痘,继承了你的爆脾气,甚至继承了你稀疏的头发,为什么就没有继承你的文学天赋,你的满腹经纶,你的狂傲不羁,还有最重要的,你的漂泊精神。尽管我经常标榜我坐不住需要四处奔波地工作,还经常把流浪全世界的梦想挂在嘴边,但我从来没想过它们成为现实的可能性。在我看来,很多梦想只是用来说的,只是用来证明我有梦想的,却不是用来实现的,比如去港大,比如当驻外记者,比如远在天边近在眼前的出国留学。其实我真的一点也不漂泊,因为我就算抱着单词书傻背单词又花了一千多块报了托福班,也丝毫没有想过找学校递申请拿offer去签证都是些什么玩意,也从来没有想过若是真的出国了可不可以忍受一个人的生活。

于是发现我是一个很胆小的人,很多事情我不敢去做,甚至不敢去想。这样的胆小有时候令我很想抽自己,因为我一直自欺欺人地觉得自己还是挺敢想敢做的。要不怎么号称女大侠呢。不过现在我已经意识到现实的严重性了,希望现在慢慢改变还不算太迟,虽然最讨厌改变,我起码还是明白改变的永恒性与必要性的,毕竟二十了嘛。I'm not Peter Pan, and don't live in never land, so I have to face the whole change thing.

俺知道你们养我这赔本生意不能再这么做下去了,是时候该养老享福了,也许短期还是没有成本回报的,也许定居美国也是不可能完成的任务的。但相信我,将来我一定会挣出不光养活我一个人的钱的。

得了,就写这么多吧,俺还要继续抄中庸呢,哎,转眼又见期末,再转眼俺就成大三的大妈啦!多么可怕的现实啊!为此我都怕了放假了,当然一部分原因也是因为我一放假你就比较愤世嫉俗,哈哈,还是每周末回去时可爱一点,嘎嘎。

嗯,这回真的综上所述了。俺会继续努力的,不过不要抱太大希望啊,总是需要循序渐进的啊。忽然想起昨天抄的一句话:

诚之者,择善而固执之者也。

Anyway，无论将来如何，你女儿我——万吨公主——起码会一直坚持做一个善良的好人的！

The world is a fine place, and worth we fight for. So we gonna keep the faith.

再祝一下健康加快乐吧！嘿嘿！

永远爱你的小霏

今天是我们的第四场战争。我们俩居然跑到美国的地盘上打一场世界大战。

吵完架，女儿又是一个星期没理我。我动身去加拿大看望朋友那天，女儿前来送我。

见面之后，我们沉默了一会儿。女儿开口了：

"爸，但愿这是我俩最后一次吵架。这辈子我再也不和你吵架了。再吵，你还是我爸，再吵，你也不能不要我这个女儿呀。"

女儿说完又扑到我的怀里哭起来。我的眼眶也湿润了。

"小霏，我在加拿大要待一个月，我们保持联系吧。你工作悠着点，注意身体。等我回来，你把丹尼带来和我见见面吧。"

"好吧。"小霏破涕为笑，笑得很灿烂。父女战争的乌云顷刻烟消云散。

5

我到加拿大温尼泊的第二周，小霏就给我的邮箱发送了一条重要信息：

爸爸：

你好！告诉你一条不幸的消息，我的工作签证吹了！昨天，总编正式通知我：'由于美国经济形势严峻，报社决定裁员，原来答应给你的工作签证已经不能兑现，是否继续留在报社，由你自己定夺。'虽然我以前有心里准备，可事到临头，我还是感到巨崩溃，心里巨纠结。夜里我哭了，哭了许久。

我怎么这么倒霉呢？毕业前半年找工作时，我光简历就投了几十份，有回音的三家单位我都去面试去了，在前两家英文报纸面试的结果都是，工作可以给我，但不能办H1B，因为没有名额。最后这家就是东方报，开始他们也说不能办工作签证,后来他们看了我以前发表过的文章,又了解到我中英文俱佳而且会粤语,就改变态度了。当时也是这个总编对我说:你是人才难得,我们决定给你一个工作签证的名额。听了这话,我差点乐晕过去。我是班里中国同学中第一个找到工作的,那会儿还暗自庆幸自己的运气好。谁想到最后还是竹篮打水一场空。今天上午我才了解到,报社因为名额紧缺,把原来答应给我的名额给了一个上海来的女的,这人比我早来半年,而且刚刚嫁了一个老外,最关键的是她这两月对总编展开了猛烈公关,我甚至怀疑她是不是跟总编上过床。报社这帮家伙怎么说变就变,一点信誉都不讲?难道他们这些披着文化外衣的资本家也一样黑吗?靠!这三月我拼死拼活白干了!

我的OPT身份只有一年期限,现在已经过去三个多月了。在以后的不到九个月里,如果我不能得到H1B,就得打道回府了。我不怕回国,早回去几年也没什么,反正早晚要回去。可是丹尼怎么办?他读完博士再工作三年,加起来就是八年,我们做八年牛郎织女吗?八年,太漫长了,什么事都会发生。如果到年底我都不能得到H1B,那就意味着我也得和丹尼分手,刚刚抉择了他,还没来得及热乎呢就得分开,命运怎么能对我这么残酷呢?爸爸,你说我该怎么办?

看了这封电子邮件,我的心情立刻沉重起来。二十多年前,我们那代人在美国打工求学;大家一窝蜂挤上这条不归路,为了留在美国,什么苦没受过什么法没想过啊?为了留下,甚至仅仅是为了出来,我们那代多少女同胞,多少如花似玉的美女,都嫁给美国佬,或者嫁给了兜里有一张绿卡的广东佬;那会儿人人都不愿回国都羞于回国,好像回去就意味着失败和无能,就没脸见江东父老。二十多年过去了,没想到小霏他们80后这一代,在美国求学找工依然这么难,混一张工作签证依然这么难,这怎能不让人扼腕长叹?好在,他们这一代,比我们那一代多了一条路,那就是回国。回国创业回国就业已经很光荣很现实,甚至比留在美国更有前途。

美国有什么好?美国已经不是遍地黄金的人间天堂了,而是江河日下危机丛生的国家。我就不明白,一个中国人干吗一定要留在美国?

当天晚上,我给女儿回了一封简短的邮件,略加安慰。第二天,女儿又发来一封邮件:

　　爸,你的邮件收到。是否留在报社我现在还定不下来,不过我已经开始偷偷找工作了,我不能一棵树上吊死呀。不就是一家香港的中文破报纸的美国版吗?但我知道,现在找工不容易,美国的失业率高居不下,好几年了一直在9%以上,加州更是高达12%,那些土生土长的美国佬还没着落呢,谁会把工作给我们这些新来的中国佬。还是想听你的高见。你毕竟是老媒体,而且也失过业。

　　两天之后,我给女儿回了一封长信:

　　小霏:你流泪的时候,我在百里之遥;但我看见了你的泪花听见了你的哭声。

　　这不是离别泪相逢泪幸福泪,而是事业泪。这泪水对你意味深长,许多年后你还会想起它。

　　这是你人生职场的第一把泪,是你走进社会的洗礼,是你成长的代价,也是你成熟的充分必要条件。

　　当你满怀热望满怀憧憬跨进报社的大门,迎接你的不是赞赏和掌声,而是当头一瓢冷水,是奔流而下的眼泪。在我看来,这一切再正常不过了。这泪水在你预料之外,却在我意料之中。如果一帆风顺天随人愿反倒不正常,别忘了,美国的金融危机还没有完全消解,美国的失业率依然高居不下;你刚毕业就有了工作有了舞台,已属幸运。至于那个工作签证是早晚能到手的事,你还有九个月的回旋余地,着哪门子急?

　　人生没有坦途,世人皆知;挫折是金泪水是银,世人少知。缺少挫折和泪水的人生平庸而乏味。挫折和泪水是刀是箭是碱是酸,是炼丹炉是催化剂也是无情风雨如山重负;它可以成为压倒弱者的最后一根稻草,也可以成为刺激强者拍案而起奋力前行的兴奋剂。

　　你不是弱者,现在也还不是强者,但你必须成为强者。面对这个激烈竞争浮躁而残酷的世界,要想生存,你只能成为强者。

　　你遇到的这点挫折,实在不值一提;你眼前的这个小坎,实在不足挂齿。用不了多久,你就会轻松跨越呼啸而过。到那时,你回望来路,想起曾经为了那么一个小土坎而慷慨洒泪,又会做何感想?

　　其实东方报不过是你的过渡和跳板,一两年后,你总要到英文媒体去发展。不管将来是留下还是回国,几年英文媒体的经历对你都至关重要。但现在你还要珍视这眼前个平台这份工作。你要悄悄擦干泪水,就像什么也没发生,然后一如既往全力投入;依然激情四射,依然兴高采烈,依然建言献策。媒体从来玩的不是学历不是背景不是运气,媒体玩的是实践是实力是投入,白纸黑字,不消数月,高下立见。不管你在东方报待三月还是一年,不管钱多钱少待遇如何,你都要积极学习、实践、积累和提高,全力以赴展示你的实力和潜能,才华和风采;打响人生职场的第一炮。与此同时,像李悦一样,不动声色,骑马找马,随时准备换马跳槽。

多愁善感情绪波动是你老爸的遗传,但你一定要抑制控制情绪。不能一遇挫折就黯然神伤,一遇坎坷就心灰意冷。美国的风景你才看到一角,媒体的魅力你才领略了三月,谈什么去和留?

你今后的人生道路,铁定还会遇到许多挫折许多坎。你必须慢慢地成熟起来坚强起来。现代人80后的成功之路,要有智商情商,要有理想境界,还要有意志和毅力,有抗打击能力。

时间是熨平伤痕的熨斗,老爸的唠叨是一杯冰激凌。你眼前的道路很宽机会很多,你没有时间哭泣,你要学会迎风而立逆境生存,学会挑战自我挑战环境,学会抓住机遇创造机遇。其实你现在并不在逆境里,而是处在机遇中,你遇到的是机遇中的麻烦。

无限风光在险峰,自信人生一百年。你的社会生活才刚刚拉开大幕,好戏都在后头。

别忘了,东方报就是个企业,你的老板就是个资本家,他们至今并未亏待你难为你,一切都合情合理,只是你的预期落空自我感觉过敏。

眼泪已经流过,情感已经宣泄,向你的老爸老妈,向你的男朋友。接下来就要玩一把深沉和韬晦,看准时机练一小会儿露一小手。是骡子是马,拉出来练练,咱们白纸黑字上见。千万别轻易糟蹋了人生第一份工作的兴奋刺激和快乐!

我知道,是女儿总得让她流泪。将来,你还会流许多次泪,谁能抑制你的泪水?反正我不能。但我还是期望你把宝贵的泪水留给亲人和爱人,女丈夫有泪不轻弹,面对挫折和困难,淡然一笑,一挥了之。期望有一天,你能直面惨淡的人生,正视淋漓的鲜血;期望有一天,你能洒脱坚强豁达;期望有一天,你能长风破浪会有时,直挂云帆济沧海。

小霏,别再哭了。爸爸此生天不怕地不怕就怕你的泪水。不就是他妈的一纸破工作签证吗？不就是他妈的一个过了气的美国吗？不值得为它落泪。你现在不是进退失据，而是前后都有路。前路是打进美国主流媒体，后路就是回国，回到那个世人毁誉参半指指点点而又不得不正视面对不得不瞠目结舌惊叹震撼的中国！你没看见美国到处红火的孔子学院吗？这些高傲的美国佬如今拼命学汉语就是为了到中国去打工。用不了二十年，他们在中国找工就会比你在美国找工还难！

但愿我的唠叨，能让你再次破涕为笑，然后起身开车上班，向那帮不知底细的报社同人展现一个崭新而神秘的关小霏！

女儿千里一掬泪，老爸数天惴惴心！

时刻在你身边的老爸

这次小霏接受了我的忠告，她没有离开东方报，而是找总编认真谈了一次话。她对总编说：

"报社的难处我能理解。我还是感谢报社为我提供了一个很好的平台，三个月来我学到不少东西。没有工作签证不要紧，我还是决定在东方报干下去，能干多久干多久。希望总编还像以前那样多多指教。"

据小霏说，总编听了她一席话为之动容。

女儿渐渐成熟起来。

谈话之后，女儿真的玩起深沉和韬晦来，同时开始暗中发力。我知道东方报的洛杉矶总部要有好戏看了。

6

我在加拿大住了半个月后，小霏又开始一封接一封地给我发邮件，这些邮件都不谈工作，而只谈丹尼。

爸：签证危机还没有过去，我又遇到了情感危机。我和丹尼发生了矛盾。过去我和曹杰总是打架，和丹尼在一起以后，前几个月，我们真的一次架都没打，连口角都没有，连一点小小的摩擦都没有。我们配合得天衣无缝，好得就像一个人。可是最近一段时间，情况改变了，我们发生了矛盾和分歧，并开始争论了，但还不是争吵。现实告诉我,我和丹尼也得磨合。毕竟是两个素昧平生的大活人走到一起来。我现在情绪有点低落。我都不知道,我和丹尼的关系能不能保持到你回洛杉矶,如果不能,你这辈子就见不到丹尼了。

真是一波未平一波又起,我的小霏也不是省油的灯。我只好再次写信安慰她。她也不告诉我,她和丹尼发生了什么矛盾,我只能泛泛空谈了。

小霏的第二封邮件,说出了事情的缘由:

爸:邮件收到。我和丹尼的矛盾也是那个该死的 H1B 引起的。签证落空之后,我巨沮丧巨郁闷,这个时候我能找谁?除了找老爸就是找男友呗。可是当我一遍又一遍向丹尼诉说时,他有点心不在焉。我说完了,满心期待他的安慰鼓励和建议,可他倒好,只是象征性地敷衍了几句就算完了。天哪,这是多么大的事情,不但关系到我的去留,而且关系到我们的分合,他怎么一点不在乎呢?他敢情有美国国籍,不需要为破工作签证操心,可他怎么不关心我呢?他怎么一下子变得这么冷酷这么麻木呢?我本想卧在他的怀里大哭一场,可是看见他这副德性,我什么也不说了。以后接连好几天,我都故意冷淡他,他反而感到我莫名其妙。爸,人与人的理解和沟通怎么这么难?两个相爱的人都这样,两个陌生人就更难了。一想到这些,我就会有莫名的恐惧感。我这个学公关的,真的怕起公关来。爸,你说我该怎么办?

接信后第二天,我给女儿回了一封不长的邮件:

圣 谕

感情不要过于细腻

神经不要过于敏感

精神不要过于亢奋

心态不要过于急躁

期望不要过于高企

梦想不要过于浪漫

温度是需要的

温控也是需要的

热情是需要的

矜持也是需要的

认真是需要的

潇洒也是需要的

底线是需要的

宽容也是需要的

不要眼睛紧紧盯住对方

文武之道一张一弛

不要苛求自己苛求对方

一半细致一半粗放

不要小肚鸡肠多愁善感

进退自如举重若轻

不要以己之心度人

容忍不同欣赏反差

不要死缠烂打穷追不舍

水到渠成瓜熟蒂落

不要忽视性别差异

男的就是男的女的就是女的

不要天天缠着父王母后

独立判断自己做主

人与人的协调谓之公关

心与心的契合谓之恋爱

恋爱是一门学问

也是一门艺术

上善若水以柔克刚

精诚所至金石为开

了解需要时间

磨合需要时间

适应需要时间

接受需要时间

走进别人心的路很漫长

寻找另一半的路很艰难

TAKE YOUR TIME

谋事在人成事在天

珍视情意顺其自然

享受过程的美妙

忽视结果的纠缠

附：朕登基之前，乃落魄书生，能将神州之花宇宙之星揽入怀中，皆因精通恋爱之术。今将恋爱真经传授于你，如何妙用，存乎一心。

何来圣谕？平时，我称女儿是公主，她就称我为君王。既是君王，所说之话就是圣谕。以前我的这种圣谕也颁布不少，可这位公主多数时候视而不见置若罔闻。

这次发去的圣谕她会理睬吗？

果然两天以后，女儿回复：

"爸，你发来的这是什么呀？怎么这么逗啊？我能给丹尼看吗？"

两个礼拜后，女儿又发来邮件：

"爸，我和丹尼的情感危机已经过去了。我对他有许多误解，现在已经解释清楚了。我们又和以前一样好了。感谢你的圣谕。你什么回来呀？"

看来这次我的圣谕起了点作用。80后也不是不可以影响的。

我在加拿大住了两个月，终于完成了合作书稿。等我回到洛杉矶机场时，女儿像一只快乐的小鸟一样飞奔而来，使劲地抱住我大声说：

"爸,我的 H1B 报上去了!"

"怎么这么快就峰回路转了?"

"和总编谈话后的这一个半月,我遵从父命,跟他们玩起了真格的。低调做人疯狂发稿,结果有八篇稿子上了头版,其中两篇引起强烈反响,一篇引起震动。总编在报社大会上表扬了我。会后告诉我,报社决定取消那位上海女人的资格,把工作签证名额又给了我,现在已经上报了。"

"太好了,我为我女儿骄傲。我早就说过,我辈岂是蓬蒿人?"

"感谢老爸指路,你不是一直相信女儿我的实力吗?关键时刻,还得靠实力说话。"

"那当然。这可是个巨大的胜利,爸爸看重的不是那张工作签证,而是你职业生涯的初战告捷。我们得好好庆祝一下,丹尼来了吗?"

"没来,你要是想见他,我明天就可以安排你们的历史性会见。"

"那就明天吧。我请你们两个吃中餐。"

"那太好了。不过你这下可要破费了,丹尼的胃容积深不可测,而且他见到好中餐没命。"

"No problem,我刚完成了一部合作书稿,这回是又挣加元又挣人民币,还不够你俩的饭钱?"

7

女儿把历史性会见的地点安排在洛杉矶中国城最豪华最昂贵的酒楼——江浙风味的"江南赋"。

那天是我和女儿先到。我们坐在订好的包间里等。

"哪有未来岳父等未来女婿的,成何体统?"

"爸,你别生气,丹尼走的那条高速堵车,再有十分钟就到了。"

"我不过是开个玩笑。小霏,你为啥挑个江浙馆子?"

"丹尼的姥爷和爸爸都是江南人。"

"你人还没过门,心已经过去了?"

"不是,我俩还没到谈婚论嫁的地步。你不是一直也喜欢淮扬菜吗?"

"你见过他的父母了吗?"

"还没有。丹尼的父母分居了,他打算下周带我去见他妈妈。"

说话间,餐馆门口开来一辆敞篷卡迪拉克,从上面跳下一个小伙子,车都不锁,大步流星向包间奔来,远看还真有点像费翔。

小伙子来到包间,见到我后有些尴尬:

"对不起,关叔叔,路上堵车来晚了。"

"没关系,洛杉矶的高速全美最差,堵车很正常。赶快入座吧。"

小伙子乖乖地坐到了小霏旁边。我仔细打量着眼前的这个混血小伙子,总觉得他脸上的某些地方能让我联想起某个熟人来。

"菜点了吗?"

丹尼问。

"我点了,遵照老爸旨意,点的都是最贵最好的,招牌菜点了一大半。"

小霏小声回答。

"你们知道这个馆子为什么叫'江南赋'吗?"

两人一起摇头。

"这个馆子是名菜馆,北京也有几家。哀江南出自《楚辞招魂》:魂兮归来哀江南。大文豪庾信做过一篇'哀江南赋',人称'史赋',内容是悼念梁朝灭亡的,那可是中国最长的赋。'日暮途远,人间何世? 将军一去,大树飘零;壮士不还,寒风萧瑟。……'年轻时能背,现在只记得这几句了。我估摸当下中国,能背出这首超长赋的人,不会超过十人。陈寅恪早走,钱钟书仙逝,神州之大已无博闻强记之人了。"

"叔叔,你的文学造诣真深呀。"

"我爸可是当代大文豪,我肚子里的那点货不足他的十分之一,我这辈子的学问能赶上他一半就知足了。"

"那我的文学知识可能还不及叔叔的百分之一。"

"商业时代,文学无足轻重,文学才华也大大贬值了。现在是财商第一,科技第一,丹尼你学的生物,叔叔可一窍不通啊。"

"生物学也并不神秘。"

"听小霏说,你学成之后还打算到中国工作?"

"对,现在是这样设计的。"

"中国的生物工程产业现在怎么样?"

"现在还和美国有差距,不过潜力很大,再过一二十年会赶上来的。干细胞工程中国已经超过美国了,原因是美国政府认为它违反人类道德,不让搞。"

"美国也有保守的时候,可它的转基因产品可是一个劲儿向全世界推销,先敲开中国大门,又敲开了欧洲大门。我在中国吃转基因的西红柿,很难吃。"

"转基因西红柿只解决了耐储存问题,还没有解决口感问题。"

"我对转基因产品不感冒,对杂交玉米也不能接受。二十多年前,我在农村插队时,村里的当地玉米好吃极了,拿火一烤,那味道没治了。"

"叔叔你在中国哪里插队呀?我爸爸年轻时也插过队。"

"我在陕北延安。"

"他也在延安。"

"我在延安宜川县田塬村。"

"他也是。"

"你爸爸叫什么?"

"他叫陶远尘。"

"你妈妈呢?"

"她叫凯蒂。"

听完这话,我差点背过去。原来丹尼就是远尘和凯蒂的儿子!世界怎么这么小?人间怎么有这么多离奇巧合?命运怎么能这么捉弄人?难道上一辈的未了情,上一辈的恩怨,上一辈说不清扯不断的缘分,还要在下一代延续吗?难道中国之大美国之大,你这个关小霏就不能遇见别人吗?

"叔叔,你认识我爸爸吗?"

"孩子,岂止认识。我也认识你妈妈。"

"真的呀?"

"爸,丹尼的妈妈真的是你跟我说起的那个凯蒂吗?"

"真的!"

小霏和丹尼面面相觑。

我抬手大叫:

"老板拿酒来!"

一个瘦小伶俐的招待急忙跑过来

"先生,你已经点了一瓶法国红酒。"

"给我加一瓶白酒。要中国产的最好的白酒,茅台、五粮液都行。"

"好嘞,给你上瓶茅台吧。"

我拿起茅台酒瓶,给三个人一人倒了一大杯。

"爸,我和丹尼一会儿还得开车呢?"

"车不开了,扔在这,我们打车回去。今天咱们一醉方休。"

"为了什么呀?"

"为丹尼的父母,为丹尼,也为你,也为我,为了那所有逝去的友谊情意恩怨和缘分,为了正在发生的离奇故事,干杯!"

小霏和丹尼再次面面相觑欲说无言。

他俩只是抿了一小口眼前的茅台,只有我一人推杯换盏陶然大醉。

大醉如泥的我,依然不停地呼唤陶远尘和凯蒂。远尘和凯蒂,你们在哪里?

8

几天之后,小霏对我说:

"爸,明天曹杰他们回国,我们一起去送送吧。"

"好啊。曹杰的博士读了不到半年,怎么突然决定回国?"

"他爸最近体检查出了肿瘤,他决定放弃读博,回去帮助父亲打理软件园。他回去反正要去做管理,也不需要亲自开发软件,读不读博问题不大。"

"这可是无妄之灾。我在北京见过曹老板,那会儿他的身子骨看起来挺棒,就是酒喝得多烟抽得勤。你刚才说他们,还有谁同他一起回去?"

"蒋晓岚,在 party 上你见过。她现在是曹杰的女朋友。毕业后,她跳了几回槽,但老是得不到工作签证。后来她烦了,早就想回国,现在就和曹杰就伴了。曹杰已经聘请她做软件园的公关经理了。"

"她不是打算回上海跟她叔叔一起做医疗器械吗?"

"计划赶不上变化,叔叔哪有男友重要,她当然是要帮曹杰了。我观察他俩挺合适的,他们在一起几乎不怎么吵,人家晓岚可是标准上海淑女,比我好。爸,人海中的那一半是不是命中注定就一个,你碰到了,就是幸运儿,碰到的不是他,就怎么都不成。"

"你这是宿命论。你现在碰到了吗?"

"现在的感觉是碰到了,但总是怀疑自己有那么好的运气吗?"

"一会儿自信一会儿自悲。反复无常。"

"还不是你的遗传。"

第二天上午十点,为曹杰和蒋晓岚送行的人在机场候机楼聚齐了。人来得还真不少。有 USC 的中国帮,还有许多外国同学,曹杰的博导也来了。大家在一起谈笑风生打打闹闹,曹杰和晓岚的情绪都很高涨。

二十几年前的留学生回国送行,绝对看不到这种情景。那会儿的送行,总免不了悲伤和遗憾的气氛。当年我走时就是那样。那天,凯蒂没来,只有陶远尘和几个中国同学来了。都快要上飞机了,还有人劝我:关澜,别走了,咱们一起在美国发展吧。临别拥抱时,远尘的眼里都是热泪。但我没有哭,为何要哭? 我是回国回故乡又不是上刑场,难道所有发展中国家都不是人待的地吗? 难道中国就不是国了吗? 难道回国就真的没有前途了吗? 难道所有的归国者都是笨蛋倒霉蛋失败者吗? 难道偌大的中国所有人才都他妈留在美国了吗? 当年,我没有承认失败。今天,我没有一丝后悔。

曹杰终于从人群中发现了我。

"关叔叔,您怎么也来了?"

"为未来中国最大软件园的总裁送行,我能不来吗?"

"我还不知道自己是不是这块料。我爸千难万险,但他总算成功了,我也可能一败涂地成为败家子。您不是说富二代成功的比例很小吗?"

"目前在中国是很小,但以后会慢慢大起来。家族企业还是有生命力的,杜邦、福特、沃尔玛,都是家族企业,杜邦都延续二百年了;如果第二代就不行了,这些世界 500 强中的家族企业早就消失了。是不是企业家的料,让实践检验吧。但是不是这块料都不能做败家子,软件园不仅属于曹家,它也是上市公司啊,那是中国经济的支柱之一,你没有权力败掉。干几年如果发现自己不行,赶紧请高人请职业经理人;如果实践证明蒋晓岚行,你可得让位呀。"

"那当然。"

曹杰在我面前还是那么腼腆。他和小霏握别时,还是有点尴尬。但小霏很大方,她热烈而真诚地吻了曹杰和蒋晓岚。

"你们结婚时别忘了发张帖子。不管多忙我也会飞回去。"

"你要是生了个混血小天使,别忘了给我们发电子相册。"

蒋晓岚大声说。

"女大侠,保重,祝你和丹尼幸福。"

这是曹杰的临别赠言。说完,曹杰转过身去擦拭脸上的泪水。小霏也早已热泪盈眶,丹尼过来递给她一张湿纸巾。然后,两个差一点成为情敌的男人默默地热烈拥抱。

我站在一旁忽然有点感伤。无论哪一代,都无法摆脱离别之泪。

人生最是离别苦!

异国他乡梦

八、陶远尘

CHAPTER 8

1

我做梦也想不到丹尼会是你的儿子！

难道我真的没看透你吗？难道一个人真的不能走进另一个人的内心深处吗？难道人心真的深似古井渊如大海吗？

在纽约大学商学院的三年里，我俩一直摽在一起。头一年，大家囊中羞涩，五个人 share 一间屋子，我俩并排打地铺；后两年，境遇好转，两人一间，还是我和你。其实我俩挤在一起的历史岂止三年？北大四年，我俩睡了四年上下铺；再往前倒，当年在陕北高原，我们可是在一个炕上滚了三年。后来我病退回京，你又在那里坚持了七年。我走后两年，你结婚了，佳人伴你两年；后来你们又离了，以后的那几年，你是一人独守寒窑吗？那会儿你已经是官了，先是大队革委会主任，后来又当公社书记；想必你的居住条件也会水涨船高吧。

屈指算来，我和你两个大男人，居然整整在一起睡了十年。什么叫朝夕相处？什么叫相濡以沫？什么叫患难与共？什么叫铁哥们？只有你我最清楚。好在我俩没发展出同性恋。天下还有什么人比我俩更知根知底？即便你烧成灰我也认得出，即便你浪迹天涯消失二十年三十年，我也一眼就能认出你。

"人生得一知己足矣，斯世当与同怀视之"，这是鲁迅送给瞿秋白的条幅。在我的心中，你的位置远高于我的同胞。然而谁能料想如此铁哥们可以一别二十六年，音信全无行踪难觅老死不相往来？回国之后，我给你写过不下十封信，可你一封都不回！这么多年我就是搞不懂，你为什么不回信？难道你真的在人间蒸发了？我想到过你葬身轮下，也想到过你暴病而逝，可我去过你家，并没有得到你的噩耗。

难道这一切全是因为凯蒂！

其实你大可不必。我们从来不是情敌而永远是铁哥们儿。

固然是"朋友妻不可欺"，但凯蒂不是我的妻子，她只是当了两年我的 girl friend。在纽约大学，你我和凯蒂一直都是好朋友。也许我俩是同时爱上凯蒂的,也许我早些,但早也不过几个月而已。凯蒂毕竟近乎完美,美丽、善良、纯洁、聪慧;她的二分之一中国血统,她的平等宽厚,她的真情真意,都使你我难以抗拒。

我至今不知凯蒂为何看上了我。在纽约大学的金融系,只有我们两个中国学生。记得凯蒂第一次来到我们居室,看见五个中国穷学生一溜地铺,瞠目结舌;她这个美国千金哪见过这阵势。我不知道凯蒂对那三位读 MBA 的哥们印象如何,但我知道她对你的第一印象很好。其实你比我优秀多了。你比我个高也比我英俊,比我聪明,也比我有家教和涵养;你老爹是哈佛的博士,我老爹只是七级木工。爱神肯定是个盲人。也许是我的几首小诗打动了她,也许是我的多愁善感感动了她,也许是我的孤僻内向正对她的口味,爱情之事真是只可意会不可言传。

我不知道那两年凯蒂是否也喜欢你,但我知道你一直都在暗恋她。当我和凯蒂的恋情变成公开的秘密时,我想你的内心一定是痛苦和失望的,但在哥们面前,你不能流露。毕业那会儿,当我和凯蒂的悲剧落幕时,我想你的心情一定分外复杂。你不会幸灾乐祸,也不会乘人之危,那不是你的人格和境界;但你有权抓住眼前的机会,你甚至有理由为我们的分手暗自欣喜。

也许我应该想到,我退出之后,你会和凯蒂走到一起。我和凯蒂分别时,她泣不成声地说:"我此生再也不会爱一个中国人了!"也许我不应该把这句话当真。那不过是激愤之词,那不是必守的誓言;而且我又不能代表中国人,我算老几?中国之大比我出色的中国人不可胜数。

凯蒂终于嫁给了你,这是天大的好事呀!你为何不告诉我?你们为何不告诉我?你又为何因此二十六年不理我?难道你真做过什么对不起我的事吗?

记得我和凯蒂热恋时,你曾由衷地为我高兴;你和凯蒂结婚,哥们我也会由衷地为你高兴。也许你怕触及我的伤口,也许凯蒂怕触及她的伤口,可是伤口会痊愈的啊,哪有二十多年不愈合的伤口?

二十年之后,你俩分手了,这回你为何还不告诉我?我视你为知己哥们,然而你居然可以二十六年将我置之不理;我视你为人才栋梁,然而你居然可以二十六年不回故土。你可以无视我的存在,然而你怎么可以置千年不遇的中国改革于不顾?怎么可以对故乡的天翻地覆无动于衷?

不就是美国吗？相隔一万两千英里，最多不过十几个小时的航程。不就是一个混血美娇妻吗？不就是个美国大学的金融教授吗？不就是一套花园洋房吗？居然可以拴住你的心，一拴就是二十六年！二十六年来，大陆留美不归的留学生总有几十万，有从来没有回过一次国的么？恐怕只有你一人。你已早早混出了人模狗样，早就有脸见江东父老；故乡有你的亲人也有你的同学朋友，还有你曾为之献身的改革大业，你为何不归？难道仅仅因为一个凯蒂？

陶远尘啊陶远尘！你倒是真的远尘了，你远离的不是红尘，而是故国的漫天黄土。故乡一万里，去国二十年，一声何满子，双泪落君前。出国前，你比谁都热血奔流，你比谁都志存高远；取西水浇东土，知识报国专业报国，投身改革献身改革，二十年后进入决策层，再造河山扭转乾坤……这不都是你说过的话吗？当年咱们同学中有谁有你的才气大运气好位势高，就因为一篇文章一个建议，大学一毕业就进了中央农研室；那是什么位置？那有多大势能？你比谁都清楚。居高位而不飘飘然，决然赴美留学并没有错，你的初衷不是为了一个洋学位，而是为了那些国家急需的西方经济金融知识。我在报社混得好好的，没有你的鼓动我不会那会儿出来；被你煽动出国的还有楚平。我三年之后混了个硕士回来了，楚平在加州大学拿到金融博士之后也回来了，谁会想到踏上不归路的居然是你陶远尘！世事难料人心叵测啊！

你我都知道，如果我不回国，凯蒂不会离开我。也许就是因为凯蒂你留下了，但这留下的成本也太大了。你永远地留下了。当年没有扎根高原，如今倒是扎根美国了。你有了学位职位财产，圆了你的美国梦，可你的中国梦呢？你并没有永远留住凯蒂，而你此生失去的岂止一个凯蒂？你的得失你计算过吗？

陶远尘，我真的看不懂你了。

2

陶家两代人玩的都是经济。

我后来才知道，陶远尘硕士毕业后又用了五年时间，才拿到了纽约大学的金融博士。后来他在纽约州立大学教了十年书，混了一个教授。以后，他又跑到华尔街混了几年，大钱还没挣到，金融危机就爆发了，好在他及时抽身而逃，逃到了盐湖城。

说到事业成就，远尘总算混成了个正教授。只是全美排名好几十名的纽约州立大学算不上美国名牌。他费时四年写成了一本专著《美国金融业态分析》，书倒是出来了，但如泥牛入海无消息，在美国经济界没有引起什么反响。此外，他还和别人合作翻译了一本美国当代走红经济学家的代表作，那本书倒是在中国产生了一些影响。平心而论，远尘的事业成就还没有赶上他老爹。

远尘的父亲陶冶是上世纪四十年代哈佛的经济学博士。他的博士论文《农业国的工业化之路》获得了有小诺贝尔奖之称的哈佛最高荣誉奖——戴维·威尔士奖，并奠定了发展中国家经济发展的理论基础，学术界公认他是发展经济学之父。设若远尘的老爷子只要在美国再待上几年，把他这篇博士论文扩展深化变成一本大部头的专著，十有八九，他将成为第一个摘取诺贝尔经济学奖的中国人。可惜老爷子刚毕业就跑回国参加新中国建设去了。

远尘的老爷子我见过很多次。中学三年大学四年，我都是陶家的常客。50年代初，老爷子肯定是个热血青年，满怀一腔报国激情，毅然放弃了美国的洋房汽车，一头扎进新中国的怀抱。可惜陶冶不是钱学森，所学不是高精尖科技，因而回国没受到什么阻碍，回来以后也没受到什么重视。

当时新中国百废待兴，急需科技人才，尤其是像钱学森、钱三强这样玩导弹和原子能的科学家；因而两人一回来就被当成宝贝，领袖接见，委以重任。二钱一个当了航天部一院的院长，一个当了原子能所的所长。接着就是走马上任施展抱负，若干年后，一个成了中国的导弹之父，一个成了原子弹之父，青史留名。这两人肯定是回国回对了。

可是陶冶就没有这份好运气了。五十年代，正是中苏的蜜月。新中国不但照搬苏联老大哥的计划经济，而且信奉老大哥的经济理论。一本斯大林的《苏联社会主义经济问题》，举国上下奉为经典。当时中国之大，却没有西方经济学的立足之地，甭管是萨缪尔森还是弗里德曼，甭管是供应学派还是货币主义，甭管是宏观经济学还是微观经济学，统统没有插足之地，统统被归入资产阶级理论垃圾，统统被列为批判的对象。西方经济学的处境如此，靠西方经济学吃饭的陶老爷子的处境就可想而知了。老爷子真是生不逢时。

五十年代初，老爷子被分在马列学院学习，重点学习苏联经济理论。这位哈佛的博士在马列学院可不是个好学生,因为他总想质疑老大哥的权威理论。两年后,老爷子被分到人民大学教书,只能教马克思的资本论和斯大林的经济理论,不能丝毫涉及西方经济理论。那几年,陶老爷子岂是郁闷两字了得。五七年,老爷子憋不住了,借百家争鸣跳出来反驳斯大林的经济理论,并且在学术界公开主张要开西方经济学的课;结果成了经济界第一个被纠出来的"大右派"。其实,当年第一个站出来挑战斯大林经济理论是社科院经济所所长孙冶方。舍出老命追求真理的孙冶方发表了《把计划和经济放在价值规律的基础上》,他居然在文章中宣扬价值规律到了共产主义还存在。结果孙冶方没有被打成"右派",只是被当成修正主义分子受到批判。

陶冶和孙冶方不仅是同乡而且是同龄人。划"右派"时,陶老爷子还有点不服气,抱怨当局没有一视同仁。后来人大的校领导对他说:"人家孙冶方是二十四年的老党员,是老革命,是党内屈指可数的红色经济学家;你陶冶是吃麦当劳出身,在资本主义的大本营里泡了八年;而且人家是在社会主义经济理论的体系内探讨问题,你是要干脆抛弃计划经济,贩卖西方资产阶级经济理论,你和人家能比吗?定你个'右派'你还不服气?"

听了领导一席话,老爷子很快找到了心理平衡点。到了"文革",孙冶方和陶冶两人先后锒铛入狱,并且都在大狱里关了七年。孙冶方比陶冶还惨,他是戴着脚镣入狱的。他的罪名是反革命修正主义分子,而陶冶的罪名是美国特务。这次陶孙二人扯平了。陶老爷子当时不明白的是:怎么在共产党眼里,修正主义分子比美国特务的罪过还大?陶老爷子成了"右派"之后,就被赶出了大学,发配到北京郊区一家街道厂里烧锅炉,一烧就是二十年。

3

1964 年我第一次见到的陶老爷子是一脸晦气满腔沮丧。他那会儿还是锅炉工,只不过改成半天制了。

"陶伯伯,你真觉得西方经济学有用吗?"

那时的中学生除了陶远尘恐怕没几个人知道西方经济学是什么玩意。

"孩子,真的有用。将来社会主义中国也会用到它。"

"你烧锅炉时还能做学问吗?"

在我内心还是敬畏陶伯伯的,那是一个中学生对于一个洋博士的敬畏。陶伯伯虽是"右派",可他毕竟是哈佛博士呀,他当"右派"是因为观点反动,可他肚子里还是有学问的呀。

"不能了,大好时光白白荒废了,这是我的终生大憾。我后悔当初在美国没有学理工,我能考上哈佛,也能考上麻省理工和加州理工。如果当初学理工,就能像钱学森他们那样报效祖国了。就是学数学也比学经济强,数学研究,一打纸一支笔就足够了,这样我烧锅炉的二十年就不至于荒废。经济理论的研究,需要看文献查数据,需要学术交流,还需要社会调研,一个锅炉工哪有这样的条件,只好放弃。"

老爷子说到这不禁黯然神伤。

这会他还不知道陈景润的传奇。1977年,徐迟的报告文学《哥德巴赫猜想》风靡全国,科学奇人陈景润顷刻家喻户晓。其实陈景润的成果1966年就搞出来了,只是没地方发表而已。陈景润在六平方米的斗室里苦斗十年,证明出来"1+2",离摘取数学王冠上的明珠只差一步之遥。以陶伯伯的智商,他如果当年学了数学,在十平米的锅炉房里苦斗二十年,没准已经证明出了"1+1",并且已经把这颗明珠揣在兜里了。与诺贝尔经济学奖擦肩而过,能摘一颗数学王冠明珠也不错啊。众所周知,数学没有诺贝尔奖,玩炸药的诺贝尔对数学的偏见遗害百年。真是女怕嫁错郎,男怕入错行。上世纪四五十年代的中国知识分子,玩什么也不能玩经济。

那次拜访,陶家客厅里的一副对联让我印象深刻:"归去来,故乡有土不能亲。冷眼看,江山无雨总朦胧。"我猜想,对联一定是陶伯伯的手书。没想到一位学经济的人能写这么好的书法。从对联里,我隐约看出了陶老爷子的一丝淡淡的悔意。

1966年8月,我再次见到陶伯伯时,陶家已经开始受到冲击。"红八月"中红卫兵抄家是不会放过大"右派"的。那会儿,作为大"右派"后代的陶远尘已经成了学校的狗崽子,开全国风气之先的清华附红卫兵和他一点关系没有。而我那会儿不仅是老兵的发起人之一,而且还是小头头。我那次到陶家是带人抄家去的,可是当我在客厅里面对满脸疑惑愁眉紧锁的陶伯伯时,内心突然涌起一阵伤感。

"关澜,你也是来抄家的吗?"

"我,我,我是例行公事。"

声音小得连我自己都听不见。然后我对手下的红卫兵大声说:

"大家动作快点,这个老"右派"的家已经被北大附中红旗抄过了,没多大油水,咱们今天的主战场是史家胡同的大资本家。"

其实陶家当时还没被抄。

在我的操控下,那次抄家走了个过场。只是象征性翻了翻客厅,抄走几件无足轻重的洋玩意,连陶伯伯的书柜都没动。我们走后,陶远尘立刻把所有"罪证"转移到老家。事后,远尘专程找到我致谢,我说:

"谁让咱们是哥们来着。再说,我打心眼里同情你老爹。老爷子要是不回来,何至于此?"

陶远尘当时一脸惊愕:

"你这个红卫兵头头怎么敢说这样的话?"

那次抄家之后半年,陶伯伯就被关进了监狱。起因是他的一个老同学被造反派毒打逼供时一下子供出八个臆造的美国特务,其中就有他。那时代在红卫兵的眼里,这些说不清道不白的留美博士大半是美国特务。

4

我第三次到陶家时,已经是八十年代初。我和远尘当时都在北大读经济。这时,六十六岁的陶老爷子已经摘帽而且出山当了经济所的顾问。这是我第一次见到陶伯伯愁眉尽展满面春风,人也好像一下子年轻了好几岁。

"关澜怎么样,十几年前我就对你说过,社会主义中国早晚会用到西方经济学,现在应验了吧?你和远尘现在都在学它,说不定将来还得靠它混饭吃呢。"

"陶伯伯你是有先见之明。改革开放以来,大家都认识到,苏联那套计划经济的理论不灵了,中国自己这套经验主义的鸟笼经济理论也不灵了。虽然邓大人说要摸着石头过河,但不能总摸石头啊,改革总要有理论指导,这个理论只能诞生在西方当代经济学理论和中国改革实践的嫁接中。"

"我同意关澜的观点。现在全国大学争相开设西方经济课程,可是苦于找不到讲课教师。眼下真正开讲西方经济课也就是北大,而北大能讲这门课的也只有李老师一人。陈岱孙老了,其他权威都不熟悉西方经济学。李老师也是北大自己培养的老师,他连西方都没去过,完全是自学成才。你没看见李老师在课堂上大讲哈耶克和弗里德曼时的风采,那真叫甩开膀子大干,只不过这回干的可不是社会主义。现在光是北京请李老师兼课的高校就有六所,每天看见他骑一辆破车满城飞,也够辛苦的。李老师如此奔波可不是为了那点讲课费,他是为了普及西方经济学知识,为中国改革服务。在这之前,他都憋了二十年了,现在来了个总喷发。"

陶远尘说。

"其实中国就有一个现成的哈佛培养的西方经济学大师,埋没了二十年,现在该出山了。"

"关澜啊,你陶伯伯老了,讲不动了。命运就是这样捉弄人。三十多年前,我回国一心想讲西方经济,可是不让我讲,一个字都不让讲。五七年我在学术界呼吁开西方经济学课,结果课没开成,倒是得了一顶右派帽子,一戴就是二十年。现在可以讲了,我却讲不动了。做学问搞研究是不能间断的,是要跟踪世界学术前沿的。李老师可以讲,是因为他二十年来一直在研究在跟踪,他在北大当讲师有这个条件,我在锅炉房,没这个条件。李老师来过我这两回,从交谈中可以看出他对西方当代经济学确实有见地,学问和眼光都不凡。我是落伍喽,只能在经济所挂个虚名主持编几本介绍西方经济学的书,也算是发挥余热吧。"

陶伯伯说完看了看我,又看了看远尘,一脸悲哀和无奈。后来远尘告诉我,他劝过老爷子好几次,让他到北大讲讲课,可老爷子只是摇头。

出国前,我和远尘看见了美国经济学家路易斯的成名作《经济增长理论》的中译本,他就是靠这个理论获得诺贝尔经济学奖的。看完大作,我和远尘不禁仰天悲叹。陶老爷子不仅二十年前就提出了这个理论,而且他的理论还比路易斯的高明。路易斯是牺牲农业实现工业化,陶冶是发展农业实现工业化。历史竟如此不公!

后来,我还从远尘那得知,他老爹在美国还有过一桩未成的跨国恋。那是陶伯伯在哈佛读博士的时候,班上的一位美国女生爱上了他。这位未来的女博士虽然算不上美女,但也标致。她的父亲还是身价百万的企业家。他们的恋情持续了三年,缠绵悱恻又哀婉动人。最后还是以悲剧落幕。原因是陶冶在老家有一个父母做主感情淡薄的妻子。信奉父命不可违和糟糠之妻不下堂的陶冶不敢休妻再娶,勇敢地接受现代浪漫爱情。他那时是以胡适老大哥做榜样的。学术上崇尚新思想,生活上恪守旧道德,牺牲个人幸福,换取事业名声。胡适没得到美国老婆,却得到了一世功名;陶冶呢,美国姑娘洒泪而别了,事业功名呢,也失之交臂了。到头来是竹篮打水一场空。

他们那代留学生,染指跨国恋的不少,真正成了的不多。娶了洋妞留在国外的,大多默默无闻;挥泪而别跺脚回国的,大多声名显赫,当然陶冶除外。至于那些娶了洋妞又带回中国的,大多没有好果子吃。贵为国家主席之子的刘允诺,带回来一个苏联老婆,结果两人也没能渡过"文革"这一关;杨宪益和戴乃迭可算得绝配,也没有逃过"文革"的牢狱之灾。

5

直到不久前,我才知道你和凯蒂的悲剧。你们陶家两代人的跨国恋居然都以悲剧收场,加上我那幕悲剧,总共三场悲剧轮番上演。这还不算,如今我们的后代又卷了进来。谁知道他们的命运又将如何呢?

其实跨国恋在美国这个移民国家早就稀松平常,不同种族之间的婚姻遍地都是。近三十年,美国的种族歧视淡化,大街上随处可见黑人小伙搂着白人姑娘。血缘是什么?种族是什么?文化又是什么?在全球加速一体化的今天,这一切真的那么重要吗?最新基因测试表明,地球上现存的这六十多亿人都是十五万年前一个东非女人的后代。中国人和美国人结婚有什么新鲜?仅仅五万年前,欧亚人共同的祖先就是从非洲迁徙到中东的一群人;仅仅三万年前,欧亚人才分家,一拨到了欧洲,一拨到了亚洲。今天的一个中国人和一个欧洲人,看起来差别不小,个头不一样,肤色不一样,头发不一样,连眼睛的颜色都不一样;可是三万年前,他们是一家。

也许,陶老爷子的悲剧还有道德和传统的因素;也许,我们这代人的悲剧还有文化和信仰的因素;那么下一代呢? 80后呢?关小霏和丹尼呢?阻碍和制约他们结合的因素又是什么呢？

此时耳边又响起鲁迅先生《故乡》里的声音："我希望他们不再像我，又大家隔膜起来……然而我又不愿意他们因为要一气，都如我的辛苦辗转而生活，也不愿意他们都如闰土的辛苦麻木而生活，也不愿意都如别人的辛苦恣睢而生活。他们应该有新的生活，为我们所未经生活过的。"

小霏和丹尼应该有新的生活，也一定会有和我们完全不同的生活。他们不应该再来重复我们两代人的悲剧。

我至今不知道，陶老爷子回国后的悲剧是否是你陶远尘出国不归的原因之一。你不想重蹈老爷子的覆辙，可是五十年代的中国同九十年代的中国不可同日而语啊。时代变了国情变了世界变了，敏感过人且善于前瞻的你不会不知道吧？什么叫时代潮，什么叫大变局，什么叫乱石崩云，什么叫惊涛裂岸，你不会看不见听不见吧？你既不耳背又不短视，而且你还曾是八十年代初的弄潮儿和风云人物，你的回国与老爷子的回国有可比性吗？

再说，你陶远尘虽然聪明绝顶才华超众，可你并没有老爷子身上的大才灵感和创造性。咱再说说老爷子，他与诺贝尔经济学奖失之交臂，这不仅是陶老爷子的终身大憾，也是中国学术界的重大损失。倘若老爷子五十年代就在美国摘奖，还用得着弥漫半个世纪的中国诺贝尔情节吗？中国的经济改革已经震惊世界，中国学者不拿诺贝尔经济学奖天理不容。拿了奖的弗里德曼说过一句公道话：谁能正确解释中国改革和发展，谁就能获得诺贝尔经济学奖。诚然，旁观者清，正确解释者也可能是美国人或英国人，但更可能是始终浸润纠缠其中并为决策做出重大贡献的中国经济学家；自己殚精竭虑忙活了几十年的事自己说不清，还得请洋大人指点迷津，果真如此，中国的经济学家岂不都是饭桶？

天下事不如愿者十之八九，熟悉发展经济的当然是发展中国家的经济学家，况且连发展经济学都是陶老爷子奠基的，可得奖却是美国教授。然而诺贝尔那老头已经归西多年，你上哪和他评理去？

美国人忽视埋没一个陶冶不打紧，其实美国人并没瞎了眼，要不怎么会给老爷子一个戴维·威尔士奖？美国人虽牛可并不能掌控诺贝尔评奖委员会，可惜当年诺贝尔没有移民美国。有大师称号的萨缪尔森也是先得戴维·威尔士奖然后才得诺贝尔经济学奖的。令人寻味的是萨缪尔森获诺贝尔奖时，他的校友和前辈陶冶正在大洋彼岸烧锅炉呢。

然而中国忽视埋没一个陶冶问题可就严重了。翻开陶老爷子半个世纪前的博士论文,那里面清晰呈现出一个陶冶模式:农业工业协调发展,利用比较优势,引进走出……其实那就是改革开放呀!

假设五十年代的中国领导人能够在翻阅斯大林著作的同时翻一下陶冶的论文,能够请陶老爷子给中央常委上一课;假设当时中国不走计划经济和优先发展重工业的苏联道路,假设中国的改革开放能够提前二十年,中国的当代史将被改写。

假设1989年初,你和我一起回国;假设1994年,你拿到博士学位之后即刻回国;假设你回国之后,重回体改委,或者到基层,以你的政治才干和专业特长,二十年后的今天,你又会官居何位? 是央行行长还是封疆大吏? 你的事业成就又会如何? 难道还会没有你在美国混得好吗? 楚平回国之后,用了十年心血,成功地在中国复制了华尔街,并且已于六年前当上了证监会副主席;你的才华和资历都在他之上啊。

可惜,历史不能假设。无论你老爷子的历史还是你的历史都不能假设。历史已经无情地翻过了这一页,过去的一切已经固化在历史的记忆中,谁都无法删改。

然而,我们总有反思历史的权利。而我,总有质疑历史的权利。我相信谁的历史都不是铁板一块。

6

是陶远尘把我拉到美国来读研的,但他高考上北大却有我的功劳。不是他自己不能报考,不是他真的不愿上大学,更不是他考不上,而是乡情难舍事业难丢。七七年恢复高考时,陶远尘已经扎根黄土高原十年并当了四年公社书记。

从小学到中学,我都是陶远尘的同班同学。我对他的了解深了去了。这小子的智商似乎超常,清华附中人才荟萃竞争激烈,可他似乎并不费力地就名列前茅。学习对他从来是小菜一碟,数学比赛他拿第一,作文比赛他还有名次。相比之下我的处境有点惨。我的作文还算得上优秀,但数学总是中游,几何还时常不及格,即便努力得吐了血,也没见过八十分。远尘给我补过数学,他还骂过我是榆木脑袋。

初一和初二上学期时,远尘在清华附还算风光,是公认的品学兼优的好学生。初二下学期,也就是"文革"前半年,他就不行了,那时校领导已经开始贯彻阶级路线。这时在清华附独领风骚的是学习好体育好的干部子弟,陶远尘这个"右派"的儿子能混进清华附已属运气好。"文革"开始,远尘这个狗崽子就是度日如年了。红卫兵和他无关,但批判狗崽子跟他有关。好在远尘平时在校处世低调人缘不错,"文革"中受到的冲击不大,没挨打也没被剃阴阳头。别看陶老爷子是哈佛的博士,但在"右派"黑帮中他的名气就不行了。

远尘的聪明还表现在他早早地就成了逍遥派。一逍遥就是三年多。当我在学校穿着没有领章的军装,带着风光无限的清华附中红卫兵袖章,指点江山激扬文字时;人家陶远尘已经在自修大学的课程了。因而十年后恢复高考时,我是拼了老命才考上的,远尘一天都没复习,拿起就考,一考就是第一。但他上大学也是很悬,因为他是在报考结束前的一天才被我死说活说拉上了末班车。

历史真是无法预料,环境真的威力无穷。谁能想到我这个产业工人的后代,清华附中红卫兵的元老之一,竟然终身置身党外,最终成为一个边缘人。而陶远尘这个"右派"的后代,这个浑身上下充满小资味的清华附中才子,居然在广阔天地里脱胎换骨。到村里半年,他就当了副队长;两年后当上大队革委会主任,三年后光荣入党,六年后成为公社第一书记。

老人家说:"农村是个广阔天地,在那里是大有作为的。"这句话真的在陶远尘身上应验了。老人家还说:"知识青年到农村去,接受贫下中农的再教育,很有必要。"这句话只应验了一半。凡是知青,包括如今进入决策层的陕北知青,都会终身不忘那块贫瘠的黄土地以及纯朴贫穷的乡亲;然而说到教育,更多的还是知青教育农民。陶远尘从下乡的第二年就肩负起教育改造领导农民的重任,而且一干就是九年。当然"严重的问题是教育农民",这句话也是老人家说的。领袖就是领袖,不但高瞻远瞩而且滴水不漏。

想当年,北京三万知青浩浩荡荡从首都来到延安,他们之中多少人都怀着战天斗地改造农村的伟大抱负!然而两年之后,当兵的当兵,招工的招工,上大学的上大学(当然是工农兵学员),一小半跑了;三年之后,病退的病退,返城的返城,一大半跑了。真正在农村坚持九年十年的,没有多少人;真正在农村干出一番业绩的,更是凤毛麟角屈指可数,其中陶远尘算一个。

我在农村三年算得上好知青,那三年跟着陶远尘还是干了不少事。但我始终是配角,而且早早地当了逃兵。陶远尘从到村里的第一天就进入了角色,而且持之以恒锲而不舍地干了十年。远尘这个洋博士的后代"文革"中的狗崽子,在陕北的所作所为有点让人不可思议。

陶家是江浙有名的望族。到了陶远尘爷爷这一辈,已经演变成声名显赫的民族资本家,江浙财团的重要成员。蒋介石"四一二"能够杀得共产党血流漂杵,靠的是江浙财团的钱和青红帮的人。想当年,陶家也是给蒋介石捐了大钱的。陶远尘祖辈的手上虽然没有共产党人的鲜血,但他们还是欠下了共产党一笔债。在远尘心中,二十年多后,老爹当"右派"进监狱就是冥冥之中的报应。

上溯三代,陶家无论如何跟无产阶级沾不上边,却跟资产阶级脱不了干系。一个资本家的爷爷,一个资产阶级学者的老爹,按照"文革"中的标准,陶远尘被列为狗崽子并不冤枉。他的确出自钟鸣鼎食金玉满堂之家。解放前陶家的显赫自不用提,就是解放后,渐渐衰败的陶家也是非同小可。六十年代我去陶家串门时,别看陶老爷子是个锅炉工,但陶家住的可是石碑胡同的一个三进院。别的不说,单是远尘爷爷留下的古玩字画就价值连城。明清大画家,从沈周、文征明、仇英、唐伯虎、陈洪绶,到董其昌、八大山人、石涛、郑板桥,这些人的画我都在陶家见过;近代名家的画就更多,仅齐白石的画就有七八幅,而且都是三尺以上的大画。早年江浙商界就流传这样的话:"陶家钱不如荣家,荣家画不如陶家。"陶家的字画都大部分保留下来,我有一份功劳。要不是我当年抄家时网开一面,这些字画还不知流落何方呢。八十年代初,我问过远尘:

"你家那些宝贝字画呢?"

远尘告我:

"都被老爷子捐了。"

"一张没留?"

"一张没留。"

听完我顿足捶胸欲哭无泪。心想陶家真他妈饱汉不知饿汉饥,怎么不给我留两张呢?我家还没彩电呢!试想如果当年陶家真给我两张字画,我八成立马就给卖了,然后给我们老关家里里外外换个样。那会儿,一幅齐白石的四尺画就能换个彩电,一幅文征明的山水,也最多能卖万把块。荣宝斋是这个价,私下那些收画的人,像韩复榘的孙子,也只比公家多给一成。当然我若有眼光把那些画,那怕是一幅留到今天,那我可就发了。现如今一幅齐白石的松鹤图就拍出四个亿。

可就是这样一个资产阶级窝里走出来的"可以教育好的子女",经过十年改造十年锻炼,居然摇身一变成为无产阶级先锋队中的一员,成为优秀的基层干部。

中学时代我酷爱俄罗斯文学。读托尔斯泰、屠格涅夫、车尔尼雪夫斯基、赫尔岑和别林斯基,我为他们笔下的那些十二月党人,那些视死如归的贵族革命者一次次抛洒热泪。我当时并不能理解,怎么会有那么多俄国贵族的青年男女,背叛自己的阶级,为穷人和农奴的解放而英勇献身? 后来,我读方志敏的《可爱的中国》,读周恩来、李大钊、陈独秀的传记,才知道中共领导人中也有不少富家子弟。待我看到脱胎换骨的陶远尘,我终于明白,背叛阶级背叛家庭并不是不可思议的事,理想和信仰的力量不可估量,而十年岁月足可以彻底改变一个人。

7

本来田塬的知青小组长是我。我是到延安插队的发起者,而且时间在老人家发出号召的前两个月,此举当然是我热血沸腾的结果。开始我拉远尘时,他还有些犹豫,可见当时他并没有扎根农村干革命的雄心壮志。后来领袖语录发表了,当兵当工人又没他的份,这才铁了心跟我到延安。可以说陶远尘到农村插队多少有些迫不得已,而且当时他的口号也是"跟着关澜干革命"。

然而,到村里半年之后,田塬就发生了"政变",知青组长和生产队副队长都变成了陶远尘。原因是我是口头革命派,骄狂浮躁,渐失人心;远尘是脚踏实地的实干家,谦虚谨慎,人心所向。这个政变并没有使我俩反目成仇,我们照旧是朋友。那时我对这个一官半职早就没了兴趣。半年的农村实践使我认识到,原先效仿领袖战天斗地改造农村的宏伟理想都是乌托邦,在破灭和迷茫中,我的心已经不在村里了。但是陶远尘的理想反倒是日益坚定,他坚信只要坚韧不拔长期奋斗,农村的面貌是可以改变的。

对于北京知青来说,当农民的第一关就是劳动关。我闯这一关时脱了一层皮,然而从小在保姆怀里长大从未沾过家务活四体不勤五谷不分的陶远尘居然第一个闯过劳动关而且半年之后就成了庄稼把式。

村里最难练最见功夫的活是耙地。耙地看似极简单,前面套着两头牛,后面托着一个用柳条编的长方形的耙,人站在耙上,一手握缰绳,一手握鞭子,吆牛前行,把刚刚犁过的土地耙平。然而在黄土高原,这里有一半的土地是坡地,无论是牛还是人,在坡地行走已经不易,何况还要作业。坡地耙地,不是把式是不敢摸的。田塬最陡的两块耕地,坡度都在四十度之上,能耙这两块地的人,村里除了头号大把式"十三能"之外,就是老队长,其他人,包括务农几十年的老庄稼汉,都不敢碰。本事不行的人,在这两块地上操练,结果咋样? 要不把地耙成狗啃的,东一绺西一绺,中间拉下许多没耙着的地,这算好的;要不牛耙失控,人牛顺坡而下,人仰牛翻,轻者伤牛,重者伤人。这三年,队里一直在议这两块坡地弃耕的事,由于村里年年粮食不够吃,弃耕的事只好搁在一边。为防止水土流失,弃耕所有坡地,让黄土高原重披绿色,那已是二十多年后的事了。

到村第一年,耙地时节,碰巧老队长到县里去开三级干部会去了,"十三能"发高烧躺在炕上起不来;其他的地都耙完了,剩下两块陡坡地没人耙。眼看农时要过,墒情不保,副队长急得团团转。正在这时,陶远尘牵着牛走到副队长跟前:

"队长,让我试试吧!"

副队长听完吃惊不小:

"陶远尘,这不是墙上写字啊!"

旁边的几个老把式更是觉着古怪:

"这个北京娃莫不是喝多了?"

陶远尘没等老队长再说话,赶着牛直奔陡坡地。副队长和几个耙地的老乡也一齐跟了过去。

等大伙赶到地头一看,陶远尘一手扬鞭,一手抖缰绳,轻松自如地驱赶着两头村里力气最大的黄牛,两只脚踏在柳耙上稳如泰山,两条腿有韵律地抖动着,牛耙稳稳地顺坡前行,耙后面的土地又匀又细。不一会儿,他居然高声唱起了信天游:"山丹丹那个开花哟红艳艳……"

耙到最陡坡，陶远尘停止了歌唱，双腿弯曲，臀部抬起，左手拽紧缰绳，右手拼命抽打黄牛，口中大叫："去！去！去！"牛耙居然安然耙过陡坡！

陶远尘耙完坡地，满头大汗，把牛赶到地头；就像一个得胜的英雄离开比武场，仿佛刚才不是扬鞭驱牛和坡地较了一回劲儿，而是纵马持枪挑了小梁王。老乡和北京娃看见陶远尘过来，齐声叫好。副队长走到陶远尘跟前，抬眼细看：

"你这个娃可真神了，你这是啥时学到的这身本事？"

其实陶远尘只在其他的几块坡地耙过几回，就心领神会地掌握了坡地耙地的诀窍。他快速入门的原因是他的数学和力学太好了。他结合耙地实践，认真计算了柳耙倾斜角和坡度，计算了力矩，找到了柳耙上的平衡点。

陶远尘考证的结果，这种耙地工具，中国人已经使用了三千年，不过在坡地耙地的历史仅仅三百年。

陶远尘陡坡耙地一战成名，从此田源的老乡送给他一个外号：十四能。

黄土高原水土流失严重，土地异常贫瘠。因为地力太弱，种麦子都不能条播只能点播，也就是一步一撮。队里施肥全靠人畜粪便，化肥是买不起的。当时最脏最苦工分最少的活是担粪，这活分给谁谁都不愿干。陶远尘到村里三个月后承揽了这份活，一干就是四年，我们离村时他还在干。有人说他担粪是为了入党，也有人说他担粪是为了当干部，人言可畏，陶远尘我行我素。

后来陶老爷子听说陶家大公子在村里担粪，不禁唏嘘不已。陶家不仅富丽堂皇而且一尘不染。陶伯母有洁癖，陶公子在校时也是出名的讲卫生。翩翩公子洁净半生却要终日与粪为伍，那些攻击他的人真是昧了良心。我揣测，远尘担粪既不是为了入党也不是为了当干部，他干这活就是为了背叛家庭改造自己。

在村里，要想当头，首先要劳动好，其次要能聚拢人。用今天的时髦语说就是情商出色人际协调能力出众，就是个人魅力超强。这可是当今政治精英的必备才能。

劳动好，陶远尘当之无愧，无论割麦还是锄地，冲在最前面的一准是他。团结好，陶远尘也很快崭露头角。"篡权"之后，他愣是把集体户的知青拨弄得风调雨顺和和美美，其威信胜我十倍。当了副队长之后，也把社员弄得服服帖帖快快乐乐，其威望很快盖过了执政多年的老队长。

插队落户的第二年，陶远尘由于政绩出众，出任了生产大队革委会主任，成了田塬的一把手。那是我第一次发现陶远尘的政治才华。

后来在陶主任的带领下，我们七个知青还真干了不少好事。办夜校、办广播站、培育良种、当赤脚医生……算得上广阔天地小有作为。到了第三年，当兵的当兵，上学的上学，招工的招工，病退的病退，整个田塬知青就剩下陶远尘一个人了。

他不是没有机会走。第一批工农兵学员名额就有他，他让给了别人；第二批名额还有他，他又让了。扎根农村干革命，那是知青当年最响亮的口号。然而当理想撞到现实的铁壁，顷刻化为齑粉。仅仅一年之后，口号就没人喊了，两年之后，口号渐渐被遗忘，三年以后，口号变成了讽刺，因为那些当年叫嚷扎根最凶最革命的知青都逃之夭夭了。

陶远尘真的是个异类。来时，他是迫于无奈；他没喊过口号，也没谈过理想。走时，他心甘情愿留在了最后。所有人的理想都破灭了，他的理想之火依然在燃烧。几乎没人能理解他的行为，知青们说他傻帽，说他有病，说他鬼迷心窍。我虽然也没能完全理解他，但我知道他神经正常，知道他有他的追求和事业。

在田塬插队三年，当我们离开时，田塬依旧贫穷而落后。三年来我们做的那些好事干的那些业绩似乎并不存在。我们有过走伟人之路改造农村的理想，也做过引水上塬造福乡里的梦，如今所有这些理想和梦想都随风飘散，留下的只是迷茫和空虚。

8

然而陶远尘不这样想。他是王八吃秤锤——铁了心，他不愿放弃不想认输，他要一条道走到黑。

在我们大家离开之后，陶远尘又在村里干了整整七个春秋。他把自己的青春和最好的年华都毫无保留毫无怨言地扔给了黄土地。

在那七年里，陶远尘默默无闻。除了身边的乡亲，除了我们这几个老同学，偌大的北京偌大的中国没人知道他。但他却干了一大堆实实在在不可思议的事。这些事也许算不上丰功伟绩，但在乡亲们的心里，它们重于泰山恩在乡里功在千秋。

阔别七年，我又重回田塬。旧地重游，感慨万千。我回村的前两天都没看见陶远尘，据说他在公社开紧急会议。到村里的第一天，我就急忙去寻找当年我们七个知青住过的窑洞。窑洞还没有坍塌，但已经改成饲养窑了。窑洞前立着一块石碑，以前可没有。我走过去一看，碑上刻着两行大字：吃水吃果吃核桃，看灯看话看电视。横批是：世代不忘知青陶远尘。落款是：田塬全体社员。

面对这块不同寻常的碑，我愣住了。我知道陕北的老乡纯朴厚道有情有义，知道他们知恩必报心明眼亮。然而全村老少同心同力为一个活人立碑，这可是前所未有的事。陶远尘在村里究竟做了什么？

第二天，我去看望乡亲。"老乡见老乡，两眼泪汪汪"。多年不见，乡亲见我还是如见亲人。大家放下地里的活，都来问长问短。到了中午，各家全都抢着拉我去吃饭。短短两天，我吃了好几家的饭，家家都拿出最好的东西来款待我，那情景真像到了桃花源。老乡那时还没有富起来，鸡鸭鱼肉还拿不出来，但顿顿有白馍白面条，有炒鸡蛋，有白薯酒；这在十年前可都是过节才能吃上的东西。

第二天晚上那顿饭，安排在了队长梁全家，梁全是我们的同龄人，当年是我们知青的铁哥们。那天晚上，窑洞里挤了满满的人。我吃下一大碗羊肉臊子面后，掏出从北京带来的牡丹烟挨个发。

"陶远尘到底给咱做下了啥？你们给他立了碑？"

"说起陶书记给咱田塬立下的功劳，那可是三天三夜说不完。咱村里能摊上陶书记这个知青，那真是祖辈积的阴德。"

卸任的老队长说。

"十里八乡那些人，羡慕得不得了。老吵吵着老天爷不长眼，分北京知青那会儿不公平。"

这是奎发的大嗓门。

"他到底做下了啥？"我急着再次发问。

"关澜，要说你们在村里那三年，也着实给田塬办了不少好事；但大事都是你们走后，陶书记带领大伙做下的。你没看见这窑洞里的灯吗？咱村里用上电都快一年了，这都是陶书记带领大伙修水电站的结果啊。咱县里，塬上通电的只有咱一个公社。"

"关澜，你没看见塬上的水泵房吗？现在田塬人再也不用下沟驮水了。引水上塬是你们走后陶主任带领俺干成的大事。现在邻村都还驮水呢。"

"陶书记在咱村里当大队革委会主任那几年,带领咱们推广杂交玉米'反帝一号',粮食增产好几成。只是这杂交玉米不好吃,但可以交公粮啊。"

"陶主任还给村里引进了你们北京的心里美和什么保加利亚豌豆。"

"还有农科院的高产小麦,这麦子能增产两成多呢。"

"陶主任还给咱村里建了小学,现在田塬的娃再也不用到大田塬上学了。"

"陶主任七年前带领大家种下的苹果和核桃,现在都能卖钱了。村里人就是靠着苹果钱买油盐酱醋呢。"

……

那天晚上,我和满窑洞的乡亲唠到大半夜。乡亲们七嘴八舌说个不停,说了半天都是在夸他们的陶书记。没有一点虚伪做作,没有一丝编排夸张,那些话都是发自肺腑出自真心的。

我的心颤抖了。

从老乡的话里我听出来,从1970到1973年,陶远尘在田塬当大队长的三年里干了三件事:一是推广科学种田和引进良种,使全村的粮食产量增长好几成。二是建成了几百亩核桃园和苹果园;黄土高原大面积种苹果是十年后的事。三是带领社员苦干三年,实现引水上塬;而外村人喝上塬上水也是十年以后的事。

从1973到1977年,陶远尘在英北公社当书记的四年里干了两件事:一是在公社两个试点村(其中一个是田塬)搞退耕还草发展畜牧业;黄土高原的大面积退耕还草是十年以后的事。二是带领社员大干三年建成全公社第一个水电站,让公社五分之一(当然有田塬)的村庄用上了电;而陕北高原村村通电也是十年之后的事。

什么叫战天斗地改造农村?什么叫造福乡里泽披一方?什么叫惊天动地的伟业?陶远尘的所作所为就是!所有这些事,在我心里,都是人间奇迹,都是梦想妄想狂想,可陶远尘不但做了而且做成了。

十年苦斗十年独斗,他是如何做成的呢?我是他多年的铁哥们,但我只跟随了他三年,那还是序幕式的三年;以后那七年,他吃了多少苦受了多少累?他放弃了什么牺牲了什么?他这七年奋斗史中,有多少艰难险阻跌宕起伏,有多少生动感人的故事,有多少催人泪下的情节,我不是与他并肩战斗共同患难的人,也不是目击者,甚至也算不上关注者,老乡们讲得再生动,也不可能讲出全部;我知道我很快就会见到他,我会追问反复问,但他自己能说出全部来吗? 也许我永远也不会知道陶远尘的全部故事。这个故事对于我对于我们这代人对于我们的后代都意味深长。

那天晚上,我独自躺在窑洞里辗转难眠。陶远尘的身影老是在我眼前晃。当然这还是七年前的身影,如今的陶远尘变成什么样了?

第三天,我终于在村口见到了分别七年的陶远尘。当他从一辆破旧吉普车跳下来时,我几乎没认出来。

陶远尘站在我眼前,又高又壮又黑,头上戴着一顶蓝色的帽子,身披半新不旧的黑褂子;一手老茧一脸褶子,满身黄土满身烟味满口陕北话;再也找不到一丝北京知青的影子了,看上去真像个老练的农村基层干部,而且真有点像焦裕禄,神情气质都有点像,只是比焦裕禄个高,其实焦裕禄多高我也不知道,陶远尘的身高是一米七八。

过去那个消瘦英俊才气逼人的清华附中小白脸已经踪影全无了。环境竟是这样改造人,岁月竟是这样雕琢人。

这是 1977 年春天,陶远尘二十六岁,是延安宜川县英北公社书记。我突然想到,如果当年陶老爷子不回国,陶远尘在美国早已读完博士了。

"什么风把你吹到陕北来了?"

陶远尘的北京话已经不纯正了。

"当然是西北风。我参见西北王来了。"

"西北王是习仲勋,他已经解放回北京了。"

"哥们千里迢迢跑来,你这个地头蛇用什么款待我呀?"

"我猜咱田塬的乡亲早把你喂饱了。来吧,上车吧,到了公社我请你吃野味,这可是你在北京吃不着的。"

陶远尘当然知道我远道而来不是为了他的野味。

9

在公社的三天里,我们一直在激烈辩论。

"陶书记，你的丰功伟绩我已经领教了，田塬那块活人碑我也看见了，实在是前无古人，后无来者，哥们儿震撼不已。我怎么也想不到，你会在黄土高原干出这一番事业。你的光辉业绩我回京说给同学，他们保准一个个瞠目结舌；说给陶老爷子，他得唏嘘三天。对了，你干出这么大的事为何不告诉老爷子啊。"

"跟他提过几句。说多了他也不能理解，他一辈子都没下过乡。再说也没那么悬乎，不过是在农村做了点实事。一干十年，总能看出点效果。那会儿你们都不信知青可以改造农村，我就是想试一试。"

"那是一点效果吗？那是惊天伟业啊。这事要是我这个工人阶级的后代干出来的，或者是那些老革命老延安的后代干出来的，还顺理成章；被你这个资本家的后代干出来就匪夷所思了。真没想到你陶远尘能被改造成这样！"

"你他妈甭瞎拽，我爹不是资本家。"

"你爷爷是啊，而且是大资本家。你爹至少也算资产阶级反动学术权威吧。"

"你要是不走，也能干出一番事业。谁让你是口头革命派，早早就开溜了。"

"我可是真病退。我就是留下来也干不出这些事。北京知青留在延安的多了，没听说谁干出大事业来。我猜到延安来的三万知青中不会有第二个陶远尘。"

"不能这么说。你认识壶口公社的骆晨耕吧，他爸是老延安，他干得比我出色，现在已经是副县长了。"

"骆晨耕在县里开积代会时见过两面，他的事也听说过。我看他的业绩还是不能和陶书记比。他当副县长有他老子的作用吧。"

"当然会有点。他爸官复原职当了机械部革委会主任后，给延安地区调拨过不少援延物资，那也是响应周总理的号召。"

"这不结了吗？地区专员就是为了这些物资也得把他提成副县长啊。"

"人家骆晨耕的业绩是不能抹杀的。他把壶口公社的教育搞得有声有色。现在壶口一中已经是县里前三名的名校了。"

"还是说你吧。远尘，你真打算走仕途吗？再干几年，混个副县长；再熬几年，混个副专员。"

"我并没想走仕途，是形势所迫。你知道我从小的志向就是子继父业研究

225

经济,从未想过当官。从小学到高中,我什么官都没当过,连小队长都没当过。不像你官运亨通,当过副班长,还当过红卫兵头头。"

"学校的官也叫官?不过,远尘,从你篡权当知青组长的业绩看,从你当大队长和公社书记的口碑看,你还真是一块当官的料。有思想有能力还能踏实苦干;关键是有人缘,会刁买人心,有人格魅力;哥们我就没你这两下子,所以当什么都当不好,总免不了被别人篡权。还真别小瞧你显露出来的政治才能,你能搞好一个大队一个公社,也能搞好一个县一个省,甚至一个国家;没准再过二十年,你还真能混个中央常委当当;那会儿,哥们儿就有靠山了,也能混个师长旅长当当。"

"哥们儿没这个野心。"

"这不是野心,这是历史使命。天将降大任于斯人也。"

"关澜,别贫了。你大老远跑来不是劝我升官的吧?"

"当然不是。言归正传。远尘,你真打算一辈子在黄土高原扎下去了?你真想当焦裕禄?"

"我没想当焦裕禄,只是你在这个位置上,总要为乡亲们做点事。中国的农民太苦了。"

"远尘,你觉得靠你一己之力真能够改变黄土高原的面貌吗?你苦干了十年,的确业绩不小;可是受惠的也只是一个田塬大队,总共三十多户人家。就说咱村吧,老乡终于吃上了塬上水,可队里穷买不起柴油,水泵也是开三天停两天;村里也破天荒地拉上了电,可是用得起电的人家不到一小半;全村有电视的不过三四户,还都是十二寸的黑白电视。因为有了你带人种的苹果核桃,老乡的日子的确比以前好过了,可田塬还是很穷啊。你当公社书记四年,最大的功绩是修起了一座水电站,可受益人口不过全公社的五分之一,英北公社也还是穷啊。全县呢?全中国呢?别忘了中国有八亿农民啊。中国农村的贫穷凋敝难道仅仅因为'四人帮'的倒行逆施吗?'四人帮'之前,农村不照样穷吗?不照样饿死人吗?你老爷子是哈佛的经济学博士,你有经济学的家传,难道你就从来没有从经济体制上找原因?中国革命是为了解放生产力,难道你看不出来正是制度束缚了生产力?"

"关澜,你说的这些我这些年都在思考,我同延安的几个知青基层干部也经常一起探讨。"

"我回北京后，在家里养了两年病，后来分到街道工厂。这几年北京有思想的老插还是不安分，我们经常一块聚，一起学习一起讨论中国的前途和命运，讨论中国农村的出路。我一直在想，我们的理论探索肯定有意义，但也不免常常陷入空谈，最终能为中国农村寻找出道路的应该是你陶远尘这样有思想的实干家。当今农村问题的解决肯定不是在延安而是在北京。现在'四人帮'打倒了，邓大人也出山了，高考也恢复了，你难道无动于衷吗？我知道你早在逍遥时就把大学的课程自修了一多半，可是还有研究生呢？还有博士生呢？你老爹是博士，到了你这代变成了中学生，这不是一代不如一代吗？你若真是有心往上走，为了将来造福整个中国，你这个学历和知识储备是不是差点事？"

"关澜，是老爷子派你来游说我考大学的吧？"

"不光是你老爹，还有咱们田塬的逃兵咱们班的老同学。大家一致认为把你这么个人才埋在黄土高原可惜了。今日延安可不是当年那个革命圣地延安，那时中国的栋梁之才大多聚在这；解放后延安早就边缘化了，早就被人遗忘了，你看当年的革命领袖有谁回来过？现在中国的精英都在北京！"

"我也想上大学。这么多年在乡下奔波，许多学业都荒废了。可是公社的工作离不开，退耕还草的试点还没来得及铺开。恢复高考的消息一传出，公社和县里的领导都怕我走，他们又不好直说，但又时时流露出来。老乡更是怕我走，这些日子田塬的乡亲三天两头来看我。"

"这我可以想象。碑都给你立了，可见拥戴之深情感之深。但你陶远尘是人不是神，你当不了救世主。地球离了谁都转，你走了，田塬和英北公社照样发展，只不过可能慢点而已。"

坐在公社的窑洞里，我和陶远尘争论了三天。陶远尘最终还是同意了报考大学。现在想来，这是我一生的亮点。以三寸不烂之舌，以苏秦张仪之才，不辱使命不负众望，生生把陶远尘从黄土高原拉到了北大。

我永远也忘不了陶远尘离开黄土高原的情景。

赶来相送的人一眼望不到头。田塬的乡亲几乎倾巢出动，英北公社十乡八村都有乡亲来；公社的干部，县里的干部，都来了。话语滔滔，热泪流洒，依依惜别，谆谆叮嘱。他们真情送别的不是领袖不是大官，只是一个科级芝麻官，一个当年的北京知青,一个把十年青春十年心血十年智慧无私奉献给黄土地的人。

黄土高原的乡亲永远也忘不了陶远尘,难道你陶远尘会忘掉延安忘掉英北忘掉田塬吗?无论十年二十年,无论天涯海角,无论英国美国,我就不信你能忘!没忘为何不回来?哪怕是回来看看也成呀!

10

没有比1977年恢复高考更英明更伟大更慈悲更积德的决策了,它挽救了整整一代人。高考彻底改变了中国老三届的命运。试想如果不上大学,我的命运会如何?我可能会在那个街道小厂里了此一生。混得好也就是成为一个业余作家,在报刊上发表点小诗小文,挣点稿费。我绝不会得到一个大报记者的位置,并有幸成为这个时代的记录者。陶远尘呢?如果没有高考,如果我没有把他拉上末班车,他会在黄土高原扎根一辈子,成为一个模范农村基层干部。混得好也许能当上县长专员,甚至成为第二个焦裕禄;或许他作古之后,英北公社和延安专区会给他立第二块碑。但他绝不会进入中央机构,进入改革智囊团,成为改革的风云人物。

人的命运并不全部取决于自己。

1977年上大学后,远尘是如鱼得水活跃异常。回城不久,人也白了,体也胖了,真是一方水土养一方人。半年后,他在人民日报发表了"中国农村道路的经济学探讨"一文,得到中央领导的赏识。随后他联络了北京各大学里的老知青,陕西、内蒙古、东北、河南……哪的都有,组成了十几人的中国农村问题调查组,利用暑假寒假,奔赴全国各地,深入调查农村现状,后来这个调查组的报告引起了中央农研室的高度重视。大学第二年,陶远尘居然来到农研室兼职,和中央决策者们一起调研寻找中国农村的道路,并参与了中央三个一号文件的起草,这在中国历史上是绝无仅有的。

1981年毕业,陶远尘直接被中央农研室要去。两年之后,他成为农研室的副组长。他在农村苦干十年才混了一个科级,如今在中央机构,两年就混了一个副局级。正是因为改革之初人才匮乏,让陶远尘坐了一回火箭。

1983年,改革重心从农村转移到城市,陶远尘也从中央农研室调到刚刚成立不久的体改委,一去就在金融司任副司长。

那年秋天,他突然跑到中国财经日报社来找我。当时报社还在皇城根九号院,同经委在一起办公。当时在院里经常能碰见失意赋闲的华国锋和春风得意的朱镕基。

在报社的接待室里,我用一杯清茶接待了陶司长。

"司长大人,你怎么有空来看望我这个平头百姓啊?"

"体改委就在府右街,离你们这不远。我是想找你商量点事。对了,关澜,你现在入党了吗?"

"没有。"

"你到报社都两年多了,怎么还没入?"

"现在在党报入党很容易,填张表就行。如今的口号是重点发展知识分子入党,报社也在'拔白旗',领导就入党问题已经找我谈了三回了,可我就是不想入。前两月我主动从记者部调到国际部,因为不是党员在记者部没法干了,你到下面采访,还要列席省委会议,不是党员怎么行啊。到国际部就没事了,整天和老外打交道,这些外国资本家可都是清一色的非党。"

"关澜,我不明白你这样反常到底是为了什么。"

"也不为什么。我是工人阶级的后代,'文革'中家里又没有受什么大冲击,我对党有天然情感;不像你这个大'右派'的公子,你入党还得先背叛家庭背叛阶级。但我就是不想入。我此生就是想做个体制外的公共知识分子,为自己保留一点自由批评自由书写的权力;不涉仕途也不沾商界,一生以笔为生,做一个时代的采访者、记录者、思考者和书写者。你们这些改革大潮弄潮儿的丰功伟绩不是也得有人记录不是?哥们儿就等着二十年后写'陶远尘传'了。几年前田塬老乡就为你树了碑,光树碑不成啊,还得立传呀。"

"你歇着吧,我用不着你树碑立传。关澜,你不自称是坚定的改革派吗?如今改革大潮刚起,你怎么往后缩呀?中国的改革大业也是共产党的中兴大业,如今国内各类精英80%都被网罗在党内,你自命清高置身体制外,就等于置身改革外呀。你不入党就不会有职务不会有平台,没有这两样就一事无成。"

"我知道中国已经进入精英治国的时代,可并非精英尽在党内。将来中国大舞台的主角就是政客和商人,可是如今商界精英80%都不在党内。不在体制内,也能献身改革。我有自知之明,自知不是当官的料,也做不了老板;但我对自己的笔头还有自信。以笔为刀枪以报为平台,照样可以为改革作贡献。改革大业总得有人造舆论做宣传吧,总得有人为其呼风唤雨摇旗呐喊吧。远尘,实践证明你是政治英才,好好做你的改革先锋吧,我就做一个敲边鼓的,人要是有恒心,边鼓也能敲出花来。"

"你小子就是伶牙俐齿,而且固执得要命。"

"你才知道哇? 孺子不可教,烂泥巴扶不上墙。"

"体改委刚建缺人,正在招兵买马,本来今天我是来劝你到体改委来,咱们一起干。没想到你小子死活不入党,体改委怎么能接受非党人士。"

"远尘,对不住你了。你另找高明吧。"

那天的远尘是乘兴而来败兴而归。事后每次同学聚会,他都不忘当众损我。他用得最多的一个词就是:迂不可及。其实我去不去他手下无关紧要,去了也就是个死党,绝非干材。那时代,人才辈出,他身边很快就聚集了一大堆青年才俊,不少人我都认识,可以说个个都比我优秀。如此看来,陶远尘挖我,不是任人唯贤而是任友为亲。这家伙虽政绩出众但组织路线有问题。

远尘在体改委那三年,可谓风云际会才华尽显。他最露脸的一回是在莫干山会议上提出了以价格改革为突破口的"双轨制"改革方案,正中当时决策者的下怀。会后,他就进入了中央的智囊团,动不动就被招进中南海出谋献策。

那两年,我很少能见到春风得意飞黄腾达的陶远尘。当时我的直觉是这小子可能用不了二十年,就能进入中央常委决策层。没想到1986年初,他又突然跑到我家,劝说我跟他一起出国。

"远尘你有病吧? 你现在风头正健前途无量,出哪门子国呀?"

"关澜,官场上的事你不清楚,我现在的处境不太好。"

"椅子还没坐热呢这么快就失宠了? 你是不是犯错误了?"

"你知道我是双轨制的始作俑者。当时会上讨论价格改革时,分成'调派'和'放派',我综合了两派的共识搞出了个调放结合的折衷方案,最后决策还是领导啊。结果双轨制推行了两年,出现了官倒和腐败,出现了经济过热和通货膨胀,现在民怨鼎沸学生闹事,委里人把罪责安到我头上,说我给领导出了馊主意。"

"挨整了吗?"

"挨整倒谈不上,只是挨批而已。但这不是我想出国的唯一原因,最主要的是国内没人真懂西方现代经济学尤其是现代金融,而改革不能没有理论指导。要想补上这一课只能出去学。我爸的老同学已经帮我联系好了,开始联系的是哈佛,没成;现在联系成了的是纽约大学。你不是一直想出去吗? 现在是个机会,咱俩一起去吧。"

以后三天,陶远尘在我家里轮番轰炸死说活说,这回他也得逞了。其实我从小就想出去看世界,出国是我多年的夙愿。国门打开之后,我也不是没有盘算过,只是没捞着机会。

真有机会出国,我当然愿意和陶远尘做伴儿。

异国他乡梦

九、盐湖城(上)

CHAPTER 9

1

时隔二十六年我重返美利坚,第一是出席女儿的毕业典礼,第二是寻找陶远尘。确切地说,第一是寻找陶远尘,第二是出席典礼。在我心中,一个美国新闻硕士的毕业典礼没有那么重要,而且女儿的音容笑貌每个星期都能在视频上见到。然而陶远尘却是二十六年没见了。来时我甚至不知道他是否还在美国,是否还在人间。

陶远尘,只要你还活着,只要你还在这个世界上,无论是美国,是英国,是南极,是撒哈拉,我都要找到你。就是你驾鹤西去,我爬也要爬到你的坟头。

终于从丹尼那得知了远尘的消息和地址。三天前,终于和他通了电话,他的声音对我已经有些陌生了。

我坐在洛杉矶飞往盐湖城的航班上。俯瞰云海苍茫,期待不久可以看见烟波浩渺的大盐湖。烟波浩渺只是我的想象,因为同为咸水湖的青海湖就烟波浩渺一望无际。

从未谋面的盐湖城对我而言依然神秘。我在脑海中的搜索器上键入"盐湖城"三个字,浮现出来的词条也恰好三条:一首歌,一所大学和一个宗教。

一首歌是 Joe Hill:三十多年前,中国涌动英语潮,我也被裹挟进去。那会儿学英语,倒是没想到出国,只是工作需要,当时我刚刚从《中国财经日报》的记者部调到国际部。我当时学的是许国璋英语,记得第二册上有一首歌词:

Joe Hill

I dreamed I saw Joe Hill last night,

(昨夜我梦见我看见了琼·希尔,)

Alive as you and me。

(像我和你一样活着。)

Says I,"But Joe,you're ten years dead"

（琼，你十年前就死了，我说，）

"I never died,"says he,

（我没有死，他说，）

"I never died,"say he。

（我没有死，他说。）

······

这首歌我并不会唱，但歌词背得滚瓜烂熟。书上的注解说 Joe Hill 确有其人，他是 1915 年盐湖城大罢工的领袖，后来被铜矿老板陷害谋杀了。这是生平我第一次知道盐湖城，知道那里有个铜矿。八十年代初，Joe Hill 的惨死仍然能激起我的阶级义愤，加深我对美国资本家的仇恨。那时我在国际部恰好分管美国。后来，随着国门洞开，美国 AT&T 的老板来了，我去采访了；美国证监会的主席来了，我去采访了；邓小平送给范尔霖飞乐股票时，我有幸就在旁边。那会儿美国大使动不动就在官邸举行招待会，美国大老板动不动就在长城饭店大宴宾客，不去白不去，不吃白不吃，再说我的英语也得练呀。日复一日，月复一月，美国大老板见多了，美国大餐吃多了，心态立场也发生了微妙的变化；内心深处对美国的仇恨渐渐变成了向往，真是爱恨交加一时难以言说。要不怎么陶远尘跑来一鼓动，我就毫不犹豫地跑美国留学来了。

一所大学是杨伯翰大学。1984 年，美国杨百翰大学舞蹈团访华，顿时成为京城文艺界的盛世，一票难求，趋之若鹜。本来我对舞蹈没啥兴趣，恰好朋友送来一张票，也就跟着去看了。舞蹈跳得挺热闹，和百老汇的大腿舞不是一回事；演出结束，杨伯翰大学也跟着舞蹈跳进了我的脑海。当时就得知这是美国最大的私立大学。两年前，女儿要去美国留学；一位华裔美国朋友知道我囊中羞涩，为我推荐了杨百翰大学。他对我说：

"你女儿只要入了教，上大学的费用可以节省一大半。"

我听完一阵心喜，赶紧向女儿推荐；没想到女儿不屑一顾：

"杨伯翰大学在盐湖城，美国西部，蛮荒之地，我上那干吗？我是无神论者，干吗要入教？再说它排名八十名以后，三十名以外的大学我不会考虑的。"

从此我就知道，这丫头不把她老爸的那点养老钱花干净是不会罢休的。后来我得知杨百翰大学总部好像不在盐湖城,但盐湖城的确是大学创始人杨伯翰的老巢。

　　一个宗教当然是摩门教(Mormon)。杨伯翰就是摩门教的第二代先知。盐湖城不仅是犹他州的首府,而且是摩门教的大本营。那会儿觉得这个宗教挺神秘,有点像邪教,因为它提倡一夫多妻,据说杨伯翰有十六个老婆,都住在一座大宅子里;这赶上皇帝的三宫六院了。中国有大红灯笼高高挂,没想到美国也有佳人成排窗对窗。

　　飞机终于飞到了盐湖城上空,我终于看见了烟波浩渺的大盐湖。再过十分钟,飞机即将在盐湖城机场着陆,那个消失了二十六年的家伙会在机场门口等我。

2

　　飞机刚着陆我就开机,立马传来远尘的声音:

"你到了吗?"

"刚到。"

"我在 terminal 1 等你,别走错了。"

"知道了,一会儿见。"

这回远尘的声音似乎有点熟。

在机场大厅我终于见到了陶远尘!和三十年前回田塬游说他时一样,我几乎认不出来他了。站在面前的远尘消瘦异常,背好像也有点驼;头发稀疏,白了一半,神情憔悴,满脸沧桑。我站在他面前愣了半天,凝视许久,才依稀辨出一丝当年的模样。

"怎么,真认不出来了,老得没样了吧?"

"就是把你烧成灰我也能认出来。不过,远尘,才六十岁出头,你怎么就变成了这副模样?"

"世事艰辛岁月无情,人不经老哇。关澜,你倒是变化不大,头发还这么密,你小子有什么养生诀窍吧?"

"我从来不养生,只是数年如一日,坚持锻炼。游泳打乒乓。你当年也是乒乒高手,现在还打吗?"

"都扔下二十几年了。"

我俩没有拥抱,甚至也没握一下手。他接过我的小提箱,带我来到停车场。远尘开的是一辆大块头的福特SUV。我坐上副驾之后说:

"你倒是真爱国啊,还开美国车?"

"美国车的质量是不如日本车,我就是图它结实不怕撞。"

"这车可废油啊。"

"美国人的节能意识都很差。"

接着就是令人难堪的沉默。

一别二十六年,千言万语,离情别恨,旧债新仇,郁结在心,就是说不出来。

汽车在宽阔的道路上疾驶,路面上难得看见车,犹他的道路比洛杉矶好多了。两旁景色优美,房舍俨然,相距很远;草地鲜绿,茂林修竹;远处是不高的群山,山头白雪皑皑。盐湖城原来如此美丽清幽,有首府特色又有典型的美国小镇风格。忽然想起两年前女儿的妄评:蛮荒之地。她忘了这是早已开发多年的美国西部,不是中国西部。

车行不过十几分钟,停在了一座很气派的大房子前。房前的草地很开阔,草地上巍然屹立着一棵高大的松树,树下满是松果。中国大款高官家的庭院也没有这么大的树,这棵百年大树在美国稀松平常,在中国可就值老钱了。

我随远尘进屋,他把我安置在一层的一套卧房里,旁边还有两间空房。

"你这房子有多大?"

"也就五百多平米吧。"

"你一人住?"

"加上你不就是两人了吗?当年你们走后,在村里在公社我都是一人独守寒窑,早就习惯了。"

"凯蒂是什么时候离开的?"

"她走了快四年了。"

我无意中看见他神情黯然,于是赶紧扭转话题。

"你现在退休了吗?"

"金融危机时就失业了,早成无业游民了。"

"那你靠什么生活？"

"养老金啊。金融危机时我的养老金损失了一半，现在的损失也有35％。"

"你一个无业游民还住这么大的房子？"

"在美国打拼了这么多年，我总有些积蓄啊。我不是那些还不起次贷的底层百姓，大学教授也当了十几年，怎么也算得上美国中产阶级呀。迁居时，我把纽约的房子卖了，买了这套盐湖城的大房子。这儿的房子便宜，我这套房子才花了五十万美金。在北京这点钱买不了别墅吧？"

"也就是五环外的一套一百五十多平米的三居室。"

"现在是风水轮流转，美国穷中国富。"

"你这是拿中国人打镲。到底是美国呀，瘦死的骆驼比马大。汽车别墅，草坪大树，空气新鲜，景色优美，人均生存空间少说也是中国人的十来倍。我说你怎么乐不思蜀呢，住在伊甸园的人谁还愿意回到污染严重拥挤不堪的中国？"

"你退了吗？"

"三月前才办完退休手续，如今是四海闲人了，所以跑到美国游山逛水寻亲访友来了。只是你这个友可不容易访。"

远尘苦笑了一声，没有搭话。

他带我草草参观了一遍豪宅，然后来到餐厅。餐厅很大，餐桌上摆满饭菜，中西合璧，有牛排沙拉，也有红烧豆腐。

"饿了吧，咱们边吃边聊。我记得你最爱吃豆腐，不过美国可没有田塬的黑豆豆腐。"

"我在飞机上吃了块面包，不太饿。"

"你喝什么酒？"

这时我才注意到，餐桌一角摆满了一大排酒瓶子。仔细看，有朗姆酒、威士忌、杜松子酒，还有美国百威啤酒。

"就喝点啤酒吧。"

远尘顺手给我倒了一大杯啤酒，给自己倒了多半杯威士忌。吃饭时我问他：

"你经常喝烈酒吗？"

"每天都喝点。威士忌算不上烈酒，比起咱陕北的白薯酒差远了。"

晚饭吃完已经九点多了。我们好像都有点累，于是没再多聊，就早早地休息了。

第二天是周六。早餐之后,我和远尘坐在客厅沙发上喝茶。又是长久的沉默。似乎两人都在期待,期待什么呢? 那么多该说的该问的,都卡在嗓子眼。我终于憋不住了:

"远尘,你这么多年是怎么过的?"

远尘轻轻叹了口气,说:

"瞎混呗。二十六年不过弹指一挥间。你回国后的第二年,我和凯蒂结了婚。凯蒂生了孩子之后就中断了学业,我一直读了五年才拿到博士学位。那时我都四十岁了。论文答辩通过那天我流泪了。我真的后悔了,为了一个博士头衔,搭进那么多年大好年华,不值得。其实美国的所谓学术规范也照样扼杀创造性,那是他们走了百年的一条学术老路,不允许你越雷池一步。"

"金融博士的头衔是不是也管点用?"

"当然管用。没这么个博士学位,我混不上教授,也不可能在华尔街谋到差事。"

"你是哪年到华尔街的?"

"金融危机前三年。当时在大学待烦了,想出来透透气,也想搞点理论联系实际,当然主要是想多挣点钱。我读博士的那五年,苦了凯蒂和孩子,当时的收入很少,全靠凯蒂父母的接济。孩子两岁以后,凯蒂就重新工作了。她不同意我到华尔街,我还是去了。也许不去华尔街,凯蒂也不会离开我。"

"你在华尔街挣到钱了吗?"

"钱是挣到一些,那几年的收入是在大学的好几倍。我一到华尔街就进了雷曼公司。当时的雷曼牛气冲天,看不出一点危机来。你知道,那时五大投行都如日中天,一家的年利润都在上百亿美元,比一个小国的 GDP 还多。可是好景不长,金融危机一来,没想到第一个倒闭的就是雷曼。那么大的一个百年巨无霸,居然一夜之间轰然倒塌,简直不可思议。雷曼破产后来成了这次金融危机的标志,当时没人预测到,我在公司做市场调研,也没有一点预感。金融博士一点用不管。"

"当时的美联储也是两眼一抹黑,那些得诺奖的经济学家也都是事后诸葛亮。"

"你说得对。有人说前苏联经济学家孔德拉季耶夫预见到了，这位孔氏三十年代就被斯大林处决了。他提出过一个四季循环理论，一个经济冬季二十五年，从1929年算下来正好差不多，其实也是牵强附会。但是华尔街还是有高人，那个对冲基金经理约翰·保尔森靠做空次级债券市场大赚37亿美元，他当时是有预感的，否则也不敢这么干。说起这个保尔森，我就想到你。关澜，你当时要是在华尔街，没准也能有预感。还记得八八年我们一起在华尔街实习吗？你当时就预言了美国股市的暴跌。没准你还真是个金融天才，要真是这样，你不应该回国，应该留在华尔街。"

"我那次也是瞎猜。当时我觉得道·琼斯指数高得有点离谱，美国股市涨的时间也太长了，暴涨的后面就是暴跌呀。其实美国股市暴涨暴跌几十回了。那天咱们几个同学在酒吧喝多了，我是酒后胡言，你们都不信，没想到股市真来了一个黑色星期一。那纯粹是瞎猫碰到死耗子。"

"当时华尔街没人理会一个纽约大学实习生的预言，要是真有人信了，没准能像约翰·保尔森那样发一笔横财。"

"远尘，哥们儿是玩诗的。我做预言全凭诗人的飞来灵感，这和金融天才不搭界。我要是留在美国肯定混得不如你，甭说正教授，连副教授也混不上。你忘了我的数学底子了，在纽约大学混了一个硕士已经吐了血，你那个金融博士，别说五年，就是再努力十年我也拿不下来。"

"那也未见得。金融不是计量经济，数学的应用没那么多。"

我们东拉西扯，转眼就到了饭点。远尘非拉着我到外面去吃，我只好客随主便。其实我这些年一直都在减肥，最怕下馆子。

3

远尘开车带我来到一家不大的中餐馆。

"盐湖城八成都是白人，华人不多，中餐馆也很少，不像洛杉矶遍地都是。"

"干吗非要吃中餐，我在国内天天是中餐呀。为了一顿饭，开这么老远，油钱都赶上饭钱了。看来你这个美国失业者一点都不穷啊。"

"我这个美国无业游民还请得起一顿饭。"

吃饭时，远尘问我：

"关澜，你回国以后一直都在干什么？"

"我还能干什么，重操旧业，干我的财经媒体呗。楚平回来后，我跟着他忽悠了一年股市，不过是偷着干，我那会儿还不敢丢了报社的饭碗，还得养家糊口呢。"

"你什么时候结的婚？"

"回去半年以后就结了。都三十六了还等什么？"

"敢问弟妹是谁呀？"

"田晶，就是咱们班上那个最小的应届生。毕业后她一直在等我。"

"够坚贞的。她比你小十岁吧，你是中年得小妻呀。"

"凯蒂不是也比你小十岁吗？咱俩这都不叫晚婚，应该叫迟婚。绝非正常。"

"正常？'文革'就是非常态。害得我们二十六岁上大学，三十好几出来留学，人快四十才讨上老婆。一步晚步步晚啊。"

其实陶远尘这句话只有一半是真理。也就是说搁在我身上是真理。我曾被疾病和失恋折磨了许多年，以后心灰意冷，孤身一人一直干挺到三十好几。这句话搁在远尘身上不是真理。陶远尘结过婚。

我离开村里两年以后，陶远尘就结婚了。那个女孩叫沈冰，清秀淡雅，有点单薄。她是北大附老初一的，她爸是科学院留美的物理博士，陶沈两家是多年邻居，远尘和沈冰是真正的青梅竹马。

沈冰我见过许多次。她也在英北公社插队，常来我们村串门，最长在我们这住过三礼拜。她的琴声每次都能给我们带来欢乐，带给远尘的是欢乐加幸福。每每想到，那么弱不禁风的娇小身躯背着那么大的手风琴，翻山越岭走二十多里山路，我们就非常感动。每次分别时，我们都说："下次别背了。"她总是点头答应。然而下次来，还是人到琴也到。她的琴拉得出神入化，一听就是专业水准。其实她从小学钢琴，十几年没间断。到农村插队，钢琴带不了，只好带个手风琴来。

记得她在我们村长住的时候，正值深秋。晚饭之后，我们男女知青围坐在窑洞前，头顶是一轮金黄的圆月，四野是苍茫的高原，琴声响起，有如甜美的甘泉流过干渴的心田；大伙跟着琴声轻唱，唱外国民歌，也唱中国老歌。歌声把我们带到遥远的时空，那几乎是我们枯燥疲惫生活的唯一亮点。

每次沈冰走时，我们都恋恋不舍，都盼她下次再来。远尘当然更是难舍难分，每次都要送到很远很远的地方。那会儿我们都觉得他俩很般配。

谁知他们的婚姻只维持了两年。分手的细节我无从知晓，分手的原因我能猜出来。远尘要扎根高原，沈冰，也就是他的前妻，要回北京。一个留美博士的千金能在穷山僻壤陪伴他两年已经够意思了。当然，远尘也是留美博士的公子，可这世界有几个陶远尘？后来听说，沈冰七八年就到美国读书去了，学的是艺术，以后就再也没回国。我忽然想到，那个当年拉手风琴的沈冰也许现在就在离远尘不远的什么州里弹钢琴。然而高原上的浪漫之花永远地凋谢了，一旦分手便成永诀。

远尘无论和谁都不愿提及那段伤心的往事。在他的记忆里，那短暂的婚姻已经被他彻底地删除了。我又联想到我与凯蒂的分手。人间自古伤离别，去留往往是爱情和婚姻的无情杀手。有人统计过，如今大陆来美留学的牛郎织女们，他们的恋情或婚姻最长维持时间是三年。要么在美国团聚，要么在中国团聚，不能团聚只好分手。隔海相望痴情等待十年二十年的动人故事早成绝响。

"你小子想什么呢？"

远尘打断了我的思绪。

"也别抱怨。一代人有一代人的苦难和机遇。晚是晚了点，可也都赶上了。'文革'改革，土插队洋插队，结婚生子，都没落下。正所谓迟开的鲜花啊。你陶远尘到底还是子继父业混了一个洋博士，而且超越乃父，还娶了个洋妞。"

"别提她了。说说你和楚平是怎么折腾的。"

如今凯蒂也是他不愿提及的了。

"他是主角，我是跑龙套的。你还记得咱们仨在华尔街铜牛前发的誓吗？毕其一生在中国复制华尔街。那可是对天起誓，结果你小子是爱美人不爱江山，为了一个洋妞滞留美国，我呢回去还是干了新闻，只有楚平矢志不移死磕金融，为中国的金融改革立下丰功伟绩。看来一个人一生能干成一件事真是幸事，要想成事就得像楚平那样心无旁骛一心一意全力以赴豁出一生。像咱俩这样都没戏。"

"你先别扯得那么远，说说楚平是怎么练的。"

"进入九十年代，再不建证券市场，中国的改革就改不下去了。没有股市，严重亏损的国企也难以为继。楚平回来后拉着我一起搞出了一个中国股市筹建方案，这时五道口那帮央行研究生院的有识之士也搞出了一个方案，于是土洋结合，两方案揉成一个，上报高层，没想到高层领导一路绿灯。等到最高决策者说，可以试，不成关掉。我们这帮人就来劲了，上蹿下跳左突右冲，折腾了一年，上海深圳两个证券交易所顺利开业。当然股市建立还是体改委和央行挑头，但楚平功不可没，最先的方案是他拿出来的呀。我想你如果回去，唱主角的一定是你这个体改委的金融司长啊。"

"你就别提我了，还是说楚平吧。"

远尘这时有点深沉，一边发问一边闷头喝酒。

"股市建成之后，楚平就一直没有离开证券业。九五年当证监会监管司司长，九九年就爬到了证监会副主席，和你当年一样坐了一回火箭。后来这些年，股市的几次大动荡，也搞得他焦头烂额。新生的股市不规范也不完善，暗庄横行，强人操纵，内部消息满天飞；中小股民损失最惨的那会儿，真有人想杀了楚平。为了中国股市的规范和完善，他在证监会挺了二十年，终见赤诚心血开花结果。"

"看来楚平还是成就了一番大业。"

"可以这么说。要是你回去，中国证监会主席就是你了。"

"你干吗老提我？"

远尘有点动气，神情逐渐黯淡，酒也越喝越多。我见状立刻打住，悄悄拿开了他眼前的酒瓶子。

"借酒浇愁愁更愁，抽刀断水水更流。你喝这么多酒，一会儿怎么开车？你还是带我出去逛逛盐湖城吧。"

"你着什么急，逛盐湖城安排在了明天。"

账单拿来时，远尘左掏右摸找不到钱包。

"得，钱包忘带了，信用卡都在钱包里。"

我只好接单，定睛一看，一百二十八美元，折合人民币上千了。我一边掏钱一边抱怨：

"这不是欺负穷人吗？我和你一样是无业游民，每月退休金只有两千多点。要知道中国的无业游民和美国的无业游民差着好几个等级呢！"

"你怎么也成了无业游民？"

"你还记得你们委里的那个李晨吗？你走时他也提了企业司副司长，成了国务院领导的红高参。风波之后，这小子下海了。十几年后摇身一变成了著名企业家。八年前，他投资了一本《东方财经》杂志，非拉我去给他当总编辑。结果我带着几个哥们过去给他办了三年杂志。没想到三年之后他玩借壳上市玩破产了，杂志停了，我也失业了，这下可把我坑惨了。那以后我真当了几年无业游民，靠写书码字为生。两个月前从人才交流中心退休，拿的是最低的社保。中国改革的几大失误之一就是社会保障体系滞后，现在社保资金还有一个大窟窿呢……我要是当初不下海，从报社退休至少也能拿七千。哥们亏大发了。"

"当初我拉你到体改委你不去，李晨拉你下海你倒去了，你是自作自受。老是嚷嚷着要独立于体制外，现在离开体制的滋味尝到了吧？我虽然失业，但早在十年前就把养老的钱备下了。金融危机虽然让我损失惨重，但还不至于危及养老。这点饭钱你先垫上，到了盐湖城我还能让你花钱？"

"这点钱是小意思，咱俩谁跟谁呀？"我说着极不情愿地把钱递给招待。

"还有小费呢！这是美国。"

远尘笑着提醒。我只好尴尬地再掏钱。

一个月后，当我登上盐湖城飞往洛杉矶的飞机时，才发现兜里有陶远尘不知何时塞进来的两千美元。那是我垫付的饭钱吗？

4

第二天上午，陶远尘开车把我拉到了烟波浩渺的大盐湖。

湖边冷冷清清，几乎不见游人。走近湖水，一股浓烈的咸腥气味扑面而来。湖面碧波如镜一望无际，不见一只帆影；没有风声没有涛声也没有大鱼的泼刺声，死一样的沉寂，仿佛遗世而独立。

"湖里不能游泳吗？"

"应该能。盐湖水的含盐量是海水的十倍，和死海差不多。"

"亿万年前,这里肯定是海了。"

"不是海。盐湖城是个盆地。湖中如此浓度的盐从何而来至今还是个谜,等着你来破解呢。"

"这湖边倒真有点蛮荒的感觉。"

"几十年前,盐湖还是挺热闹的。你看见左边那个大房子了吗?那里是个大会议厅,也是举行盛大舞会的地方。现在房子已经废弃了。"

"这大盐湖应该是个聚宝盆呐,为何不开发利用?"

"也有人从这里提炼盐,但只是装在小瓶里当纪念品卖。我们平时吃的盐好像来自别处。你刚才说蛮荒,1847 年,杨伯翰带领一万五千多摩门教徒来到这里时,盐湖盆地的确一片蛮荒。没有人烟、没有淡水,草木不生,连印第安人都不到这里来。"

"摩门教和杨伯翰来美国前我听过一耳朵,我女儿还差一点进了杨伯翰大学。我纳闷杨伯翰干吗非来这儿?"

"他无处可去呀。摩门教是十九世纪二十年代创建的,历史不长,还不到二百年。1820 年春天,一个叫约瑟·斯密的年轻人陷入困惑。当时美国教派林立,天主教、基督教、新教各有势力,斯密不知信哪个,就虔诚祈祷求问神,于是光柱显现,光里有两个人,其中一个指着另一位对斯密说,这是我的爱子。所以摩门教不信三位一体,而是相信上帝是上帝,圣子是圣子,并且坚信圣子还活着。斯密问两位神,他应该加入哪个教派,神回答,你不可加入任何一个教派,因为他们都是错的。异象出现三年之后,斯密睡前又看见白光,光里走来一个叫摩罗乃的神的使者,告诉他有一本写在金页上的书,救主传给古代居民的永久福音都在里面。于是斯密从使者指示的石头中找出金页书,并把它翻译出来。这就是摩门经。摩门教从此创立。这是 1829 年的事。"

"摩门经与圣经有什么不同?"

"大部分内容是相同的。不同的是摩门教的圣子,就是基督现在还活着,所以摩门教的基督像身后没有十字架。摩门教与基督教最大的区别还在于,摩门教有严密的组织,最上面是一个活着的先知,下面有十二个使徒,再下面是主教。层层建制,有如中共的组织。先知是领袖,他死后,从十二使徒中选举出来一个继任;使徒也是选出来的,相当于共产党的常委会,不过妇女没有选举权。另外,摩门教更强调邻里和睦,强调家庭相爱,摩门教认为家庭是永恒的,升天之后的家人也还会在一起,所以摩门教徒离婚现象很少见,犯罪率也很低。盐湖城是摩门教的大本营,五十万居民中百分之七十是摩门教徒。全美国的摩门教徒有几百万。"

"原来是这样,你还没说杨伯翰为何跑到盐湖城来。"

"摩门教是地道美国本土宗教,它一诞生就遭到迫害。基督教认为它是邪教。创始人约瑟·斯密后来被关进监狱,被暴徒活活打死。杨伯翰是摩门教的第二任先知,为逃避迫害他带领教徒迁徙到伊利诺伊州;然而不久该州州长又勒令摩门教离开,无奈杨伯翰只好带领教徒来到盐湖城这个不毛之地。他们开荒种地,引山上雪水灌溉,经过几十年艰苦奋斗,把盐湖城这个蛮荒之地改造成摩门乐园。后来,这里发现金矿,人们蜂拥而至,盐湖城从此兴旺起来,变成犹他首府。"

"这么说杨伯翰和摩门教徒还是开发西部的英雄呢!"

"当然是。"

"可我在国内就听说,他有十几个老婆呀。"

"对。摩门教长期实行一夫多妻制。后来因为与联邦一夫一妻制的法律冲突,摩门教就主动放弃了。"

5

"远尘,你怎么对摩门教门儿清啊?"

"我就是摩门教徒哇,三年前就加入了。"

"你不是开玩笑吧?"

"事关信仰,怎么能开玩笑?"

"不可思议。你这个几十年党龄的我党忠诚党员,优秀公社书记,陕北焦裕禄,怎么会信了摩门教?"

"人是会变的,此一时彼一时。我离开华尔街时,信仰毁灭,精神空虚,失业和凯蒂的离开对我打击很大;搬到盐湖城来后发现摩门教挺好,邻里和睦家庭温馨,就加入了。当然入摩门教也是有代价的。摩门教是世界上最富有的宗教,因为它实行'什一税',就是所有教徒必须把财产收入的十分之一交给教会。"

"你他妈的有钱不捐给田塬的老乡,也不帮我这个贫困户,怎么都捐给教会了?"

"你贫困?在北京住着一百五十多平米的大房子,一掷千金把女儿送到美国读书,你算哪门子贫困户?"

"和你比就是贫困户呀,退休金不到三千呀。"

"别老提退休金,你写书的稿费怎么不提?"

"在中国靠码字很难生存。得,别说我了,远尘,我还得问你,你是真信还是为了填补内心空虚?"

"两者都有。信仰这东西就是那么回事,信则有不信则无。"

"看来新中国几十年的无神论教育烟消云散了。马克思说,宗教是人民的鸦片。摩门经肯定是瞎编的,那个斯密的所谓异象更是胡诌的。圣经那玩意,不过就是两千多年前的犹太民间传说,那么多人把它奉若神明皓首穷经,真是人类的悲剧。宗教不仅是鸦片而且是桎梏,无论是基督教、佛教、伊斯兰教都是如此。凡是长期沉迷深陷其中的民族都会停滞不前。欧洲为何会独领风骚几百年,原因就是它早早进行了宗教改革基本摆脱了宗教的桎梏,否则它还在中世纪的黑暗里徘徊呢,哪会有今天?"

"你总是那么绝对。宗教也有积极作用,提倡善行团结民众慰藉心灵。人是不能没有信仰的,否则人生苦难何以支撑?如果没有佛教道教,李白、白居易、苏轼这些人的晚年都没法打发;削发为僧,遁入空门,这为落魄者失败者看破红尘者,包括落难者和逃犯提供了一条出路。明朝的建文帝朱元璋的孙子朱允文不是遁入佛门了吗?还有后来号称弘一法师的李叔同,还有贾宝玉。没有基督教,没有修道院,欧洲人也没着落呀。记得你我看屠格涅夫的《贵族之家》时,都为丽莎的悲剧潸然落泪,丽莎最后还是进了修道院;如果没有修道院,丽莎只能去死。"

"我承认信仰缺失是中国的大问题。我们这代中国人谁还有信仰?过去我们信奉共产主义和毛泽东,'文革'之后,信仰轰毁后我们什么都不信了。我给你讲一个信仰的故事。那还是二十多年前我们在纽约上学的时候。有一回我在纽约曼哈顿被恶狗咬伤了手指,匆忙跑到附近的一家医院。挂号的护士小姐问:

'Name?'（姓名）'GUAN.'（关）'Religion？'（宗教）……我无言以对。'Chris-
tian？Moslem？Buddhist?'（基督徒？穆斯林？佛教徒?）小姐以为我没听懂。
'No.''No?''No!'我急忙说。'这人是个无信仰者，匪夷所思。'我听见金发
碧眼的女护士这样议论，一脸无奈。我真是个无信仰者吗？若是，顿觉空虚；若
不是，又说不出这信仰的名字。"

"那你现在信仰什么?"

"信仰科学。信仰生物进化、宇宙大爆炸、相对论、量子力学、弦理论；信仰
灵魂就是信息，宇宙信息永存灵魂不朽。"

"你够时髦的呀。科学代替不了宗教。"

"在我这完全能够代替。所以我不再空虚失落也不需要任何心灵慰藉。"

"我看你是自命清高自以为是。你刚才攻击摩门教，盐湖城几十多万摩门
教徒中有官员、学者、商人、科学家，他们都不是愚昧之人。"

"这我可以理解。我知道美国很多科学家都是基督徒。我还看过一本美国
科学家写的书，书中说科学和宗教可以兼容并存。"

"科学管思想，宗教管心灵。你干吗非要用科学代替宗教？你知道吗，杨小
凯后来也信了基督教。"

"那是因为他得了癌症，没得病时他怎么不信？盐湖城的华人信教的
多吗?"

"差不多都信了教。基本上是基督教徒，可能只有我一人入了摩门教。盐
湖城也和其他美国城市一样，有自己的华人基督教协会，规模不小，每周都有
布道。"

"我在好莱坞山脚下看见一个宏伟的韩国教堂，出入教堂的韩国人不少开
着宝马奔驰。看来你们这些亚裔，跑到美国，找到了财富也找到宗教，找到了自
由民主，也找到了心灵安慰，所以个个乐不思蜀扎根生根开花结果。前两天的纽
约时报报道，最近十年，美国的亚洲移民增长了百分之六十，其中主要是中国人、
韩国人和印度人。我说美国人口怎么到了三个亿呢。"

"你的信息还挺灵通，不愧是老新闻。关澜，宗教将与人类历史共始终。没
有上帝，人们也会造出一个上帝。西方的彼岸意识很重要，它让人有所顾忌有所
敬畏。相反，中国人太着眼于现世。现世的权与钱、名与利、沉浮荣辱；儒家文化

都是入世的,所谓子不语怪力乱神。执着于现世的人太世故太油滑太虚伪,相比之下信奉上帝相信彼岸的美国人单纯朴实简单得多。我再说一遍,人真的不能没有信仰,没有彼岸意识,虚幻的理想和意识形态不能当饭吃。听说中国现在不少高官私下里都烧香拜佛。"

"对。不管怎么宣传,现在的高官不可能真诚信仰马列和共产主义了,那些东西都变成了旗帜和招牌。他们入仕是利益驱使而无关主义,和你当年做官时的追求不可同日而语。高官拜佛老板烧香,无非是乞求菩萨保佑他们的乌纱帽和万贯家财,这里面没有信仰,只有功利。"

"这是中国改革失败的重要标志。信仰毁灭,道德沦丧,世风日下,腐败横行,男盗女娼。康德的名言,世上最使我们震撼的是头顶的星空和心中的道德律。现在的中国人既没有星空也没有道德律,只有金钱。一个没有信仰没有道德的民族是不会真正崛起的。"

"没有你说的那么恐怖。我承认道德沦丧腐败横行是改革的伴生物,这也是任何国家经济起飞必付的代价。中国人所付出的代价还不止这些,还有山河污染、资源耗尽,还有几亿农民工的血泪,还有贫富分化社会动荡。可这些都不能抹杀中国三十年改革总体成功这一铁的事实。我到美国后,发现美国佬对中国经济崛起并无异议,质疑否认的都是国人。你是经济学家,难道你也否认中国的经济奇迹吗?"

"我不否认中国的经济奇迹,但这并没什么了不起。日本和四小龙都创造过经济奇迹。"

"日本和四小龙的高增长都只有二十多年,世界上只有中国实现了三十年以上的平均两位数的增长,只有中国一个大国取得了外向型经济的成功,你也知道中国外贸依存度高达65%。"

"经济单向成功不成,没有政治制度榜样和文化道德榜样,世界不会买账。"

"恩格斯说马克思一生有两大贡献:唯物史观和剩余价值。剩余价值理论过时了,但唯物史观还是真理。经济基础决定上层建筑。"

"所以你现在成了一个无信仰的经济改革派,一个彻底的无神论者。"

"所以你成了虔诚的摩门教徒。"

"我信摩门教是自然而然的事。"

"谁入教我都能理解,将来我女儿要是想入基督教,我也不反对。我就是不能理解你陶远尘入了摩门教。"

我们的争论当然没有任何结果。午饭之后,远尘把我拉到市中心。

盐湖城的市区不大但整洁美丽。街区宽阔,车流行人都不多,老式的有轨电车还保留着。位于半山上的州议会大厦酷似华盛顿的国会大厦,只是规模略小。市区最漂亮的建筑是摩门教的办公大楼和教堂。

教堂位于摩门广场中,富丽堂皇。进去之后,看见硕大无比的管风琴。远尘说这是世界上第二大的管风琴,这样的管风琴盐湖城就有三个。

我和远尘坐在教堂的后座上,听先知布道。远尘悄悄告诉我,摩门的先知一年只布三次道,是我的运气好居然赶上了。台上的先知是一位庄严的白发老人,年纪总在八十岁以上。他的声音和缓低沉,教堂里的人肃穆虔诚,坐在我身边的陶远尘全神贯注,还不时从兜里掏出中英对照的摩门经,边听边翻看。先知的话我只能听懂一半。一小时后,我的眼皮开始打架;我暗自思忖,在这庄严的场合打起呼噜来有点不雅,于是使劲掐自己的大腿。

好不容易熬到布道结束,我和远尘随着人流往外走。走到门口,看见一个捐赠箱,远尘把一张支票塞进了箱里。到了大街上我问他:

"你那张支票上写着什么数?"

"二百美元。"

"你他妈的真大方。不是已经把财产的十分之一都捐了吗,怎么还捐?"

"这是额外的。教会也是多多益善啊。"

在回去的车上,我沉默不语。我越来越看不懂身边这个虔诚的摩门教徒陶远尘了。

士别三日,当刮目相看,别说小三十年。我心目中的那个陶远尘也许已不复存在。

6

"远尘,你到底为何二十六年不回国?"

陶远尘沉默了一会儿。"关澜,我知道你会问我这个问题。无论我们何时相见你都会问。我不回国是因为"八九"那场风波,你没想到吧?"

"你们都是通过西方媒体了解风波的吧?"

"当然,主要是美国媒体。"

"世界上没有完全客观的媒体,国外的人很难真正了解那段历史。"

"你是说西方媒体歪曲实事吗?"

"谈不上歪曲,但不会全面客观。我是见证人,又是老媒体,我说这话不带任何偏见。"

"风波时你在干什么?"

"我回国之后,重新回到中国财经日报供职。风波时,我上街游行了,也签名了,而且还接受了美国媒体的采访,这在当时可是大忌呀。"

"你胆子够大的。"

"那天上午,我们报社几乎倾巢出动。游行途中,一个举着录音机的美国之音记者追着我们的队伍。他开始找到的是队尾农村部的人,他们英语不行,就打发他去找国际部的人,这下就找到我了。开始我也有些犹豫,非常时期能随便说话吗? 可架不住这位美国记者死缠烂打,我一时冲动就跟他说了几句。说了什么我也忘记了,无非就是谴责声讨支持学生之类。事后我的讲话在美国之音播了出来。这下可惹出大漏子了,现场录音在那儿,想赖都赖不掉。"

"那你的风波关是怎么过的?"

"风波之后,整肃开始,我三月都没过关。又是检查又是交代,其实也没啥交代的,就那点事。三月过后,也就不了了之了。你想,报社绝大部分的人都参加游行了,怎么清查? 怎么处置? 不能全开除了吧? 最后也是走过场,只是把到过广场态度暧昧的总编辑免职了事。我这个普通记者,三个月后,班照上钱照拿,一切恢复正常。只是心情压抑情绪低沉。后来,我一边在报社混日子,一边和朋友偷偷玩了一个公关公司。那阵子是我一生中挣钱最多的时候。"

"想不到你这个酸文人还练过公司。"

"后来楚平回国了,我就退出公司,兼职帮他筹备中国股市去了。风波过后,改革也就沉寂低迷了不到一年。风头一过,改革又蠢蠢欲动。你说怪不怪,改革的攻坚战居然是风波之后的低潮时完成的,而且是在所谓保守派当权者的手中完成的。价格改革,金融改革,股市建立都是那两年。等到 1992 年,邓大人一南行,改革大潮再次汹涌,而且浪头比以往还高。"

"当初我们拿价格改革作为突破口,搞出一个双轨制,突了半天也没突过去,结果还引发了官倒和腐败,最后导致了一场风波。没想到,中国的价格关竟然是这么闯过来的,真是世事难料啊。"

"你那会儿要是在国内,一定是闷头改革派。"

"风波发生之后,一位使馆的老朋友找我聊天,我也不知道他是安全部的,就和他说了点心里话,没想到这家伙把我列入了小黑名单。我一怒之下,登报宣布退党,而且还在美国之音发表一通言辞激烈的演说。从此我就上了大黑名单,并成了他们重点监控对象。我不但有十几年党龄,而且还在中央单位混了个司局级,我这么一折腾罪过大了。你知道中共是只能入不能退的,他们开除你可以,但你不能退党,退党等同于叛党,入党誓词中有一句话就是永不叛党。"

"我没入过党,不知道入党誓词。你还记得当年咱俩关于入党的辩论吗?你到底也没有把我劝进党内,而我却成功地把你游说到了北大。看来你做说客不行。"

"我没有你那三寸不烂之舌,能把死人说活,这是你们当记者的看家本领吧。"

"我当初要是入了党,风波那关没那么容易过,至少也得背个党内记过处分,还是当群众好哇。"

"我一时冲动的退党表态,没想到代价惨重。从此我成了不同政见者,成了祖国不受欢迎的人。其实我和民阵一点关系没有,和那些滞留在西方的不同政见者也没有任何往来。我被打入另册之后,从此有家不能回,有乡不能归,和祖国只能隔海相望了。我之所以不给你写信,也是怕连累了你,你毕竟是党报的名记和大腕呀。"

"我可不是什么名记和大腕,我这么多年始终是一个边缘人。"

"九八年,国内召开亚洲金融危机研讨会,我是被邀代表,可使馆不给我签证,无奈只好放弃。九九年,父亲病危,我心急如焚,一连跑了好几趟使馆,可就是得不到签证。父亲临终没能见我一面,这是老爷子最大的遗憾,更是我的终身遗憾。我知道他有许多话要对我说,我也知道他始终不明白我为什么不学成回去报效祖国,为什么会放下自己热衷也是他热衷的改革大业;老爷子是带着一大堆疑问走的,他死不瞑目啊。我更是追悔莫及,叫天天不应,叫地地不灵;我也有话要对他说呀,我这个不孝之子总得跟他解释清楚不回去的缘由啊。"

说到这,远尘哽咽了。

"这也太过分了,使馆怎么一点人情味都没有呢?"

"从那以后,我绝望了,也心死了。人之哀大莫过于心死。从此我不提中国,甚至努力忘掉自己是个中国人。以后十年,我陶远尘成了没有祖国的世界公民。我与祖国隔绝,远离政治,远离权力,远离是非恩怨,远离左派和右派;但同时我又不能也不愿融入美国,也不能认同美国,我至今没有加入美国国籍。有一段时间,自我感觉这个世界公民的角色还挺好,感觉我找到的这个第三空间还挺大。不左不右,不中不西,不革命也不反革命,不是改革派,也不是保守派,不骂中共也不给美国政府贴金,恪守中间价值,恪守中庸之道。躲进小楼成一统,管他冬夏与春秋,倾心研究我的金融经济。可是时间一长就不是那么回事了。

"无根之草无源之水,无桨之舟无魂之躯,一叶漂萍,随风浮沉,孤独寂寞苦不堪言。勉强建立的心理平衡很快又失衡了。人非草木啊,故乡是可以抹去的吗?青春是可以遗忘的吗?老爹老娘兄弟姐妹是可以忘掉的吗?老朋友老同学是可以忘掉的吗?我知道这么多年你会怨我恨我,可我一天也没忘掉你。人是可以健忘的吗?过去三十年的生命可以一笔勾销吗?田塬和英北公社的脚印可以抹掉吗?村里知青窑前还有乡亲们为我立的一块碑,我陶远尘真的是虽生犹死了。早知如此,我为什么要出国?我为什么要离开黄土高原?"

"你的心情可以想象。"

"其实你无法想象。一时冲动,代价惨重,惨重得让我有点吃不消。这几年,反思过去,我甚至怀疑当时的正义冲动是否值得。十年前,风波的事没人提了,我终于可以回国了。当我决定举家返乡回国时,可是凯蒂又不同意了,我俩为这事吵了好几回,谁也说服不了谁,回国的事就耽搁下来了。"

"凯蒂为何不同意呢?"

"凯蒂的中国情结很古怪。我真不知道她身上那一半中国血是怎么流淌的,飘忽不定,一会儿向东一会儿向西。我和她相恋时,她念念不忘中国。结婚以后,她老对我嚷:咱们什么时候回中国看看呀?我爸爸的亲戚也是我的亲戚呀。后来生小孩耽搁了。如果没有风波,我读完博士是有可能把凯蒂带回中国的。你那会儿不能把她带回去,那是因为她还不真正了解中国;她好不容易跟你回国一次,你非把她往黄土高原带,她看了那地方,还敢在中国生活吗?"

"是凯蒂自己非要去陕北的,我本来是计划带她去上海广州的。"

"风波后我回不去了,她几乎隔两三年就往中国跑一次。我不知道她到中国是否去看过你。"

"没有。她到中国我根本不知道。"

"凯蒂也和你一样多愁善感。可能她怕触动你们的伤口。"

"可能吧。"

"2000 年前,她每次从中国回来,都向我不厌其烦地大讲中国的变化,中国的奇迹,她是真心为中国崛起而欢欣鼓舞。可是 2000 年以后,她又回去了两次,回来之后蔫蔫的,不愿多说。我问她,她就说,没什么好说的,中国现在越来越腐败越来越混乱,她已经看不懂了。"

"可是 2000 年以后正是中国发展最快的时候啊。国企就是 2000 年以后才全面盈利做大做强的呀。"

"我不知道她回国都看见了什么接触了什么人,2003 年我跟她重提全家回国定居的事,她的反应激烈:那个腐败专制的国家不值得回去,更不能定居。现在中国就是一大堆干柴呀,说不定什么时候遇到火星就会着火爆炸,我们回去怎么生活?而且你都快五十岁了,当官早没你的份了,教书哪儿不能教?中国的教授都在四处捞钱,没人真正教书,而且在中国教书的收入跟在美国教书的收入能比吗?你在纽约分校当着教授好好的,瞎折腾什么?"

"也许凯蒂说的也有道理。"

"一年后我旧话重提,她又说:我父母年纪大了,身体也不好,需要我照顾。而且我从小生活在美国,在别的地方生活不习惯。到这会儿,她似乎早忘了她的中国梦,也忘了在中国还有我的母亲。至于中国的改革中国的崛起,她早就不提了。如果不是凯蒂拼命反对,2003 年我就真的回国定居了。回国不成,2004 年我就跑到华尔街工作了,每天忙得四脚朝天,回国探亲的事就又放下了。2008 年金融危机,我失业了,心情压抑,借酒浇愁,凯蒂也离开了我。那以后穷愁潦倒落魄盐湖,无脸以见江东父老,回国的兴致就再也提不起来了。就这样一晃就是二十六年。我认命了。客死他乡就是我的命。"

远尘说完,老泪纵横悲泣有声。我不知如何安慰他,只好在一旁拼命喝茶。

7

我在盐湖城的第二个周末,午饭时远尘问我:

"下午在朋友家有一个 party,你有兴趣吗?"

"都是什么人?"

"都是盐湖城的华人。这是例行聚会,每周一次。你大驾光临,上周六我没去。你现在已经从记者升级为作家了,应该多体验生活啊。"

"作家并不比记者高。文学边缘化已经有年头了,如今这世道政客和商人才是主角,码字的算老几? 现在博客一开,网上写作盛行,十三亿中国人起码一半是作家。作家早就臭大街了。再说我写中国改革,又不写美国。"

"美国新一代大陆华人奋斗史,也就是中国老三届洋插队史,真值得写。"

"那你为何不提笔?"

"我没你那份文学天赋。"

"你的文字功底不薄,我看你是不愿受那份罪。写作是个苦差事,苦不堪言。"

"一起去吧,结交几个新朋友。"

"好吧。"

下午我们开车前往时,远尘说:

"我们的 party 是轮流坐庄。内容很简单,就是大伙在一起打打球、看看球、吃顿饭、侃侃山。今天的庄家吕济南,老三届,行伍出身,参加过对越自卫反击战,父亲是个将军。他 1986 年来美,一直做贸易,主要是把盐湖城的铜矿卖给中国,然后再把中国生产的电解铜和电缆买回来。你不知道吧,美国最大的露天铜矿在盐湖城,什么时候应该带你去参观一下。"

"三十年前我就知道盐湖城有铜矿。"

"真的吗?"

远尘面露惊讶。

"真的。"

我给他讲了 Joe Hill 的故事。

"那个时代的美国工人还是有革命动力的。时过境迁,如今的美国蓝领生活优裕,就是你拿枪逼着他也不会起来革命了。"

"马克思和恩格斯做梦也想不到美国工人阶级会有今天,他们的《共产党宣言》白写了。"

"每次凯蒂从中国回来,一边抨击中国腐败,一边又惊叹中国的建设速度,城市一年一个样,高楼大厦几个月就拔地而起。你不知道美国建筑工人是怎么玩活的吧,他们每天九点上班五点下班,中午饭要吃一小时,中间还要喝两次咖啡,一天干不了多少活。美国的汽车工业为什么竞争不过日本? 管理技术落后是一方面,重要的是劳动力成本控制。通用的工人工作时间比丰田工人短,工资比人家多拿四分之一,而且还动不动就罢工。"

" 如今的美国工会不仅是资方惹不起的大爷,而且是政府和市民也得罪不起的祖宗。前不久,纽约地铁工人为增加养老金举行大罢工,纽约交通瘫痪,每天损失 6 个亿。美国的地铁工人年薪 6 万美金,远高于普通工人,但他们还是要罢工。所以纽约市长说运输工会没良心,罢工是谋财害命。纽约市民说,罢工是敲诈市民。你要是早来几个月,没准还能赶上。如果赶上,你是支持地铁工人呢,还是支持政府和市民呢?"

"我当然愿意坐地铁,不愿意满大街溜达。我又不是共产党,没有义务支持地铁工人,别看我老爹是工人。现在的中国共产党已经不是工人阶级的先锋队了,因为工人阶级不代表先进生产力;代表先进生产力的是企业家和科技精英。商人不巴结官府,没法挣大钱;官府不代表商界,上哪找钱花? 现在美国的白领是不是比蓝领贡献大? 蓝领玩不了高科技呀。"

"美国的国力真的是靠白领支撑,蓝领倒有边缘化的趋势。美国社会一直稳定,没有政变的困扰,原因是它已经形成了一个橄榄形社会。中间最大的部分是中产阶级,主要是白领,他们是社会的稳定器。但美国社会的实质还是大资产阶级掌控的社会,近几十年是垄断金融资本的掌控。美国的民主选举、两党轮流执政、三权分立,通通都是为垄断金融资本服务的,是华尔街指挥白宫。白领阶级中产阶级也是跟着金融家跑。"

"美国的虚拟经济是不是已经脱离了实体经济?"

"早就脱离了。以五大投行为代表的庞大金融体系天马行空独来独往,恶性膨胀极度贪婪,它们不仅掌控着美国经济,也左右着世界经济。它就像个巨大的吸血鬼,有六个大吸盘,最大的一个附着在美国身上,另外五个附着在五大洲,除美国之外,中国被它吸去的血最多。这次金融危机,始作俑者就是华尔街贪婪的投行;它们吸饱了美国民众的鲜血,结果撑爆了肚皮,它们吐血时,美国政府居然用纳税人的钱来补贴它们;然后开动印钞机,用全世界的血来补贴它们。美国是谁的政府难道还不一目了然吗?"

"远尘,你说的很精辟,但我总觉得有点过有点情绪化。你是不是因为自己在金融危机中失业损失惨重而走向偏激呀?"

"哥们儿是金融教授,是理性学者,不会戴个人恩怨的有色眼镜看问题。"

"但愿如此。我远离美国二十多年,没多少发言权。你一直在美国,又感同身受,应该有发言权。不过不以物喜,不以己悲,超越个人境遇个人利害看问题不是一件容易事。"

"你不是自称天下大度之人吗?身为利益受损者,还要歌颂改革,为改革受益者说话。天下上哪找你这样客观公正的大记者?你是蝎子拉屎毒一份。"

"你损我是吧?怎么咱俩走到哪儿掐到哪?咱们是冤家吗?"

"不是冤家不聚头。都他妈二十六年了,我还是没有甩掉你呀。你这不是飞越关山万里跑来跟我算账来了。"

8

说话间,车到目的地。

这是一座山脚下的大房子,看上去比远尘的豪宅还大。最明显的是院子大得多,草坪右侧是半个篮球场。

我们走进客厅时,人已经到得差不多了。厅里大约有十一二个人,主要是男士,有两对夫妇;看上去年纪都在五十岁到六十岁,陶远尘年纪最大,所以大家都叫他老陶。老陶向大家介绍新人:

"这是刚从北京来的青年作家关澜,写过十本大作。"

我赶紧纠正:

"这儿没青年作家。我是老陶插队时的哥们，同龄人，叫我老关吧。"

我们落座之后，又先后进来两位。人齐之后，开始打篮球。远尘拉我上，我拒绝了。心想都什么岁数了，老胳膊老腿的还打得动篮球？上场的一共八位，分成两拨打半场。一看就是经常运动的人，腿脚还挺灵活。大家很少冲撞，抢球时也很客气，其中好几个投篮还真准；老陶的远投更是一绝，有校队水准。

球打完了，大家围坐在一起看电视。电视机居然和老陶家的一样不是高清的。都说美国先进，我他妈用高清都两年了。

以往他们都是看 NBA，今天他们看的是法网直播，中国的李娜和意大利的斯齐亚沃尼决赛。看球的气氛十分热烈，喝彩、叹息、点评，一样都不少。绝对的一边倒。很快我发现，这帮家伙对李娜门清儿。李娜的技术特长和特短，何时单飞，与国家队如何分成，在德国如何训练，老公有何作用，评论起来如数家珍，比我这个中国来的清楚好几倍。

场上李娜打出一个漂亮的压线球，客厅里一阵呐喊。

"李娜的压线球真是绝活，80% 的概率，刚好砸线，不知她怎么练的。"

"李娜两次杀入决赛，两次与冠军失之交臂。事不过三，我看今天有戏。"

"我看有点悬。这会的关键不是技术而是心理，不知李娜今天能否调整好。"

"这个斯齐亚沃尼可不是善茬，别看她人丑，球技超一流，她可是拿过大满贯冠军的。"

人们七嘴八舌，争论不休。那场球打了两个半小时，其间大家全神贯注，忘记了瓜子也忘记了茶。

最后李娜以 2 比 0 夺冠。这是中国人获得的第一个网球大满贯冠军。最后一球落地时，客厅沸腾了。女士拼命鼓掌，男士拍桌大叫，情绪比李娜还兴奋还激动；五十好几的人了，看上去就像一群孩子。

我在一旁悄悄地观察着这群美国的老三届。如果今天夺冠的李娜不是中国人，他们还会这样激动吗？此时此刻，李娜不过是个符号是个象征，就像她身披的五星红旗。

我想起了几天前，远尘带我参观盐湖城冬奥会颁奖台时，他对我说，盐湖城那届冬奥会成了当地华人的盛大节日。人们扔下手头工作，跑到现场呐喊助威。

当大杨扬终于实现零的突破时,当五星红旗升起在盐湖城上空时,他们欢呼雀跃热泪盈眶。

我又想起了远尘跟我侃足球时说,盐湖城是西部小城,国际赛事不多。三年前中国足球队来访,大家都知道国足臭,但还是前去捧场,为国足加油;结果堂堂大国男足被三流的犹他队灌了两个球。

网球也好,足球也好,冬奥会也好,所有的体育比赛不都是个象征是个符号吗?不都是一个场合一个机会一次聚会吗?他们借球说事,借比赛说事,借机流露和宣泄的还不是浓浓的乡情?

他们毕竟是中国人,虽然都入了美籍。他们在美国入乡随俗周周打篮球,可他们平时说得最多的还是国球乒乓球。都说美国人爱国,都说在美的印度人韩国人抱团,都说在美华人单打独斗一盘散沙,可我今天分明看见了一个其乐融融亲密数年的美国华人团体,一帮扎在美国的中国老三届和红卫兵;他们的内心他们的感情他们的牵挂,还是在那片遥远的故土上。

9

晚饭是中餐自助,菜是每人带来一份,大家混着吃。晚饭后,大家一起品茶闲聊。有人提议让刚来的关先生说说国内新闻,我推辞不掉,只好站起来讲了几分钟。其实我讲的他们都知道。在座的除了远尘都是中国的常客。有人两年回去一次,有人三年,也有人年年都往回跑。

我说完之后,大家又像往常一样自由漫谈。说东道西天南海北,时而共鸣,时而争得脸红脖子粗,但主题还是离不开中国。

"年前我回国,见到几个从前的战友。他们邀请我到射击场打枪。那儿的子弹真他妈贵,可那几位战友对我说,你随便打,想打多少发就打多少发,钱的事不用你操心。我看他们一个个好像都比我有钱,我真闹不清现在是中国富还是美国富。"

说话的是东道主。

远尘在我旁边小声说,这哥们军装脱了几十年了,还是酷爱枪,家里珍藏的手枪有几十把。这话我信。我没忘记脚下的国土有持枪自由,也没忘记这也是校园枪击案频发的地方。淋漓的鲜血和鲜活的生命，都不能改变美国人的自由观念。"若为自由故，一切皆可抛"。我忽然联想到，如果今天的中国也像美国一样可以人人有枪，神州大地将是一番什么景象？是枪声不断血流成河，还是歌舞升平安然无事？到底是美国治安好还是中国治安好？

"这还用说，当然是中国富美国穷了。中国的外汇储备世界第一，持有的美国国债世界第一。现在连美国政府的信用都面临降级的危险，美国债台高筑，只能开动印钞机，这纯粹就是流氓就是抢劫；印出钞票来还得发国债呀，还得让中国买呀，中国日本要是不买，你卖给谁去？所以说现在是中国给美国扶贫。"

慷慨陈词的这位是个大高个，远尘告我，他也是个干部子弟，1985 年就来了，从事 IT 行业。

"我去年回国，一个中学同学请我吃饭，他是个国企老总。我们去的是大宅门。菜单上来，他让我随便点；我一看菜单，上面天价的南非鲍海天翅都有，黄鱼，括弧里写着野生，一千二一斤；小米粥，括弧里写着海参粥，二百块一碗；我一看这不是宰人的黑店吗，哪敢点呀。人家老总接过菜单，不打磕巴点了一大堆。那真是什么贵点什么。结果我们那顿饭两人吃进去了八千多块。后来我才知道，国企老总每年的请客吃饭卡都有十几万，不光请客户，每年把他们全家和七大姑八大姨都请上十几遍也花不完；他还得玩命吃，因为卡上的公款花不完到期上交。我仔细观察发现，现在中国做官做老总的也要付出健康代价，大肚皮是他们共同形象，肚子里的板油至少三寸厚，三高不用说，心脏搭桥是常事。"

说这些话的哥们是位中医师。

"中石化的老总陈东海贪污两个亿被判死缓。我在国内听说这位老总和一位山东的高官共享一个公共情人，一个四十多岁的法裔越南混血女人。这位老总每天花销四万，他的名言是：'每月交际费一二百万算什么，公司一年上缴税款二百多亿。不会花钱，就不会赚钱。'我就奇了怪，他衣食住行都不用花钱，还贪污那么多钱干吗？"

女士终于发言了。

"这几年我每年都回去，中国的事越来越看不懂。经济增长那么好，老百姓却怨声载道。别说9%，要是美国能有3%的增长，老百姓一定喜笑颜开。国内的朋友也是什么看法都有，有人说中国现在是一把干柴，有个火星就能着；有人说，中国很稳定，还会有三十年的高增长；也不知听谁的好。"

"中国的航母到底还是出海了。"

"那不过是改装的一艘俄罗斯旧航母，拿它练练兵而已。我看中国自己的航母正在偷偷造，用不了一两年就会问世。中国第五代战机歼20不也是偷偷研制的吗？然后突然亮相，吓出美国一身冷汗。"

"老兄言之有理。中国的造船工业已经是世界第二，几十万吨的油船都能造，造航母没问题。中国正在组建的第四舰队就是以航母为主的舰队，我猜中国自己造的航母后年就能下海，而且肯定是先进的核动力大航母，起码相当于美国的里根号。"

"现在玩航母，不光是玩技术而且是玩钱。英法两国都养不起大航母，所以只能造中型航母。俄罗斯还剩下六艘中型旧航母，其中一半在大修。前苏联直到解体前都没造出一艘核动力大型航母，世界上真正拥有核动力大型航母的国家也就是美国，现有十一艘服役，其中八艘核动力航母。美国的里根号造价六十亿美元，最新下水的布什号造价一百亿，相当于一个中等国家全部军费开支。我看，当今世界上能造得起核动力大型航母的国家只有美国和中国。"

"我看美国人就是霸道，你他妈拥有那么多航母，却不许中国人造航母，这不是只许州官放火，不许百姓点灯吗？"

"中国要和平崛起就不应该造航母。"

"中国也不必造航母。现在已经是弹道导弹时代，航母就是一海上活棺材，找挨打呢。"

"哥们说得对。真正让美国睡不着觉的还不是中国的五代战机，因为它们还没有量产和装备部队；美国人真正怕的是中国最新研制的东风-21DD反舰弹道导弹。那玩意打航母一打一个准，是航母的克星和终结者，够美国人喝一壶的。"

"我看没那么简单。说航母是海上活棺材的是赫鲁晓夫。六十年代苏联海军司令戈尔什科夫提出饱和攻击战略，就是用舰载和机载巡航导弹密集攻击航母，他计算用九十枚导弹就可以击沉一艘航母，赫鲁晓夫听了龙颜大悦。其实这个战略根本行不通，因为这些舰只和飞机根本无法接近美国航母。六二年，苏联第五设计局的切洛梅提出反舰弹道导弹项目，赫鲁晓夫马上批准项目上马，六四年赫鲁晓夫下台，苏联的这个项目就泡汤了。世界上第一个研制出来反舰弹道导弹的是伊朗，名为'波斯湾'，但那东西不但射程近而且没有卫星定位跟踪，别说对付航母，就是对付军舰都不行，只能对付波斯湾的油轮。反航母弹道导弹有三个技术难关，一是末端制导，二是卫星定位跟踪，三是弹头威力。世界真正意义上的反航母弹道导弹就是中国的东风－21D和C，听说已经试射了三次，并开始装备部队。听说用的是微波弹头。"

"反航母弹道导弹说到底还是防御性的，本质上还是岸防武器。中国东风－21D射程虽然达到两千三百公里，但还是奈何不了公海上的航母，也不能争夺制海权。中国有了这玩意，美国航母不敢靠近中国近海了。中国现在一手研制反航母弹道导弹，一手建造航母，这说明中国军队执行的还是走出去战略。"

"中国政府发表的白皮书宣称自己不走强国崛起的传统道路，而是要和平崛起。可人类历史还没有和平崛起的先例，新崛起的大国与守成的大国正面冲突从来不可避免，这是大国兴衰定律，中国能例外吗？"

"我看能。中国的儒家文化主张中庸和谐，以往崛起的强国都没受过欺负，中国从前可是个饱受欺凌和侵略的国家，她崛起了不太可能再去欺负侵略别人。再说，世界上为争夺资源而打仗厮杀的时代已经过去了。"

"这些日子，南海风波又起，美国又要重返亚洲。越南、菲律宾、印度都在跟中国较劲。"

"过去说反华大合唱，将来才是真正的全球反华大合唱。西方和中国的蜜月已经结束。过去双方是优势互补，西方占据产业链的高端，中国在中低端，中国的廉价产品让西方生活水平提高了一大块，无论如何贸易战都真打不起来；现在中国崛起了，高端制造业发展迅猛，已经对西方构成致命威胁，它能不跟中国打贸易战吗？再加上意识形态歧视和根深蒂固的制度偏见，整个欧美能不反华吗？中国的块头太大了，亚洲各国面对一个崛起的巨人能不害怕担心吗？所以我看将来世界上不反华的也就是非洲。还是黑人兄弟够哥们儿，只是这些兄弟穷了点，老是跟你要钱。"

"只要中国经济再能持续高增长二十年，只要中国能造出十艘核动力航母和装备第五代战机，谁他妈反华也不怕。"

男士们个个都是军事迷，侃起武器来不但让女士们插不上嘴，而且没完没了。

10

Party 一直持续到凌晨一点。回去的路上远尘告诉我,这些人都是八十年代中后期到美国来的,大多数是老三届。他们做什么的都有,做贸易的、做 IT 的,做医生的,玩艺术的,开饭馆的。二十多年过去,大家混得都还可以。钱没少挣,房子都有两套,孩子也都上了大学或者工作了;这些人,除了他陶远尘,都入了美国籍,也都入了基督教;除了他,大伙也常回国探亲;但是根还是扎在了美国,而且肯定是在美国养老了。

听完远尘的介绍,我的内心翻腾不已。他们不就是美国的新一代中国移民吗? 他们不就是美国的老三届吗? 他们中许多人都是当年的红卫兵。当年宣誓要血染华盛顿,如今一个个都在美国做了顺民,安家置业,活得挺滋润。历史的吊诡就是如此。

我又想,这些人虽然经常回去,但来去匆匆,走马观花,浮光掠影,他们真的了解中国吗? 今天的中国在他们心中究竟是什么形象? 是黑暗是光明? 是腐败是廉洁? 是虚弱是强大? 是贫穷是富裕? 是迷途是奇迹? 是乱世是盛世? 不管中国在他们心中是什么形象,不管他们是否入籍是否扎根,这些而立之年出来的人,他们扎在故土的根已经不可能连根拔出了,他们留在故土的青春和岁月已经不可能彻底遗忘了,他们与母体的无形脐带已经不可能一刀剪断了。他们是美国人,也是中国人;他们是美籍华人,也是亚裔美国人。他们永远也无法改变自己的皮肤和血液,他们能够改变的是自己的信仰价值和情感,他们究竟改变了多少,我不知道。

中国对于他们,不仅是一个永恒的存在,而且是一个永恒的话题。骂也好,赞也好,恨也好,爱也好,剪不断理还乱的是中国,挥之不去躲也躲不开的还是中国。

我想,他们这一代美籍华人是幸运的,也许他们儿女那一代更幸运。一代人有一代人的苦难和欢乐。起码他们这一代在美国扬眉吐气是做到了。他们不再像他们的前辈那样被羞辱被歧视被欺负,因为他们身后的祖国不再是愚昧落后无足轻重。当今美国佬谁能无视中国的存在？没有中国制造他能有今日的生活水准吗？没有中国为其背债,美国能走出金融危机吗？

这些话我没有跟远尘说。

11

又是一个周末,转眼我在盐湖城已经住了两周了。

早饭时,远尘建议:

"一会儿去爬山吧?"

"你经常爬吗?"

"我每周爬一次。你在国内养尊处优,现在还爬得动吗?"

"在美国过神仙日子的是你。没告你我在国内天天游泳吗?就你们盐湖城的这些小山包,对我是小菜一碟。"

"先别吹,一会儿爬着看。"

饭后,我们驱车来到山脚。远尘是全副武装,登山服,登山鞋,登山杖;他还特意为我准备了一副金属登山杖。

"我不用那玩意。陕北农民出身,没那么多讲究。"

"你在陕北只待了不到三年,还敢自称陕北农民?"

"无论土插队还是洋插队,时间不在长短,关键是感觉。我知道你在延安待了十年,可毛泽东待了十三年。你延安十年换来一个公社书记,毛泽东延安十三年换来一个开国元首。我在美国也只待了三年,那点感觉基本消散;你在美国一待二十六年,应该情深似海感觉多多了;可怎么没见你说美国呀?"

"着什么急,你这个大记者不是还没问到这儿吗?"

"对了,远尘,你说毛泽东为什么一直没回延安?1959年回韶山,1965年重上井冈山,但就是不回延安?如今陶远尘二十六年不回延安之谜已经揭晓,但毛泽东不回延安这个千古之谜还没揭晓。"

"斯人已去,这个谜永远不会揭开了。我算老几?你为什么老拿我开涮?"

我俩一边说着,一边缓步向山上进军。山不算高也不算陡,但爬到半山腰我已经有点气喘了,毕竟许多年没爬了。

"牛皮吹破了吧？歇会吧。"

干瘦的远尘似乎气定神闲。

快到山顶时，脚下已是积雪。

"这山上的积雪终年不化吗？"

"对，盐湖城全靠这些积雪。"

终于登顶，我们坐在"客厅"休息。所谓客厅是好心人用石板搭成的几把石椅子。上面还有刻字，竟然还有中文。

"这几个中文是你刻的吧？"

"盐湖城会写中文的人多了。"

坐在别致的雪厅里，俯瞰盐湖盆地，西部省城风韵尽收眼底。仔细看，几天前参观过的议会大厦、摩门大楼、教堂广场，都能分辨出来。

"你的豪宅在哪里？"

"你在山上看不见。"

"凯蒂在这所房子里住过吗？"

"没有。房子是分开之后买的。"

"凯蒂为何离开你？"

"都是金融危机惹的祸。我和凯蒂婚后的前十年堪称美满。中国是我们之间永恒的话题，她那时比我更爱中国。后十年，矛盾和摩擦渐渐多起来。工作上的、观念上的、文化上的，包括情感上的，都出来了。这时我才意识到没有永远不变的爱情，也意识到虽然我们身上都流着中国血，但凯蒂基本上是个美国人，而我永远是个冥顽不化的中国人。这十年，中国还是我们的共同话题，但已经演变成争吵的话题。她对中国的腐败耿耿于怀，对中国的权贵资本主义不能容忍。中国越来越让她失望甚至绝望。"

"我在女儿的房东那儿也看到，洛杉矶为数可观的华人，不管是台湾来的还是大陆来的，不管什么职业，都整天把中国的腐败和专制挂在嘴边，都在不遗余力地批判中国现政权。至于那些华语报刊，更是争先恐后地热炒中国负面消息，并以此作为招揽读者的看家本领。你刚才说，凯蒂还是个美国人，她对待中国当权者的态度可像个中国人啊。"

"是啊。最后一次从中国回来，她对我说，'中国人现在除了钱什么都不认了。世风日下，道德沦丧。我爸的一个上海亲戚，路上开车看见一个老太太过护栏时跌倒在地，他好心去扶，结果被讹上了；最后法院居然判这个亲戚赔偿三十万。现在的中国，老人在地上摔得头破血流都没有人敢扶，道德倒退了至少三十年。'每次她这样情绪化地抨击中国，我都婉转地反驳。可是渐渐地我的反驳越来越微弱越来越没有底气。有时争辩激烈时，她就质问我：你这么多年没回去了，你了解中国吗？你只了解1986年以前的中国，现在的中国你了解吗？你的辩护都没有根据，既没有理论根据也没有事实根据，里面几乎都是情感，情感不能代替真理。这些年我回去了多少趟？我老爸的那些亲戚，七大姑八大姨，我见了多少？国内的同行，我见过多少？你以为我不爱中国吗？我不是愤青，也不是不同政见者，我只是个良心未泯的人，我是为中国的未来担心。"

"这么说你们的辩论是凯蒂占上风了？"

"是这样。我们一辩十年，结果是我的心越来越虚，声调越来越低。到后来几乎向她投降了。加之这些年国内出来的人的渲染，再加上那些跑到美国的国内贪官和他们后代的丑行，我和她一样已经看不清看不懂中国了。"

"既然你们的观点渐趋一致，那干吗还要分开？"

"常年争论总是伤感情的。争论中国问题只是一个原因。2004年我决意要去华尔街也是个重要原因。凯蒂不是很看重金钱，而是更看重稳定。结果我的华尔街冒险以失败而告终，破坏了家庭的稳定收入和生活。失业之后，凯蒂并没有抛弃我，她是打算和我一起患难的。但我失业之后心理失衡，心灰意懒，意志消沉，并且从借酒浇愁慢慢演变成酗酒，这让她越来越不能忍受。其实失业之后，我还是有机会重回大学教书的，毕竟我也是个有专著有点小成就的金融教授；就是搬到盐湖城，也有到犹他大学执教的可能，但我不想干了，心情郁闷情绪低落，就是不想干。美国的退休制度跟中国不一样，公务员和大学教授都可以干到七十岁，甚至干到死。凯蒂最不能容忍的是我的消沉和放弃，加上她妈妈身体不佳需要她陪伴，于是四年前她一怒之下走了。其实我们并没有离婚，应该算是分居吧。但结果是一样的，四年，整整四年，我们没有见过面。"

"老夫老妻的何必呢。这么说凯蒂现在在好莱坞和她妈妈住在一起？"

"对。她妈妈以前是大学艺术系的教授，后来成为好莱坞为数极少的女导演，但没什么名气。"

"我在洛杉矶时重游好莱坞,在街道见到一个牵狗的女人,非常像凯蒂,但比凯蒂年轻,我没敢认。"

"有可能是她。她爱狗已经胜过爱我,整天与狗形影不离。她很会保养,比实际年龄至少年轻五岁,不像我,未老先衰。"

说到这,远尘又有点凄然。

12

爬山那天晚上回来,我们一起喝杂粮粥。不知远尘从哪儿弄来这些小米、糜子、红豆和绿豆,粥的味道还真有当年黄土高原的味。

晚饭后,我们面对面坐在客厅的沙发上。

"你现在是否真的认为中国已经腐败得不可救药,中国真的走上了权贵资本主义?"

"我现在倾向这种观点。这些年我虽然没有回去,但国内的情况还是了解一些。凯蒂只是一个信息源,美国可以看到中央四台,也可以看到凤凰台,再说网上什么都有,当然没有你在国内了解得透彻。"

"也许我是当事者迷,你是旁观者清。"

"最近几年,我的感觉越来越不好。感觉国内的腐败可能已经病入膏肓了。小平当年说,出现两极分化,改革就失败了。现在中国的贫富差距已经超过了美国,你能说改革成功了吗? 我记得权贵资本主义是吴敬琏提出来的,现在中国似乎真的走上了拉美的这条权贵资本主义之路,当年的改革者大都变成了官僚和既得利益者,而且利益集团日益固化;听说我当年体改委的那些同事好多都成了部长副部长;官僚阶层再加上国企垄断集团,再加上靠巴结官府暴发的民企老板,这些人占有了社会80%以上的财产,相反挣扎在底层的农民、农民工和下岗工人的状况仍然很艰难;国富民穷,中产阶级始终不能成规模,社会始终形不成橄榄形,还是两头大中间小,尤其底层这一头还是过于庞大。现在民怨沸腾,国家像一座干柴堆,危机和动乱一触即发,你能说改革成功了吗? 这可不是当年我们改革的初衷。"

"远尘,看来你对国内情况挺了解的,斩不断理还乱的中国情结呀。我真不能想象,如果当年你和我一同回国了,你现在会怎样。你肯定还会在官场,也许比那些委里同僚爬得更高。如果真是这样,你就不会如此说话了,你肯定是主流思想官方舆论的代言人。"

"也许吧,人毕竟都是环境的产物,时势比人强。关澜,你怎么看?"

"中国社会尽管危机重重矛盾重重但基本稳定,你和凯蒂担心的暴民四起天下大乱二十年内不会发生。"

"你敢肯定吗?"

"我的直觉告诉我是这样,至于我的直觉是否准确那就不知道了。如果我看出中国将乱,我早就到美国投奔女儿来了。或者投奔你老兄,你不说在你这儿住个三年五载的没关系吗?我就在你这儿养老了。青山绿水蓝天白云豪宅草地,咱也来过过美国人的天堂日子。"

"你这么乐观有什么根据?"

"不说别的,就说你战斗过的田塬吧,老乡们靠种烟叶和苹果,现在年收入差不多小十万元,大部分人家都有了小汽车,这是你当书记那会儿敢想的吗?你说田塬的农民会起来造反吗?"

"这是真的吗?"

"当然是真的,这是我亲眼所见。"

"太不可思议了。"

"首先声明,我不是既得利益者,而是地道的边缘人,但我没有你那么悲观。我看中国的改革还是基本成功了。国内眼下的问题虽多矛盾虽尖锐,但到不了你说的那个程度。哪家没有一本难念的经,金融危机下的美国就不危不乱吗?就说腐败吧,我承认国内腐败是个老大难,我也不否认美国官员廉洁得出乎我的想象。我在国内几乎天天抨击腐败抨击利益集团,以至在官方的眼里,我快成了不同政见者了。但远尘你想过没有,如果中国的腐败真的像拉美东南亚那样病入膏肓,怎么会有经济奇迹?你是经济学家,重数字分析,你仔细想一想,凯蒂和你两家的大陆亲友中,你的同学和同事中,现在为官的不在少数,他们中究竟有多少贪污犯?有一半还是一大半?如果你有了这个数据,我想你下判断时就有了依据。我的观点是,中国现在还不是权贵资本主义,国有资产的主体没有被瓜分,贪官虽多但还不是主流,商界,包括国企也不是都掌控在太子党高官及其家族手里；如果那样，就没人出来创业了。商界领袖柳传志、刘永好、张瑞敏、陈东升、梁稳根、宗庆厚、尹明善、马云等都没家庭背景。权贵掌控的垄断国企只占很小比例，而且他们手中的巨额国有资产也不是法定属于他们家，他们退休了，这些资产也带不回家。经济学家总得靠数据说话，不能靠感情和情绪说话。"

"你以为我对中国就没有感情了吗？花甲之人耳顺之年了，也不会轻易产生偏激情绪。这些年我也一直在思考。过去我们在国内，经常争论改革的路径。当时我俩的共识是中国的渐进式保存转化存量发展增量的改革是成功的，而苏东的休克疗法的激进式改革是失败的。最近几年，俄罗斯和东欧国家似乎已经渐渐走出了困境，他们都出现了5%以上的增长。我记得，林毅夫曾经把中国的经济奇迹归结为后发优势，就是放弃了赶超战略，根据比较优势原理，选择了发展劳动密集型产业的正确战略；但杨小凯有不同意见，他提出了后发劣势的观点，认为绕开民主宪政的改革，只搞市场经济改革，这种用技术模仿代替制度模仿的策略，短期效果明显，但长期代价极高，结果可能被苏东后来居上。学术界大多赞同林毅夫的观点，我看中国正在经历杨小凯描述的过程。"

"远尘，你人在美国，对中国学术界了如指掌啊。你和杨小凯很熟吗？"

"算熟吧。他比咱们来得早，八八年就拿到普林斯顿的经济学博士了。他在哈佛国际研究中心做研究员时，我们来往比较多。小凯是个天才。'文革'中他因一篇'中国向何处去'坐了十年大牢，那会儿不光'四人帮'，连华国锋都认为他是反革命。小凯出来后，在美国做研究，在澳大利亚做教授，可还是心系中国；他的后发劣势观点振聋发聩，是他对中国向何处去的最新回答。六七年他写那篇文章时才十九岁，文章虽然石破天惊，但很幼稚很不成熟；他写后发劣势文章时，是经过深思熟虑的。他的新兴古典经济学与超边际分析方法和理论是划时代的著作，如果不是英年早逝，他是可以得诺贝尔经济奖的。"

"如果杨小凯得奖，不就没你的戏了吗？"

"杨小凯的才华和功底远在我之上。话说回来，如果没有那十年牢狱之灾，他也不会得癌。"

"第一次见识陶远尘的谦虚。看来陶家是一代不如一代了。话说回来，如果没那十年高原岁月，你也不会没有得奖希望。最好的学习研究年华都荒废了。小凯去世时，一向狂妄的张五常说：'只有上帝知道，如果小凯没有坐牢十年,老早就有像我那种求学的际遇,他在经济学的成就会是怎样的。拿个诺贝尔奖不会困难吧。'张五常的话还是有道理的。"

"都是'文革'惹的祸。那是我们这代人的劫难。"

"杨小凯到国内讲学时,我采访过他,有过一面之交。我虽然钦佩他的才华和学问,但不同意他的后发劣势论。中国改革道路的成功和苏东改革道路的失败是不争的事实。他们近年来的起色也是修正过去道路的结果。俄罗斯分掉国有资产搞全盘私有化的结果就是大鳄群起寡头林立,老百姓不但没有受益而且受损;俄罗斯的寡头可比中国的大款富多了,他们的贫富差距也远远超过中国。普京上台后为何把石油大鳄金融大鳄抓起来了? 那就是修正的信号。现在说俄罗斯后来居上为时尚早,我看他们赶上中国三十年内没戏。其实苏东的改革是照美国经济学家的药方抓药的结果,那个药方就是先改政治制度,搞民主选举;然后全盘私有化,分掉国有资产;同时开放金融。看起来是一步到位干脆彻底,但结果怎样? 国家分裂社会动乱经济衰退。"

"你说的这些是事实,但情况也在改变。"

"是在改变,等他们回过味来,中国早已一骑绝尘了。普京也说,如果当年他是戈尔巴乔夫,他不会选择先搞政改而会选择先搞经改,那不就是中国道路吗? 我们刚才说到诺奖,世界经济学的中心从来都在世界经济的中心,近几十年来,80%的诺贝尔经济学奖都被美国人抱走了,对此咱也没脾气,谁让人家美国经济牛呢? 但是,远尘,你发现没有,现在形势正在悄悄地改变,世界经济的重心正在从美国向中国转移,将来诺奖得主必定是正确解释中国经济改革的经济学家。你现在回国还来得及。"

"关澜,你胡扯什么,我此生早已和诺奖无缘了。"

"干吗那么悲观呀? 我还没放弃拿诺贝尔文学奖的梦呢。"

"你再写十年小说,说不定还真有可能。我是二十年前就知道没戏了。四十岁才拿下博士,别说得诺奖,就是想在学术上搞出点成果也都不可能了。吭哧了好几年,弄出本专著,结果书出之后无人理睬,那时我就知道此生的学术生涯到头了,这也是我非要离开大学到华尔街去的另一个原因。"

"你说这事闹的,原打算到美国来取真经圆学术梦,结果一个好端端的经济学天才生生被美国给毁了。"

"出来时已经不是什么学术人才了,怪不得美国。即便回国,学术上也不会搞出什么名堂,只能走仕途了。"

"走仕途好哇,中国缺一流的经济学家,更缺一流的政治家呀。你的情商智商,人际协调能力,还有你在农村十年锻炼出来的政治才干,都付诸东流了,可惜啊。美国不仅毁掉我们一个经济学天才,还毁掉了一个政治天才。是可忍孰不可忍!"

"关澜你臭拽什么?"

"说真的,我对美国的经济学大师并不感冒。他们的很多理论都是好看的花瓶。他们最好的理论也只是对美国经济的描述和总结,绝非放之四海而皆准的真理。记得咱们在北大时,都醉心过芝加哥学派,都顶礼膜拜过哈耶克、弗里德曼、舒尔茨和斯蒂格勒,这些新自由主义的大师。现在想来,他们的大旗上其实就是自由放任不要干涉八个字。八十年代初他们把这个药方兜售给拉美,结果造成拉美失去的十年;九十年代初他们有把这个药方兜售给苏东,结果造成苏东的十年大衰退。谁照方抓药谁倒霉,芝加哥学派就是造成苏东拉美经济灾难的罪魁祸首。所以有人调侃,美国五角大楼最厉害的武器不是原子弹氢弹,而是美国经济学家。中国的不少主流经济学家是崇尚新自由主义的,幸好中国没有照方抓药而是另搞了一套,否则世界上哪会有什么中国经济奇迹?"

"你这又是绝对化。我对多数美国经济学家是认可的。他们之中的确有很多世界一流的大师,其水准远不是中国经济学家可比的。一个芝加哥大学除出了二十二个诺贝尔经济学奖得主,这不能不说是奇迹。科斯也是芝加哥学派,他的科斯定理,只要交易成本等于零,产权的初始配置并不影响效率,被张五常介绍到中国后,对中国的产权改革起到了积极作用。所以后来北大教授周其仁指出,邓小平的改革思想是暗合科斯定理的。"

"你他妈到底是中国人还是美国佬?"

"这跟国籍没有关系。"

不知不觉已是半夜了,爬了一天山,此时困劲累劲儿都上来了,辩论只好告一段落。

那一夜,我没吃安眠药,但睡得很沉。

异国他乡梦

十、盐湖城（下）

CHAPTER 10

1

我到盐湖城的第一天,远尘就问我:"你打算在寒舍住多久?"

"我打算在你这个中国豪宅美国寒舍白吃白住两个礼拜。"

"你就是赖在我这三年五载我也养得起,你不就是天天想喝粥吗?我这儿管够。我这儿正愁没人做伴呢。"

"前半生,我给你做伴的时间不短了,再做伴就真的成了同性恋了,与你白头到老的应该是你的红颜知己。"

"在美国同性恋合法,红颜跑了,来了个老颜也将就了。你就多住几天吧。"

当时我未置可否。没想到在盐湖城侃侃山逛逛城,转眼三礼拜过去了。最后一周我对他说:

"下周我就走,我在洛杉矶还有个女儿呢。"

远尘没有挽留,只是说:

"那明天我们去黄石吧,来回最少得两天。"

"悉听尊便。"

第二天一大早,我们就开车上路了。犹他州的高速路比起加州来好得不是一点儿。一马平川,路宽车少,在美国开车真是一种享受,而这种享受是你在中国任何地方都找不到的。虽然说好我俩轮流驾驶,但我一旦握上方向盘就不撒手了。

"我得在美国过过车瘾呀,你小子天天开还跟我抢什么?"

"连续驾驶最好不超过三小时,我是怕你犯困把车开到沟里去。"

"放心吧,我在中国练出来的车技你比不了,你回国根本不敢开。"

汽车在高速路上飞奔,两旁闪过大片的草地和田野。草地上有散落的马群,田野里看不见庄稼。

"这么好的地怎么不种庄稼?"

"这是休耕的土地。美国的粮仓在中部不在这里。"

路旁几乎没有任何建筑。时而能在远处看见空旷的土地上的几座白色小房和院子里的农机具。

"那些房子里住的是农户吧?"

"对。美国的农民还是富得很。土地多效率高,收入比我高多了。"

"你估计咱们黄土高原的乡亲要是赶上美国农民还要多少年?"

"一百年内没戏。中国三分之二是山,美国三分之二是平原,美国人均土地面积是中国的十几倍。上帝不公啊。除非世界大战,中国占领美国,重新分配土地。"

"你这个黄土高原的公社书记,跑美国来教什么书哇,应该到美国来搞农业啊。"

"谁说我没有搞农业,过几天我带你去看我们的农场。"

"你小子还有农场?"

"好好开车,你已经超速了。"

我瞄了一眼表盘,显示出来的时速是 85 迈。路旁的限速牌上写着 75。

"没警察怕什么?"

"美国的警察都是躲着的,等你看见就来不及了。"

"罚就罚呗,你小子有的是钱。反正我得过足车瘾,这辈子就这一回了。"

远尘见说了没用,也就不说了。其实我们身旁的车都超速。我把车悠到九十迈就打住了,太快了我也有点心虚。毕竟年岁大了,反应大不如前了。

盐湖城离黄石公园三百多英里,横跨两个州。我们杀到黄石时已经下午一点了。

我俩入住到公园旁边的一个小旅馆。吃完饭,打了个盹,下午两点半,开车入园。

黄石公园是美国第一个也是最大的国家公园,面积八千九百五十六平方公里,环山公路五百多公里。逛黄石只能开车。远尘以前来过黄石,入园之后,车归他开。

"你小子也够土的,美国这么多国家公园你居然一个没去过。今天你好好开开眼界吧。"

"那敢情好,你就慢慢开吧。"

所谓公园就是一大片自然保护区。有山，有湖，有溪流，有瀑布，有草地。园里的野生动物不少，有野牛、灰狼、棕熊、麋鹿、羚羊。最著名的是熊，公园的招牌也是熊，可是难得一见。最多见的是野牛和麋鹿。

我们的车在柏油路上缓缓行进，两旁的草地上到处可见成群的野牛，随意吃草，悠然自得。

"做牛也得做美国牛，不用干活。咱们黄土高原的牛真是命苦，生下来就得耕一辈子地。在村里耕地那会儿，有时我都不忍心用鞭子抽牛，它们都是过度劳累，抽它也走不动。"

我一腔感慨。

"你倒是菩萨心肠。这里的都是野牛。不光不干活，还没人狩猎，任凭自生自灭。"

"美国人还是不缺粮食。你应该在公园门口开个野味餐厅，专卖野牛肉，保准发财。"

"那是犯法的。四百年前，北美大陆是人家野牛的家园，北美的印第安人都是靠猎杀野牛为生。后来英国的白人来了，他们靠猎杀和奴役印第安人为生。白人要是不来，今天的美国都跟黄石公园一样，当地的印第安人也会发展出自己的文明来。"

"人类种族的进化是不平衡的。有快有慢。这跟经济发展总是不平衡是一个道理。印第安人文明的最高代表就是玛雅文明和印加文明，虽然很辉煌，毕竟还是石器时代。白人是拿着枪来的，印第安人的弓箭怎么能抵挡？"

"弱肉强食，四百年前如此，今天仍然如此。只不过今天的世界强者不再靠枪炮，也不靠导弹原子弹，而是靠金融做武器。华尔街就是靠金融武器掠夺压榨全世界的。他们发明的次债就是垃圾就是定时炸弹，向全世界兜售，中国的中金公司和建行都买了不少吧，到底损失多少？"

"损失不算很大，还没伤着中国金融的筋骨。我发现你小子一说到华尔街就恨得咬牙根，被坑惨了吧？"

2

正说着，一群野牛悠然漫步到公路上。远尘见状赶紧停车，对面的来车也自动停下了。这群牛也许今天心情极佳，也许爱凑热闹，也许是想考察新款汽车，上了公路就不走了，这瞅瞅那看看，那份悠闲岂是游人能比？不久两面的汽车都排成了串，他们都耐心地等着，居然没人按喇叭。

"汽车给牛让路，这是美国的规矩。"

远尘笑着说。

"要是这帮野牛在这泡上半小时呢？"

"那也得等。在美国开车不光要为野牛让路，你还得为所有行人让路，这在中国办得到吗？虽然美国的本质还是金融垄断资本家的天下，但美国文明还是有很多正面价值。制度稳定、文化多元、创新活跃，整合全世界的人才智力资源，打造了一个超级大国。当今世界，能做到这一点的只有美国。"

"这是我第一次听你说美国好。"

"这叫一分为二。"

"既然这样那不挺好吗？大金融家控制就让他控制吧。"

"那不一样。资本主义不是人类的终极方向，况且美国文明已经开始衰落。中国不能走美国道路，也走不了美国道路。传统文化自然禀赋人口数量都不一样，模仿美国死路一条。这个世界不会出现一个十几亿人口的第二个美国。"

"那你说中国走哪条路？地球之大不能没有中国人走的路吧？"

"中国走哪条路我还真没想清楚。"

"摆在中国人眼前的无非三条路：一条是美国西方之路，即所谓'华盛顿共识'，民主宪政加市场经济，国内不少主流经济学家都瞄着这条路，可这条路被你这个两栖经济学家枪毙了。一条回头走专制计划的老路，即毛泽东的路，国内一些新左派还眷念这条路。这条路走得通吗？中国的改革开放是不可逆的，别说八匹马拉不回来，就是你拿着枪逼着都没戏。如果你让田塬的乡亲们放弃塬上的砖瓦房和小汽车，放弃一年十万大洋，回到当年你当政那会，住窑洞驴驮水，年人均口粮不到两百五十斤，年收入不到五十元，他们非跟你玩命不可。剩下一条路就是中国自己蹚出一条路,用邓大人的话说就是杀出一条血路。"

"大家都在谈论中国道路中国模式,就是所谓'北京共识'。我看中国并没有创造出一个中国模式。"

"现在谈北京共识是早点,但我就不信世上只有一条路,也不信华盛顿共识就是唯一的普世价值。"

"这点咱们是英雄所见略同。世界上从未有过纯粹的资本主义和纯粹的社会主义,当年两大阵营对峙时,资本主义世界里就有西欧的社会民主党模式,还有北欧模式。令世人羡慕的北欧模式,在我看来就是资本主义和社会主义的混合体。同样在社会主义世界,不但有匈牙利和波兰的改革模式,而且还有异类,南斯拉夫工人自治式的社会主义。资本主义和社会主义从来是你中有我我中有你,一个强调效率,一个强调公平。我理解的中国特色的社会主义应该是公平的市场经济,可惜中国改革走了样,愣是把一个吃大锅饭的中国改成了世界上贫富差距最大的国家,两极分化到这地步,还谈什么公平正义?哥们儿告诉你,这么多年,我一直不能完全认同美国的资本主义,我坚信,美国最终还会向社会主义靠拢,现在已经可以看出一些迹象了。"

"在八十年代末的中国改革回顾与展望国际研讨会上,张五常说,社会主义和资本主义是个同心圆。哥们儿随便告你,这个会是我发起组织的,当然是借用了你们体改委和国务院发展中心两枚大印。这是哥们儿一生中唯一的壮举,至今引以为豪。"

"你小子到处标榜是边缘人是体制外公共知识分子,这不也入世了,也干体制内的事了。不依托体制,不靠那两个部级大印,你这个小记者能玩出个国际会议吗?"

"不过哥们儿只风光过这一次,以后真的去做闲云野鹤了。1989 苏东风波后,社会主义阵营轰然倒坍,世界上只剩下一种模式一种制度,那就是欧美资本主义,人称普世价值。我想上帝不喜欢单调,反正我不喜欢。科学家发现,存在多重宇宙平行宇宙;连宇宙都有很多个,何况人间道路?我固执地相信这个世界上不但存在着第三条道路,甚至还有第四条道路。"

"别管世间有几条路,关键是中国自己走没走出来一条路。"

"我认为中国道路中国模式已经有了雏形。再改革三十年,中国模式或许能成型。"

"你说的这个中国模式的雏形到底是什么？"

"远尘，你对金融危机的反思很深刻，对美国资本主义的批判也堪称犀利，这足以说明，市场和政府都不是万能的，都是天使恶魔的混合物，都不能迷信和崇拜。所以萨缪尔森说，现代经济就是市场和政府的混合经济。芝加哥学派那套拒绝政府干预的理论根本行不通。"

"是实践证明行不通。这次金融海啸，如果美国政府不出面干预救市，不但会水淹华尔街，而且会造成美国经济的崩溃。"

"中国政府也抛出了四万亿刺激经济。依我看，中国模式的雏形在经济上就是中国式的混合经济，第一个特点就是强势政府，是政府主导型市场经济，这点跟美国不一样，美国是市场主导型。第二个特点是多种所有制并存，国企民企平分天下，但国企处于垄断地位，扮演主角，这点跟美国也不一样。美国基本没国企。中国人摸索中国道路三十年了，现在看得清的雏形还真是强势政府加强势国企。远尘，你在体改委时搞过国企改革，我回国后也追踪报道了十几年国企改革。很长时间，我都认为国企脱困没戏，全世界都搞不好国企，中国也搞不好。没想到，2000年后，中国国企不但脱困成功而且做大做强了，几十家央企都进入了世界500强，真有点柳暗花明又一村的境界。"

"新加坡的国企一直压倒民企。"

"新加坡也是强势政府，但没有中国强。中国的地方政府已经公司化了，那些创造经济奇迹的省市，都是封疆大吏的杰作。省委书记就是董事长，省长就是总裁。至于中央政府就更别说了。就说金融中心吧，一国一个。日本是东京，英国是伦敦，美国是纽约，华盛顿没几家银行。可是中央决定把金融中心放在上海后，上海的陆家嘴银行林立高楼如云，金融地位已经超越了伦敦和东京。可你再看北京的金融街，银行一点不比上海少。一个国家干吗要搞两个中心啊，事实是你不想搞都没用，那些大银行和世界500强总部就是要往北京钻，它们不傻，知道在中国远离中央政府根本没戏。吴敬琏老是抨击民企老板巴结官员，他没做过企业，不知道在中国，离开政府任何企业都玩不转。国企没有政府做靠山寸步难行，民企没有政府罩着更是寸步难行。当然政府罩着你是有成本有代价的。"

"强势政府和政府主导型经济是改革失误的结果。中国的问题就是政府权力太大,抑制了市场配置资源的作用。强势政府的另一个结果就是寻租和腐败,就是官商勾结权钱交易,这可是中国的顽症。"

"你说的这点我部分同意。中国的国情是政府太强不行,太弱也不行。所以现在没有定型的是,政府主导主导到什么程度,政府和市场的边界到底在哪里,国企到底占多大比例,垄断要不要破除,国企利益集团要不要打破,国企政企政资分开的改革怎样推进,这些就是今后三十年改革要解决的问题。现在顶层设计又成了时髦词汇。其实顶层设计也有两种设计,一种是强化政府强化国企,一种是弱化政府弱化国企强化民企。如果你现在在决策层,肯定是选择后一种设计。"

"那当然。第一种设计是不可持续的,必将把中国引向灾难。你小子选择哪种?"

"我这辈子无论怎么蹦跶也跟决策层沾不上边,但要我选择我会选择一条折中的设计,不是单纯地限制政府配置资源的权力,而是找出政府与市场的准确界限;不是单纯地削弱国企搞国退民进,而是解决国企的垄断,让国企有退有进,既要强大的国企也要强大的民企,两翼齐飞双舟并发。"

"你小子怎么也玩起中庸来了。不过你这个经济模式还算是能自圆其说,在政治上呢?"

"在政治上就是中国式的民主宪政。先搞党内民主,从领导任命制过渡到党员提名选举制,然后搞社会民主,从村级选举到省市选举到全民普选,把橡皮图章人大和政协变成实体,最后形成中国特色的一党式民主宪政。党内有党党内分派各派政见政策不一。"

"党内历来只有集中没有民主。党内所谓选举都是形式都是走过场,按规定党的总书记应该由中央委员选举产生,中共历任总书记哪一个是选出来的?即将到来的集体换届交接,党代会还没开,下任总书记的名字全世界都知道了,而且是几年前就知道了,这跟王储有什么两样?还是内定人定。我看搞党内民主并不比搞全民民主容易。"

"不至于吧。为了平稳推进政治改革,只能从这下手。除此之外别无他途。在中国搞两党多党只能是天下大乱。"

"当年台湾蒋经国开放党禁报禁,一下子冒出来几十个政党几百家报刊,不是也没有天下大乱吗?"

"大陆不是台湾。"

"你说的政治雏形哪里是雏形,连影子都没有。"

"我承认政治上中国模式雏形比经济上的雏形模糊得多,所以中国今后三十年要进行政治改革攻坚。"

"这正是中国只搞经改不搞政改的单维改革的后果。国内之所以搞成腐败泛滥危机四伏这个样子都是政治改革滞后的结果。"

"你这个观点在国内很有市场。但我认为政治改革滞后也就是最近几年的事。那天我们说到八九,远尘你还记得咱俩出国前为一本顾准文集而痴狂吗?"

"当然记得,那才是思想的力量理论的魅力。可谓醍醐灌顶茅塞顿开。"

"顾准提到,1789、1870、1967,那是法国、俄国、中国所代表的暴力革命道路。顾准是中国第一个质疑这条道路的人,也是第一个指出英美道路的巨大价值的人。"

"现在否定革命肯定改革已经成为时髦。可是中国历史上几乎都是成功的革命成功的改朝换代,而改革者历来没有好下场,不是车裂就是杀头,以至于你很难找出一次完全成功的改革。"

"革命并没有给中国社会带来多少实质性的变化,'文革'的继续革命看似很新,实质还是封建专制的卷土重来。中国真正改变是三十年改革开放,这才是李鸿章所说的两千年未有之大变局。民族复兴喊了一百多年,只有这三十年才有了点眉目有了点架势。拿破仑说的那个千年睡狮,现在总算睁开了眼睛,抬了抬前腿。就这两下,已经让全世界侧目了,要是它真的站起来再吼两声,全世界就真要震撼了。睡狮不是睡美人,睡了千年也该醒了。"

"我看中国是崛而未起。"

"我看是在崛起的进程中。真的全面崛起了,我俩还在这斗什么嘴。虽未全面崛起,但三十年天翻地覆换了人间。别的不说,你还记得咱们班上的那两个福建农家子弟吗?现在都成了身价几十亿的大老板了,这还不叫翻天覆地吗?"

"你是说林东和傅明明吗?"

"就是他俩。远尘你想过没有,顾准提到了 1789、1870、1967,其实,1979、

1989 和 2009 之间也有联系。"

"有什么联系？"

"1979 应该是真正的改革元年。邓大人提出要搞经济改革，魏京生在西单民主墙提出要搞政治改革，搞美国式民主。结果邓小平把魏京生抓起来了，政改失败经改启动。魏京生在美国混得怎么样？"

"寄人篱下还能怎么样。"

"如果当时中国政改经改同时启动，必然天下大乱，什么改也改不成，也根本不会有后来的经济奇迹。当时魏京生只代表少数人的诉求，邓小平手里握着政权军权并代表多数人的意愿，所有 79 必然是邓的 79。十年之后的'89'，'广场风波'震动中国和世界。且不说你小子玩的那个双轨制是不是这场风波的起因，就说风波中的政治诉求，部分是和 79 相同的。提出这种诉求的还是部分人，这部分人比 79 多不少，但还不是大多数。大多数人是只要求惩治官倒和腐败，并不要求共产党下台搞美国式民主。所以'89'，中国政治改革的条件还不成熟还是搞不了。'89'当时你远在美国，反应却比我这个广场边上的人激烈，是否必要和值得，只有你自己知道。"

"不用捎上我，赶紧往下说。"

"到了 09，改革开放已经三十年，中国社会已经发生质变。经济起来了，贫富分化了，阶层和利益集团出现了，中产阶级出现了，市民阶级出现了，城镇化也化了一半了，大学毕业生人数也翻了数倍了，而且高度集权的政体已经和市场化城市化的社会现状不适应了，当权者天天说的那些空话套话假话，老百姓早就听腻了也不信了，状况和当年中国台湾和韩国闹民主时差不多。这时虽然还没能形成朝野共识，但民间的政改诉求普遍，知识精英各派虽然死掐，但大部分举的都是民主和政改的旗帜，加起来比 79、'89'那会儿的人可多多了。09 的诉求和 79、'89'的诉求仍然有部分重叠，但更实际更理性更迫切。应该说到了 09，中国启动政治改革的条件基本成熟了，可惜朝内没有共识，顶层掌权者没有魄力和远见，政改还是没能启动。所以我说，中国政改的滞后是 09 以后的事。"

"你这套说法国内有多少人认同？"

"我想认同者不会少。1789、1870、1967 的提法是顾准的专利，1979、1989、2009 的提法绝对是哥们儿的专利。这种提法你以前听说过吗？"

"倒是没听说过,可你不觉得扯在一块有点牵强吗?"

"一点不牵强,而且是灵感爆发式的伟大发明。"

"你就吹吧。"

聊到这,那群吃饱了撑的野牛终于离开了公路,等了十几分钟的游人汽车终于缓缓而动。

3

告别了野牛之后,我们继续开车在公园里兜。透过车窗,我看见两边的山上满山遍野都是倒下的松树,站立着的松树都不粗壮,一看就知树龄不长。

"这些树是怎么回事?"

"十年前一场大火,黄石公园的松树被烧毁了一大半。你现在看见的这些树,都是十年前飞机播种的,树龄不过十年。"

"山上这么多残留的树干还是木材啊,为什么任其在山里烂掉?"

"这是美国,不缺木材。"

"你给联系联系,让咱村里的老乡运回去得了。这些木材到了黄土高原都是宝。"

"运费你掏?就是你掏得起运费,美国也不会让你捡。"

"好好的木料不让捡,成吨的电子垃圾却往中国倾销。"

"关澜,先别扯树,你在国内到底属于什么派?新左派、新自由主义派,还是新右派?这么多天我听你说话有点像官方意识形态,你不会是被中宣部派到美国来搞宣传的吧?"

"你他妈哪儿凉快哪儿待着去吧。我和官方意识形态没有一点关系。敝人一生都是一个彻底游离于体制外的公共知识分子,是一个彻头彻尾的边缘人,不但不是改革的受益者而且是受损者;否则我就不会到美国要饭来了。"

"你用不着这么激动,我还没说你是安全部的呢。"

"咱俩辩论为的是寻求真理,用不着扯什么派。我什么派都不是。"

"我对中国的政治改革一直不抱希望。中国两千年超稳定的皇权专制传统太牢固了,渗透到每个人的血液里,包括你我。就像顾准指出的那样,中国有的是史官文化,缺的是希腊民主传统。几千年来中国人都不知民主为何物。"

"你的意思是中国人玩不了民主,民主是西方人的专利。"

"中国人擅长的是窝里斗,是专制和极权。如鲁迅所说,中国只有奴隶坐稳的时代和奴隶做不成的时代。虽然儒家文化提倡中庸,但中国人实际上最不中庸最爱走极端。什么东西到了中国人手中,一定要做到极致。革命革到极致,主义搞到极致,连个人崇拜都搞到极致。希特勒和斯大林都搞过个人崇拜,但在中国的毛崇拜面前是小巫见大巫。早请示,晚汇报,忠字舞和万寿无疆,这些玩意儿都是外国人想都想不出来的。什么东西一沾中国制造,你就看好吧。我看改革也会被中国人弄到极端,绝对不会重复英美走过的改革道路。君主立宪,英国可以搞,瑞典可以搞,日本也可以搞,中国就是搞不了。虽然有人假设当年如果清廷立宪成功,可以避免百年社会动乱和提前步入现代化,但这种假设一点不靠谱。中国人的内在气质和法国人是相通的,辛亥革命没有杀掉溥仪已是反常了。什么是中华民族的劣根性,不光是阿Q精神和一盘散沙,还有极端暴戾和不宽容。那些国内的民主斗士,到了美国自由世界搞起内斗和霸道来,照样让人瞠目结舌。这样的民族,只能搞改朝换代成王败寇,鲁迅诗曰,'狐狸方去穴,桃偶已登场','梦里依稀慈母泪,城头变换大王旗',民主永远是遥不可及的梦。"

"现在大家都在说中等收入陷阱,上世纪中叶,先后进入中等收入的拉美亚洲国家一大堆,但至今走出陷阱成功步入发达阵营的只有四小龙。它们成功的原因很多,国民教育素质,民族创新能力都是,但主要是控制了腐败和贫富差距。远尘,你想过没有,四小龙中除了韩国,香港、台湾是中国人,新加坡76%也是华人,这太发人深省了。"

"你这个视角倒是挺新鲜。中国台湾和韩国都是在经济起飞之后靠一人之力从军政权极权和平过渡到民主宪政的,中国只有邓小平一人可以完成这个伟业,可他没做,以后中国再也没有这样的强人了,这条路走不通了。"

"很多人一直责备邓提出了政改但没有借助他的权威完成政改,我看邓是心有余而力不足;时候未到火候未到,强人也无奈,你不也老说时势比人强吗?"

"总之是机会错过了。"

"这条路走不通还有别的路呀。"

"你说,09 中国没能启动政改是因为掌权人没有魄力和远见,我看没那么简单。中国的利益集团已经固化,而且正在向第二代传递,官二代和富二代都出现了,其中很多都在美国。利益集团已经成了改革的最大阻力。历史上任何政党和集团拿到权都不会轻易撒手,清廷不会放,袁世凯不会放,国民党不会放,共产党更不会放。关澜,你想想,共产党现在是执政党,控制着国家的经济命脉和几乎所有资源,仅仅因为你是党内的一个官员,就可以轻松获取上千亿资产的垄断国企老总的宝座,国企老总的奢靡和挥霍,无风险的潇洒和滋润,早让美国企业家眼红多少年了。如果你是国企老总,你愿意放弃垄断吗?你愿意深入国企改革吗?如果是你是党内高官,你愿意政改吗?愿意放弃一党之私利吗?愿意放弃权力以及权力后面那一大堆利益吗?中国经济改革表面上是上下合力推动的,实际上主要是自上而下的结果。中国的政治改革也会如此。上面不愿动,利益集团不愿动,光靠下面嚷嚷,靠你这样的穷困潦倒的文人唠叨,管什么用?"

"远尘,你真的过于悲观了。中国政改的空间还是有的。首先利益集团并没有完全固化,国企老总到点换人;上层权力也没有完全固化,平稳集体交班换届已经有过一回了,即将到来的第二次交班换届也会完成。废除干部终身制,用年龄划线到点交权,这是邓小平的大功劳。再有,下面人心所向不用说,上面的决策层也不是铁板一块。党内高层中有理性有远见者大有人在。集权体制并非对党内所有人都有好处,政治改革符合执政党的长远利益。不改,腐败和贫富分化难以抑制,经济增长难以持续,社会矛盾早晚激化;不改,天下乱了,既得权力和既得利益都保不住。这样的朝野共识正在慢慢形成。"

"真如你说倒是中国人的幸事。我可没你这么乐观。先说'野',民间的改革共识已经破裂,新左派、新自由主义派,新右派,各举各的旗;据说现在又冒出一个新爱国主义派,举的是民粹主义的旗。"

"对。他们的宣言就是那两本书《中国可以说不》和《中国不高兴》。他们的旗帜不是民粹主义而是民族主义。当局对他们估计是又爱又恨。他们的两本书先后遭禁,可是禁止发行时,两本书都卖得差不多了。新爱国主义者在军方很有影响。"

"民间思想混乱到这地步,要想形成新的共识谈何容易?再说'朝',虽说不是铁板一块,但主流官方思潮是维持现状保住既得权力和利益。他们根本不认同普世价值,不承认西方那套多党制就是世界上最好的东西;坚信中国这一套多党合作,人大加政协加草根民主,即所谓中国式的民主制度不但适合中国国情而且是世界上的好东西。宣称现在中国人享有的民主并不比西方人少。"

"国际上也不乏符合赞同之声,张五常就说,中国的现行制度就是世界上最好的制度。"

"关澜,你发现没有,近来中国的执政者底气越来越足,而且越来越牛。尽管国内怨声载道国外骂声一片,但他们稳坐钓鱼台。根本的原因是中国经济持续三十年的高速发展。你说我不是民选政府,不合法;我说是历史选择了中共,能领导中国创造经济奇迹就是最大的合法;你说西方民主制度最好,我说能维持社会稳定发展经济和领导民族复兴的制度最好。既然是最好,那还搞什么政治改革?"

"看来你小子还是不接受我的观点。"

"你对不久将诞生的新班子抱有希望吗?现在传出来的常委里面可有不少老三届,所有国外友人戏称是知青党。"

"里面有两位都是咱们延安知青。中国老三届终于走到了政治舞台的中心,他们至少能折腾十年。我对他们还是抱有希望的。"

"根据是什么?"

"根据就是他们了解农民了解底层,经历过'文革'大起大落和思想涅槃。他们和我们是同代人,是当年的红卫兵,也是杜勒斯寄希望搞和平演变的一代,这一代怎么说都应该有所作为。"

"他们中有几个我认识。了解底层和经历挫折不意味着一定有所作为。这届班子能否开拓新局面还受制于国内政治经济大环境。时势造英雄。"

"他们要是还不能开拓新局面,中国的希望就只能交给80后了。等80后走上政治舞台,咱俩早就烟消灰灭多时了。"

"那是必然。"

"到时你去见你的摩门教上帝,我这个孤魂野鬼就去天上逍遥游。"

4

"关澜，在你的中国模式理论中，做大做强国企算一大特色。可是我听说，国企盈利主要靠垄断，国企改革基本停滞，国退民进已经变成了国进民退了。"

"主张国进民退是香港那位郎先生的观点，我说过我主张国企有进有退；我不主张央企私有化，而是主张打破国企垄断，主张国企充分股份化市场化。世界五百强中有四十家国企四家民企这不正常，什么时候五百强中的中国企业能国企民企平分秋色，什么时候国企改革就基本到位了。"

"美国的投资商最关心中国的就两点，一是能不能依法治国，二是国企改不改。"

"我想法制建设肯定还会继续下去。现在国内的法治环境比三十年前无法无天的环境好多了。那会儿老人家就说自己是和尚打伞无法无天。"

"其实发展中国家经济起飞的充分必要条件就两条，一是法治环境，二是市场经济，并不包括民主宪政。中国台湾和韩国都是在军政权下经济崛起的。"

"所以中国经济能崛起已经证明法治环境在逐渐改善。至于国企肯定也会改，但不会改成美国投资商期望的那样。三十年后，中国也不会变成美国这样的民企天下；更可能是基本打破垄断后的国企依然占据半壁江山。要不，国企改革成功并做大做强怎么会成为成型的中国模式的重要特色呢?"

"前不久，我在一次研讨会上又见到了李泽厚。我发现他的思想跟你的有些关联。李泽厚在中国思想界的影响持续不断。80 年代，他肯定康有为的虚君共和，否定孙中山的辛亥革命，肯定英国的君主立宪的改良道路，否定法国大革命道路。他认为辛亥革命并非必然要发生的，有巨大的偶然性；如果中国当时不选择孙中山的革命道路，而选择康梁的改良道路会好得多。"

"他的名言'救亡压倒改革'当时影响很大。"

"李泽厚勾勒的路线图是经济发展—个人自由—社会正义—政治民主，提出中国要克制激情回归理性；他所说的理性就是无须在经济正在发展时，着急打乱政治制度和社会秩序，而是要走改革之路；你不也是主张先搞经济改革，然后再搞社会改革，最后搞政治改革吗?"

"人们把新加坡道路归结为新威权主义,邓小平是很欣赏这个新威权主义的,但李泽厚又是批判新威权主义的。"

"李泽厚和刘再复刚刚合写了一本书《告别革命》,听说国内不少人在批判这本书。"

"一些人还没看到书,光冲着书名就批判起来。"

我们一边开车看风景,一边侃大山,不知不觉两个小时就过去了。远尘把车停在一个很大的停车场上。停车场上的车已经很多了,其中有不少漂亮的房车。开房车逛黄石才有味道,可以住在公园里,与野牛麋鹿为伍,与雪山湖泊做伴,饱尝天地美色。陶远尘还是老了,已经浪漫不起来了。

下了车我才发现,外面居然飘着细细的雪花。

"八月胡天即飞雪啊。"

"冷了吧? 黄石的天气就是这样变幻不定。"

说完,他把一件羽绒服披到我身上。我一看他,身上只有一件厚夹克。

"你怎么不穿? 车上没有衣服了吗?"

"有。我已经冻出来了,哪像你这么娇气。"

我们说着跟着人群来到一大片冒着热气的泥浆池。池子大多成椭圆形,一个挨着一个,喷出来的泥浆都是黄色,把附近的石头也都染成了黄色,黄石之名由此而来。虽然四周雪花飞舞,但泥盆热气蒸腾,空气中弥漫着浓浓的臭鸡蛋味。无疑喷出来的泥水中含有二氧化硫,而地底下翻滚着的正是岩浆。其实整个黄石公园就是一座巨大的活火山。

面对大自然的奇观,我心驰神往。

"你知道 2012 世界末日的预言吗?"

"不知道。"

"你这个大作家怎么孤陋寡闻呀。玛雅人预言 2012 年 12 月 21 日,天空将降下火雨,大海翻滚,吞没陆地,大地会纷纷裂开,世界末日到来。那一天,火山将从黄石喷发,毁灭整个美国。"

"嗬,预言够精确的,连日子都有。那些预言的玛雅人现在何方? 他们连自己的灭亡都预言不了,还能预言世界末日吗?"

"我知道你这个自称崇尚科学的人不会相信这些。"

"你信吗？你要是信，那可就剩下几个月了；咱俩得好好规划一下，把你的存款赶快都拿出来，咱们好及时行乐呀。"

"你歇着去吧。"

我们说完还真走进泥浆池旁边的咖啡馆里歇着去了。

5

两杯咖啡喝完，天色已晚，我们开车回旅馆了。回去的路上，虽然天色渐黑，但远尘开得很快；在美国他的车技还是比我高。

晚饭之后，远尘谈兴未减。

"国内的房价比美国高好几倍，这也太离奇了。"

"房价已成老大难。"

"这方面中国应该借鉴美国。都说美国人是信贷消费超前消费，这是事实。但这只是问题的一个方面。美国人工资高，现在的平均工资也是中国人的十多倍；物价低，你到超市扔一百美元，就能推出一大车鸡鸭鱼肉；美国人的钱都花到哪里去了呢？房子和保险。这次金融危机的导火索也是房子，次贷危机的实质就是把钱贷给了买不起房子的穷人。美国人拥有房子的比例高出欧洲十个百分点。为什么人们都愿意买房？因为房产总是保值增值的。几十年过去了，房子折旧后不值什么钱了，可那块地升值了。所以很多人买房子是买那块地，买了之后他就拆旧房盖新房。美国的房子连同四周的地有永久产权，可以传个十代八代。不瞒你说，我这个下岗职工在盐湖城也拥有两套房产。四年前，我来盐湖城买了一套将近三百平米的房子，那套房子其实挺好的，草地很大，上面有两棵大树，什么时候我带你去看看。三年前，金融危机爆发，美国房价也暴跌，我又趁机买了这套大房子，把原来的那套出租了。"

"你小子现在成了寓公了。我说你的日子怎么过得这么滋润。"

"这么干的不光我，盐湖城的华人80%都买了第二套房子，而且买的都是大房子。华人一般节俭，总是量力而行；不像其他美国人疯狂超前消费，所以家中的积蓄相对多。美国地多而且都是私产，在这买地很容易。你那天不是看见我的邻居了吗？他以前是保定的一个小厂的技术员，87年来美，什么都干过，后来开了一家装修公司。金融危机时他的公司破产了。他现在领政府救济。你别看他是个吃救济的人,几年前在犹他买了块地,三十多亩,上面还有林子。他现在不但有两处房产和地,而且装修照做,只是没执照没公司,钱挣得比以前还多。那天的东道主老吕,十年前买的地更大,一百多亩,我们的农场就是用的他的地。"

"这就是美国。我看你们生存得比我们轻松多了。"

"那当然。孟子说,有恒产者有恒心。中国房子只有七十年产权,那不是越来越不值钱吗?至今不给农民土地所有权,官方低价征地高价卖给地产商,无地农民流离失所。这样的社会能稳定吗?"

"房子问题是造成社会不稳定的大问题。房价高得离谱。现在的80后90后,工资三千多,要想买房得挣三辈子钱,农民工更甭提,他们能没有怨气吗?我在公交车上就听到过一对年轻情侣说到房价止不住高声大骂,那个女青年更激愤,扬言要揭竿而起。当然她也知道,自己不是振臂一呼,应者云集的陈胜吴广,只不过过过嘴瘾而已。住有所居是基本人权,连杜工部都有大庇天下寒士俱欢颜的襟怀;可当今中国的官员几乎人人都有两三套房子,所以住房不是他们的问题,只是民生问题。当今的老板几乎人人有十几套房子,所以房子也不是他们的问题,而是农民工和80后的问题。一边是房子天价蜗居难求,一边是官员老板数不清的别墅豪宅闲在那。"

"朱门酒肉臭,路有冻死骨。这也是杜工部的诗。"

"还没到那地步。"

"中国的房价高企必有经济学原因,这会儿主流经济学家们为什么不出来支招啊?"

"估计那招最少也支了一大堆,弄得决策者眼花缭乱无所适从。顺便说一句,新左派攻击主流经济学家误导了改革,其实中国的决策拍板者是官员,经济学家的作用哪有那么大?你在体改委应该有感触,要想把你们的建议变成国策那得经过多少道坎?"

"你说得对。改革时代,中国经济学家对决策的影响远远超过了西方,所以经济学在中国成了显学。但即便如此,这种作用也是有限的。就是双轨制吧,那是因为市场已经暗中实行了,青年经济学家一呼吁,领导才会考虑。就是80年代后期的治理整顿吧,最后北戴河会议怎么会决定治理整顿,主要不是听了一派经济学家的意见,而是因为社会上已经出现了挤兑和抢购。"

"中国的房价也是说不清的事。现在一些经济学家说中国会像日本当年一样出现房地产崩盘,一些人论证说不会。房价三年翻几番,按说老百姓根本买不起房,可是中国城市的有房比例高达70%以上,甚至高于美国。不管房价多高,现在的80后结婚,许多人居然还是选择买房而不是租房。钱从哪里来?啃老?隐性收入?谁都说不清。中国的高房价后面是土地问题。学界像你一样主张土地私有化的人很多,但决策层下不了决心,只好用土地流转权改革代替产权改革。"

"国民党到台湾后,土改很成功。那些当年被赎买的地主现在大多在洛杉矶养老呢。共产党是靠土地革命起家的,不能止步在半截子土改上啊。"

"我看现在搞土地私有化的条件还不成熟。大陆不是台湾,如果土地私有国企私有,谁敢保证不会出现土地兼并和家族寡头?解决土地所有权和土地财政恐怕也只能靠渐进式改革,解决二元结构下的农民工问题和国企垄断问题,恐怕也只有这条路。激进不解决问题,欲速则不达。"

"解决腐败呢,贫富差距呢,也靠渐进改革?再渐进中国就陷在中国中等收入陷阱里爬不出来了。"

"老实说,中国的腐败问题彻底解决没门,只能抑制。能抑制住就是胜利。自我监督的方式不能一直沿用,要引进国际通用的反腐机制,首先要利用成本最小作用显著的媒体。"

"你们那些媒体都是官方控制的工具和喉舌,指望不上。"

"这我承认。官员公布财产是行之有效的办法,可嚷嚷了好几年就是不敢动真格的,你说的利益集团的阻挠和反抗的确存在。中国的贫富差距问题也不是无解。给农民工国民待遇,改革税收和一次二次分配,都是看得见的招数。但实行起来也很艰难。为富人说话维护富人利益的人太多了,官员的屁股大多坐在老板的板凳上。"

"你他妈的怎么也悲观起来了?"

"这叫正视现实。我不是个盲目乐观主义者。"

"说到税收,美国的个人所得税占了70%,中国还不到7%。据我所知中国的税制本质是劫贫济富，是穷人上税富人几乎不上税。富人的避税手段五花八门，其中很多还是合法避税；富人的个人所得税国家根本收不上来，财产税又没人收，三十年都是如此。所以在中国做富人比在美国滋润得多。你碰上个大老板，一问，我每月就拿几千块工资啊，所以他的个人所得税就按这几千块交。你再一看，这个老板家财万贯，整个企业都是他的；别墅好几处，豪车十几辆，游艇也有，私人飞机也有；可他这些消费都打入成本了。反之，企业税负又压得他喘不过气来，他也得想法避税，办法就是搞定税务。可以这样说，改革前二十年，中国的民企如果一点不逃税，谁也活不到今天。这样的税收制度怎么能缩小贫富差距？怎么能不造成国富民穷？三年清知府，十万雪花银，养活一个贫困县的县长一年至少一百万。绝大多数官员和国企老板的工资就是个摆设，一分都用不了。用车、吃饭、桑拿、出国、旅游，都是财政埋单。你说，财政税务能不敛钱吗？"

"你说的是实情，所以要解决贫富差距首先要改革税制，但也得渐进式。改急了，富人都跑了，都把财产转移到美国去了。"

"没改财产转移得还少吗？国内的老板有几个没有美国绿卡的？"

"还是有不少。许多民企领袖还是看好中国安心创业的。三一重工知道吧，国内工程机械的民企老大，上个月刚刚收购了德国的行业巨无霸普茨迈斯特。前不久，一位美国记者对三一重工的老板说：'你总有一天会移民美国。'你猜他怎么回答，他说：'天底下也许什么事情都会发生，但唯独这件事情不会发生。我生一千次，都希望是在中国；死一千次，都会是在中国。'"

"这个老板肯定读过贺敬之的'雷锋之歌'。"

"也许。"

"说来说去我看你他妈的成了铁杆渐进改革派了。"

"一家之言，不过是山村野老偶发议论。说给谁听？只能说给你这个情系中国的美国佬听听。现在国内倒是宽松了，老百姓想说就说想骂就骂，骂谁都行。过去中国人羡慕美国人可以随便骂总统，没想到这么快中国就翻过去了'莫谈国事'的那一页。"

"再说一遍，我不是美国佬。"

"你没入国籍不说明问题，你不还拿着美国绿卡吗？要不你怎么能在这个天堂里诗意生存。我就不行，美国使馆只给了我半年签证，时间一到就得滚蛋。"

"你明年还可以再来呀,不需你女儿邀请,我就可以邀请你。"

"多谢盛情。我回国还有我的事呢。"

"你不是退了吗? 还干什么大事?"

"写书啊。我不动笔,中国的改革史谁来写?"

"我忘了你已经成了大作家了。"

"大作家不敢当,改革书写者舍我其谁?"

远尘看表,已经 11 点了。折腾了一天,两人都有点乏,于是上床睡觉。

"你小子可别打呼噜。"

"就是你的红颜知己,到了这把年纪也是鼾声如雷。你就将就吧,谁让你小子抠门不定两个单间?"

6

第二天上午,我们继续开车转黄石公园的另一半。转到中午时分,我们来到了公园最著名的景点——间歇喷泉。其实公园里到处都是泥浆池和间歇喷泉,只不过景点处的喷泉最负盛名。我们到时,喷泉旁已经围了不少游客,人们都在寒风中耐心等候。眼前的几处喷泉一直在喷,时高时低,高时的热气水柱能达到一米。

"十年前我来时,喷泉每隔一小时喷发一次,现在听说变成一个半小时了,高度也没有以前高了。"

远尘说。

"那也就是喷发的动力递减。这像不像美国的创新能力递减。"

"我看美国的创新能力没有递减。现在的美国传统产业几乎都转移出去了,大半转移到了中国。美国病是产业空心化,而且制造业竞争力递减;无论是汽车、钢铁还是家电,竞争不过日本也竞争不过中国;至于纺织和轻工就更甭提,到超市一看就明白全是中国制造。美国现在靠什么? 全靠创新。美国的创新有两大块,一是金融创新,一是科技创新。前些年大玩金融创新,哈佛耶鲁的那帮高才生都汇集到华尔街,鼓捣出一大堆衍生工具,包括次债,杠杆率高达十几倍;

结果玩出来个金融危机，坑了我也坑了全世界。金融创新不敢玩了，现在只剩下科技创新。我说美国创新能力没有递减，主要指科技创新。没有科技创新，美国不可能在 90 年代再次把日本甩在后面；没有科技创新，美国的经济霸主地位早完了。一个乔布斯的苹果，就把全世界搅得天翻地覆。一个 iPhone，一个 iPod，赚得盆满钵满。就这么一个'甜苹果'市值三千多亿美元，位居世界五百强第一。现在日本人都在反思，为什么日本的索尼和松下搞不出一个'甜苹果'。不知中国是否也在反思。"

"中国的联想正在模仿苹果。现在中国已经是名副其实的世界工厂。中国为全世界炼钢、炼铜、炼铝，也为全世界生产布料服装和玩具；但中国正走在从中国制造到中国创造的道路上，企业的核心技术和创新能力和美国比还有很大差距，我看至少还得追赶三十年。在创新上中国已经有些突破，清华的集装箱检测系统，U 盘，都是中国的创新成果；但中国一时半会还玩不出'甜苹果'。你说美国的科技创新能力没有衰竭是什么原因？"

"我想一个是体制，一个是人才。美国的制度本身就鼓励创新保护创新。美国还有一套吸引人才留住人才的机制，不仅仅是高薪。美国有杰出人才绿卡，全世界的科技人才很容易通过 HIB 签证获得绿卡。用世界顶尖人才创新是美国的传统。当年的原子弹研制功臣哪个是纯种盎格鲁撒克逊人？费米是意大利人，玻尔是丹麦犹太人，就连奥本海默也是犹太人。美国当今最主要的创新成果，也大多出自移民之手。IT 领域的创新功臣大多是印度人和中国人，生物工程的领军人物多数是中国人。"

"你说得有道理。美国把全世界的优秀人才都划拉来了，创新能力能不强吗？我女儿是清华文学院毕业的，他们在美的清华帮遍布全美国，光是加州硅谷的清华帮就异常庞大。北京名牌中学四中、实验、清华附的优秀学生多一半在美国。不光是中国，还有印度，现在是全世界为美国培养人才输送人才，美国赚大发了。"

"你总是强调问题的一面，美国也在为全世界培养人才呀。中国台湾的新竹科技园，韩国的科技园都是留美科学家搞起来的。钱学森、钱三强等老一辈的科学家不用提，就说现在搜狐的张朝阳，百度的李彦宏，现在都是身价百亿了吧，不都是美国培养的吗？"

"你他妈的到底是吃了二十多年麦当劳,不管美国把你坑得多苦,关键时刻你还是为美国说话。"

"我这是全面客观看问题,不掺杂任何民族情绪。"

我们正说着,间歇喷泉突然喷发了。冒着热气的水柱高达一百多米,响声震天动地,蔚为壮观。围观的游客欢声雷动。

喷发持续了二十多分钟,才慢慢减弱,最后又恢复到一米左右的高度。

我死死盯着眼前的喷泉。想到它这样的间歇喷发至少持续了几千年几万年。等我们死后,它还在喷发。不过喷发的间隔时间会越来越长。从一个半到二个到三个小时。也许有一天,它会完全终止喷发。

"远尘,这个间歇喷泉的动力递减以至衰竭是不可阻挡的。我也承认当今美国的科技创新动力依然很强大,但还是能看出下降的趋势。美国整体国力的下降是十分明显的。全盛时期的美利坚,GDP 占世界一半,如今呢,下降到18%;中美之间的力量对比尤为明显。中国 GDP 十五年之后超过美国已经没有多少人怀疑了。英国曾经是世界上创新能力最强的国家,从蒸汽机到珍妮纺织机,从铁路到地下铁;就说玩的,足球、乒乓球、羽毛球、高尔夫……都是英国人创造的,一直到创造出一个日不落帝国;可曾几何时,英国佬的创新能力逐渐衰退,大英帝国也江河日下。我去过三次英国,最长一次待了大半年。眼见英国人的保守和绅士,暮气沉沉,慵懒迟钝,你简直不能想象眼前的这个民族曾经有过朝气蓬勃活力四射的时代。英帝国的衰落不可阻挡,美帝国的衰落也不可阻挡,中国的崛起同样不可阻挡。这就叫风水轮流转,三十年河东,三十年河西。"

"又唱高调。"

"你现在虽然住洋房开豪车,比我富足滋润得多;但你毕竟是在一个衰落的帝国里,前途渺茫;而哥们儿虽然寒酸,但毕竟在一个上升的国度里,希望大大的;所以我并不羡慕你。梁园虽好不可久留啊。"

陶远尘听完没有说话,又开始跟我玩深沉。

下午,我们开车来到黄石公园湖。湖面开阔至极,伸展至天边,看上去比大盐湖要大得多。极目远望,可以看见远处的雪山。湖水幽暗,大部分结着冰,只有靠近岸边的几十米水域没有结冰,而这岸边都是喷着热气的泥浆盆。

这么多宝贵的淡水储存在这里,美国真是不缺水呀。

辽阔的湖面一尘不染,没有岛屿没有树木只有水。湖岸上除了我们两人也见不到任何游客。

我站在湖边久久不肯离去,思绪飘到很远很远。我忽然看见了田塬的涝池。所谓涝池就是村口低洼处一个面积不足五十平米的雨水坑。那是村里的一宝。每逢夏季,牲口饮水、沤麻、涮农具,都在里面。当年我和远尘还在里面游过泳,虽然那一池泥汤只有齐腰深。

"又在发思古之幽情呢?"

"我在想要是能把这湖搬到黄土高原那该有多好。"

"美国得天独厚的好东西多了,你都想搬呐?"

"都想搬。包括你这个美国佬。"

远尘再次沉默。

傍晚返回的路上,透过车窗看见远处的原野上有两只动物在狂奔。前面一只肯定是鹿,后面一只,我认为也是鹿,远尘说是狼。

"狼没有那么大个。"

"鹿有那么长的尾巴吗?那是狼。黄石的狼就是个大。"

"肯定是鹿。"

"肯定是狼。"

我们一直争执到宾馆。那只后面紧紧追赶的动物到底是狼是鹿,已经成了永远的谜。我忽然想起前两天在远尘家书架上看见的那本《黄祸论》,那只一路狂奔拼命追赶的动物就像中国,你说他是鹿还是狼?和平崛起是梦还是未来的现实?

7

从黄石回到盐湖城已是三天后的晚上了。停车入库时,远尘看了看里程表:"咱们这一趟跑了800多公里。"

"油钱不少吧。你加油时开票没有?我拿回北京给你报。"

"又吹牛。你这个无业游民,连访美的机票都没处报,还有地方报销汽油费?"

"机票数太大,这点油钱找个当官的哥们儿顺手牵羊就报了。"

"腐败已成家常便饭,你这个闲云野鹤也不能免俗啊。"

"我也就是象征性安慰你一下,免得你心疼。对你来说,这点小钱何足挂齿。中国再腐败,也不报美国汽油票。"

三天的长途跋涉,虽然大部分时间都在车里,但还是有点人困马乏。青春已逝,两鬓斑白,体力不济,徒唤奈何。想当年,我俩徒步往返公社,来回百里山路,跟玩似的。

当天晚上,两人不约而同早早睡下了。

第二天,我们没出门,在家下了一天围棋。

远尘刚从柜子里把棋抱出来,我就一眼看出是旧物:

"这不是我送你的云子吗?"

"是啊。尘封已久,等待故人来啊。"

"很多年不下了吧?棋艺荒疏?"

"在美国找不到人下围棋。虽然二十年没下,杀你还是绰绰有余。"

"先别吹。我可是在国内二十年没间断,棋力大长,今非昔比。"

"那咱们棋盘上见分晓吧。"

远尘得益于智商高数学好,加上从小得到乃父真传,是难得一见的围棋高手。中学时代,他的棋力应在业余三段上下;大学时代,估计达到业余五段。在北大上学那会儿,这小子经常抱着棋袋挨宿舍找对手,常常都是失望而归。那会儿他是杀遍北大无敌手,孤独求败。我也是从小学开始下围棋,水平不算低,只是入不了段。远尘是在无人可下时才找我凑数。每次下,他让我三到五子,结果还总是他赢。

"这回让几子?"

"五子。"远尘胸有成竹。

我顺手抓出五颗黑子,在棋盘四角的星上各放一颗,然后把第五子安放在天元。"金角银边草包肚皮"我都要。

第一盘棋我们杀了两小时,最后远尘以三子取胜。

"你他妈的二十年不下,怎么棋力不衰呀?"

"天才就是天才,臭棋篓子就是臭棋篓子。"

我不服,又下第二盘,这盘棋下了三个多小时,远尘险胜,只赢二分之一子。

"今天不下了,给你这个天才留点面子,再下你准输。"

"那也未必。刚才这盘我走了一步昏招。你的棋力好像有点长进。就是赢有什么可牛的,人家让着你五颗大子呢。"

"人生难免走昏招。我看你这一生至少走了两回昏招。"

"你指什么?"

远尘突然严肃起来。

"离开体改委是一昏招,滞美不归是第二昏招。否则,坐在我眼前的就是红光满面的陶副总理。"

"你他妈又来了,哪壶不开提哪壶。"

"好好好。今天是咱们的修整日,不谈政治也不谈改革,只谈吃喝玩乐。你赶紧叫外卖吧,我已经饥肠响如鼓了。可别叫批萨,那种垃圾食品我不吃。"

"你小子还挺难伺候。"

"你以为呢,所来何人,一代文豪。"

"说你胖你就喘。"

等外卖时,我走进远尘的书房。书房很大有三十多平米,中西合璧。地上有沙发也有明式家具,墙上有油画也有水墨画,书架上一半英文书一半中文书。我走到写字台边,见上面铺着宣纸,摆放着笔砚。

"你每天还练字呀?"

"每天一小时,雷打不动。你来搅和的这些天停了。"

"你坚持了多少年?"

"有十年了吧。练字可以调养身心平和气血。"

"比你上教堂怎样?"

"各有千秋。"

我仔细看了看桌上写好的几幅字,行草,有七分苍劲三分飘逸,功力不浅,有乃父遗韵。

"没想到你小子的字大有长进呀,都快赶上我了。"

"苦练十年能不长进吗?你现在每天还写字吗?"

"天天敲键盘,哪有时间摸毛笔。现在是提笔忘字,连钢笔都拿不起来了。"

"看来你为这本传世之作牺牲蛮大呀。"

"那是当然。这是椎心泣血之作，倾一生之积累，穷浑身之才华，历史的责任，时代的重托，改革的呼唤，激荡胸中。我生来就是为了这本书，我是用一生换一本书，这代价怎么样？"

"我看你就是要吃改革饭。"

"我不像你，只玩了八年改革就飘然而去不回头，我是倾一生心力鞠躬尽瘁献身改革，居然没有受益。失之东隅，收之桑榆，我得从小说里找回来呀。"

"你这么功利能写好小说吗？"

"我就是这么一说。其实我写这部大部头，改革不过是个背景，跟名和利也没关系。写它纯粹是心灵的召唤。我只想把一生沧桑和感悟写出来，至于书成之后能不能出版，有没有人买账，那都不是我关心的事。"

"有这种心态还差不多。书出来送我一本，没人读我读。"

"你当然得读。我写的不是一个人，而是一代人，其中还能少了你？"

"你可别在书里糟改我。"

"那没准，全看你招待得如何。"

"那麻烦了，我天天给你喝粥，你早就记恨在心，就等着在书里报复我呢吧？"

远尘说完从抽屉里拿出一幅写好的条幅："天涯冷谈一知己，江海微茫半残生。"字写得比桌上的那些都认真都好，应该是他书法的最高水平。

"这幅字是我几天前写的，没来得及裱，送给你做个纪念吧。"

"哥们儿在此谢了。这字我一定好好保存。数年之后，我拿到荣宝斋准能卖不少银子。字写得有点水平，只是这句子有点凄凉。要说冷淡嘛，过去二十六年是有点冷淡，但这次招待，算得上诚心诚意。怎么是残生呢？邓小平出山时都七十三岁了，南巡时已经八十六岁，不是照样改写历史吗？你才六十，还可能大器晚成呢。"

"大器晚成就看你有没有戏了，我是没戏了。"

看着远尘一脸的无奈和茫然，我赶紧打住，离开书房。

8

晚上吃中餐外卖时，我们又聊起了围棋。

"前几年IBM的深蓝计算机打败了世界象棋大师一时成为佳话。当时我就想，IBM怎么不敢开发个围棋软件跟咱们叫板？别说跟你这个业余五段下，就是跟我这个无段低手下，我也把那台计算机下瘫痪了。跟国际象棋比，围棋太复杂太微妙。围棋就黑白两子但变幻无穷，它总让我想起太极想起混沌。国际象棋有点像西方文化，围棋有点像中国文化，两棋的差别就是两种文化的差别。"

"玩大历史的黄仁宇把资本主义归结为数字管理。中国自古没这玩意，中国自古只有阴阳、太极、气功、围棋，只有程朱理学仁义道德，所以中国不可能产生资本主义和现代科学，这是中国的悲剧。但新世纪，如果中国能补上了数字管理这一课后，曾经制约中国发展的文化可能成为中国的宝藏和优势。"

"你的这个论调有点像文化保守主义呀。现在的国学大师和新儒家都在海外在美国。钱穆、牟宗三、余英时、黄仁宇……他们在国内的影响不小。国内很多新左派都是文化保守主义者，提倡以德治国提倡儒家文化，甚至有人提倡儿童读经——"

"看来你是不赞成文化保守主义的。我认为中国传统文化不都是糟粕，但要想为现代化服务，得改造新生。'五四'对传统文化的全盘否定肯定是过了。我认同全球经济一体化，但全球文化必须多元化。现代化不等于西方化美国化，一个民族要有根有源有自己的文化传统。"

"原来在国内的文化名人，李泽厚、刘再复也都跑到美国来了。听说李泽厚在美国大学用英语讲他的'美的历程'，真是厉害。老大学生一代的功底比起咱们老三届就是强多了。"

"李泽厚和刘再复他俩都在科罗拉州做讲座，我和朋友特意开车去听过，讲得是很精彩。现在美国有一批李刘这样的知名学者，他们不是文化保守主义者，他们号称世界公民，提倡第三空间，提倡中间价值，自称'放逐国家'，但他们在美国生存还是得靠着中国文化。"

"我看你和他们的生存状态差不多呀。"

"有些相似。但他们都是文化名人，我是无名之辈。"

"他们都是文化学者，而你是经济学家。你的贡献应该是在中国当代经济学的突破上，在正确解释和理论化中国改革实践上。"

"这我知道，但心有余而力不足了。完成这个伟大历史使命的只能是国内年青的一代经济学家。我只有看的份了。"

"你总是低调，总是悲观沮丧。当年那个豪气冲天舍我其谁的陶远尘哪去了？"

"那个陶远尘已经死了。已经被彻底掩埋在哈德逊河边了。如今坐在你身边的才是真实的陶远尘。他就是一个一事无成的金融学者，一个华尔街淘金的失败者，一个跨国婚姻的失败者，一个饱食终日无所事事靠养老保险过活的美国愚公。关澜，我就是个 Loser，只不过尚能吃饭，尚能下棋，尚能开车带你兜风而已。"

这次轮到我玩深沉了。

9

还有两天我就要启程了。然而，就是这最后两天，远尘也给我安排得满满的，仿佛他生怕我的盐湖城日子不充实。

第一天，远尘一大早就把我拉到了农场。农场位于一个不大的雪水湖旁。土地平旷，景色优美，岸边还真有一大片桃林；也许是因为天气寒冷，深红的桃花还没有开败。不由得让人想起白居易的诗句："人间四月芳菲尽，山寺桃花始盛开，长恨春归无觅处，不觉转入此中来。"桃林过尽是玉米地，玉米已有一人高，刚开始吐穗，茎干粗壮，叶片舒展，哗啦啦在风中摇曳着，放眼望去，是无边无际的青纱帐。

"前几年，中国到处寻找桃花源，一会儿是武陵，一会儿是庐山，最后不了了之。桃花源本来是陶渊明的梦，人间无处可寻，没想到被你在美国找到了。"

"这块地原来是吕济南十年前买来开工厂的，后来工厂倒闭了，他就把地捐出来当农场了。"

"原来如此。"

说着我和远尘钻进了玉米地。那感觉仿佛又回到了田塬。

"你们的玉米地不锄地吗?"

"也锄。谁有时间就来锄一下,没时间就算了。"

"你还记得当年在田塬锄玉米的情景吗?"

"当然记得。沟里的玉米地密不透风,人进去之后,还没干活就大汗淋漓。"

"那滋味真不是人受的罪。男社员都是全裸表演,知青都不敢,唯独你陶远尘敢。"

"也就一次,让你小子看见了。美国的玉米地一年就锄一回,而且是用机器,不用受那份罪。"

我和远尘在玉米地里钻了好大一阵子才出来。地边有一大排平房,房前房后堆满了崭新的农机具。我能认出的是拖拉机、播种机、除草机,还有一些没见过。

"你们的农机具置办得够全的呀。"

"这些农机具都是租来的。租用比买便宜。"

"地里的玉米是什么品种?黄金后还是白马牙?"

"你那是什么时候的皇历?现在美国的玉米都是杂交的,其中很多是转基因的。不过我们地里种的不是转基因品种。我们这个品种叫 UE–3,味道不错,当然比不了咱村里的'小火'。"

"还记得当年咱们在地里烧玉米吃的情景吗?"

"那几天可是咱们的节日。到地里干活不用带饭,晌午的柴草烧玉米随便吃。那种'小火'真是人间至味,以后再也没吃过。"

"遗憾的是那会儿队里规定只许吃三回,不过瘾。"

"要是不规定,队里的玉米早被吃光了。你们走后,我当政时,把三回改成五回,可改完以后没人吃了,原因是改种杂交玉米了,不好吃,只好喂牲口。"

"咱村里的'小火'玉米种找不到了吗?"

"那种低产品种早被淘汰了。你要是能找到,我一定在农场种几亩。"

在屋里喝茶时,我问远尘:

"你们的农场是怎么回事?"

"我们的农场是共有制。地是老吕捐的,然后大家,就是 party 那帮人,每人出点钱当作经营成本。农场的一切都是公有财产。我们也不雇人,大家自觉自愿来干活,谁有时间谁来。"

"种出来的玉米怎么办?卖吗?"

"不卖。大家分,随便拿。剩下的送给各家的邻居。你要是再住两月,我也送你一大袋子。我们这是真正的各尽所能按需分配。"

"你这是乌托邦啊。"

"你说乌托邦就是乌托邦,反正我们的农场运作得挺好。它为大家提供了一个强身健体的场所,也为下一代提供了参加农业劳动的机会,免了插队。后代可是我们的主要劳力。活也干了,风景也看了,每年的鲜玉米还吃不完,有什么不好?"

"搞这个农场是你的主意吧?"

"是我的创意,大家接受了。"

"你是不是老也忘不了那十年农村岁月,你是不是有黄土高原情结啊?"

"也许吧。我至今不能认同美国的垄断金融资本之路,我很怀念过去在田塬走过的共同致富的路。社会主义的理想还是有价值的,不应该全部抛弃。"

"中国的空想社会主义搞得神州大地极度贫困饿殍遍地,这些你都看不见?"

"那是没搞好,并不意味着社会主义的理想不好。我记得苏东风波之后,邓小平就是不买账。他说,社会主义不灵了,没有那回事。只不过现在的中国搞的已经不是社会主义了,而是权贵资本主义。"

"你有点国内新左派的味道。"

"随你怎么说。美国现在还有个 Amish Vallege,他们拒绝现代文明,仍然过着坐马车点蜡烛的生活,其实那个村落就是个原始公社。人家不也坚持了几十年吗?你不能不让人尝试。"

"我看你是人在美国心在高原啊。这个农场就是你的社会主义理想试验田。你在黄土高原种了十年地还没种够,又跑到美利坚种地来了,早知如此你拿什么金融博士?远尘,你想过没有,你们的这个农场不过是个娱乐场休闲地,你们是把打高尔夫变成了种玉米。大家都有工作有收入,谁也不靠它生存。试想你们刚到美国时,大家也搞这么个农场并以此为生,那会怎样?我可以肯定,你们坚持不了一年就得分家散伙。乌托邦不能当饭吃。"

"也许吧。"

"人的基因就是自私的,这是没办法改变的。市场经济就是要调动人的私欲,激发人创造财富的欲望,中国改革的诀窍就是放开了欲望的闸门,否则哪有今天的经济奇迹。你这个当年的改革风云人物,莫非真的要否定改革?"

"随你怎么说,我就是怀念黄土高原的岁月。"

远尘语气强硬。

10

"你的土插队名副其实,你的洋插队也名副其实。当了十年中国农民,如今又要再当十年美国农民。你到底如何看待上山下乡运动?"

"青春无悔。"

"难道青春的后面就一定要同无悔和难忘相连吗? 难道所有的青春都是美好的吗? 那么党卫军和冲锋队的青春呢? 红卫兵的青春呢? 难道凡是自己拥有的青春都是不能否定的吗? 即便这是被人迷惑、利用、蹂躏的青春? 即便这是扭曲、苍白、痛苦的青春?"

"难道你能否定自己的青春吗? 难道你不怀念自己的青春吗?"

"我不怀念。我从未有过青春无悔的感觉,连一丝一毫都没有,有的是无限的悔意和无边的遗憾。那是怎样苍白、空虚和寂寞的青春啊,我甚至怀疑自己有没有过青春。我的青春一半埋在黄土高原,一半埋在北京的待业时光里,每当我想起这些虚度的岁月,心中就充满讨还青春的愤怒,可向谁讨还呢? 斯人已去,旧事谁提? 我承认,我在农村没干出什么事业来,可干出事业的知青又有几个呢?"

"在延安的知青还是有一些人干出事业来的。"

"我看在延安的三万北京知青中,干出事业来的不超过十人,整个地区又出了几个陶书记?"

"比我干得好的人也有,只不过你不认识罢了。"

"就说你陶书记吧,用十年青春换来黄土高原一番业绩,真的很值吗? 你真的一点不后悔吗？你是难得的学术人才，不是农村基层干部人才；如果这青春十年你在美国深造，你一生的学术成就怎么会是今天这样？"

"人生总要有失有得。"

"上山下乡运动的成因如今已水落石出，那是伟大领袖的乌托邦臆想和民粹主义的衍生物，是应对经济崩溃就业危机的权宜之计。领袖给这个运动贴了两个美丽的标签，一是接受贫下中农再教育，一是广阔天地大有作为。到底谁教育谁你最清楚，如果真让落后的农村文明同化了先进的城市文明，中国的工业化和城市化就没年月了。那是历史的大倒退。大有作为更是一厢情愿，算上你陶书记的丰功伟绩，千百万知青折腾了十年，也没能真正改变农村的落后面貌。壮志凌云地去了，又哭天抢地回来了。农村照样穷，农民照样苦。"

"上山下乡的作用你不能一笔抹杀。"

"我承认这场运动的间接作用是让一些偏远山区接触了城市文明，让千百万知识青年了解农村和农民，经受了苦难的磨炼。如今老三届的政治精英正渐渐走向舞台中心，人们之所以对他们还抱有希望，是因为他们插过队，了解底层真相和农民疾苦；这个经历已经成为了他们的政治资本，这个政治资本能否转化为政绩还是问号。"

"你不是对他们抱有希望吗？"

"我是对老三届的政治精英抱有希望，并非只对知青精英抱有希望。并非只有插队才能了解农民，并非只有老三届才了解农村。长我们十岁的老大学生中的正义之士，他们没插过队，也了解农村，他们在农村搞信贷试验，切切实实帮助了农民；小我们十岁的60后有识之士，他们为改变农民的现状而奔走呼号，也做了很多实事；就是70后80后，也可以通过当村官的方式了解农村改变农村。谁说非得搞大规模的上山下乡运动？"

"上山下乡运动还是不能全盘否定。"

"那你想到过这个运动的代价吗？那是一千七百万人的青春、学业和前途，整整一代人的失落、毁灭和被抛弃，还有什么代价比这更惨重？任何一代都没有老三届这代人悲惨，都没有我们这代人分化严重。像你我这样有幸搭上大学末班车的不足十分之一，有幸成为政治精英商业精英的更是万分之一；大多数老三届都堆积在社会的底层，过早地被时代淘汰了。他们本不该有这样的命运。"

"你描绘了一幅多么可怕的图景，你不能把一切过错都归结于时代，都归结于那场上山下乡运动，自己的命运还是掌握在自己的手里。都说老三届是被耽误的一代被抛弃的一代，怎么现在中国政坛上的主角大半都是老三届？时代不会抛弃任何一代人，哪怕他们是失学的一代。"

"你站着说话不腰疼。上山下乡四十周年时，你不在中国，你没有看见那最后的疯狂与凄凉，那是中国知青的广陵散。十周年时，人们还想不起来纪念，因为还有许多知青没返城，你那会儿还在农村。二十五周年时，掀起了第一个纪念高潮。各地纷纷组织'还乡团'，我参加了延安的知青回访团，那是我第二次回陕北，老乡见老乡抱头痛哭，依依不舍。但当时我就知道还乡团中的绝大部分人不会再回来了。接着就是展览热，先是'黑土地展'，然后是'黄土地展'。我们的儿女们也被拉到这些旧照片面前，那会儿他们还真有点感动。"

"我听说兵团的展览规模最大。"

"对。上山下乡三十周年时，纪念活动达到高潮，电影、诗歌、回忆录、书信集，一起招呼。这时候，老三届中的佼佼者功成名就，要开始回忆青春了；老三届中的落伍者还有最后一丝怀旧心情。这些活动我一个都没参加。纪念活动最高潮时已经显出疲态，让人看出是强弩之末。我们的儿女们早已不感兴趣，社会上多数人送来的是冷漠、不解和疑惑的目光，离我们最近的 60 后 70 后们，送给我们的礼物是：'丑陋的老三届'。到了四十周年，已是死水微澜。纪念活动还有，但几乎没什么人参加了，在社会上也几乎听不到什么动静了。再过几年就是上山下乡五十周年，到那会儿还会有人纪念吗？当年风华正茂的青年男女，那时将有很多人鱼贯而行奔赴西天永远落户去了，剩下的人垂垂老矣，只有在梦中还会偶然梦到插队这回事。时间就是这样无情，历史就是这样冷酷。"

"这种命运也没什么可怕。任何一代最后的命运不都是曲终人散吗？当年的老延安现在还剩下多少？该走就走呗，只有你这样的酸诗人才他妈的感慨没完。"

我知道我说得太多了，而且我说的很多话他不爱听。

中午在农场，远尘请我吃了一顿美国农家饭。

11

第二天,也就是我在盐湖城的最后一天,远尘把我拉到了他的老宅。

这是一座蓝色的二层小楼,面积差不多有他新宅的一半大,但屋前的草坪不比新宅小,草坪上有两棵大松树,高大挺拔,威风凛凛。远尘告我,老宅原来租出去了,半月前,住户搬走,新租户还没找到,房子暂时空着。

远尘今天不是带我来参观的,而是带我来干活的。老宅草坪上的自动喷灌设备坏了,他带着全套工具过来修理。

喷灌设备似乎很复杂,我研究了半天没搞明白。远尘看我帮不上什么忙,就说:"你这个摇笔杆的人干不了这活,你还是到草地上去拣松果吧。"

我不辩解,转身就走。有大树的草地真美呀。我拿起一个塑料袋,专心致志地拣松果。草地上散落的松果还真不少,不一会儿我就拣满了一口袋。当我把松果倒进路边的垃圾筒,回到草地一看,又落下不少松果。原来远尘让我干的是无用功啊。

我索性罢工,躺在草地上,仰望大树蓝天,享受一刻美国人的惬意生活。生存空间真的很重要。人均住房面积只是一个指标,人均绿地面积,人均空间面积,也就是每平方公里人数,更重要。后两项指标中美之间的差距太明显了,再过一百年,中国也不可能赶上美国。我在中国处于中层,人均居住面积好几十倒是不小,但还是脚下没有寸土;房子在六楼悬空,不接地气。私人花园和草坪的梦不敢做,古人的求田问舍梦更不敢做。美国失业人士陶远尘居然有两个大别墅两个大草坪,这真让我有点心理不平衡。人往高处走,水往低处流。陶远尘他们这些华人扎根美国很好理解。

我正在草地上遐思悠悠,隔着老远,远尘叫我:

"进屋喝茶吧,我修好了。"

"你还挺本事,管工的活也能练。"

"在美国,都是自己动手。"

我们坐在老宅的客厅里喝茶。

"怎么样,我这套老宅的环境还可以吧?"

"岂止可以，在我这个中国土老帽眼里，这就是天堂居所呀。"

"想不想来住一段。如果想，我把房子租给你。这房子的租金应该是每月两千美金，我只收你二百，而且还不用现付，等你的大作写完了，稿费拿到了，咱们再结账。"

"我要是写不出来呢？"

"写不出来你就白住，算我倒霉。你在这儿写书，效率一定高，你看这儿多安静。"

"美国是我想来就来的吗？"

"我给你发邀请函呀。"

"你他妈的现在不是犹他州长，也不是大学教授，无业游民一个，你的邀请函不值钱。"

"我保证你能得到一年签证。"

"再说吧。那是以后的事。你什么时候回国呀，回北京你可以住我那儿。"

"再说吧。眼下农场的事还放不下。"

两个再说吧，其实我俩都知道，所谓再说吧就是没影儿的事。

"远尘，我知道你现在回国定居已经不现实了，既然要终老美国，你为何不入籍？"

"有绿卡就可以了。不知怎么搞的，这么多年我就是不想入。也许是我不能完全接受美国，也许是我就是扯不断我的中国根。去年春节，中国使馆开招待会，会上使馆的官员说，现在我们的口号已经从落叶归根变成落地生根了。我听着挺有意思。我知道国内现在海龟人满为患，早不稀罕了；而且我也不是国家急需的科技精英，回不回不打紧。"

"你是金融家呀，国内还是很缺的。"

"金融也扔下好几年了，再说人老体衰，早干不动了。"

"你过于消沉了吧。"

"也许吧。这几年我常想，什么是祖国？我和凯蒂为中国争吵时，我心里也明白，我们的分歧并不大，可我就是感情上过不去，我不能容忍她那样说中国。其实凯蒂也不是外人。祖国是什么？祖国就是你一天骂她三遍，但就是不许别人骂的地方，就是爱恨交集五味杂陈的地方，就是想忘也忘不了想回也回不去的地方。"

"那是过去,如果你现在想回明天就可以回。"

"你说,我这人就是怪。想回时不能回,能回时又不想回。我从来不标榜自己爱国,也不承认自己不爱国。什么是爱国? 爱这个国家这个民族,还是爱这个政权这个意识形态? 铁打的营盘流水的兵,国家和民族是永恒的,政权和意识形态是流变的。"

"我自认还是了解你和凯蒂的,你们对中国的感情我是知道的。别人怎么说你们我不管,但我觉得你们的观点过于悲观了。中国没有你们想象的那么危险。"

"也许吧。现在国内的学者动不动就引用狄更斯《双城记》里那几句话:'这是最好的时代,这是最坏的时代;这是智慧的时代,这是愚蠢的时代……'难道中国现在真是这样一个时代?"

"中国现在的反差的确很大。连我这个改革全过程的见证者也很难理出头绪。什么是真正的中国? 高速增长,经济繁荣,遍地商机,活力四射,国力猛增,大国崛起,是中国;官员腐败,社会糜烂,道德沦丧、贫富悬殊,民怨沸腾,矛盾尖锐,也是中国。三千年未有之巨变,三十年惊天大改革,中国什么时候这么富强过? 中国什么时候这么郁闷过? 中国什么时候这么提气过? 中国什么时候这么怨恨过? 你说它是一把干柴也行,你说它是一辆战车也行,你说它是无底深渊也行,你说它是一条大道也行,你说它是史上最坏也行,你说它是史上最好也行——爱它恨它,赞它骂它,维护它诅咒它,反正世界上就这么一个中国。它的灾难就是世界五分之一人的灾难,它的希望也是世界五分之一人的希望!"

12

"我看不清,凯蒂也没看清。把握当今中国的本质比把握美国难多了。"

远尘开始大口喝茶。

"不过你仔细想想,所谓中国现象也似曾相似。十九世纪中叶,美国崛起时什么样? 翻翻辛克莱的《屠场》和德莱塞的《嘉利妹妹》,那时的美国不也是乱象丛生的矛盾体吗? 一面是经济高速发展,一面是社会腐败、道德沦丧、唯利是图、残忍血腥,那时的美国也有造假问题,也有食品问题,与今天的中国何其相似?美国人慢慢地走过来了,中国人也会慢慢走过来。天无绝人之路。"

说到这,我也端起茶杯,一饮而尽。

"你总是这么乐观。"

"我承认我是乐观派。其实乐观派和悲观派看的都是一个中国魔瓶,我看见的是那半瓶水,你们看见的是那半瓶空气。我想,凯蒂的激愤是因为她的中国理想破灭了。多少年来,中国一直是她玫瑰色的梦。她太爱中国了,她不能容忍中国变成这样。"

"也许你比我更了解凯蒂。"

"不会吧,你们可在一起生活了二十年。"

"关澜,你说什么是故乡?我看过几本你们这些文人写的海外题材小说,里面充斥着所谓乡愁。我看乡愁已经被你们写滥了。"

"有这事?"

"我在盐湖城的华人圈里算是个另类,他们对我不回国不入籍不入基督教而入摩门教的行为都不能理解。我常想,故乡不就是生你养你的地方吗?离开故乡的人不回去就不合人情吗?你心里挂念她,有能力时帮她做点实事不就行了吗?干吗非得回去?"

"是不必非得回去,但回去看看也是人之常情。"

"什么是故乡?中国的老话讲,心安的地方就是福地。西方的老话讲,习惯的地方就是天堂。我看这些话有道理。故土难离不是现代意识。列宁说,工人阶级没有祖国,你能说列宁不爱国吗?浪迹天涯,环球漂泊,四海为家,才是现代意识。中国上亿农民跑到大城市去,中国几十万留学生跑到美利坚,不都是背井离乡奔前程吗?如果都死守故土,中国的城市化永远实现不了,中国的国际化永远实现不了。现在地球都快成一个村了,你说哪里是故乡?"

"是啊,我们把田塬当成第二故乡,我也曾把美国当成第二故乡。第一故乡是哪?是北京吗?可你生在浙江,我生在黑龙江;你五岁到京,我七岁来京,我们算北京人吗?如今的北京又有多少真正的北京人?"

"可延安老乡都把我们看成北京娃。"

"故乡不仅是一方水土,一个村庄,一个城市;故乡还应该是精神的家园,心灵的归宿。前年,我陪日本经团联访问西安。在接风宴会上,经团联团长丰田章一郎开口就说,西安是所有日本人的心理故乡。"

"人恐怕最终寻找的还是心理的故乡而不是地理的故乡。对于像索尔仁尼琴、昆德拉这些流亡者来说,有真理有自由有关爱的地方就是故乡;对于提倡诗意生活的海德格尔来说,有哲学有诗意的地方就是故乡。"

"说起流亡,美国现在还有好多中国来的流亡者,政治避难者,但你不算。"

"我当然不算。我永远也不会寻求什么政治避难。现在还是移民时代。移民总是穷地方的人往富地方跑,这应该是规律。人应该有迁徙自由,人追求美好生活天经地义。正是这种追求,才使柏林墙一夜之间倒塌。没有移民哪来美国?这么多中国人跑到美国来为的是什么?来寻求自由民主?恐怕大多数人还是奔钱奔好生活来了。你我也不能免俗。"

"故乡的吸引力有时不在水土和环境,而在精神、理想和文化。你知道上世纪前半叶,许多美国人跑到中国去,斯特朗、寒春、阳早、沙博理……他们扎在了中国,也入了中国籍。他们为什么从富有的美国跑到贫穷的中国来,把中国当故乡?还不是理想和文化的魅力。我采访过沙博理,他已经八十多了,依然精神矍铄。他说他之所以留在中国,是因为爱上了凤也爱上了龙。凤子是他的中国妻子,四十年代的演员。龙当然是中国。可他爱上龙时,这条龙穷得叮当响,他爱的是龙的血管里流淌了几千年的文化。"

"老一代真是那样。可年轻一代实际得多。现在美国流行汉语热,孔子学院世界最多。越来越多的美国年轻人往上海北京深圳跑,凯蒂的亲友家就有一个,他们看重的是中国的商机和市场,他们是到中国淘金去了,一如一百年前中国人到美国来淘金。真是风水轮流转啊。"

"还真有不少早来的美国人在中国挣到了大钱。现在北京的一些四合院的主人是加入了中国籍的美国人。南锣鼓巷一美国哥们儿靠文化衫就发了财。"

"我承认盐湖城比北京比陕北更适于居住,但美国还不是我的心理故乡情感故乡,也不是我的心灵归宿。来美国这么多年了,我还是个四处游荡的孤魂野鬼。我也不知道我将来魂归何处。日暮乡关何处是,烟波江上使人愁。"

那天我俩居然在老宅里说了半天故乡。故乡是能说清楚的吗?

远尘批乡愁说故乡,也为自己的不回国辩解。但他真的没有乡愁吗?他真的不想回去吗？我想，故乡是远尘解不开的心结，他的内心始终是矛盾迷乱和煎熬的。

我是晚上七点一刻的航班，远尘把晚饭安排在五点。那顿饭是远尘亲自下厨做的，四菜一汤，很丰盛。因为要开车，我们没有喝酒。

晚上六点半，远尘准时把我送到机场。

分别的时刻终于到了。这一别又不知何时相见了。在机场排队办手续时，我们都沉默不语，仿佛所有的话都说尽了。该进登机口了，我们握了握手。

"你什么时候还来盐湖城？"

"你什么时候回国？"

这是我们俩的分别赠言。谁也没有允诺，但远尘知道，只要我不死，总会重访盐湖城的；我也知道，只要他不死，总会回国的。

若问归期未有期，巴山夜雨涨秋池。

我转身离去时，看见远尘消瘦的脸上泪水涟涟，而我的泪眼早已朦胧。

再见了盐湖城！再见了陶远尘！后会有期。

异国他乡梦

十一、拉斯维加斯

CHAPTER 11

1

从盐湖城回到洛杉矶已经是十月底了,我为期半年的签证还有半个月就到期了,该轮到我滚蛋了。

我让女儿给我订一周后的回国机票。

"爸,你的探亲签证还可以续签到一年,为什么着急走啊?"

"半年时间已经不短了,预定的任务也都完成了。你的毕业典礼我没耽误,丹尼他爸陶远尘我也见到了,同加拿大朋友的合作出书也敲定了,还赖在美国干吗? 我还急着回去炮制我的长篇巨制,还指望用它来换取诺贝尔文学奖呢。"

"你的那部小说真有希望获奖吗?"

"我不过是开个玩笑。你爸可没有诺贝尔奖情结。诺奖的物理奖、生物奖等没得说,那是世界第一的奖,诺奖的文学奖可就值得商榷了,文学这玩意本来就是仁者见仁智者见智的事,很难评也很难公道。近些年,诺奖的一小半得主都是三流作家。若干年后,如果诺贝尔文学奖非要给我,我还说不定拒绝呢。萨特不就拒绝了吗? 那才是真潇洒。"

"你在美国也可以写呀。"

"在美国我心神不定,写不下去。丹尼他爸在盐湖城还有一个空着的别墅,他希望我住在那儿写,我没答应。住在美国是舒适,住在盐湖城更是安静,但美国的氛围不对,人味、地味、空气味都不对;我写的是中国三十年改革的故事,离开了故事的发生地,我调动不出情绪来, 也出不来写作状态。尽管我在北京也是大门不出二门不迈,闭门谢客,每天睁眼闭眼看见的就是你妈一个人,但北京有人气地气,这两气可接着我的灵气呢。创作没有灵感不成。"

"你这个大作家毛病可够多的。"

"文人无行,作家能没毛病吗? 有的作家不到夜深人静,不让台灯照着,写不出字来;有的作家面对电脑过敏,不面对一摞稿纸写不出字来;至于古时文人,那毛病就更大了,要红袖添香红颜磨墨。相比之下,你爸的毛病算少的,只要是把我放在中国这块土地上,穷乡僻壤,深山老林,喧嚣都市,通衢大道,哪都行。我就能不管白天黑夜,文思泉涌,灵感纷至,一天招呼五千字。"

"你要是再多待两月,不是还能多陪陪我吗?"

"小霏,你现在有了丹尼,不需要爸爸陪了。而且你现在刚开始职场打拼,正是较劲的时候,就是我想陪,你哪来的时间啊?"

"下周我想提前使用休假,休一周,陪你玩玩。你来半年了,我都没抽出时间陪你,太不孝顺了。"

"好哇,你这几个月拼得太苦了,也该调整一下。你打算上哪?"

"我还没想好。你想去哪?"

"我一时也想不出来,回头查查旅游图吧。"

"爸,你现在还有钱吗?"

"带来的几千美金花得差不多了,兜里还有陶远尘救济我的两千美金。怎么,又没钱了。"

"吃饭的钱有,没有陪你出去玩的钱。上班的第一天,我就发誓,再也不向家里要钱了。可是头三个月是实习期,只有一半工资;那点钱刚够饭钱和油钱;这两月发整薪了,不知怎么搞的,还是月光族。"

"出游的钱我出吧。小霏,你们80后的金钱观和我们老三届差距太大了。我们这一代经历过三年困难时期,经历过'文革',插过队受过苦,我们知道生活的艰辛,知道钱难挣;我们节俭惯了,想潇洒想超前消费都学不会。我和你妈都没有信用卡,你用信用卡都好几年了,动不动就透支,然后一个电话让你妈到银行给你还款去。你老爸用的手机是三百元的国产货,你用的是最新款的G3,你爸用的笔记本,是六年前的戴尔,又笨又沉;你出国时带去的是两万元的THINK-PAD,用了不到两年,又换了苹果;你爸是从来不沾名牌,不穿一百元以上的衣服和鞋,你是非名牌不穿,穿不起大名牌也要穿小名牌。砍起价来,你是砍价小天使;花起钱来,你又是花钱小天后。"

"我身边的80后都是这样生活的呀。"

"这我知道。在80后中,你还算是好的。可是,超前消费是值得质疑的。美国超前消费了几十年,结果弄出来个金融危机。中国80后的超前消费并不是好现象。现在中国大城市的房子已是天价,可多数的80后仍然是要买房结婚,钱从哪里来？啃老，啃完一边啃两边。世界上最轻松的事是花别人的钱，世界上最快乐的事是花自己挣的钱。"

"爸，我保证不向家里要钱买房。我还要在美国给你们买大别墅呢。"

"你的这份孝心已经使我感激涕零了。如果有一天，你有能力买别墅，还是留着你俩住吧。我和你妈在北京住着挺好，哪儿都不想去。别说美国，就是月球也不去。"

"我也计划着在美国打拼几年，先把这几十万学费挣出来还给你，我知道那是你们的养老钱。"

"你这个计划可以取消了。我们怎么会让你还钱？从给你的那一天就没想着让你还，谁让你是我们的女儿。若是真让你还你还得起吗？从小到大二十多年，我们为你花的钱数得过来吗？还有血汗呢？还有操劳呢？还有满头白发呢？还有那些情那些爱呢？父母的爱从来都是无私的彻底的不求回报的，天下父母都一样。等你有一天做了母亲，也一样。"

小霏有些动容，没有答话。

"我知道你们80后的观念是能挣会花，月月光，追求时尚追求享受。你们这代人一睁眼就看见了中国新生的市场，你们长大了，能没有市场观念吗？能不热爱钱吗？能不会算计吗？这些都比我们强。你们的挣钱能力更是我们望尘莫及的。再说我们这代人挣钱的时候已经过去了。但是能挣不见得要花光，要适当积蓄。美国人不储蓄落到今天这个地步，中国人高储蓄才有经济起飞。当然中国的问题是储蓄太多了，消费不足，所以内需老是刺激不起来。"

"你又开始给我上经济课了。"

"你每月的薪水还是要计划一下，存下一部分。消费也要抑制一下。不能老到中国城下馆子，不能一天到晚离不开星巴克的咖啡，你算算每月扔给星巴克多少钱？节俭的话我就不多说了，说多了我自己都烦。"

"爸，我听你的。以后每月我都会给家里寄一点钱。"

"不用寄。慢慢存着留着结婚用吧。我和你妈的钱够花。我们这一代不但过了挣钱的时候，也过了消费的时候，想花都花不动了。况且你爸你妈都没做过大把大把数你寄来的美刀的梦。"

2

晚上,小霏让我看笔记本上的美国旅游地图。

"爸,我记得你留学那会儿没去过 Las Vegas(拉斯维加斯)?"

"没去过。"

"那你小说里那段中国企业家的赌场经历是怎么写出来的呀?"

"瞎编乱造的。"

"咱们先去 Las Vegas 吧,然后再去 San Diego。"

"可以。如今美国是你的地盘。"

第二天下午,我们父女俩就开车上路了。洛杉矶到拉斯维加斯六百多公里,开车不过四小时。我跟女儿说好,一人开两小时。

"爸,你现在还有车瘾啊?"

"在北京一点没有,出门就堵车,连四环都限速八十,开车变得索然无味。我现在出门都坐地铁。北京的地铁可不是洛杉矶和纽约能比的,先进多了,这就是后发优势。但在美国开车,我的瘾大了。"

"那你就开三小时吧。"

"行啊,开全程都行。"

汽车开出加州不久,就是内华达州的沙漠了。沙漠里还是有绿色植物的,只不过全是稀稀拉拉的仙人掌,有一人多高。路上车不多,大漠孤路,任你驰骋,比到黄石公园还痛快。我把车悠到八十五迈,就按下了巡航定速。窗外景色单调,容易犯困,于是我和女儿开聊。

"小霏,你第一次上头版的文章是不是那篇'新一代留学生新姿'?"

"是啊,那应该算是新闻综述吧,我采访了好几个人。"

"文章写得不错。你总结出来的新一代留学生面临的三条路:学术深造、工作打拼和回国发展,挺准确。缺点是没能同时采访几个老三届,如果能把 80 后和老三届两代留学生的命运做个对照,那就更好了。爸爸那代留学生面临的也是这三条路,四分之一世纪过去了,两代留学生的命运却没有改变。"

"我也没想到。"

"虽然都是三条路，但每条路都有变化。先说学术深造这条路，你们这一代这条路走起来很轻松，本科生读研，硕士生读博，而且走这条路的人比例很大。我们那代人走这条路的人比例太少了，因为这条路对我们来说太艰难了。首先年纪大，老三届出来就三十好几了；其次英语差，到美国，没个一年两年，谁也过不去英语关；最后是没有钱，我们那代人出国留学，谁能带出几万美金？那会儿国人中的万元户是凤毛麟角，即便你有幸成了万元户，一万元人民币才合一千美金呀！因此等待我们的命运就是边打工边上学，和当年邓小平、周恩来他们的勤工俭学没什么两样。我们的学费都是用刷盘子做搬运工的血汗钱交的，哪个人没有一段心酸的血泪史？苦干苦学好几年混个学士已经是幸运儿，有几个能混到博士？我估摸老三届到美国拿下学位的人不足十分之一。"

"80后走学术深造这条路的人大约一多半吧，原因是现在美国工作不好找。如果愿意，我看80后人人都能走这条路，我也能，只是干新闻不需要读博。"

"是啊，你们这代人不用刷盘子不用做搬运工，就是打工也是象征性地在学校里找点活。你们哪个不是带着十万八万美金出来的？至于像曹杰、马岩这样的富二代，鬼知道他们带出了多少钱？你们一到美国就买车，而且还有人买豪车跑车，这在我们那会儿不是天方夜谭吗？可是，小霏，你想过没有，你们80后为何有这样的运气这样的条件？你们这代留学生为何能这么自如这么潇洒？想留就留，想走就走，想深造就深造，想回国发展就回国发展？"

"我还没多想。"

"也许你们以为生来如此命该如此，可天底下哪有这样的好事？你们80后留学的大背景是中国改革三十年！没有改革没有中国崛起，你们兜里的钱从哪儿来？天上不掉馅饼，地上也没有免费午餐，这场改革，成败先不论，代价惊人。那是拿忍受了三十年低工资的几亿农民工血汗做代价的，那是拿环境污染资源耗尽做代价的。你们却认为这一切自然而然理所当然。"

"我们同学中还真没人这么想。"

"所以还得对你们80后进行教育，不是爱国主义教育，而是历史教育。忘记过去就意味着背叛。"

"你对我的教育可不少。道德教育，政治教育，哲学教育，包括花钱教育。"

"心血花了不少，收效甚微。其中历史教育太少，结果你们80后这代人不了解'改革'的历史,不知道中国的改革是怎样千难万险走过来的;不了解'文革'史,更不了解民国史;辛亥革命已经百年了,你们知道一百年前中国到底发生了什么吗?"

"知道一点。"

"再不向你们进行历史教育,历史怎么延续?关键是你们这代人没有历史感,对过去的历史没有兴趣。你们现在满脑子都是个人前程,都是如何拿到学位,如何找到高薪工作,如何挣更多的钱;连改革的命运国家的命运你们都顾不上关心,还有闲心关注历史吗?我现在要是向你诉说插队的历史,'文革'的历史,三年自然灾害的历史,你听得进去吗?"

"我对改革史也许还有点兴趣,其他的历史可能听不进去。"

"问题就在这儿,你们不愿听,我们说给谁去?所谓历史教育还不是一句空话!"

"你也不用这么悲观。我们现在的确顾不上历史也顾不上改革,现实的生存压力太大了。你们那代人面对过毕业就失业吗?你们面对的竞争有这么激烈吗?等过几年,我们这些80后安定了,成熟了,也会去回顾历史的关注改革的。历史和改革不可能在我们这代人这儿断了呀。克灵顿就是美国垮掉的一代,他年轻时关心美国历史吗?关心美国命运吗?等他人到中年,不照样忧国忧民,去竞选总统吗?"

"你说得也有些道理,只能拭目以待了。再说第二条路,我们留学那会儿美国经济繁荣,工作不难找,不像你们这会就业这么难。这条路我们那代好走,你们这代艰难。原因是你们运气欠佳,赶上了金融危机。"

"工作打拼是80后面临的最艰难的一条路。我采访了四个人,其中三个人的H1B都没落实,两个人已经决定回国了。我的工作签证不是也差一点泡汤吗?要不是你的女儿还有点实力,要不是你大驾亲临现场指导,我不也得卷铺盖回国吗?"

"上帝不能把所有的好事都给了你们。工作打拼路难行,你们可以选择回国创业。这第三条路对于你们80后是一条康庄大道,也是一条随时可派上用场的后路。对于我们那代人,回国创业这条路实际上不存在。只有回国,没创业。你爸回国之后不是乖乖回原单位了吗?那会儿,中国经济还不行,还没有创业的氛围和条件。所以那会儿出不来张朝阳和李彦宏。当然,我们那会儿,'海龟'还是宝贝,不像这会儿,'海龟'真的成了'海带'。但'海带'要是创业成功了,就变成腰缠万贯的'海宝'了。"

"你不是说过了吗,我们搞新闻的在哪儿都发不了财。"

"发不了财就奔事业。未来几十年,媒体的影响力不可小觑。做一个成功的媒体人,满怀激情,一腔正义,为民请命,秉笔直书,也不错啊。"

"可你老说干新闻没意思,老是阻止我步你后尘。"

"那是因为中国的新闻还是管制新闻,还没有新闻自由,你在中国可做不了无冕帝王。不过你在美国媒体干个三五年,那时回到中国情况也许会有变化,那时的新闻舞台会大些宽松些。要知道,改革就是变,谁也不能阻挡中国变。"

一路聊下来,居然聊到了赌城。四个多小时都是我一人开的。这下算过足了美国车瘾。

3

晚上六点多一点,我们胜利到达拉斯维加斯。小霏和丹尼不久前来过,这回,她自然成了导游。

在导游的指引下,我把车停在了米高梅大酒店的地下车库。

拉斯维加斯就是拉斯维加斯!举世无双标奇立异。机场巴士是免费的,所有大酒店的停车场也是免费的,所有的餐馆都便宜实惠不宰人,这座世界赌城,带着沙漠城市特有的冒着热气的热情,敞开怀抱欢迎五大洲的宾客。它让你一下车就感到宾至如归,感到舒舒服服,感到方便快捷,至于这如火的热情后面藏着什么名堂,你是一下子看不出来的。

我们下榻的米高梅大酒店,金碧辉煌,雄伟壮观,规模空前。这座见所未见的庞然大物山一样矗立在面前,放眼望去,看不出它有多少房间,也看不出它的大厅有多少平米。

我们一进门就一目了然了。原来大厅就是赌场,灯光闪烁,机器鸣响,人声嘈杂;21点,轮盘赌,老虎机,梭哈、幸运轮……赌具样样俱全。

酒店的客房竟然有五千多间,大厅面积上千平米。

小霏在前台办好手续领到房卡。你猜房钱是多少？一个双人间一天的房钱才五十美元，这可是五星级豪华酒店啊！在纽约在洛杉矶，这样的酒店一天至少五百美元。办手续的游客拿到房卡全都兴高采烈，都以为捡了大便宜，都不知道这大便宜后面的大文章。

放好行李，擦了把脸，我和女儿就下楼吃了一顿美式大餐，真比洛杉矶便宜许多。酒足饭饱，我俩推门而出，开始逛街。

小霏仍然做导游，我仍然紧紧跟随。先逛 Fremont Street（费蒙街），再逛 Las Vegas Strip（拉斯维加斯大街）。街道两旁都是豪华大酒店，凯撒皇宫、百丽宫、金字塔、金银岛……鳞次栉比，勾肩搭背，犬牙交错，一座比一座辉煌，一座赛一座宏大，世界十座超大型度假酒店，九座都在这里。

我和小霏信步而行漫无目的。见到造型奇特的酒店就进，在里面转一圈就出。拉斯维加斯拥有世界上最大的豪华酒店集群，这里的大酒店你数不过来；然而这些酒店虽然风格各异造型别致，但是走进大厅，场面雷同，所有酒店的大厅都是赌场。

这时夜幕降临，灯火通明。赌城的灯光不但辉煌而且璀璨，变化无穷的霓虹灯，极具创意的灯光广告，不时喷发的人造火山……灯火将赌城装饰成梦幻世界人间银河沙漠不夜城。

你在世界任何地方都看不到这样壮观迷幻的夜景。面对如此夜景，初来乍到的游客叹为观止，而我立刻想到的是这座沙漠赌城每天要耗费多少能源。灯火耗电，空调更耗电。拉斯维加斯白天气温高达三十八度，但所有酒店里面都是四季如春凉爽宜人，因为中央空调一年四季一天二十四小时永远开着。

拉斯维加斯这座沙漠之城，堪称人间奇迹，凸显人力之伟大。然而这是消费之城奢靡之城。城里的百万人口，每年从全世界蜂拥而至的四千万游客，在这里都不创造财富，而是挥霍财富，挥霍资源，挥霍能源。

全世界的能源一小半被美国人消耗了！

我和女儿进进出出走走停停。自由女神、拉菲尔铁塔、威尼斯水城……都看了。一座赌城居然浓缩了世界建筑之美。

我们边走边看，用新老记者犀利的目光打量着五光十色的街面，形形色色的过往行人，打量着遍布大街角落的墨西哥发卡人，他们发的是清一色的色情服务卡,在内华达州,赌博合法,性交易也合法;打量着招摇过市的半裸妓女,打量着高大威猛的带枪警察,二十年前,赌城被黑道掌控,二十年后,赌城被白道接管。

闻名于世的拉斯维加斯到底是什么？世界娱乐之都、赌城、贪婪之城、罪恶之城、结婚之城、离婚之城、自杀之城……在我眼里,拉斯维加斯就是吃喝玩乐嫖赌六毒俱全的地方,就是全世界罪恶的渊薮,就是人欲横流之处,就是纸醉金迷醉生梦死声色犬马的天堂。

然而,就是这样一个地方,全世界各色人等趋之若鹜;居然也吸引来了两位圣洁的中国记者。

不到纽约,等于没到过美国;不到拉斯维加斯,也等于没到过美国。我能不来吗？

全世界凡是有人的地方,就有中国人。沙漠赌城也不例外。唐人街也在这里安营扎寨了,建筑上有中文广告,街面上有中餐馆,大厅赌场里有华人庄家。

4

在拉斯维加斯,入住哪家酒店关系不大。家家酒店一样豪华舒适服务周到,一样可以住可以吃可以赌。但不少人还是要挑酒店,中国人还是要看风水。

"爸,你看对面的凯撒皇宫了吗？这家酒店巨豪华,可是住的人最少。"

"那为什么？"

"因为在凯撒赌钱输得多呀。"

"那是传言,我看各个赌场的输赢概率都应该差不多。"

"谁知道呢。"

你到了赌城,随便下榻在哪家酒店,吃喝拉撒睡就全齐了。然后,你就在里面愿意泡多久就泡多久,不用出大门,在大厅里就可以赌了,愿意赌多久就赌多久,愿意赌多大就赌多大。这就是拉斯维加斯的酒店。酒店是赌场,赌场就是酒店。

赌性也是人性之一。天下人有入住赌城不赌的吗？有！我的女儿关小霏就是一个。半个月前,她和丹尼到赌城住了一天一夜,小霏一分没赌,她还管住了丹尼。他们这样的游客可能是万分之一,也许是十万分之一,否则,拉斯维加斯早就破产了。

"爸,我其实挺讨厌赌城的,这地方会叫男人学坏。"

"可你看街上女人也不少啊,她们就不会学坏吗?赌博不是坏事吗?你看老虎机前那些女人多么沉迷。"

"赌博肯定是坏事。所以上次来我们不赌。开赌场肯定赚钱。内华达州本来挺穷的,州立法把赌博合法化后,大沙漠里一夜之间就冒出来一座赌城,随后财源滚滚,内华达州也一夜暴富。"

"赌性人人有,是潜藏的欲望深埋的恶。赌瘾和大烟瘾一样,一旦被勾起被唤醒,就一发而不可止。赌博不但可以让你倾家荡产,而且可以把你引向犯罪。全世界人都赌,但我看中国人赌性最大,你知道中国政府每年为抓赌禁赌花费多少人力物力吗?那可是个天文数字。"

"中国来美的旅游团,都往这儿跑。你给他们减掉哪座城市都行,就是不能减掉拉斯维加斯。"

"中国的贪官一半涉赌,而且都是大赌徒。他们也有不少人到拉斯维加斯赌,多数人就近到澳门赌。澳门的繁荣全靠他们。贪官用公款赌博,那才叫一掷千金的大手笔呢,欧美富商甘拜下风。贪官一输就是几个亿,他们每年在赌场上输掉的国有资产不可胜数,这也是改革的代价。"

"这么说拉斯维加斯也有很多中国的国有资产啦?"

"应该不少。"

"我说赌城怎么对中国游客另眼相待呢。刚才咱们在金银岛酒店看见那桌21点,发牌的是广东人,桌边围坐的赌客也是清一色的广东人,你没听他们都说广东话不说英语。"

"听见了,可我听不懂,他们说什么?"

"都是赌桌上的专业术语。"

"赌博是有百害而无一利的事,它对人对社会对经济对国家的危害如此之大,可美国愣是能让赌博合法化,愣是造就了拉斯维加斯和大西洋城两座赌城。"

"真是不可思议。"

"赌城就是美国的一面镜子。小霏,你到美国也两年半了,你怎么看美国?"

"时间还是太短,还不能说看透了美国文明。我看美国的政体、法治、市场、创新,还是挺先进的,比欧洲先进;欧洲出不来硅谷,也出不来乔布斯和苹果。我就是喜欢苹果,我的手机和电脑都是苹果。在这些方面中国还得向美国学习。就说法治观念和道德水平吧,美国人现在比中国人还是高出一大截。我们在美国,看不到假钞,也看不到假冒伪劣,更没有盗版。你看我的电脑里没有 word,那是因为正版太贵,我不舍得花钱,盗版又不敢用。你在中国还在用盗版的 windowns 吧? 我在国内就没看见人用正版。就说开车礼让行人这一条吧,我在美国过马路从来无所顾忌,回国之后,都不敢过马路。中美两国人的法治观念相差太远了。"

"美国有这么好吗?"

"美国现在的吸引力诱惑力还是挺大的,要不怎么这么多留学生还是想留下。你们那代留学生踏上的是不归路,我们这代踏上的是半不归路,二十年多了,中国留学生留下来的比例还是高达 90%。"

"现在这个比例正在逐年下降。你想,10% 的留学生回国,海龟都变海带了,要是一半人回国,海龟就得变成臭鱼烂虾了。"

"美国也有很多问题,种族歧视不严重了,贫富差距也缩小了,但是金融垄断资本控制美国经济,华尔街左右华盛顿,这可是大问题。那些金融大鳄的贪婪导致金融危机,我们留学生也是金融危机的受害者,要不是金融危机把美国经济搞成这样,把失业率搞得这么高,我们这些 OPT 身份的留学生怎么会找不到工作? 爸,你不知道吧,最近形势更加严峻,越来越多的公司公开拒绝 OPT 身份。看来 80 后留学生打道回府的人会越来越多了。美国可不是什么都好,就说美国的邮政和快递公司吧,那叫一个烂,丢邮件是家常便饭。他们把我的明信片寄丢了,把我的学位证书也寄丢了。"

"你有些论调跟丹尼他爸挺接近,他都待了二十多年了。也许再待上十年,你们 80 后才能真正认识美国。"

"可能吧。"

5

"在老爸看来,什么是美国?什么是美国文明?美国就是华盛顿加纽约,就是硅谷加拉斯维加斯。华盛顿代表民主宪政,纽约代表市场经济,硅谷代表科技创新,拉斯维加斯代表美国生活方式,自由、享乐、腐朽、糜烂。四个城市加起来,就是美国文明。"

"你的概括可够形象化的,是刚刚擦出来的火花吧?"

"那当然,诗人灵感说来就来。"

"你说拉斯维加斯代表美国腐朽糜烂的生活方式,是不是有点偏激?你看这满大街摩肩接踵的人,一个个兴致盎然,从他们眼里看不出腐朽糜烂来呀。"

"那是表面现象。他们到这里来干吗,就是来放浪形骸寻求刺激,就是来赌来看色情表演,其中不少人就是来这儿召妓的,不然,街上那些发卡人,那些妓女,早就饿死了。"

"我们学校一个中国留学生,一个月前来赌城,还真打了色情卡上的电话,召来一个白人妓女,结果他说他什么也没干成,还被骗走了两千美元。这件事他还到处跟人吹嘘。"

"干成没干成谁知道?美国妓女也讲职业道德呀。这个学生是富二代吗?"

"他爸好像是国企老总,家里特有钱,扔了两千美元就跟玩似的。不过,拉斯维加斯除了赌博和色情还有正常娱乐呀,这里也有马戏表演、魔术表演,光高尔夫球场就六十多个;而且赌城还是结婚天堂,结婚不要任何证明,交五十五美元,一刻钟内拿证,每年全世界到这儿结婚的人就有十几万。当然也是离婚天堂,男女任何一方只要在赌城住上三个月,就可以离婚。美国好几个大明星,都是在赌城结婚然后在赌城离婚的。"

"你说来结婚的十几万人,他们就不赌吗?也许赌博还是蜜月中的一部分呢。来离婚的人要住满三个月,三个月里能不赌吗?拉斯维加斯除了是赌城,还是娱乐之城,结婚离婚之城;但它还是自杀之城,每年到这儿自杀的人有好几百。其中很多是赌徒,钱输光了,就从大酒店的顶楼跳下去,然后到天堂里接着赌。二十多年前,我的一个留学生朋友,曾经在赌城工作过一年。他的一个同事,也是中国留学生,下了班就赌,每月工资全部赌光。后来我这个朋友把他的工资管起来了,他消停了几个月。等我这个朋友离开赌城,这位同事接着赌,不但输光工资,还背了一身债,最后也上了酒店顶楼,也要往下跳,所幸被人救了下来。"

"每年到赌城自杀的人中,肯定有中国人。"

"美国是全世界最自由的国度。选举自由,新闻自由,烧国旗自由,骂总统自由,吸大麻自由,持枪自由,赌博自由,性交易自由,结婚自由,离婚自由,自杀自由……小霏,你想过没有,过度的自由就是放纵就是不自由。世界上多少罪恶假自由而行。"

"美国就是自由太多,中国就是自由太少。中国至今还没有新闻出版自由,没有言论自由,也没有结社游行罢工自由。"

"你说的是事实。但中国的言论自由比以前多多了。在中国你也可以骂国家领导人,只要不公开骂就成。现在手机上流行的政治笑话,多恶毒的都有,不是照样满天飞嘛。自由也是相对的。"

"那倒是。这些短信我们在美国也能收到。"

"我说拉斯维加斯代表美国生活方式,是一种形象比喻。实际上赌城只是美国生活方式的一部分,不是全部。要是全部那还得了。拉斯维加斯就是一个毒瘤。只消费不生产,只消耗财富不创造财富,只吃喝玩乐不工作学习,让欲望无限膨胀,让人性恶随意流淌;美国也就两座赌城,要是赌城遍布,美国早玩完了;世界也不过四大赌城,除了美国的两座,还有摩纳哥的蒙地卡罗和中国的澳门。要是世界上赌城遍布,人类也就快灭绝了。"

6

"爸,你刚才用四个城市形象化了美国,你能不能也形象化一下中国?"

"这有点难。让我想想。北京加上海,深圳加澳门,可以代表当今中国。北京代表中国特色的政体,上海代表市场经济,深圳代表中国制造和中国创造,澳门,这里的澳门是澳门赌城的简称,不是整个澳门,代表腐败。当下中国,一边是崛起和高增长,一边是沉渣泛起五毒俱全。坐台小姐,黑社会,赌博,杀人越货,假冒伪劣,腐败,样样俱全。中国的经济增长,让美国望尘莫及;中国的官员腐败,也让美国望尘莫及。"

"你对中美两国的形象概括绝了,我以后写文章能不能引用啊?"

"能啊,但不能露出我的大名。对上述比喻我拥有发明权。"

我们父女二人穿梭于豪华酒店之间,巡视于各大赌场之中,漫步于酒池肉林之列,纵论中美文明,抨击罪恶,谴责糜烂,俨然一道赌城风景。可惜大街上酒店中的游客听不懂我们的精彩谈话,也没人理睬我们的高论。

路过街边一个小超市时,女儿进去买了两瓶喜力啤酒。然后掏出刚刚在可口可乐专卖店买来的可乐瓶形起子,砰砰两声开了瓶。

"怎么,在街上喝呀?"

"那当然,全美国只有在拉斯维加斯大街上喝酒是合法的,我们干吗不享受一下这种自由啊,过了这村没这店了。"

"好吧,那我们就像美国大兵那样醉酒街头吧。又是自由,街头喝酒的自由,美国的自由还数得过来吗? 你们 80 后,有多少人是到美国寻求自由来的,有多少人奔着金钱而来的?"

"我看大多数人都是到美国来寻求学位、机会和金钱来的,没什么人是奔着自由民主来的。我们可没什么政治情结,对那些民运分子法轮功分子都不感兴趣。再说我们在中国也没怎么感到不自由啊。"

"你们 80 后中最大的已是而立之年了,难道你们都不关心政治? 都不关心改革前途国家命运?"

"关心的人不多,好像还没轮上我们关心。"

"那你对中国改革怎么看呢? 对政治改革又怎么看呢?"

"改革挺成功的呀,中国崛起让我们这些留学生扬眉吐气,在美国不受歧视也不受欺负,这不挺好吗?"

"都说 80 后左,看来你们这代人真的比老三届左。"

"我们在国内最大的不满就是,压力太大就业太难竞争太激烈。你们那一代老是认为我们是幸运儿,我们还觉得你们是幸运儿呢。你们一毕业就成香饽饽,就有好工作等着;爸,你毕业要不去财经报,不是计委经委体改委哪儿都能去吗? 你的同学不是都在这些要害部门吗? 我们可好,考个公务员比登天还难,一个名额,一千个人竞争。毕业后一小半人找不着工作,就业不是凭本事,而是凭关系凭父母。我们还觉得 80 后是最不幸的一代呢！"

"你们打破脑袋往公务员队伍里钻，就是因为当官有权也有钱，可以寻租可以谋取既得利益。包括就业走后门走关系，这都是腐败的结果，改革不彻底的结果。你们光是闭着眼跟着主流意识形态走有什么用，还得关心改革关心政治啊。中国政治改革的命运国家的命运都在你们 80 后手里，老三届很快就歇菜了。"

"我认为 80 后现在可指不上，十年以后再说吧。"

我和女儿在费蒙大街上，一人拎一瓶啤酒，边走边喝边侃，也算过了把瘾。回顾四周，拎着酒瓶喝酒的人还真不少，人们不会错过任何自由。我转头看女儿，只见她上身是跨栏小背心，下身是很短的短裤，脚上是一双十字拖鞋；长发飘飞，酒瓶歪拿，潇洒前行，哪有一丝一毫淑女模样？但我知道，女儿骨子里是真正的保守派淑女。

7

我们在大街上逛到夜里两点多，才回到米高梅大酒店。在大厅赌场里，我对女儿说：

"你能拒腐蚀永不沾难能可贵，这说明你的自制力很强。作家记者也要体验生活，赌博也是一种生活，今夜咱们开开戒，破费二十美元，每人赌十美元，输光为止，尝尝赌博的滋味怎么样？"

"好哇，就赌十美元，试试咱们的手气。"

说着我从兜里拿出二十美元，然后找到一台分值最小的老虎机，开始了我们生平第一次也是最后一次赌博。

赌博的滋味如何？只见灯光闪烁，声音悦耳，数字翻滚，那三个 7 就是凑不到一起。中途也给过几次奖励，不过是让你在机器上多逗留一会儿而已。不到二十分钟，老虎机毫不留情地把我们的二十美元吃了个精光。

大厅里赌城里，节制自制如我们父女的能有几人？在这里二十美元还叫钱吗？酒店为我们搭进去的房间至少有 200 多美元。我们肯定是极为稀少的异类，倘若游客都和我们一样，酒店只能关门了。

我们输光了全部赌资后，开始在大厅里转悠。站在 21 点旁边看了半天，还是没全看懂。又去看轮盘赌,倒是一看就明白,可看了半天,没见一个人压对。那个无情无义的大轮子,不管怎么转,就是不停在赌客压的数字上;只见庄家用小木板不停地把筹码划拉到自己桌下,那可都是赌客的血汗钱呀。然后又去看老虎机,一台又一台,只见这些老虎不停地吃钱,没见一只老虎吐钱。转悠了一个小时,就等那声哗啦啦的掉钱声,可就是等不来。今儿怎么啦?大厅里这么多赌客,手气都这么背?只输不赢,越输越多,你们为什么还赌?难道你们都是百万富翁吗?难道你们都鬼迷心窍了吗?

小霏说:

"也许咱们再多看会,总会有人赢钱,不然赌场不会像磁石一样把人都吸在这儿。"

"也许吧。现在我明白了,巴士为何免费,停车为何免费,餐饮为何便宜,所有这些名堂这些文章都是一个目的,把游客拴在赌场里。让你们赌,让你们大把大把地输钱,让你们把兜里的钱全部掏光。现在我明白了,赌场里的输赢概率是怎么回事,赌场有多黑,赚钱有多容易,拉斯维加斯为何繁荣,内华达州为何财源滚滚,为何人们千方百计打破脑袋开赌场,博彩业的暴利是世界所有行业之最啊!"

"爸,你别在这儿愤世嫉俗了,这儿很多人都懂中文,小心有人暗算咱们。咱们还是回房间睡觉吧,我都困了。"

"我也困了。走,回去睡觉。拉斯维加斯的老板今天倒霉,碰见咱们这两个怪物亏大发了。"

"你别自我感觉良好了。人家赌场老板还在乎咱俩占的这点小便宜?你看哪个赌场不是人满满的,赌场一分钟的进项大了去了。"

"女儿所言极是。回去睡觉。"

我们在这不夜城的豪华房间里睡得挺香。因为我们没输钱,因为二十美元不算钱。我们一觉睡到早上八点半。

当我们拎着行李下楼走过大厅时,看见多数赌桌都收了,但还有少数赌桌旁依然人头攒动。这些人都是一夜没睡赌到天明。他们赢钱了吗?赌场赢钱的低概率是商家精心设计的,赢是偶然,输是必然;赢是极少数幸运儿,输是大多数倒霉蛋。想在赌场发财的人,不是脑袋进水就是神经有毛病。偏偏世上这种人还不少。

上午九点,我和小霏把车开出了米高梅大酒店,十分钟后,我们开出了拉斯维加斯。

我俩的赌城之行结束了。

8

从拉斯维加斯回到洛杉矶后,我们休整了一天。小霏又是大睡到下午两点多。女儿永远缺觉,原因是她老是熬夜。

第二天,我们又开车上路了。目标是圣迭戈(San Diego)。洛杉矶距离 San Diego125 英里,不过两个多小时的路。我又过了回车瘾,把车一口气从洛杉矶开到 San Diego 城边。进城之后就全由女儿驾驶了,因为她来过不止一次,轻车熟路。

圣迭戈可以说是女儿的蜜月城。圣迭戈号称美国阳光最明媚的地方,正是这里的明媚阳光温暖了两颗心。

丹尼和小霏相识三个月后,他俩的关系依然朦胧微妙。然而,他俩的圣迭戈之行成为了转折点。那是他们第一次结伴来圣迭戈,也是小霏生平第一次同一个男生单独出行。

那次他们一共在圣迭戈玩了三天。玩得很 happy。正是这次旅行,演绎出了明信片和蛋糕的故事,导致了丹尼为了这两样礼物两次百里驱车圣迭戈。丹尼的真情深深打动了小霏,致使她内心的爱情天平慢慢倾斜。

那次在圣迭戈,他们住在卡梅山酒店。两人开了一间房。前两夜,小霏睡床上,丹尼睡沙发,相安无事。最后一夜,丹尼忍耐不住,半夜爬到了小霏的床上。但遭小霏婉拒:

"丹尼,请原谅,我不能给你。你们美国人把这事看得很轻,同学都可以上床,甭说朋友;但我是个中国人,尽管现在中国的年轻人也很开放,但我是个保守的中国人,我把这事还当回事。咱俩的关系还没到这一步,等到了,我自然会给你,不管结婚没结婚。"

丹尼没生气,而是热烈地吻了小霏一下,悄悄下床回去睡沙发了。

小霏从圣迭戈回来,向我诉说了事情的经过。

"爸,我这样做对吗?"

"无所谓对错。小霏,你是成人了。你的婚姻你做主,你的性生活也是你做主。婚前性生活不是什么错误,选择做还是不做,是你的权利和自由,父母不会干涉的。你可以问问妈妈,我想她的观点会和我相同。"

当天,小霏就问了妈妈,得到的是和爸爸基本相同的观点。

周边的人都说小霏是大侠不是淑女,大家看到的是表象而非本质。小霏身边的女姐们儿中早就没有处女了。

当小霏经过激烈斗争痛苦煎熬,终于抉择了丹尼时,她解脱了也踏实了。尽管为此我们父女俩又进行了第四次战争,但战事很快平息,小霏也很快让老爸承认了既成事实,又慢慢让老爸接受了丹尼。

当我知道丹尼就是陶远尘和凯蒂的儿子时,我还能说什么?一切都是天意都是前世姻缘。

小霏和丹尼关系一旦明朗,两人立刻驱车再次来到圣迭戈。旧地重游旧情重燃。那回,他俩依然入住卡梅山酒店,依然住了三天。这是他们的蜜月三天,两情相悦良宵苦短情意绵绵。

回到洛杉矶,女儿又向我如实汇报了。我为女儿的幸福而幸福。

间隔一个月,小霏第三次来圣迭戈。这次可不是陪男友而是陪老爸。

小霏把车开到海滨。海边的小镇很幽雅很美丽,海边的绿地上有嬉耍的小学生,下边的礁石上歇息着大群海狮,游人不少,景色绝佳。我们沿着海堤悠然漫步,尽情呼吸大海的气息。

"再次旧地重游,感觉如何?和男友一起游与和老爸一起游感觉不一样吧?兴奋感刺激感幸福感都没了吧?"

"当然不一样,但我也喜欢和你在一起游玩,你能告诉我很多道理和知识,丹尼不能。"

"看来老爸虽老尚有用处。小霏,你以后和爸爸一起游玩的时间不多了,像以前一样,我们一家三口出游的机会也会很稀少了,你长大了,有了男友,有了工作,今非昔比了。"

"爸,你老是这么感伤。以后我还会和你俩一起出去玩的。我和你们在一起的时间少了,但感情依旧,这辈子我的心都和你们在一起。"

"人老话多,感伤也多。"

"爸,你没老,正当年。你不是还在炮制改革的鸿篇巨著吗?"

"爸爸开始得晚了,不知道能不能写完。只要尽力就无憾了。写不完也许我的女儿还能接着写。"

"我可没有你的文学才华。"

中午时分,小霏把我拉到了一家她最喜欢的美式餐厅,也是她和丹尼进餐的地方。这又是一家奇怪的餐厅,游人爆满,要排队拿号。旁边和它差不多的餐厅里并没有多少人。

我问小霏为什么,她说这家餐厅菜做得好,媒体报道了,网上也报道了,所以一下子就火爆起来。她就是从网上发现的。

等饭时,我和小霏在附近闲逛。圣迭戈城真的很美很别致,房屋建筑都很精致高档,处处显出城市的高雅富裕。

终于等到了座位,坐定之后,小霏点了她最喜欢的一道法式餐,名字我忘了;我随便点了一道鱼肉三明治。菜上来了,那道小霏的最爱,不过是油炸的面包卷,里面灌满了奶油,上面涂满了蜂蜜。小霏拿起来就大口咬,一边吃一边喊:巨好吃! 她非要让我尝一口,我无奈咬了一小口,味道实在不敢恭维。

最近半年,女儿虽然工作又苦又累,但身体却微微发胖了。有了男友的女孩怎能不注意形象,于是她几次发誓要减肥,可是收效甚微。喜爱这种高油高糖的东西还能减肥吗?

9

吃完午饭,女儿开车越过跨海大桥,来到城市的半岛。海上景色很迷人,白帆点点,游艇穿梭,最吸引人眼球的是那些航空母舰和核潜艇。原来阳光明媚风景如画的圣迭戈是美国著名的军港,尼米兹号,里根号,多艘核动力航母,还有多艘核潜艇,都以圣迭戈港为母港。

半岛上的别墅更大更漂亮,也许住在这儿的人更有钱。在半岛兜了一圈后,我们来到岸边的一艘供游人参观的航母,也是丹尼寄明信片的航母。

航母很雄伟,它旁边是一艘巨大的木帆船,帆船的后面就是浮出水面的核潜艇。这个世界唯一超级大国的海军赫然呈现在眼前。

小霏毕竟是女孩,对航母并没有多大兴趣。她是睹物思人,看见航母想起她的丹尼和那张明信片。我却是围着航母转了好几圈。脑海里浮现出四个字:"恐怖平衡"。这四个字原来是用来形容美苏两个都拥有多次毁灭力量的超级大国的。时过境迁,苏联已经寿终正寝,美国人又用这四个字来形容中美关系了。

其实中美之间的恐怖平衡只是贸易平衡和金融平衡。中国人口是美国的四倍,美国的财富是中国的四倍;中国是世界上外汇储备最多的国家,手里握着万亿美元外汇储备;美国是世界上债务最多的国家,国债占 GDP 的 70%;世界上最大的穷国借钱给世界上最大的富国,平均每个美国人欠中国六百美元;中国在产业链条的最下端,美国在产业链条的最上端,中美贸易三十年翻了一万倍,中国的贸易顺差一千六百亿;中国几亿农民工用血汗为美国生产物美价廉的生活用品,美国几百个金融大鳄为中国制造垃圾金融衍生品。这种金融贸易的平衡既恐怖又脆弱又怪异,很难持久,说破就破。

眼前的美国航母告诉我,中美之间军事的恐怖平衡,至少是三十年后的事。贸易的恐怖平衡不能维持时,美国人会自然而然想起他们的十几艘核动力航母,这可是中国一艘都没有世界各国也没有的好东西。

我在航母旁边的遐想和感悟没有对女儿说,因为我知道她不会感兴趣。

"爸,你们男的是不是个个都是军事迷,人人都对武器感兴趣?丹尼参观航母时也是流连忘返,我催了好几次都不走。"

"丹尼是美国人,他是不是为这些航母而自豪?过去美国用这些航母称霸世界,如今美国的这些航母可主要是用来对付中国的,你没见中国南海争端一起,美国的里根号和小鹰号航母立马开过去向中国示威。美国很难容忍中国崛起,他一定要遏制中国,他现在的口号是重返亚洲。"

"中美将来会开战吗?"

"不是没有可能,台湾,朝鲜半岛,都会成为导火索,只是目前的可能性很小。中美毕竟是交过手的,那次朝鲜战场上算是打了个平手。一旦打起来,你的丹尼是为美国而战还是同情中国呢?"

"丹尼挺温和的,不会成为好战分子。"

"那你呢? 如果那会儿你还在美国。"

"不管我是否嫁一个美国人,也不管我在美国待多少年,我永远是中国人,永远热爱中国。要是中美真的打起来,我当然是无条件站在中国一边。如果祖国需要,我说不定还去当间谍呢。我巨喜欢这个职业,多神秘多刺激呀。"

"你的爱国是无条件的吗? 不管中国谁当政,也不管中国是什么制度,奉行什么政策,只要是中国你就爱。"

"差不多吧。中国的体制也不是一无是处呀,要不怎么能崛起? 而且中国也是越改革越好呀,有你们这些坚定不移的改革者在,中国能越变越坏吗? 中国的儒家文化决定了,甭管到什么时候,中国也不会去欺负侵略别国,动不动就动武的只能是美国。霸权文化是美国文化的一部分。"

"那你是相信中国能够和平崛起了?"

"我相信。"

"你们 80 后是不是都是爱国主义者?"

"反正我身边的同学都挺爱国的。北京奥运会上的志愿者主力可是我们 80 后,中国人拿金牌时,我们的嗓子都喊哑了。80 后到了美国,比在国内更爱国。"

"看来根本用不着我对你们进行爱国主义教育。"

"我看用不着。你不是说美国就是最好的爱国主义教育基地吗? 有这么一个基地还不够呀?"

参观完航母,小霏又带我来到墨西哥小镇。小镇只有一条不长的街,街两旁是数间墨西哥风格小房子,卖点墨西哥食品和工艺品。其间居然也夹杂着两间中国小店,卖中国扇子、剪纸和功夫鞋。

游客只有到了这里,才会想起历史。1846 年前,整个加利福尼亚州都是墨西哥的领土。美国发动了美墨战争,打败了墨西哥,然后堂而皇之地把加州变成了美国领土。而加州离墨西哥最近的地方就是圣迭戈,San Diego 就是西班牙语。

想起历史又怎样? 历史已经翻过。如今的圣迭戈是美国阳光最明媚的地方,风景如画,游人如织,别墅错落,军舰林立。

逛完墨西哥小镇,已经下午四点了,该是返回的时候了。回城轮到女儿开车,她突然想喝咖啡。

"小镇上的咖啡馆不是有两家吗?"

"我只认星巴克。"

说完女儿用 GPS 搜索圣迭戈的星巴克,找到后招呼我上车。开了足足二十分钟才找到这间不大的星巴克。我拒绝进去,女儿自己进去,喝了一杯,又带出一杯。然后上车打火。

"没有咖啡,我路上开车犯困怎么办?"

我没说话。这就是 80 后,他们有他们的生活方式,别人休想改变。

80 后的生活谁做主? 这还用问吗?

10

临行收拾东西时,女儿一直在房间陪着我。

"爸,要我帮忙吗?"

"不用,就这点东西一会儿就完。你爸一辈子都是轻装简行。"

"你什么时候再来美国呀?"

"那可说不好。如果你们在美国结婚,我和妈妈可能会来一趟。如果你俩在北京办事,我此生可能不会来美国了。"

"等我的工作签证一下来,我就回国去看你和妈妈,我早就想家了,丹尼还没去过中国呢。"

"那好呀,我们就等着在北京招待你们了。"

"以后我也会时常回去看你们的。"

"但愿如此,别影响你的工作。你的老爸老妈都已经两鬓如霜了,如果一年能看见你们一次,我们就知足了。我们不会拖累你们的。"

"看你说的。除了这两年半,我从小到大不是都赖在你们身边寸步不离吗?"

"那是过去,以后不可能了。你有了丹尼有了自己的事业,怎么能老赖在父母身边?"

"丹尼怎么能和你俩比,你们永远是我在这个世界上最亲的人。"

"我们总是要先行一步的,也许爸爸更早一步,与你相伴终生的是丹尼。"

女儿的眼泪又下来了。

"爸,别这样说,我受不了。"

"生老病死人之常情,无须感伤。你们的人生大幕刚刚拉开,好戏还没开演呢。珍视你们的青春年华,珍视这个时代吧。我们老三届这一代最多再蹦跶几年就该谢幕了,中国和美国的未来都在你们80后手里,爸爸等着你们高奏凯歌呢。未来的媒体大腕,非你莫属。"

小霏没有说话,趴在我怀里一个劲地哭,哭得我鼻子都酸了。

三天之后,我们又来到洛杉矶机场。来的路上,我对小霏说:

"机场话别可别哭了。我不是跟你说过吗,女丈夫有泪也不能轻弹。儿女情长英雄恨短,太多的泪水会软化人的骨骼消磨人的斗志。很久没人叫,你忘了你的绰号了吧:女大侠女丈夫巾帼英雄啊。"

女儿点头答应了。

可是到了登机时,她又忍不住抱着我哭起来,毕竟是个丫头呀。

我深情无限地吻了吻女儿满是泪水的双颊,然后向她挥手告别。

这是我第二次离开美国。依然没有泪水没有悔恨没有遗憾。依然没有带走一片云彩。

别了,小霏和丹尼!别了,远尘和凯蒂!别了,与我无缘又有缘的美利坚!

异国他乡梦

十二、还乡

CHAPTER 12

1

凯蒂时隔十年再次踏上中国的土地。

依照孔子的说法，凯蒂两年前已知天命，而她此行的目的也是履行天命。凯蒂现在信奉基督教，按照基督教的说法，这叫 mission；可以把它翻成使命，也可以把它翻成天命。

这是她此生第五次踏上中国大地。这次旅行她算得上轻装简行，随身只带了一个中等大小的箱子，里面除了换洗的衣服，就是几个本子和两个不同寻常的盒子。

凯蒂下飞机出的是北京的第三航站楼，她走在壮丽辉煌的候机大厅里，不禁感叹，这样的候机楼全美国都没有，全世界也少见呀。短短的十年，人类历史的一瞬，中国历史的一个标点，中国改革史的三分之一，北京会有什么变化呢？中国会有什么变化呢？

凯蒂自从登机的那一刻到现在，一直心怀企盼，企盼的是什么她也说不清。中国，这个她又恨又爱的国家，这个天翻地覆又云遮雾障的国家，这个她天天诅咒又天天思念的国家，是她的半个故乡还是她的异国他乡？

凯蒂上了出租车后有意坐在了前座。司机见上来一个老外，连忙用很生硬的英语问：

"Where are you going?"

"你先带我在城里转一圈吧。"

凯蒂用熟练的中文回答。司机一听乐了，今儿可碰见好活了，拉一老外，不但会说中文，还不吝惜钱。

司机一踩油门上了机场高速，出了高速就直奔天安门。

"天安门广场我不去，除了那你随便开。"

凯蒂对司机说。

"好嘞。"

司机琢磨,这个老外可有点邪,八成来过北京,今儿我这个导游还当不成了。

这个司机可没琢磨对,他今天足足当了大半天导游。出租车开到国贸桥,凯蒂看见国贸大厦的旁边又起了一大片现代化高层建筑;再往东开,街道两旁也是新起的漂亮建筑,她几乎都不认识,于是她挨个问司机,司机这下可来劲了:

"你瞧见右边那个大裤衩式的楼了吗？那是中央电视台;你再往左边看,那座最高的楼是北京电视台。这片现在叫新闻一条街。"

"这些都是新建的吗？"

"对,就是这几年建的。"

车继续往东开,一直开到东五环。两边的现代化建筑连绵不断,令人目不暇接。

"这还是长安街吗？"

"是啊,长安街马上就要延长到通州了。"

司机在五环上掉了个头,沿着长安街向西扎去。路过天安门广场时,他没停车。

"左边那个圆形建筑是什么？"

"那是国家大剧院。"

"你给我在剧院门口停一下好吗？"

"你不是说不去天安门广场吗？"

"我是说过。原来我想天安门广场不会有变化,但没想到这儿也增添了一个新建筑。"

司机把车稳稳地停在了大剧院的西门。

凯蒂下车时说:

"这是三百块钱押金,你在这等我十分钟。"

"等多长时间都行,押金您拿着。"

司机回答得很坚决。

凯蒂信步走进国家大剧院,仔仔细细转了一刻钟。她看见正在上演的剧目很多,有话剧、京剧、歌剧和交响乐。歌剧是意大利的"图兰朵",正是她想看的,可惜没有时间。凯蒂从大剧院出来时,心中的感叹和在机场一样:如此气势恢宏的大剧院,全美国没有,全世界也少见。

凯蒂重新上车后,出租车一路向西,一直开到西五环。一路上凯蒂一直歪头看着车窗外,不放过任何一个新建筑。

到了西五环立交桥,司机掉头向北,直奔鸟巢。凯蒂看了鸟巢,又看了水立方,她知道了什么叫全世界为中国设计,也相信了无论即将开幕的伦敦奥运会,还是以后的若干届奥运会,人类所建造的奥运场馆很难超越北京奥运会了。至此,她知道自己在飞机上所企盼的东西就在眼前了。十年,对于美国和欧洲很平常,岁月带来的变化几乎难以察觉;而十年对于北京对于中国很不平常,新的巨变让你不能不震惊。她已经深深地感受到脚下这块土地所焕发出来的勃勃生机,但这生机的源泉和奥妙她还不能知晓。

司机见她站在水立方门口直发呆,便走过去问:

"颐和园你去吗?"

"不去。"

"长城十三陵呢?"

"也不去。这些地方我都去过。"

"那您现在去哪儿?"

"去亦庄。"

凯蒂说着递给司机一张写着地址的纸条。

司机一看,上面写着:亦庄新雅家园 10 楼一单元 601 号。

"你放心吧,亦庄我常跑。离这儿路可不近。"

凯蒂没有再说话。她手里的地址是关小霏给的,肯定不会错。她想到中国的作家都愿意住在山里村里,亦庄肯定是北京郊区的小村庄,也许景色很美,那地方离城里当然不会近。

车开了整整一小时,来到一大片很新的楼群中。

"这已经是亦庄了,你那地儿再有五分钟就能到。"

"亦庄不是村庄吗?"

"十多年前是,现在已经是北京的国家级开发区了。"

"很大吗?"

"很大。"

"那你先带我在开发区转一转,然后再去新雅家园。"

"没问题。"

司机心中暗喜,这一天的钱一趟活就都挣出来了。

出租车在开发区的中轴大道上中速前行。凯蒂看到两旁的景色很像美国。道路宽阔,绿地成片,人烟稀少;绿树丛中散落着现代化工厂,奔驰、诺基亚、英特儿、可口可乐、沃尔玛……几乎都是世界500强企业。

她猛然间想起了二十多年前的对话:

"中国会变得跟美国一样吗?"

"也许会吧……"

出租车在开发区里兜了半小时,然后停在了新雅家园的大门口。

"您到了。"

从梦中醒来的凯蒂赶紧掏钱结账。

"谢谢你带我跑了大半天。"

"我该谢您才是。"

凯蒂提箱进院,向10号楼走去。

2

凯蒂站在601号房门前,心口怦怦直跳。二十八年过去了,往事如烟人已老,相见还会相识吗?她定了定神,下意识地捋了捋微白的两鬓,整了整衣衫,然后按下了门铃。门铃刚响了一声,房门就打开了,我已经站在了凯蒂面前。

三天前,女儿打来越洋电话,告诉我凯蒂要到北京见我。这个消息让我三天坐卧不安。我与凯蒂分手二十八年了,我没有忘记她,一直把她深藏在内心深处。结婚前,我和妻子提过凯蒂,她表示理解。结婚后,我再也没有和她提过凯蒂。凯蒂成为我心中一处美丽而悲哀的隐私。

一年半前访美,才知道凯蒂到中国来过好多次;她一次也没来看过我,我能理解凯蒂,她不愿触动那个伤口,她怕那伤口血流不止。

住在陶远尘盐湖城家里的那一个月,知道了凯蒂的往事,后来又从丹尼那儿知道了更多凯蒂的信息。我在洛杉矶的最后几周,已经知道凯蒂就在好莱坞,与我近在咫尺,我要是开车过去只要半个小时;虽然有过几次冲动,但还是没有去,直到离开美国都没有去。我同样也怕触动那伤口,怕它血流不止。而且我脑海中定格的凯蒂,永远是那个年轻美丽的青春凯蒂。在我心中,凯蒂就是青春,凯蒂就是美丽;我害怕看见一个衰老的凯蒂,一个满脸皱纹老态龙钟的凯蒂。

然而,命里注定我们还要重逢。

凯蒂到底还是来了。我俩站在门前默默相对,凝视良久。

凯蒂的变化没有预想的大,还没有变得很老。身材一点没有发胖,容貌依然秀丽,气质依然高雅;只是两鬓微白,眼角有了细细的鱼尾纹,岁月的沧桑还是小心翼翼地留在了她的脸上。

我们几乎同时喊出了对方的名字:

"关澜!"

"凯蒂!"

紧接着是热烈的握手,是模糊的泪眼,但没有拥抱。

"凯蒂,一路还顺利吧?到屋里坐吧。"

我连忙把她让到客厅的沙发上。

"关澜,你还是那样,没怎么变。"

"六十二岁的人了,能不变吗?你真的变化不大,还是那么年轻漂亮。"

"五十二岁的老太婆跟年轻漂亮不沾边了。"

"你看起来只有四十多岁的样子。"

"不用恭维我。你倒是不像六十岁的人。"

凯蒂说着从沙发上站起来,环看四周:

"房子好大呀,还是复式。有多少平米?"

"一百八十平米。这是单元房,没有花园也没草坪。比起你们长岛的房子差远了。"

"你还记得长岛的房子吗?"

"我在那里住过两天,怎么会忘?"

"那你还记得波士顿的小旅馆吗?"

"那两夜我终生不忘。"

两人同时沉默了,都把眼睛移向了窗外移向了远方。在那遥远的地方,有我们的青春、欢乐和幸福,有我们的希望、憧憬和泪水;往事历历在目有如昨天,往事如梦如烟已经二十八年。

长久的沉默。两个端坐的满脸泪痕的人如同两座雕塑。突然,凯蒂转过脸来说:

"关澜,我爸爸死了,陶远尘也死了,他们的骨灰就在我的箱子里。"

说完扑到我的怀里失声痛哭,我把陌生而又熟悉的凯蒂紧紧抱在怀里,一任泪水横流,打湿她依然茂密的长发。

不久,凯蒂从箱子里拿出两个同样大小的骨灰盒,放在茶几上。骨灰盒上有照片。我抚摸着陶远尘的骨灰盒,然后轻轻打开,死死盯着里面发白的骨灰,耳边想起了一句话:"陶远尘,你就是烧成灰我也认得你。"

凯蒂从箱子里拿出一本已经有些破损的厚书递给我:

"爸爸临终前让我把这本书交给你。他在病床上的最后两个月,一直在翻看这本书,里面那些密密麻麻的字都是他的批注。"

我拿起书一看,这是我三年前出版的专著《中国改革三十年》。

"这本书怎么到了你爸爸手里?"

"是他外孙丹尼给他的。"

"你爸爸得的什么病?"

"脑溢血。第一次出血时,做过一次血管缝合手术;手术后他清醒了两个月。血管第二次破裂时,他就昏迷了,以后就再也没有醒来。爸爸死时没有痛苦。"

"你爸爸走时已经八十了吧?"

"八十一岁。我们分手之后,每当我和爸爸讨论中国问题,他总会提到你。他说你的思想很深刻,对中国改革的看法和他相通。他还说你不是一个单纯的记者和作家,你是有见地的思想家和公共知识分子,中国很缺你这样的人。"

"你爸爸过誉了。我和他只相处了几天,他不会真正了解我。"

"他是通过你的书了解你的。我爸爸年纪大了以后,不再看化学专业书了,只读文史哲书,你写的那几本书他几乎都看了。"

"我们可能有些共鸣。"

"爸爸对你印象不错。他为我们的事惋惜过,他也婉转地批评妈妈破坏了一对好姻缘。"

"这我没想到。"

"我来之前,妈妈对我说:'我看错了他,他是个有作为的中国人,我对不起他'。"

"写了几本书算不上有作为。你父母不喜欢陶远尘吗?"

"也喜欢。但爸爸似乎认为远尘个性太强,心性太高,有点恃才傲物,不一定适合我。不过他把这些看法一直藏在心里,平时没有表露。只是在我和远尘分居后才告诉我。"

"你妈妈呢?"

"妈妈似乎更欣赏远尘的才华,她原来期望远尘能成为一个金融家,我姥爷就是金融家。"

说到这儿,两人再次陷入沉思。

两位与我只有几面之交的老人在我眼前复活了。我认识他们时,他们还是人到中年。我永远也忘不了杜叔叔那爱怜和同情的目光,那目光给了我温暖和希望;我永远也忘不了凯蒂妈妈那冷峻和轻蔑的目光,那目光曾经深深地刺伤了我的心。

"东风恶,欢情薄,一怀愁绪,几年离索,错!错!错!"

我的耳边又响起了当年凯蒂的歌声。凯蒂妈妈是东风吗?也许我们的悲剧不能都怪她,凯蒂的第一次中国行至关重要;难道我们就没有责任了吗?我的自私、偏狭和猜忌就不算数了吗?凯蒂的偏见和怯懦就不算数了吗?

3

我从深思中醒来,看到凯蒂的满脸泪痕和满脸倦意。毕竟坐了十几个小时的飞机,又在北京转悠了大半天。

"你一定累了,早点休息吧,明天我们再聊。你就睡楼上的卧室吧。"

"你妻子呢?"

"她回娘家了。"

"是因为我来吗?"

"不是,她母亲近来身体欠佳,她过去陪住几天。她听说你来很高兴,还说一定要见你一面,她还没见过混血美女呢。"

"我也想见她。我想知道你这个浪漫诗人最终与谁相伴终生。"

"我一定会安排你们的历史性会见的。"

然后,我带凯蒂来到楼上的卧室,并指给她卫生间的位置。

那天夜里,我睡在了凯蒂隔壁的书房里。

夜深人静,了无睡意。想起了二十多年前的长岛之夜,想起了那个套间之门的把手响声,想起了凯蒂的嗔怒和拂袖而去,想起了她整夜的抽泣,一切仿佛就在昨天。

今夜,她的卧室与我的书房之间也有一道门,但这道门再也不会发出任何响声了,我再也不会看见她穿着薄如蝉翼的睡衣光着脚跑到我的床前,再也不会亲吻她的芳唇和秀发,物是人非,恍如隔世。人面不知何处去,桃花依旧笑春风。谁说往事并不如烟?

我又在床上辗转反侧。实在睡不着,就打开台灯,顺手拿起那本残破的书。书上的批注密密麻麻,而且中英文夹杂,字迹歪歪扭扭。可以想见,杜叔叔写字时的手一定颤抖得很厉害。

书的扉页上,写着这样一句话:"这是一本描写中国改革全过程的力作,让我这样置身海外的华人读后获益匪浅。"翻开书,几乎每一章都有批注。在《总体评价》一章,他的批注是:"妖魔化中国和中国改革俨然成为一种时髦,什么五千年史上最坏,说这些话的人见过中国最坏最黑暗的时期吗?世上没有完美的改革,也没有完美的政体,美国也不完美,而且问题和麻烦日渐增多。"字写得很大,但还不潦草。在《改革代价》一章,他这样批注:"大好河山大半污染,自然资源大半耗尽,这个代价过于大了。2000年的时候我回乡探亲时,亲眼看见家乡的污染的确很严重,污染主要来自化工企业,我这个老化工给地方政府官员提了一些治理化工污染的建议,也不知人家是否听得进去。"

《改革失误》一章,杜叔叔似乎看得格外仔细,几乎每页都画了很多红道。这一章的批注也是用红笔写的:"腐败是改革的伴生物,而且已成顽症,短时间恐怕治不好了。虽然我同意你对腐败成因的分析,也认同中国的腐败还没有到拉美的程度,但是我对中共自己监督自己的模式表示怀疑,这条中国特色的反腐道路走得通吗?即使不能马上搞多党制衡,干吗不放开新闻管制呢?媒体监督腐败不是成本最低效率最高的吗？若能如此，你这个大记者和反腐斗士不是可以大有作为了吗？"

杜叔叔最长的批注出现在《农村改革》一章："你把苏南模式总结为地方政府公司化和干部经济很有创意。你说中国的农村改革产生了两种模式，一种是苏南模式，一种是温州模式。你的结论是苏南模式只有短暂的生命力，因为没有解决产权问题，最终让位于温州模式。可是所谓温州模式不就是私有经济和家族企业吗？这也是欧美二百年来所走过的道路，一点不新鲜。我不懂经济也不懂政治，只懂化学，但你这章的观点我不敢苟同。我是江阴人，我回国探亲时，顺便到家乡附近的中国第一村华西村参观，那里的景象让我震惊。华西走的是集体富裕的道路，他们的人均收入已经达到十几万元，每家存款都在六百万元以上，他们靠的就是集体企业，搞的还是苏南模式啊。四十年代末上大学时，我读过费孝通的《江村经济》，那会儿他就提出农村工业的命题，那就是苏南模式呀。你在书中用了很多篇幅探讨中国的第三条道路，可你竟然不提华西村。我以为中国探索出来的新道路就是苏南模式加国有企业。西方国家都是依托大城市搞工业化，如果中国能走出一条离土不离乡，依托农村实现工业化的路，那才新鲜，那才是对世界的大贡献。"

杜叔叔写在最后一章《改革前景》上的批注，已经很潦草很扭曲很难辨认了。我找来放大镜，费了很大劲才辨认出大半："中国的改革一定能成功，中国的崛起一定能实现，这可是中国几代人的梦想啊。我虽早入美国籍，但毕竟是炎黄子孙，人在美国，总忘不了中国。我已立下遗嘱：百年之后请凯蒂把我的骨灰埋在江阴的土地上。落叶总是要归根的，游子总是要……"以下的字实在看不清了。

看完批注，心潮起伏心灵震撼。杜叔叔是一名很纯粹的科学家，一生远离政治；但他对中国改革的许多见解很高明很犀利，让我这个资深财经记者汗颜。一个华西村现象映衬着一条独特的中国道路，这真是振聋发聩之说，我以前居然没有想到。我在书中大笔一挥就把苏南模式一笔勾销了，这都是产权情结作怪。真是旁观者清呀，一个老化学家居然从中看出了大名堂大真理。此书如能再版，我一定要补写一章《华西村现象》，重新分析重新立论。

我认识杜叔叔当然是因为凯蒂，但我与凯蒂没有缘分，和杜叔叔也没有缘分吗？其实，婚姻是婚姻，朋友是朋友。我为何在写书时不向杜叔叔请教一下呢？哪怕是和他讨论一次呢？听听老一辈科学家的声音，听听海外华人的声音，也许我的书会写得好一些。杜叔叔他们这代美籍华人，许多人见过旧中国，也从他们的父辈中听说过晚清，他们熟知中国历史，也熟知美国历史。他们在美几十年，见证了美国从昌盛到极盛，也见证了美国从极盛走向衰落；"二战"后的爆发，冷战中的超级大国，冷战后的全球霸主，朝鲜战争、越南战争、阿富汗战争、伊拉克战争，里根经济奇迹，克林顿经济繁荣，布什父子的困境、1988 年的股市暴跌，2008 年的金融危机……他们隔海相望，回国探亲，也看见了中国的改革，中国的变化，中国的危机，中国的生机……他们是过来人，是饱经风霜的跨世纪老人，他们看美国看中国看世界，不会像我们这一代这样偏激、片面、情绪化；他们的理性是成熟的理性，他们的情感是冷却后的情感，他们的观点是提炼后的观点。他们中的社会学者历史学家文化大家不用说，即便是像杜叔叔这样的科学家，对中国前途和命运的真知灼见也是极其宝贵的。如今他们都已垂垂老矣，正在陆续踏上西行之路，他们的肺腑之言临终之言更加宝贵，然而，有多少手握权柄的官员有耐心听他们的唠叨？珍视他们的拳拳之心赤子之心？官员们的眼睛里连我们这一代留学生都没有，他们关注的是 70 后 80 后学科技的留学生，他们需要和期望这些人回国报效。

岁月从来无情。树犹如此人何以堪？我辈已老何况父辈？

掩卷深思，夜深难眠。合上书，关上灯，还是睡不着。不得已爬起来吃了两片安定，半小时后才勉强入睡。

4

第二天早餐时，我看见凯蒂的眼圈有点发黑。

"昨晚没睡好吧？"

"睡得不太好。"

"是不是时差还没倒过来？"

"不全是。脑海里老是想过去的往事。"

"我也是，长岛之夜，波士顿之夜，轮番上演。忘却是不容易的。你没有带安眠药吗？"

"带了。昨晚吃的是很厉害的思诺思，还是不管用。"

"中午再补补觉吧！"

"好吧。"

早餐之后，我们坐在客厅里喝咖啡。

"远尘得的是什么病？"

"肝硬化。"

"一年半前我在他盐湖城的大房子里住了一个月，那会儿他还好好的呀。除了又黑又瘦没什么大毛病。我们还一起爬山，一起去了趟黄石公园。怎么一年多工夫说走就走了呢？人的生命怎么能这么脆弱呢？"

"我也没想到这么快。确诊为肝硬化后，只挺了八个月就不行了。医生说他的肝是被酒精损坏的。失业之后的这几年，他心情压抑，借酒浇愁；从贪杯到酗酒，我怎么劝都没用。我没想到陶远尘会变成这样，他以前还是很坚强的。"

"黄土高原的十年对他身体的伤害是很严重的。他干得太苦太玩命了。农村后来几年，他的前妻离开之后，他苦闷孤独，从那时就开始喝酒。那会儿农村穷，他身为公社书记，也只喝得起劣质的白薯酒；那酒我也喝过，劲很大，很难喝，对身体的伤害也大。他当时年轻不觉得，估计那会儿他已经是慢性酒精中毒了。"

"很可能。关澜，我不是一个好妻子。在他最潦倒最落魄的时候，我不应该离开他。如果我一直在他身边，管住他的酒，也许远尘不会有这个悲惨的下场。"

凯蒂说到这儿，泪流满面。我急忙安慰她：

"凯蒂，别太难过，事已如此，你还要想开点。远尘的肝可能在农村时已经损坏了，转变成肝硬化也是早晚的事。"

"最后三个月，他已经意识到自己不久人世，就打电话告诉了我，我立刻搬回了盐湖城陪伴他。他临终很痛苦，比我爸爸痛苦得多。好在他最后的日子里，我和儿子都在他身边。"

"他临终说了些什么？"

"说得不多，因为经常昏迷。你走后的一年多里，他一直在反思自己的一生,他把反思的结果都写在日记上了。临终前的一星期,他还在写,那会儿他的手已经很难拿起笔来了。最后三天,他一会儿清醒一会儿昏迷,清醒时,他轮番呼唤三个人的名字:关澜、陶华和凯蒂,他呼唤最多的是你,不是我们母子。"

我的眼睛湿润了。凯蒂抽出一张面巾纸,擦了擦眼泪。然后起身走到她的箱子那儿,从中拿出厚厚的三大本日记。

"最后一天,远尘拉着儿子的手说:陶华,我的生命会在你的身上延续。和小霏结婚吧,好好珍惜她,和她一起回中国吧。中国的天地比美国宽广。然后他又拉住我的手说:凯蒂,我对不起你,没有给你带来幸福。也许我们在一起并不合适,当年你应该和关澜结婚,和他一起到中国去。请把我的日记交给关澜,我的遗嘱在最后一页上。"

凯蒂说完把日记本郑重地交给我。我接过日记迅速翻到最后一页,那上面写着:"关澜,请你和凯蒂把我埋在田塬窑洞前的那块石碑下,我的生命属于黄土高原。我选择凯蒂是一个错误,我留在美国也是一个错误。你的人生之路走对了。"

看完遗嘱,我泪如雨下。陶远尘啊陶远尘,你怎么非要走到我前面去呢?今生今世,你是我的宿命吗?我是你的冤家吗?

凯蒂在我这儿住了三天,我们几乎说了三天。分别二十多年,千言万语,千情百感,三天三夜是说不完的。旧情几何,悔恨几多,人已白头,再说何益?

第三天下午,妻子田晶赶回来了。她和凯蒂相见时,双方一点不尴尬,而是一见如故相见恨晚。她们的握手和拥抱都很真诚很自然。她们从来就不是情敌。

自从她们相见之后,所有的时间都是两个女人的时间,都是她们说悄悄话的时间,好像她俩老早就是闺密。

当天的晚饭,是田晶特意为凯蒂烧的。总共八个菜,摆了一桌子,还打开了一瓶二十年的法国红酒。那天晚上,微醺的是她们俩不是我。晚上她俩一起睡在了大卧室里。她们同床共枕时说了些什么,我永远不会知道了。我猜说我的好话不少坏话更多。

第四天上午,陶华赶到了北京和妈妈会面。田晶第一次见陶华,拉着这个高个小伙子看个没完,问这问那没完,弄得陶华有点不好意思。妻子的所作所为无可非议,因为这个有着四分之一中国血统的美国青年很有可能成为我们未来的女婿。

当天晚上,凯蒂和儿子一起带着杜家铭的骨灰盒飞往江阴了。他们母子要去执行老人的遗嘱,让落叶归根落尘归故里。

忙活了两天的妻子,又回到她妈妈那儿去了。夜幕落下灯光初上时,我开始在书房整理陶远尘的日记。

5

远尘的三本日记分属三个历史时期。时间跨度四十年。它们不是严格意义上的日记,而是周记,月记,即兴记。也就是有事就记无事空白。其中也有连续几天都记的,更多的是间隔十天半个月,最长的间隔要以年来计算了。

第一本日记写于 1968—1977 年,正是他的黄土高原十年。这本年代久远的日记,塑料封面上印着"学习焦裕禄"五个大字,本子已经破损,纸已经微微发黄,里面还夹杂着大段大段他手抄的毛主席语录,那是那个特定年代的产物。

翻看这本日记,我不禁想到声名远播的《顾准日记》。顾准是中国思想解放的先驱,是真正的先知先觉。他在七十年代悟到的真理,中国杰出思想家们十年以后才悟到。当你翻开《顾准文集》,读到这样的句子:"当今天人们以革命的名义,把革命的理想主义转变为保守的反动的专制主义的时候,我坚决走上彻底经验主义、多元主义的立场,要为反对这种专制主义奋斗到底!"时,怎能不展卷方诵,血脉已张。这些话是写在 1973 年啊!可是当你仔细翻阅《顾准日记》时,你会随处可见时代的印记。请看顾准写于 1971 年元月的一篇日记:"想一想从五一六通知,经过十六条……,九大,到了九届二中全会提出学哲学,元旦社论提出思想和政治路线方面的教育,这个历程,和遵义会议至七大的晋绥讲话虽不能作贸然的类比,但在基本方面是有某种共同性的。"你能想象写这篇日记的顾准和写《从理想主义到经验主义》的顾准是一个人吗?人非圣贤,即便是像顾准这样的思想解放先驱,他的认识也要有一个过程。任何人都不能抹去时代的烙印,何况陶远尘不是顾准。我想远尘即使有幸被选为摩门教的先知,也不会真的先知先觉。

翻看远尘的这本日记，又让我看见了那个遥远而熟悉的年代，那个遥远而熟悉的陶远尘。

"6月1日。在我的思想里，存在着极其严重的资产阶级个人主义、名利思想和个人野心。"

"6月19日。几年来，我想的最多的是什么？是无产阶级的事业吗？不，是个人的前途和名利。为什么做不好队里的工作？为什么不能把全部身心扑到革命工作上？因为老是从个人出发，经常为私工作。"

远尘的这两段日记写于1970年6月，那时我们都在斗私批修，只是远尘比大家更认真。远尘可不能算自私的人，起码没有我自私，可他还是一天到晚灵魂深处闹革命。他把家庭的影响夸大了，他背叛家庭的举动有点过激。平心而论，陶老爷子的境界是多数所谓革命者所不及的，他给予远尘的影响主要是正面的。

再看这段写于1972年的日记：

"2月19日。大寨是毛主席亲手树立的一面旗帜。中国农村要走什么道路？分田单干的路不能走，单纯靠发展乡村工业，靠小生产，靠物质刺激，靠办国营农场，都不能解决问题；而只能靠人民公社，靠突出政治自力更生艰苦奋斗，靠走共同富裕之路，这就是大寨之路。"

远尘当时是这样想的，也是这样干的。他带领全大队的社员深翻地修梯田，轰轰烈烈干了不少年。后来，他当公社书记时，又带领全公社的人大干苦干，水电站就是他们干出来的成果。直到他在农村的最后两年，才认识到大寨之路行不通，才做了某些修正和试验。人的认识局限就是时代的局限。远尘这篇日记里批判的分田单干就是他后来在中央农研室极力提倡的东西，也是中国农村改革开放的突破口。我不知道晚年的陶远尘是否又走了回头路，不然他为何要费劲巴拉地搞乌托邦农场？

从1978年到1986年这八年是个空白，他未着一字。这八年正是陶远尘的改革八年，是他在农研室和体改委风云际会扬波激浪上蹿下跳腾挪躲闪的八年。在我眼里，这是陶远尘一生最重要最辉煌最有价值的八年，其价值远远超过他的农村十年和留美二十七年。也许远尘自己不这样看。如果远尘在这八年里能写下一些东西，那将是很宝贵的。不仅具有史料价值而且具有研究价值，毕竟他是亲历了分田到户和双轨制出台的人。如果他真写这样一本日记，起码还可以成为我书写改革的重要资料。然而他竟然一字未写，可谓千古遗憾。

6

远尘的第二本日记写于 1987—1993 年。这几年他已是人在美国了。其中前一半历史我熟悉，后一半历史只有凯蒂知道了。

"凯蒂的美丽和聪慧真让人难以抵挡。可惜让关澜这小子捷足先登了。听了他们的河上奇遇记，我的心里酸酸的。那天河上划船的为什么不是我？我怀疑关澜这小子是有意撞翻凯蒂的船，他三十年没有碰过女人，这种事兴许干得出来。朋友妻不可欺，朋友的女友也不能觊觎。关澜是我的患难朋友铁哥们儿，我不能做任何对不起他的事。对于混血美女凯蒂，我只可远观而不可亵玩焉了。"

这篇日记的写作日期是 1987 年 3 月 8 日。没想到圣洁高尚如陶远尘，内心里也有阴暗和忌妒。看来这小子早就对凯蒂心怀叵测了。人性如此男人如此也不奇怪，谁见了美女不心动呢？何况凯蒂岂止是美丽。

"没想到关澜和凯蒂最后还是分手了。分手的原因可能主要是去留问题。关澜这家伙有时很固执，固执到不通情理不可理喻。好不容易来到美国，好不容易得到凯蒂的爱情，待了三年就非要回去。他在国内不过就是个大报记者，为了这个职位值不得做出如此惨重的牺牲。牺牲博士学位事小，牺牲凯蒂的爱情事大。碰到凯蒂那是他这辈子的福气，是千载难逢的美事，他此生不会再有这样的桃花运了。我看这小子的脑袋是进水了。知道他俩分手后，我的内心很矛盾。作为朋友，我应该成人之美，劝关澜留下；可有时我又暗自庆幸他们分手，因为这给我留下了机会。我这样想可能有点不地道，这不是幸灾乐祸乘人之危吗？转念一想，关澜是我劝得动的吗？他入党的事，我就没劝动，这次去留的事也会一样。他们分手，我没有任何责任。他们热恋时，我是衷心希望他们幸福的。我一直与凯蒂保持着应有的距离，甚至不和他们一起看电影。在这件事上，我对得起朋友。"

这篇日记上标明的日期是 1989 年 4 月 22 日，那正是我和凯蒂生离死别的时候。看了这篇东西，我心里有些不舒服。我并不是责怪远尘没有劝我，其实他还是劝了，而且不止一次。我当时决意回国是任何人也劝说无用的，我就是这样一个一意孤行的人，我抉择了的事，不管对错都要执意为之，八匹马都拉不回头。我是在意他的暗自庆幸吗？我和凯蒂热恋时，远尘是在帮忙在撮合；我们分手了，是给远尘留下了机会，他暗自庆幸，这也是人之常情。凯蒂并不属于我，我只是她几个恋人中的一个，是她人生一段短暂的插曲。远尘可能很早就暗恋凯蒂，我俩好时，他不能爱也没有爱；我俩分手时，他有权利爱，他为什么不能爱？远尘实在无可指责，他一天也没有成为我的情敌，可我还是心里不舒服。也许再好的朋友再铁的哥们儿，也不能面对同一个女人。重色轻友也好，重友轻色也好，都不好对待。患难之友生死之交也不能掺和女人。

在下面断断续续的几篇日记中，远尘披露了他和凯蒂结合的秘密。

"5月1日。关澜到底还是走了，我送关澜回国时，在机场没有看见凯蒂。凯蒂受到的伤害一定不轻。在候机楼的咖啡厅里，关澜详细描述了他们分手的经过，我为他俩感到惋惜和难过。关澜还告诉我，凯蒂对他说的最后一句话是：我此生再也不会爱一个中国人了！我想凯蒂指的是不交中国男友了吧，因为他爸就是中国人啊。凯蒂的话过于激愤了，关澜也不能代表所有的中国人啊。"

"5月3日。我想找凯蒂聊聊，作为他俩的老朋友，我想安慰她一下，可是打了几次电话，她都不理我，也许她真的要实践自己的诺言。"

"5月8日。没想到凯蒂今天竟然主动来找我。她是要把手里关澜的东西交给我，让我寄回中国。看来他们分手以后真的不打算来往了。东西只有一小包，我打开一看，是几封书信和照片，还有一件生日礼物。凯蒂为什么不在分手时把它们亲手交给关澜？也许那时她还想留作纪念，现在她又改主意了。今天凯蒂的情绪还不错，也许她已经从失恋的痛苦中解脱出来，她原本就是生性乐观的人。我们一起聊了一小时，主要是聊我读金融博士的事，也聊了聊她的工作。凯蒂艺术硕士毕业后没有再读博士，而是在一家影视公司做了编导助理。"

"5月22日。这半月，我和凯蒂见了几次面，也一起去看过一次电影，一起参加了一个中国留学生的 party。凯蒂已经忘了她的不和中国人结交的誓言，她的男女朋友中有一半是中国人。"

"5月23日。今天凯蒂带我拜访了她姥爷。她姥爷是美国很有名气的金融家，有好几本专著，还有自己的金融咨询公司。我和老先生谈了三个多小时，获益匪浅。她姥爷对我的印象好像还不错。"

"5月26日。近来我和凯蒂约会频繁。我们见面的次数不下十次。最后一次,凯蒂终于让我吻了她。"

"5月28日。今天凯蒂带我到长岛去见她的父母。她父亲的态度有些暧昧,她母亲对我好像很有好感。临走,她母亲很严肃地问我:博士毕业以后你如何打算?我告诉她,我打算留在美国。我原本计划拿到博士之后回中国的,可是我知道要想得到凯蒂必须留在美国。我的这个改变有点仓促,没有经过深思熟虑;让我放下国内的改革事业是很痛苦的。但是为了爱情,我必须做出牺牲,我不能重蹈关澜的覆辙。我太爱凯蒂了,我不能离开她!"

"6月1日。今天是个值得纪念的日子。我终于得到了凯蒂的肉体。和她上床带给我的快乐难以言说。当我们做爱之后,凯蒂躺在我的怀抱里,深情无限地看着我。我突然想到,几个月前她也是这样躺在关澜的怀抱里,心里很不是滋味。我是结过婚的人,不应在意这个。凯蒂过去跟多少男友上过床我都不在意,就是很难接受她曾经躺在关澜的怀抱里。凯蒂没有错,她过去是关澜的女友,还差一点成了关澜的妻子,她和关澜 make love 很正常。难道是我错了吗?"

从远尘的日记中可以看出,他和凯蒂的恋爱进展神速。短短三个月就订婚了。我理解凯蒂,她这样做也许是为了尽快地从以前的悲伤中走出来,从我的阴影中走出来;陶远尘毕竟比我优秀得多。我也理解远尘,他已经离婚多年,已经暗恋凯蒂多年;凯蒂毕竟是太美丽太出色的姑娘,是百里挑一万里挑一的好姑娘。几乎所有中国留学生男士都会拜倒在她的罗裙下,只不过他们无缘相识没有机会而已。我曾经是幸运儿,但真正的幸运儿是陶远尘。

这本日记中有关那场风波的只有一篇:

"6月19日。今天我正式宣布退党。我不能容忍枪声,也不能容忍镇压学生。这已经不是我所宣誓为之奋斗的党。我以前做梦也不会想到会有今天。我也知道这个举动意味着什么,它所带来的后果是什么,但我还是决定了。是我心中的正义和愤怒让我做出了这个决定。凯蒂支持我的行动,她的失望和愤怒比我还猛烈。"

这本日记的后半本,都是有关生孩子的悲欢和攻读博士的艰辛。间隔很大,每篇都不长。从1993年到2003年这十年又是空白。这十年是远尘和凯蒂的幸福十年,也是陶远尘渐入佳境春风得意的十年。他1994年拿下金融博士,以后

359

在大学当讲师,当副教授,直至正教授。生活稳定安逸,妻子美丽温柔,儿子渐渐长大——不知这十年他除了好心情之外,是否也有遗憾也有牵挂也有思念。

7

远尘的第三本日记写于 2004 年到去世。这本日记只写了大半本。前面一半记录的是他的华尔街岁月和金融危机中的遭遇,有他对金融危机的分析和对金融垄断资本主义的愤怒批判。

"8 月 20 日。雷曼竟然破产了,这是我做梦都想不到的事。雷曼倒下的两周后,我也和多数员工一起,抱着纸箱子灰溜溜地离开了雷曼大楼。我失业了!我的华尔街四年就像一场春梦。凯蒂当时劝我不要离开大学,不要去华尔街,我没有听,还跟她大吵了几次。现在看来还是凯蒂对。我总是过于自信,总是相信自己的智商和判断力。现在我真有点儿二乎了。到美滞留不归就是一步臭棋,到华尔街又是一步更臭的棋。这两步臭棋走下来,我的自信也所剩无几了。"

"10 月 13 日。金融危机让我的财产损失过半!到美国二十年,这才领教了资本主义的残酷和罪恶。美国还是一个金融垄断资本操控的国家,是金融大鳄的天堂,不是我的天堂。我反思金融危机的结论就是,美国的道路不是人类的终极之路,人类一定可以找到超越美国模式的更好模式。"

以后几篇每篇都很长,他是把日记当论文写了。也许当年他的这些文章真没地方发表。

日记中间部分记录了他和凯蒂有关中国的争论,以及两人越来越深的矛盾和裂痕。

"7 月 7 日。凯蒂终于离开了我。我们的婚姻蜜月只持续了十年。十年过后就开始争吵赌气,就是没完没了的摩擦。过去的理解和宽容,过去的心心相通,一下子都烟消云散了。我们之间的裂痕越来越深,感情也日渐淡漠,我曾经尽力去挽救,但无济于事。我去华尔街之后,就听说她又和班克斯来往上了,我工作繁忙,顾不上追究,也没去请私人侦探。这就是找美女的代价。"

"8 月 11 日。也许人性险恶,再好的感情也维持不了多久,要么怎么会有什么三年之危七年之痒的说法;也许我和凯蒂根本不是各自的另一半。强扭的瓜不甜,如果凯蒂当时不跟关澜分手,如果我不是趁虚而入乘人之危,凯蒂会和我结婚吗?凯蒂失恋之后那么快就移情别恋,跟她的中国行有关,也不知关澜这小子在她面前怎么吹我的,再加上那块碑,凯蒂当时真把我当英雄了。美人嫁英雄顺理成章,当我成了华尔街的牺牲品之后,当我破坏了家庭的稳定生活之后,再想拴住她的心就难了。"

"8月15日。我迟早是要遭报应的,谁让我觊觎哥们的女友?谁让我夺人所爱,确切地说是捡人所爱?关澜要是知道我和凯蒂结婚,他能好受吗?当初我那么快就得到了凯蒂,以为是天大的美事,现在看来是作孽。我真的对得起哥们吗?他俩分手之后,如果我不去掺和,而是两边游说,真心实意地帮他俩出主意,他俩还是有破镜重圆的可能的。真正重色轻友的人是我,关澜和凯蒂好时,并没有忘了我;真正虚伪的也是我,关澜说回就回说分就分,从不装蒜;而我却不能跟哥们儿掏心窝子。"

"12月1日。凯蒂这一走就不会再回来了。我俩此生的缘分尽了,办不办离婚手续都一样。今年的圣诞节我得一人过了。"

"2月11日。天气阴沉,心绪恶劣。独自灌了大半瓶五粮液。凯蒂走后,我又喝起了酒。明明知道喝酒伤身,明明知道十年前做B超就查出来肝上有囊肿,还是抑制不住,还是要喝。开始一天两杯,春节这几天变成一天半瓶了。这么喝下去什么结果,我心里一清二楚。我这一辈子都是欲望的奴隶,从来没有战胜过欲望,哪怕是一次。农村插队,我抑制不住背叛家庭脱胎换骨的欲望,体改委那会儿我抑制不住当官的欲望,到美国,又抑制不住对美女的欲望,对美国生活方式的欲望,2004年,又抑制不住对华尔街金钱的欲望,一辈子就这么被欲望驱赶过来了。现在工作没了老婆跑了,心灰意冷穷愁潦倒,还想抑制喝酒的欲望吗?门儿都没有。想喝就喝,喝死了算,死了就埋,人生不就是那么一回事吗?"

8

日记的后一半都是我离开盐湖城后的一年多里写的。里面有对我们争论的点评和对他一生的反思。

"11月26日。我和关澜的争论没有结果。他向来固执，我也是很难被说服的。他走后，我一直在咀嚼他的话和他的观点。最终亲历改革全过程的是他不是我，我只亲历了一小半。关澜这家伙情商不行，多愁善感，清高孤僻，干事冲动，他经商从政都不行，但干记者行当作家行。以前在学校在村里，他干事没常性，可自从迷上了充当改革书写者的角色，竟然能痴迷半辈子。为了这个角色居然能舍弃爱情，舍弃官位，舍弃体制好处。他痴迷执着的结果还真出东西，他的几本书还真能称得上当代书写中国改革的力作；他余生要写的那本百万字长篇小说《改革》说不定还是惊世之作。他这一生比我精彩。"

"12月17日。这些天一直都在琢磨关澜的改革观点。虽然这家伙的观点还算不上滴水不漏，但在逻辑上还是能自洽的。关澜这小子有时挺自我，可他竟能做到脱离个人利益境遇恩怨看问题，真有点不可思议。他老是嚷嚷做公共知识分子，我看办不到。在中国，完全离开体制谁也不能存活。他也算为共产党卖了一辈子命，到头来，我俩北大那些同学，不是部级局级官员就是国企老总，一个个脑满肠肥，唯独他什么都没捞着，清贫到老，连女儿的留学费用也一半是借的；这家伙居然还能那么冷静那么客观地跟我侃改革侃中国，基本不带个人情感和色彩，这事我至今没完全想明白。按说我够了解他的了，可是毕竟分开了二十多年，关澜真的成熟为一个思想家了吗？如果真是这样，他的那部大部头小说有看头。写改革历史的小说，光有文采不行，还得有思想，还得有亲历，关澜这小子这三样都齐了，所以才要拼上老命写这部大作。没想到，折腾了半天，到头来是我没事业他有事业，我空虚他充实。真是这样，说明他当年回国回对了，我们这帮留下来的倒是值得质疑了。我怎么又有点忌妒起这小子来啦？"

"4月10日。关澜说我们的农场是乌托邦，弄得我今年春播都没兴致了，身体好像也不大顶劲。这家伙真是个猫头鹰。农场就算是乌托邦，你他妈的也别点破呀。我信摩门教，你攻击了半天；我搞农场，你又说是乌托邦，我总得有点精神寄托呀，要不怎么了此残生？你他妈的有小说，我不能什么都没有吧？"

最后十来篇日记写于他生命的最后三个月，那是他的临终遗言，是他对这个世界的最后交代。

人之将死，其言也善。远尘的临终之言，不愤不怒，不悲不怨，而是出奇地平静，有如无波无澜的池水，那是生命之河断流的地方。

"5月3日。医生确诊为肝硬化时,我倒是异常平静。这是意料之中的事。空对着山中高士晶莹雪,终不忘寂寞寞仙株寂寞林。突然,有点想念凯蒂和儿子。上午,我给凯蒂打了个电话,没想到她和陶华晚上就都回来了。"

"6月18日。我知道我的日子不多了。肝硬化虽不是癌但也是不治之症。62岁不算短命了,我从未期望过长寿,我给自己设计的人生历程只有50岁,多出十年已经够本了。人生就是一个过程,早晚并不重要,重要的是感受是价值。回首一生,三分欣慰七分遗憾。欣慰的是农村十年没有虚度,总算干了些实事,比关澜他们这些逃兵强。改革八年,也算过了一把瘾,风光了一回。关澜认为我还是一个政治人才,为我可惜,我心里明白,我根本不是玩政治的料。继续在体改委待下去,最多混个正局退休,不会有大作为。到美国是我的抉择,关澜也是被我拉来的。也许对于我,出来留学没有错,滞留不归一扎二十几年是我人生最臭的一招棋。我留在中国留在黄土高原的根太深了,再待多少年,也不能融入美国社会。我在金融学术上的失败,在华尔街的失败,包括同凯蒂婚姻的失败,都有某种必然。关澜这家伙住在我这儿的时候,不止一次假设我学成回国会怎样。能怎样呢?我自己都不敢假设。为了一个女人,为了一次冲动,踏上了一条不归路,这个代价实在太大了!"

"7月1日。年轻时读加缪,读他的《西西弗斯》,读他的《局外人》,不理解这个法国作家哪来那么多荒谬感。而且世界上靠荒谬小说摘取诺贝尔文学奖的还不止加缪一人。现在活到这把年纪,混到这个境地,我完全理解了。人生的本质就是荒谬。忙忙碌碌几十年,为的是什么?理想事业是虚幻的,连爱情都是虚幻的,功名利禄更是过眼烟云;人生还剩下什么?剩下一大堆回忆又有何用?不定哪天来个脑出血,连这点残存的记忆都烟消云散了。人生到老,谁能摆脱幻灭感?谁能摆脱荒谬感?我看谁也不能。理想毁灭了,事业落空了,来到盐湖城这个世外桃源,我祈求在宗教中找到慰藉,结果还是落空了。白白上供了许多钱财,到后来,摩门教连鸦片都不如。真是白茫茫大地落得真干净。"

"7月3日。鲁迅先生临终时说:'让他们去怨恨去,我一个都不宽恕。'我没鲁迅那么狠,却想不起宽恕谁。忏悔吗?也好像脑袋空空。自从入教以后,我一次也没有在牧师面前忏悔过。鲁迅说他的灵魂里有毒气和鬼气,我的灵魂里有什么?有怨气和邪气,但愿这些不要遗传给我的儿子。"

"8月9日。想来想去,我真的没什么可忏悔的吗? 我不是红卫兵,也没打过人,无须为红卫兵的所谓罪行忏悔;黄土高原十年,我也没什么可忏悔的;改革八年,我虽然是双轨制的建议者之一,但我不是决策者,轮不着我为倒爷、腐败和学运忏悔,因为我不够资格。回顾一生,真正需要忏悔的是,我对不住关澜,不应该'争夺'他的凯蒂;我也对不起凯蒂,没有给她带来幸福,毁了她的一生;我更对不起我的父亲,我这个不孝之子让他失望了。此外,我对得起中国,也对得起美国,对得起摩门教的上帝也对得起基督教的上帝,实在无可忏悔。"

"8月18日。身体的痛感已日渐麻木。灵魂是不朽的吗? 我这个曾经信仰上帝的人,都怀疑灵魂不朽,关澜这个什么都不信只信科学的人竟然认为灵魂不朽。他说灵魂就是有价值信息,就是宇宙的非物质,永远弥漫不会消散。即将远行之时,我的灵魂也很疲惫。为了让灵魂得到休息,我只能拿关氏灵魂说当安眠药了。关澜,你小子是我一生的唯一知己,但我一直怀疑你偷走了我的灵魂。看在咱们多年哥们儿的分上,你写小说时笔下留情啊!"

他的最后一篇日记写于他生命的最后十天。字迹潦草勉强可以辨认:

"当我真要撒手人寰的时候,心情却格外平静。生命是什么? 不过就是一大堆感受而已。再美妙的感受也是瞬间,再痛苦的感受也会转瞬即逝。当我要走的时候,我真正挂念的只有三个人:关澜、陶华和凯蒂。竟然没有我的父母,我真是个不孝之子。当我即将远行时,我竟然对这个世界无话可说。所有的爱恨情仇恩恩怨怨都已经荡然无存。虽然无话可说,但还是有心愿,还是希望这个世界变得更好,还是希望我挂念的那三个人能够幸福。如果心愿就是话,那它们就是我最后的话了。我已经累了,只想早点休息。"

当我合上这三本日记时,泪水已经打湿了笔记本。我的泪水远尘再也看不见了。

9

凯蒂母子走后一个礼拜,关小霏突然回到北京。

"小霏,你这是怎么回事? 为何不和陶华一起回来?"

"报社有重大系列采访任务,总编点了我的将,我实在脱不开身。这不,稿子一交我就赶回来了。安葬杜爷爷我是赶不上了,安葬陶叔叔我不能缺席呀。"

"你现在是不是成了报社大牌记者了?"

"差不多。反正重大采访冲锋陷阵的总是我。总编欺负我好使唤。"

"总编重用你有什么不好?"

"爸,我真不知道你这一辈子的记者生涯是怎么熬过来的?记者这活也太累人了。"

"咬牙坚持几年吧。几年之后,你就成了资深,就可以支使别人了。"

"熬着吧。多年的媳妇总能熬成婆。"

"小霏,你跟丹尼的进展如何?"

"危机过后现在磨合得挺好的。我们可能前世有缘,脾气秉性,爱好癖好,好多地方都一样。就连身上的病也一样,我动不动就胃疼,他也是,你说怪不怪?"

"你俩能没缘吗?他爸是我一生的挚友,他妈是我曾经的恋人,你妈还是陶家的远亲呢。"

"怎么这么乱呀?"

"缠绕纠结纵横交叉,山不转水转,打断骨头连着筋,这就是缘。你们打算何时结婚呀?"

"那还早呢,我们才二十五岁,总得打拼几年吧。不能儿女情长英雄气短呀。"

"晚几年也好。要爱情也要事业。中国和美国的希望可寄托在你俩身上了。"

"爸,你又来了。"

我们父女俩正说着,田晶下班回来了。母女相见,又是拥抱又是亲吻,然后两人赶紧回屋说悄悄话去了。人说女儿是爸爸的,我看小霏可是妈妈的,她们母女无话不说情深似海有年头了,我忌妒也没用。

凯蒂和陶华的江南行,行了足足十天。我们两家五口终于在北京会齐之后,到北京饭店搞了个接风宴。说是两家,将来可能就是一家;说是会齐,人永远不能齐了,陶远尘再也不能和我们一起聚餐了。

那天的接风宴有点奢华,五个人吃了三千多。埋单的是小霏。田晶看见女

儿埋单时的潇洒,不禁感慨道:

"小霏,我们终于花到你挣的美元了。"

"妈,这点小钱不值一提,我还要给你们二老在美国买大别墅呢。"

小霏收拾她钱包里那一大堆卡时,脸上充满自豪。

"先别给我们画大饼了,你这个大牌记者也挣不着大钱。我在美国不是跟你说了吗,我们不稀罕什么美国大别墅,你俩还是抓紧打造你们的小窝吧,美国的房价不会总是这么低。"

"我们也想乘着低房价时买房,可是现在手头的钱还差得远。"

"你是不是又回来啃老来了?我和你妈的油水可都让你榨干了。"

"爸、妈,我发过誓不再向家里要钱。我们即使将来在美国住帐篷,也不会啃老。"

"不用渲染悲惨,你们跟帐篷不沾边。"

"帐篷好像离我们远点,但我俩正在攒钱准备买房车。"

"纯粹瞎胡闹。"

凯蒂笑着说。

她的话音刚落,陶华诚恳地问:

"关叔叔,田阿姨,你们什么时候去美国呀?我们已经做好了接待你们的准备。"

"我们会去的。你田阿姨还没去过美国呢。我们一直在等你们的邀请函呢。"

"回去就给你们发。"

"你们到美国时,到好莱坞来住一段吧。山上景色怡人。我们那座房子也足够大。"凯蒂也发出了邀请。

"去美国的事以后再议,咱们撤吧。"

说完我带头步出了餐厅。

第二天我们一行五人坐上了北京到西安的高铁。还是轻装简行,最大的一个背包在陶华身上,那里面有他父亲的骨灰盒。

"北京到延安有飞机,但坐高铁更舒适,时间也差不多,还能看看沿途风光。陶华、小霏,你们两个80后,见识过美国的西部,可都没见识过中国的西部。不了解中国的西部就不了解中国。"

"爸,你又开课了。"

"关叔叔,这条高铁是刚开通的吧?最高时速是多少?"

"刚开通三个月,最高时速三百八十公里。中国高铁起步晚发展快。如今高铁里程和最高时速两项世界冠军都在中国人手里。"

"加州的高铁就是买的中国技术。开工典礼我去采访了,心情巨爽。"

"十九世纪六十年代,美国招募了十万华工修建东西铁路大动脉。没有这条动脉,美国西部开发不出来。华工的修路史是一部血泪史,那条铁路的每根枕木下都埋着一个华工的尸骨。那些幸存的华工就是你们这些美籍华人的老祖宗。"

"旧金山的洗衣房也是他们开的吗?"

"对,他们淘金不成只能开洗衣房。斗转星移,谁能想到一百五十年后的今天,占据世界科技制高点的美国,它的第一条高铁竟然购买的是中国人的技术。"

"开工典礼那天,中国铁道部的代表都高坐在主席台上。因为中国是加州高铁的技术输出方,所以中国派来的都是管理人员和技术人员,而卖苦力的都是美国人。和一百五十年前比,掉了一个儿。在开工典礼上,最扬眉吐气的是中国记者。我那篇稿子只写了十分钟,一气呵成倚马而就。"

"翻天覆地就是当今中国的写照。中国高铁的发展也走过弯路。两年前追求速度忽视质量,出了两起事故,又开始减速开始招回,重新来过,才有今天的局面。高铁奇迹也伴着腐败,而且是从部长到总工几十人的大窝案。中国高铁的发展之路就是中国经济的发展之路,速度很快,三十几年都是两位数的增长;弯路不少,代价很高,跌跌撞撞一路走到今天。"

"关叔叔说得精辟。你们看车箱前显示的速度已经是三百七十公里了,列车还是这么平稳,桌上杯子里的水都不洒。中国高铁技术还是过硬的,否则,美国人怎么会买?"

"陶华,你跟妈妈的江南行怎么走了这么多天?"

"我们在江阴老家待了三天。安葬了姥爷,拜见了亲戚,然后就到了上海。妈妈一定要看看中国十年的变化。离开上海后,我们又到了广州和深圳。一路上,妈妈老是和我争论,直到坐在飞回北京的航班上,妈妈才被我基本说服。"

"后生可畏呀。凯蒂你现在看中国还是以前的观点吗?"

"最近几年,我也有些反思。他爸爸临终前的反思对我影响不小。加上这次回来看了几个地方,我的观点有些改变。我不是个老顽固,干吗老跟中国过不去?以前我批评中国腐败也是事实呀,我也是希望中国好。"

"你以前看重了中国的一面,看轻了中国的另一面。其实两面都是中国。腐败是中国,繁荣也是中国;危机是中国,生机也是中国;鲜花着锦烈火煎油是中国,如临深渊如履薄冰也是中国;东南是中国,西北也是中国;北京上海是中国,陕北宁夏也是中国。"

"妈妈以前太偏激了,一天到晚骂个不停。"

"我有那么严重吗?好像只有你爱中国,别人都不爱。难道我这个有二分之一中国血统的人还没有你这个有四分之一中国血统的人爱中国吗?"

"妈妈,爱国跟血统不能画等号。姥爷身上也没有美国血统,但他爱美国也爱中国。按照你的逻辑,我和小霏将来的孩子只有八分之一的中国血统,他对中国的爱也会递减吗?"

"陶华,扯远了吧?你怎么把未来时态的当成现在时态说呀?再说你这个理科生数学不怎么样啊,怎么能算出个八分之一呢?"

"哦,我可能算错了。至于那件事是早晚的事,而且也就是几年以后的事,为什么不能说?"

陶华的神情似乎胸有成竹,也许他自认已经把小霏搞定了。

大家的高谈阔论告一段落后,进入了小组讨论阶段。田晶和陶华说起了悄悄话,凯蒂又和小霏说起了悄悄话,五人行,四人成两双,唯独冷落了我一个。

无人理睬的我,只好独自凭窗远望。

10

五个小时后,车到西安。我们下榻在西安最好的星级宾馆——盛唐饭店。

开房时,我问陶华:

"你是和妈妈一间还是和小霏一间?"

"我当然是和小霏一间。"

小霏站在一旁,脸上飞起桃红,但并没有反对。我要了三个房间,自由组合的结果是陶华小霏一间,凯蒂田晶一间,落单的还是我。一人一间更好。

第二天,我这个老陕西带领大家参观了大雁塔、阿房宫、兵马俑和西安博物馆。博物馆藏品之丰富让他们震惊,纽约的大都会博物馆都不能与之比肩。这就是历史悠久的结果。

第三天,我们坐汽车前往陕北宜川。路经黄陵,停车半小时。我们顺便拜谒了黄帝陵。陵前古柏参天,不知几千年。小霏和陶华很虔诚地烧了几炷香,又在黄帝像前跪拜了一回。

回到车上,陶华问:

"关叔叔,黄帝真的埋在这了吗?"

"考古发现证明,半坡、仰韶和河姆渡都是七千年前的史前文明;中华文明的源头可以追溯到五千年前。黄帝是确有其人的,至于他到底埋在哪了很难考证。这就像你爸爸妈妈相信的上帝,信则有不信则无。陶华,你现在是基督徒吗?"

"还不是。"

"你和你妈妈身上都有炎黄之血,不然你们也不会去拜见黄帝陵。如果是美国游客,他会去看兵马俑去看半坡,不会去看黄帝陵,因为炎黄和他们没关系。就像我到了美国也不会去看什么五月花号。"

"关澜,你别看陶华身上的炎黄血比我少,但他可比我更有中国情结。"

"阿姨你说得对。我爸从小就对我进行爱国主义教育,结果教育了半天,我也没有陶华爱中国,而且陶华生下来就是美国人。"

"你爸不是左派,我从来没有对你进行过什么爱国主义教育。我早说过,教育你的是美国。将来你的祖国是中国还是美国,只有天晓得。"

"爸,你放心吧,我会回来的,我怎么能把你们俩扔在这中国不管呢?我可是个孝子啊。"

"你是孝子还是白眼狼,那要实践证明。孝也不见得非要守着双亲。父母在不远游,那是过时的中国文化。远离父母闯天下,才是先进的美国文化。空巢是我们老三届这代人的共同命运,我身边的老同学基本如此,我和你妈早有思想准备,我们决不会拖累你闯美国闯天下的。"

"小霏,你可要有思想准备,我将来可不会到美国给你们带孩子。"

田晶说得很认真。

"不带就不带呗。我们还不知道要不要呢!"

小霏满不在乎。

"二十年后,你和陶华中的一个如能竞选上美国总统,重振美国,那就是大孝。小孝孝父母,大孝孝天下。中国文化的传统不是国家而是天下。地球就是我们共同的家乡,地球村是一定会实现的。如果你俩将来有钱乘美国的商用飞船到月球旅游,当然也可能乘中国的嫦娥 n 号登月,站在月球,遥望太空,乡关何处,故乡就是蓝色地球。做世界公民地球公民是你们80后的命运,狭隘爱国主义极端民族主义都是人类的包袱和灾难。"

"爸,照你这个说法,爱国主义过时了?"

"没过时。眼下你们还不能空谈国际主义,奢谈地球村,还得爱国,爱一个具体的国,也就是爱家乡。爱国不一定非要爱它的政权和意识形态,而是爱它的乡土和民族,爱它的文化和传统。今天的地球还不是一个村,所以大事小事只能从家乡从国家做起。如果你们将来留在美国,不管入籍不入籍,都要爱美国,搞好美国就能惠及三亿人;如果你们将来回国创业,那就要爱中国,搞好中国就能惠及十三亿人。先造福地球五分之一的人口,然后再造福地球七十亿人类。"

"关叔叔,你说得太精彩了! 简直可以写进教科书。你不愧是大作家,出口成章,一发挥就成经典。我看才女关小霏跟你比还差得远。"

"丹尼,你现在就拍马屁是不是有点早?"

"一点儿不早,现在不拍更待何时呀? 而且我也不是有意奉承,关叔叔这样的高人也不会吃这一套。我说的是肺腑之言。小霏,我真心羡慕你。你从小在你爸身边受熏陶,听了多少免费高论;我现在可知道你肚子里墨水的源泉了。"

"爸,你这套高论为啥不到北大清华课堂上去宣讲? 光教育我们两人有点可惜吧?"

"小霏,你怎么走到哪儿都跟你爸唱对台戏呀?"

"妈,我是家庭民主的产物啊,改不了了。"

11

汽车沿着山间公路缓缓前行,驶入宜川县境内时,山包渐渐变成了黄土高原。凯蒂这时有了似曾相识的感觉。

"关澜,这儿的景色有点熟悉。我们以前走过这里吗?"

"走过呀。这已是宜川的地界了。上次我走的是铜川,这次走的是黄陵,两条路都能到宜川。"

"黄土高原怎么变绿了呢? 树也比以前多多了。"

"黄土高原从前也是青山绿水,要不炎黄祖先怎么会扎在这里。黄土高原的水土流失是人类过度垦殖的结果。二十年前,陕北开始封山造林植草,坡地一律罢耕。这也是联合国人类住区规划署在中国西北最大的项目。"

"成效很显著啊。"

"是啊,二十年后旧貌换新颜,还黄土高原一个青山绿水。坡地罢耕,远尘当年在村里练就的耙坡地的绝活就用不上了。罢耕之后,坡地都用于种植果树和草地。种果树可是远尘四十年前就倡导的,他带领乡亲们种下的核桃林和苹果林如今还在。什么叫造福乡里,这就是。种苹果已经成了黄土高原的第一大支柱产业,陕北的苹果名满神州啊。"

"我爸当年真的是陕北的焦裕禄吗?"

"真的是。陶华,你不简单呀,一个美国青年居然知道焦裕禄。"

"都是我妈告诉我的。"

"你们看这坡地上到处都是羊群。"

凯蒂又叫起来。

"这可是从澳大利亚引进的良种绵羊。宜川的羊绒也很有名,俗称'白黄金'。陶华、小霏你们身上的羊绒衫也许用的就是宜川羊绒。羊毛羊绒是这里的第二大支柱产业。黄土高原的老乡就靠这两样生活,也靠这两样致富。"

"关叔叔,你对黄土高原了如指掌啊。"

"那当然,黄土高原就是我和你爸爸的第二故乡。就像中国是你和你妈妈的第二故乡一样。"

"我的第一故乡可是中国,第二故乡才是美国。"

小霏赶紧声明。

说话间,汽车已经开到县城了。

宜川县城也不是二十几年前的县城了。道路宽了,楼房高了,二十多层的大厦也有了好几座。我们走在县城的主路上,随意游逛。凯蒂对县城今昔变化感触尤深,陶华对这个小县城很新鲜:

"这个中国西部的县城比纽约唐人街还好呢,关叔叔,宜川是贫困县吗?"

"不是,是中等富裕的县,延安专区中洛川县最富。西部的县城与广东的顺德和东莞比差距还很大。"

"那是,我和妈妈都觉得广东那些县都赶上美国的小镇了。深圳更是像发达国家的大城市。"

"深圳三十年前就是个小渔村。地区发展不平衡,东西部差距太大,也是中国的大问题。上海人的收入是西部人的几十倍。凯蒂,你爸写在我那本书上的批语你看了吗?"

"翻过,看得不仔细。"

"你真应该好好看看,那里面有许多思想的闪光。你爸认为苏南模式,离土不离乡,立足农村实现工业化,就是中国独特的第三条道路,这个观点发人深省啊。"

"妈,我怎么没看到姥爷的批注啊?"

"书在叔叔那儿,你回北京看吧。改革的前十年,乡镇企业异军突起,不但成为中国经济的一台强有力的发动机,而且成就了苏南模式,不但就地解决了农民的就业,而且找到了中国的城市化道路,那就是城镇化。可是好景不长,很快珠三角和长三角成了中国制造业的中心,全国的农民工,主要是中西部的农民工蜂拥而至。现在中国人口大省是广东,而作为劳动力输出的大省贵州、安徽、四川,都是连续几年人口负增长,不是生育率下降,而是人都跑到东南沿海去了,跑到大城市去了。现在北京、上海的人口都接近两千万,不堪重负了。"

"关叔叔,西部为什么不能发展乡镇企业呢?这样他们就不用跑出去了呀。"

"中国西部搞不出苏南模式,当地的乡镇企业发展不起来,就是缺资金缺技术缺人才,主要是缺人才,西部因为穷,所以教育落后,劳动力素质低,形成了恶性循环。中国的城镇化之路,西部农村的工业化之路,这个难题至今没能破解;陶华、小霏,破解这个难题要靠你们80后了,我们这一代没戏了。"

"爸,可惜我和陶华都不是搞经济的呀。"

"破解这个难题的不见得非得是经济学家,很可能是政治家。"

"政治家和我俩也没关系呀。"

"不当政治家,怎么竞选美国总统?也许二十年后,你们还能回来赶上竞选中国总统呢!"

"爸,你就死了这份心吧!我是个女的呀,能混到这份上也就够可以的了,谁让你们当初不生个儿子?"

"看来你是没戏了,没有雄心壮志,妄称女大侠。现在世界上风靡女总统,冰岛、哥斯达黎加、智利、吉尔吉斯坦、立陶宛、菲律宾、阿根廷都是女总统,金砖四国中的两个大国,巴西和印度,都整出了个女总统,美国中国出女总统的日子我看不远了。女人治天下,大势所趋呀。男人当政太残暴,历史上的暴君都是男的,母仪天下,也许真是人类的幸事。难得碰到如此世界潮流,让你有机会成为女中豪杰;你可倒好,激流勇退,实在没出息。"

"得了,关澜,你就别欺负女儿了。"

"你们母女俩永远是一条战线。沆瀣一气狼狈为奸。"

当天晚上,我们下榻在县城招待所,并在县城的饭馆美餐了一顿。凯蒂钟爱陕北的羊肉饸饹,两个年轻人则酷爱肉夹馍。

晚饭后,凯蒂问我:

"我们明天就可以上塬了吗?"

"明天下午吧。上午让大家休息一下。"

"关澜,你总共来过几次田塬?"

"算这次是五次。第一次是插队,第二次时隔七年回来游说陶远尘考大学,第三次是带你考察黄土高原,第四次是上山下乡二十五周年时,跟着知青回访团来过一次,这回是第五次。转眼又小二十年没回来过了。"

"远尘多次对我说,他此生最大的遗憾是没能重返黄土高原,在他眼里,回田塬比回国还重要。"

"在盐湖城,我已经察觉到他身上的黄土高原情结比我重得多。"

"别看他没有回来,可他的心一直留在高原。他在华尔街的那几年,手头宽裕关系多,他联合香港圣公会,为田塬搞到一大笔善款,用来改善村里的饮水条件。钱是他跑来的,但拨下去时用的是圣公会的名义,也许村里的乡亲们都不知道这笔钱的底细。"

"我也不知道,他都没对我提起过。这就是陶远尘。他嘴里大批特批乡愁,心里的乡愁又比谁都重。"

"远尘有时并不好理解,我在他身边那么多年,也没有完全理解他。直到生离死别时,才算多了些理解。"

"我也并没有完全理解他。"

"远尘躺在病床上的最后几天,他身边的 MP3 里反复播放的就是费翔的那首'故乡的云',那也是在我们的家庭音乐会上,他唯一演唱过的歌。他唱歌调也不准,比你好不了多少,但唱这首歌时感情总是很充沛。"

我没有再说话。凯蒂也沉默了。不久,她低声哼起那首歌,每句歌词都格外清晰:

> 天边飘过故乡的云
>
> 它不停地向我召唤
>
> 当身边的微风轻轻吹起
>
> 有个声音在对我呼唤
>
> 归来吧 归来哟
>
> 浪迹天涯的游子
>
> 归来吧 归来哟
>
> 别再四处漂泊
>
> 踏着沉重的脚步
>
> 归乡路是那么的漫长
>
> 当身边的微风轻轻吹起
>
> 吹来故乡泥土的芬芳

> 归来吧 归来哟
>
> 浪迹天涯的游子
>
> 归来吧 归来哟
>
> 我已厌倦飘泊
>
> 我已是满怀疲惫
>
> 眼里是酸楚的泪
>
> 那故乡的风和故乡的云
>
> 为我抹去创痕
>
> 我曾经豪情万丈
>
> 归来却空空的行囊
>
> 那故乡的风和故乡的云
>
> 为我抚平创伤

那天夜里，陶远尘不请自来闯进我的梦中。他好像有话对我说，可又什么也说不出来。我对他说，你这个浪迹天涯的游子，你是否已经厌倦了漂泊？你是否闻见了故乡泥土的芬芳？故乡的风和故乡的云是否已经为你抚平了创伤？

12

第二天下午，我们租了一辆切诺基。吉普车沿着大大拓宽的坡道爬行，一口气爬上了塬。下了车，黄土高原尽收眼底了。

近乡情更怯。二十年不来，郁积的情感又开始发酵了。

站在塬上，放眼望去，一马平川，庄稼金黄，果树成林。三个从未见过黄土高原的人都很兴奋，他们哪里见过这么多黄土哇。

"爸，黄土高原并不蛮荒呀。"

"那是现在。"

"关叔叔，没想到黄土高原这么平坦这么开阔，这可能是世界上最大的黄土堆积了。"

"对。这里的黄土堆积高度都在百米以上,要不怎么能打窑洞啊。"

"如果有一天,科学家发现黄土比含硅的沙子更有价值,黄土高原岂不成了世界上最大的宝库了。"

"这是有可能的。那时这些黄土就变成黄金了。这些黄土都是地壳运动的结果,试想把这么多火山岩石变成细如粉末的黄土要经过多少年的风化?"

"爸,窑洞真的冬暖夏凉吗?我们今天能住上窑洞吗?"

"窑洞的确冬暖夏凉。夏天里面阴凉,绝对用不上空调电扇;但是冬天窑洞里还得烧炕。我们这次恐怕住不上窑洞了,现在老乡都搬到塬上的砖瓦房里了。窑洞毕竟是人类原始穴居方式,它很容易坍塌。我们在村里时,每年雨季都会发生窑洞坍塌压死人的事。当年穷,老乡们盖不起砖房,只好住窑洞。打一孔窑洞的成本只有五十块钱。"

"那会儿毛泽东周恩来他们不也是住窑洞吗?"

"他们住的是石窑不是土窑。石窑跟砖瓦房一样,只是样式不同。你们此生与窑洞无缘了。美国人住过窑洞的不会超过十个,斯诺、斯特朗,史沫特莱,还有凯蒂。"

"妈妈你真幸运。"

"你妈妈在村里只住了一天窑洞,一夜都没睡好觉。"

"凯蒂是吗?为什么呀?"

田晶问。

"窑洞炕上到处是跳蚤,咬得人根本无法入睡。"

"你们两个青年人此生恐怕也与跳蚤无缘了。美国只有跳蚤市场没有跳蚤。"

"这么说今天我们不会挨跳蚤咬了?"

"应该不会。黄土高原的居住条件也今非昔比了。"

我们边说边走,不知不觉到了田塬的村口。

村里的老乡并不知道我们来,当他们听说陶远尘和关澜回来了,都纷纷聚到队部的大院里来见我们。

人来得不少,多数是老汉、婆姨和娃。放眼看去,我能认得的乡亲已经没几个了。我和远尘在村里插队已是四十年前的事了,村里的老辈人大多已经去世,眼前的这些年轻后生和女子很多当时还没有出生,更甭提这些娃娃了。"少小离家老大回,乡音无改鬓毛衰。儿童相见不相识,笑问客从何处来。"人已老,鬓已衰,乡音已不能说了,剩下的只有浓浓的乡情依依的旧情。

我终于从人群中认出几个乡亲,他们都是当年我们当知青时的同龄后生。最先认出来的是梁全。他和我同岁,如今已是满头白发。梁全也认出了我:

"这不是关澜兄弟吗? 你们这是从北京来吗?"

"对,从北京来。"

我说着上前一把抱住他。

"陶远尘来了吗?"

"来了,他明天到。这是他的婆姨和娃。"我说着把凯蒂和陶华推了过去。老乡们也都凑了过来,母子俩和老乡们一一握手。

"呀,这还是洋女子呢。只听说陶书记去了美国,没听说他讨了个洋婆姨呀。"

"你看人家陶书记这娃,个子多美气。咱全村后生里也找不出一个这么高的个儿。"

乡亲们叽叽喳喳地议论。

梁全老汉和凯蒂握手时,死死地盯着看。

"这女子咋这么眼熟呢。"

二十多年前,我和凯蒂来时就住在梁全家里。

天色擦黑时,乡亲们争着抢着拉我们回家吃饭,最后我们还是到了梁全家。

梁全家比起二十多年前来是鸟枪换炮了。自家院子很大,院里拴着两头骡子,旁边还有一台小四轮拖拉机,一辆吉利牌小汽车。坐北朝南是一排六间大瓦房,屋里的家电也很齐全。

"梁全,这会儿的日子过得好了吧?"

"比起你来那阵好多了。每年卖苹果的钱就够花了,卖羊毛的钱和卖烟叶的钱都能攒下。"

"你的两个儿子呢?"

"都到北京打工去了。"

"我说村里的后生怎么没几个了呢?"

"都到北京广州上海打工去了。村里的年轻人就剩下一小半了，尽是老汉婆姨了。"

"村里的日子好了，为啥还要出去？"

"出去打工还是挣得多呀。现在的后生都愿住在城里，谁还愿待在村里啊。你们那会儿是城里娃往村里跑，现在是村里娃往城里跑。三十年河东三十年河西呀。"

我们说话时，梁全的老伴一直在厨房忙活，田晶和凯蒂想帮忙也帮不上，她们哪会烧柴锅？

晚饭光菜就摆了一大桌子，鸡鸭鱼肉什么都有，还有城里难见的野鸡和野兔，主食是热腾腾的米黄。

吃饭时梁全从柜里拿出一瓶西凤酒。我见状赶紧从包里掏出一瓶茅台：

"来，喝这个。村里乡亲是不是早就不喝白薯酒了？"

"早不喝了。县城里连你们北京的二锅头都有得卖。"

那天晚上，我和梁全推杯换盏，把一瓶茅台喝下大半。一边喝一边"片寒传"，东拉西扯，认识的人几乎都说到了。喝到最后，梁全又想起了陶远尘：

"陶远尘咋没跟你们一道来？"

我借着酒劲大声回答：

"他明儿上午到！"

晚上我就睡在梁全家，其他四人被安置在队部的招待所。我去看了，条件虽不如县里，但都干净整洁。

那天夜里，凯蒂和田晶睡在一屋。她们都没挨跳蚤咬。

睡到半夜，凯蒂突然爬起来，趴在远尘骨灰盒上，默默流泪。田晶披衣下床，一直在旁边陪着。

第二天上午，我们一起来到四十年前的知青窑洞前，许多老乡也跟过来了。两孔窑洞都已经坍塌，窑前的土院依然如故。院子当中那座石碑，历经几十年风雨，屹立不倒。石碑只有我和凯蒂见过，他们三人都只听说过，没见过。陶华和小霏走到碑前，仔细辨认碑上的字迹。岁月侵蚀，碑上的字迹已经大半模糊。两个年轻人不屈不挠，趴在碑前不起来，一定要把碑文读出来。

我和陶华用铁锹在碑前挖了一个方坑。坑挖好了，凯蒂捧着骨灰盒走过来，小心翼翼地把盒子放进土坑。我和陶华填土时，三个女人已经开始轻声哭泣。

乡亲们渐渐明白了发生了什么，梁全老汉冲过来，拉着我的手，浑身颤抖地问：

"陶远尘呢？陶书记呢？他来了吗？"

梁全和远尘的感情不一般。三十九年前一个雨夜，梁全不慎跌下崖畔，是陶远尘冒着生命危险把他从悬崖下背了上来的。

"关澜兄弟，陶远尘呢？"

梁全晃着我的肩膀大声叫喊。

我指着坑里掩埋了一半的黑色骨灰盒大喊：

"陶远尘来了，他就在这儿。他回家了，永远不走了。他永远都是咱田塬的人！"

喊完，我再也抑制不住泪水，一任老泪横流，点点滴滴都入土。

梁全老汉听完大哭起来，周围的乡亲们也开始落泪。凯蒂悲泣过度已经站立不稳，田晶赶紧过去一把抱住她。小霏倚在陶华的肩膀上哭出了声，陶华只是默默流泪。

"陶远尘啊，陶远尘！你不过一介书生一个芝麻官，你不管不顾携酒壶驾仙鹤飘然西去，竟然赚取了这么多人的眼泪！亲人的，朋友的，乡亲的，爱你的，怨你的，恨你的，还不够本吗？"

我一边吼着一边拼命挥锹。土终于填平了，陶远尘也终于入土了。我把一瓶二锅头一瓶白薯酒一瓶威士忌，一起洒在碑下的黄土中：

"远尘，尽情喝吧，家乡酒千杯不醉。你月下独饮的岁月不会很长，我不久就会过来陪你畅饮共醉。"

然后，我抄起从村里石匠那借来的凿子，在石碑无字的背面，凿上两行大字：

岁月如歌，京韵低回蓝调忧伤秦腔高亢。

乡关何处，皇城风大盐湖水咸高原土黄。

2012 年 10 月 1 日于北京亦庄

2013 年 9 月 26 日改定